ANDRZEJ ZIEMIAŃSKI, roczni[illegible] 1960, jest architektem i mieszka we Wrocławiu. [illegible]ował zbiorem opowiadań *Daimonion* w 1[illegible]em opublikował szereg powieści, m. i[illegible] *Bramy strachu*, *Dziennik czas*[illegible], *Nostalgia za Sluag Side* (d[illegible] z Andrzejem Drzewińskim) [illegible]*zedpieklu* (pod pseudonim[illegible].

Potem ja[illegible] ponad dekadę by, już w nowym t[illegible]ócić w znakomitym stylu. Głośne stały [illegible]adania: *Bomba Heisenberga* (pierwsze miejsce w [illegible]ebiscycie „Nowej Fantastyki”, Nagroda Sfinks 2001), *Toy Toy Song*, *Lodowa opowieść*, *Toytrek*, *Waniliowe plantacje Wrocławia* (pierwsze miejsce w plebiscycie „Nowej Fantastyki”, Nagroda Sfinks 2002) czy *Autobahn nach Poznań* (Nagroda imienia Janusza A. Zajdla 2002, Puchar Bachusa). Pierwszy tom powieści *Achaja* otrzymał Nagrodę Sfinks 2003. Na listach bestsellerów znalazły się oba tomy jego powieści *Achaja*, również nominowanej do Nagrody im. Janusza A. Zajdla.

Achaja, powieść napisana z ogromnym rozmachem, to kolejny dowód, że Andrzej Ziemiański powrócił i trzyma się mocno.

W serii „Bestsellery polskiej fantastyki" dotychczas ukazały się:

1. **Andrzej Pilipiuk** *Kroniki Jakuba Wędrowycza*
2. **Eugeniusz Dębski** *Władcy nocy, złodzieje snów*
3. **Andrzej Pilipiuk** *Czarownik Iwanow*
4. **Jacek Komuda** *Wilcze gniazdo*
5. **Paweł Siedlar** *Czekając w ciemności*
6. **Rafał A. Ziemkiewicz** *Cała kupa wielkich braci*
7. **Andrzej Pilipiuk** *Weźmisz czarno kure...*
8. **Andrzej Ziemiański** *Achaja* tom 1
9. **Jacek Dąbała** *Prawo śmierci*
10. **Andrzej Pilipiuk** *Kuzynki*
11. **Jacek Piekara** *Sługa boży*
12. **Eugeniusz Dębski** *Tropem Xameleona*
13. **Jarosław Grzędowicz** *Księga jesiennych demonów*
14. **Andrzej Zimniak** *Śmierć ma zapach szkarłatu*
15. **Andrzej Ziemiański** *Achaja* tom 2
16. **Jacek Piekara** *Młot na czarownice*
17. **Maja Lidia Kossakowska** *Siewca wiatru*
18. **Andrzej Pilipiuk** *Zagadka Kuby Rozpruwacza*
19. **Eugeniusz Dębski** *Szklany szpon*
20. **Andrzej Drzewiński** & **Jacek Inglot** *Bohaterowie do wynajęcia*
21. **Andrzej Pilipiuk** *Księżniczka*
22. **Andrzej Ziemiański** *Zapach szkła*
23. **Jacek Komuda** *Opowieści z dzikich pól*
24. **Jacek Piekara** *Miecz Aniołów*
25. **Andrzej Ziemiański** *Achaja* tom 3

W serii ukażą się:

1. **Eugeniusz Dębski** *Śmierć Magów z Yara*
2. **Tomasz Pacyński** *Linia Ognia*
3. **Andrzej Pilipiuk** *2586 kroków*
4. **Andrzej Ziemiański** *Toy*
5. **Andrzej Pilipiuk** *Dziedziczka*
6. **Rafał A. Ziemkiewicz** *Ognie na skałach*
7. **Jarosław Grzędowicz** *Pan lodowego ogrodu*

ACHAJA

Andrzej Ziemiański

ACHAJA

tom 3

Ilustrował
Dominik Broniek

Fabryka Słów

Lublin 2004

Wydanie I

ISBN 83-89011-25-5

Lublin 2004

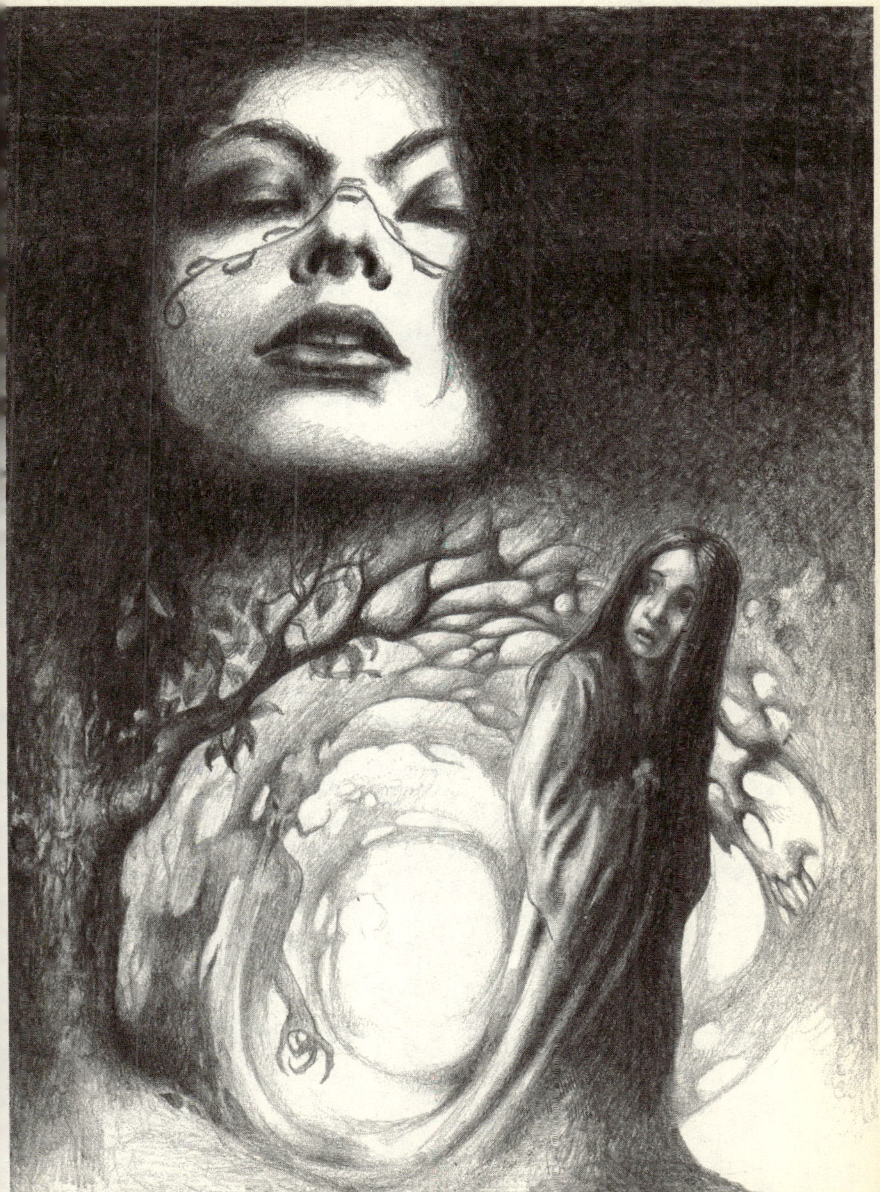

Rozdział 1

Sirius siedział w kucki na piaszczystym wzgórzu, obserwując przemieszczające się oddziały. Trzymał w ustach źdźbło suchej trawy – przyniesionej wiatrem nie wiadomo skąd, tutaj bowiem nic nie rosło. Pustynia pocięta była łagodnymi wąwozami. Na niewielkich pagórkach wokół również było wojsko. Prześliczny widok. Nowy rynsztunek, czyste mundury, idealnie równy szyk. Sirius jednak miał wrażenie, że widzi wąwozy otoczone potworami. W nocy śniło mu się, że musi iść przez taki wąwóz, a zewsząd atakowały go monstra. Sen duszny, mroczny, nieprzyjemny. Otrząsnął się na samo wspomnienie. Ale teraz na jawie... właściwie widział to samo.

Niechętnie odwrócił głowę w stronę zbliżającego się Zaana ze swoją świtą, czyli Miką, Zyrionem i pałacowym matematykiem.

– I jak nasz tajny plan? – spytał Zaan.

– Operacja „Przemienienie" idzie zgodnie z harmonogramem – raportował matematyk. – Kilkanaście dni temu, podczas burzy, nasz okręt wojenny podpłynął w pobliże portu Yach. W nocy złamano maszt, wybito dziurę w dnie. Część załogi zabito drewnianymi pałkami, żeby wyglądało na rany od porywanego wiatrem takielunku. Część utopiono. Potem nasi ludzie spuścili łódkę z ciałem Archentara, jego żoną i dzieckiem. Oczywiście Wielki Książę miał przy sobie wszystkie nasze „plany kampanii" w teczce obszytej żaglowym płótnem. Łódkę „podniszczono", żeby nie popłynęła za daleko.

– Mam nadzieję, że ich nie uduszono ani nie otruto – wtrącił Zyrion. – Luańczycy łatwo odkryją takie numery.

– Oczywiście, że nie – powiedział Mika. – Zostali utopieni w kadziach z morską wodą. Kadzie potem rozebrano i spalono.

– Potwory – szepnął Sirius.

– Potem nasi ludzie wsiedli do łodzi rybackiej i popłynęli w kierunku, gdzie czekał na nich drugi okręt. Okazało się jednak, że napadli na nich „piraci". Nikt nie przeżył. „Piraci" natknęli się, niestety – tu Mika nie mógł się powstrzymać od uśmiechu – na naszą marynarkę wojenną i zostali wycięci w pień. Tych marynarzy, którzy brali udział w operacji oczyszczania, skierowano na front bitew morskich z Tyranią Symm. Ci, którzy mogli coś wiedzieć, usłyszeć albo chociaż podejrzewać, nie dopłynęli do portu przeznaczenia.

– Potwory wokół – powtórzył Sirius.

– Co? – Zaan podszedł bliżej.

Sirius zerknął na niego, ale nic nie powiedział. Obserwował oddziały zbierające się na pagórkach. Zaan chwycił chłopaka za rękę i odprowadził na tyle daleko, żeby reszta nie słyszała ich rozmowy.

– O co ci chodzi?

Sirius splunął na piasek.

– Co my wyrabiamy?

– Ty znowu swoje? – odpowiedział pytaniem na pytanie Zaan. – No dobrze – zgodził się po chwili. – Jesteśmy potworami. Aaaaaa... a jak nazwiesz człowieka, który zabił nieznanego sobie piekarza w pewnej wiosce w Keddelwach za sześć brązowych? Owdowił jego żonę, osierocił córki? Za sześć brązowych, w tym miska strawy?

Sirius spojrzał mu w oczy.

– Dobrze. Dobrze... Dodaj jeszcze, że jako dziecko dobijałem chłopów, których ranili piraci, powiedz, że zamordowałem szynkarza w... a zaraza wie, gdzie, ponieważ skłoniła mnie do tego jego śliczna żona swoimi wdziękami, ale przede wszystkim dała sutą i ciepłą kolację. Dodaj, że zamordowałem trzech biednych kupców przy moście na trakcie, bo ich kolega się wnerwił, i za to honorarium żyłem prawie pół roku jak pan...

– O szynkarzu i kupcach pierwsze słyszę – uśmiechnął się Zaan. – No i kto tu jest potworem?

– Zaan... Zaan!!! Kurwa! – potrząsnął głową. – Przez te wszystkie lata tutaj, szlag... uczyli mnie różni. Kazali czytać książki. Zaan, szlag! Kurwa! Ja się czegoś nauczyłem.

– Czego?

– To nie jest dobre. To co robimy.

– Och, doprawdy? A czym zajmowali się ci, którzy te śliczne książki dyktowali? Jak myślisz?

– Przestań ze mną rozmawiać jak ze świątynnym uczniem!

– Nie ma sprawy. Porozmawiajmy jak polityk z politykiem. Czy widzisz jakąś alternatywę dla rozwałki całego Luan?

– Zaan, psiamać... Ja... przeczytałem tyle książek, rozmawiałem z uczonymi ludźmi, ja...

– Nie przeczytałeś nawet dziesiątej części tego, co ja. I dodatkowo nie wyciągnąłeś wniosków.

– Czekaj – Sirius kucnął i w zdenerwowaniu zaczął kreślić coś na piasku. – Naprawdę się czegoś nauczyłem. Zresztą, nieważne... Mam wrażenie...

– Mam wrażenie – przerwał mu Zaan, przedrzeźniając chłopaka okrutnie – że naprawdę cię czegoś nauczono. „Mam wrażenie". To już zupełnie inny język niż kiedyś. Już nie: „ja chcieć baba i wódka, za to zabić dwa ludzia" – pokazał na palcach, ile to jest dwa. – Co?

– Zaan – chłopak popatrzył na przyjaciela.

Zaan zaklął i usiadł obok niego na piasku.

– Co?

– Jakoś tak dziwnie mi się wydaje, że ty zamieniłeś się we mnie, a ja zamieniłem się w ciebie. W ciebie... sprzed lat.

Zapadła długa, męcząca cisza.

– Były galernik i świątynny skryba – odezwał się chłopak po dłuższej chwili. – I gdzieśmy zaszli? – rozejrzał się wokół odruchowo. Patrzył na te wszystkie oddziały wojska wokół, sztaby, szpitale, składy zaopatrzenia, tysiące obsługantów. – Najpierw porwaliśmy dziewczynę, żeby od chłopów wyciągnąć garść brązowych. Teraz zmieniamy świat. Cały świat. Bo on już nigdy nie będzie taki, jak dawniej.

– To jest droga, po której musimy iść. Teraz już się nie wycofamy. Jak wyjmiesz jeden kamyczek z mozaiki, to cała się posypie. Kiedyś wyjęliśmy najmniejszy kamyczek. Teraz musimy rozwalić całą mozaikę, bo inaczej kamienie runą na nas.

– Zaan, ta droga sama cię prowadzi. Ty już musisz nią iść i ta droga sama cię pcha. Jesteś coraz większym mordercą, ale to nie z ciebie wypływa. Droga, którą kroczysz, sama cię do tego zmusza...

– Popatrz na Oriona – przerwał mu świątynny skryba. – Wie, że jesteśmy oszustami. A jednak opowiedział się po naszej stronie. Tak go wychowano. On po prostu nie widzi ludzi. Widzi straty i zyski. Po naszej stronie większe zyski i mało strat. Spodziewałeś się czegoś takiego? Kiedykolwiek?

– Ta droga sama każe ci iść coraz dalej.

– No i dobrze. Trzeba być konsekwentnym.

– Ale... ty chcesz teraz zmienić dosłownie wszystko.

– No i co z tego?

– Kim jesteś, żeby o tym decydować?

– Nikim – Zaan wstał nagle. – Ja jestem kompletnie nikim. Ale teraz cały wielki świat będzie się musiał liczyć z nikim!

– Daleko zaszedłeś tym dziwnym gościńcem.

– Posłuchaj – Zaan przytrzymał poły czarnego płaszcza rozwiewane przez ciepły wiatr. Jego głos brzmiał jak zaśpiew pustynnego nomada opowiadającego swoje przygody. – Byłem w Keddelwach, byłem w królestwach Północy, byłem w Troy, byłem w Luan. Byłem w Arkach... I nigdzie nie znalazłem choćby najmniejszej rzeczy, która byłaby tak piękna, że wypadałoby dla niej utrzymać świat w niezmienionym kształcie.

– Więc zaczniesz mordować tysiącami?

– To robiono od lat, nie bądź melodramatyczny.

– Ale coś się zmienia. Coś bardzo ważnego.

– Owszem – Zaan przygryzł wargi. – Tam, na schodach stolicy Troy, dwudziestu kuszników pokazało coś zwykłym ludziom.

Sirius wziął do ręki jakieś przyniesione przez wiatr uschłe źdźbło.

– Że mogą być zabijani bezkarnie? Przypadkowo? Bez sensu?

– Nie... Dwudziestu kuszników pokazało ludziom, że są ważni. Że zwykli ludzie są ważni.

– Kpisz?

– Nie kpię. Kasme swoim atakiem na Pałac Zimowy pokazała im coś jeszcze...

– Tą bzdurą? Tym jawnym szyderstwem? Pantomimą przed zupełnie nieważnym wojskowo obiektem?

– Owszem. Kasme pokazała zwykłym ludziom, że z ich zdaniem trzeba się odtąd liczyć. Że ich głos też jest ważny w dyskusji.

– Przecież to była głupia nagonka zorganizowana przez wynajętych filozofów i paru najemników profesjonalistów!

– Taaaak? W tym właśnie dniu Wielki Książę Orion dowiedział się, że jesteś oszustem. I co? Dalej buduje wokół ciebie sięgające już nieba mury pozorów ojcowskiej miłości. Pomyśl, jak potraktowałby cię pięć lat wcześniej.

– On też zrozumiał?

– On też zrozumiał, że coś się zmienia. Dramatycznie. To nie jest głupi facet, któregośmy wystrychnęli na dudka. Ma nawet lepiej w głowie poukładane niż my. I mam wrażenie, że to on wygra w końcu. Że jest lepszy od nas.

– Boisz się?

Zaan skrzywił wargi i odpowiedział pytaniem.

– Czy dalej jesteś ze mną?

– Skoro tego chcesz – mruknął Sirius.

Przerwało im nadejście pałacowego matematyka.

– Bardzo przepraszam, że przerywam rozmowę – był wyraźnie zdenerwowany. – Jest jeszcze tyle spraw do ustalenia. A nie możemy przecież zwlekać.

– Co się stało?

– Zewsząd przybywają rzeźbiarze. Z całego kraju. Dosłownie setki rzeźbiarzy – był autentycznie zdumiony. – Czy to twój rozkaz?

– Owszem.

– A mógłbyś mnie oświecić, o co chodzi?

– Są dwie drogi, którymi Luan może nas zaatakować, prawda?

– Tak.

– Nie mamy tyle sił, żeby uderzyć obydwiema. Więc cesarz drugą drogą może przerwać linie zaopatrzeniowe jak się zacznie, prawda?

– Owszem.

– No to zapłaciłem wszystkim rzeźbiarzom w kraju. Niech robią pomnik cesarza. Największy... To będzie prawdziwy kolos.

– Chwila... Dalej nie rozumiem.

– Zrobimy cesarzowi prezent. W przeddzień kampanii wyślemy mu pomnik w częściach, oczywiście na kilku setkach wozów.

Matematyk dopiero teraz zrozumiał. Uśmiechnął się sympatycznie, rozwijając mapę, którą dotąd trzymał w ręce. Rozpostarł ją na ziemi i przyklęknął.

– Rozumiem, że tu – postukał palcem w jakiś przepięknie wykreślony, kolorowy wężyk – w tym wąwozie, nasze wozy się nagle popsują?

– Tak. Popsują, powpadają na siebie, spalą. Zostanie mnóstwo obrobionego kamienia, w niewielkim wąwozie za liniami przeciwnika.

– I będziemy mieli już tylko jedną drogę – matematyk zaczął składać mapę. – Pójdę pogonić rzeźbiarzy. Ale powinniśmy...

– Nie teraz – przerwał mu Zaan. – Muszę przez chwilę pomyśleć.

Ruszył na szczyt piaszczystego wzgórza opodal. Z dala od ludzi, z dala od wszystkich pilnych spraw. Nawet nie kaszlał za bardzo. Ale też nie mógł się skupić. Zatrzymał się. Dłuższą chwilę bezmyślnie patrzył na przemieszczane poniżej oddziały. Czy świat naprawdę będzie inny? Czuł takie samo napięcie jak chłop widzący nadciągającą burzę. Burza nastąpi. Przyjdzie czas huraganu, zniszczenia, pożogi. Wszystko ulegnie zmianie. Na razie nic się jeszcze nie działo. Wielki potwór zbierał siły, prężył się przed atakiem. Nikt z postronnych nie zauważyłby w tym dniu niczego szczególnego. Tylko doświadczony chłop mógł przewidzieć dokładnie, kiedy burza nadciągnie nad jego pole. Tylko Zaan wiedział, kiedy huragan uderzy z mocą gromu, wywracając porządek świata na drugą stronę.

Wysoki oficer Drugiego Wydziału Imperialnego Sztabu miał nadzieję, że wszystkie przewidziane przez etykietę ukłony wykonał prawidłowo co do najdrobniejszego gestu. Bał się podnieść wzrok. Był skrępowany sytuacją, w której musiał podawać pismo samemu cesarzowi, kiedy ten był w łóżku. Ale to był mniejszy problem. Większym było to, że obok cesarza w łóżku była też Annamea. Pierwsza Nałożnica Cesarstwa i, jasna zaraza!, najpiękniejsza kobieta na świecie Oficer po prostu bał się podnieść oczy. Suchy rozkaz odejścia przyjął z wyraźną ulgą.

Cesarz złamał pieczęć. Przebiegł wzrokiem kilkadziesiąt linijek tekstu.

– No chodź. Chooooodź... – Annamea leżąca z boku ciągnęła go za ramię.

– Wiesz? Dziwna sprawa – cesarz nie poddawał się jej zabiegom. Odłożył pismo na malutki stolik obok łóżka. – Nasze źródło z otoczenia Wielkiego Księcia Oriona właśnie donosi, że Troy zamierza wykuć dla mnie największy posąg na świecie. Prawdziwego kolosa.

– Tak zawsze było – mruknęła nałożnica. – Masz już z dziesięć pomników wystawionych przez twoich wrogów w stolicy. Niedługo miejsca zabraknie...

Była jedną z dwóch osób w cesarstwie, które mogły sobie pozwolić na kpinę z władcy. Drugą osobą z takim immunitetem była imperialna żona.

– Nasze źródło twierdzi, że Orion chce w ten sposób zablokować wąwóz na pustyni i unieczynnić jedną z dróg. To ma być sygnał do ataku.

– To nie przyjmuj pomnika. Niech go sobie ustawią w Troy.

Cesarz przygryzł wargi.

– Coś dziwnego jest z tym źródłem informacji. Naczelny Wróżbita Cesarstwa, który potrafi przewidzieć prawie każdy ruch ich wojsk, twierdzi coś zupełnie przeciwnego.

– Nienawidzę tego pokurcza! – Annamea gwałtownie uniosła się na łokciach, ukazując swoje pełne piersi. – To jakiś dureń!

– Oj... nienawidzisz go, bo to jedyny mężczyzna z mojego otoczenia, który nie zwraca uwagi na twoje wdzięki. Annamea, przestań mieszać swoje ciało z polityką.

– Nie lubię go. On coś ukrywa.

– Nawet wiem, co – westchnął cesarz. – Ukrywa skłonność zakazaną przez prawo w każdym kulturalnym państwie.

– O nieeee... On jest jakiś dziwny.

– Przestań! Ja lubię mieć informacje z wielu źródeł.

– Jedno, czyli wróżbitę, który chronicznie nienawidzi kobiet, już znam...

– Przestań kpić, bo wychłostać każę!

– Spróbuj – uniosła się jeszcze wyżej w udawanej wściekłości. – Od bicia w pupę zawsze boli mnie głowa. Następnej nocy zobaczysz, co to jest baba z bólem głowy!

Roześmiał się. Chwycił ją za włosy.

– Zawsze lubię mieć informacje z różnych źródeł – powtórzył. – Nasi dzielni marynarze znaleźli zatopiony okręt wojenny Troy. Burza zagnała go, ich ludzie usiłowali ratować Wielkiego Księcia Archentara. Niestety, utonęli. On, jego młoda żona i dziecko. Sprawdzali najwięksi czarownicy. Oni naprawdę utonęli...

– Po co mi to mówisz?

– Wielki Książę miał teczkę z planami przyszłej kampanii. W głównych punktach zgodną z tym, co przewiduje Naczelny Wróżbita.

Annamea potrząsnęła głową.

– Nie ufam Naczelnemu Wróżbicie – powtórzyła dziewczyna.

– No, ale mam dwa potwierdzające się źródła i jedno, które im zaprzecza.

– Przestamy mówić o polityce – objęła go ramionami. – No chodź.

– Czekaj, na ten list trzeba odpowiedzieć...

Annamea wyskoczyła z łóżka. Wzięła pióro i inkaust. Była zupełnie goła i stanowiła widok, o którym inni mężczyźni mogli tylko pomarzyć.

– Co napisać, kochanie?

– To nie źródło, ale dezinformacja – cesarz patrzył na jej wypięty tyłek, kiedy pisała na marginesie raportu. – Poślijcie to źródło do... – znowu skupił wzrok na jej kształtnych biodrach – poślijcie to źródło do dupy!

Obejrzała się niby zezłoszczona. Potem spojrzała na swoje pośladki, a chwilę później pochwyciła jego wzrok.

– Dobrze. Napiszę, jak chcesz, ale... – szybko skończyła kaligrafowanie liter z dość specyficznym uśmiechem na twarzy. – Ale i tak ty to musisz podpisać.

Podeszła bliżej łóżka, wypięła się, przyłożyła sobie list do prawego pośladka i podała mu pióro.

– Podpisz. Podpisz list dokładnie na tym, gdzie zamierzasz posłać to źródło.

Roześmiał się. Z tym podpisywaniem na miękkiej pupie był pewien problem, ale cesarz nie zawracał sobie tym głowy. Myślał o czymś innym. Kiedy dziewczyna znalazła się na powrót w łóżku, zdążyła tylko szepnąć:

– Czy wszystkie decyzje polityczne zapadają w tak przypadkowy sposób?

– Wszystkie – mruknął, bo był bardziej doświadczony w polityce.

Rozdział 2

Malutka wioseczka wydawała się wtulona w las. Z miejsca, gdzie stały, była ledwie widoczna. Niewielka rzeczka, właściwie strumień, wiła się między polami, omijając wzgórze, z którego wąska droga prowadziła wprost do wątłej kładki przerzuconej nad wodą.

– To tutaj? – spytała Achaja.

Shha skinęła głową.

– Tu się urodziłam – szepnęła. – Dzięki.

– Biafrze wszystko jedno, gdzie się ma spotkać...

– Ja nie o tym – sierżant uśmiechnęła się lekko. – Dzięki, że nie przyciągnęłaś tu wojska – uderzyły konie piętami i ruszyły w dół. – Bo dziewczyny by wszystko rozkradły, kura zapuściły i by chłopi musieli uciekać.

– Wiem.

Łagodny, zwiastujący przedwiośnie wiatr chłodził ich twarze. Śnieg topniał coraz szybciej, zamieniając gościniec w coraz trudniejsze do przebycia błoto. Wjechały między pochylone płoty. Psy rozszczekały się.

Szczególnie zapach Achai sprawiał, że dostawały amoku. Za to okoliczne koty wychodziły ze swych kryjówek, miaucząc głośno, by powitać wielką i dziwną koleżankę. Były zaskoczone, starały się wytłumaczyć jej, że porządny kot raczej nie jeździ na koniu.

Shha zatrzymała się przed niewielką chałupą pośrodku wsi. Obejście, w przeciwieństwie do wszystkich innych, wyróżniało się wielkim słupem postawionym przy furtce.

– O żesz ty – mruknęła Shha. – Ojciec naprawdę wójtem został.

– No i dobrze. Coś mu się należy od życia.

Obie zeskoczyły z koni. Chłopi, jak zwykle, kryli się w chałupach. Gdyby nie zwierzęta, wieś wyglądałaby na opuszczoną. Shha podeszła do płotu. Pies prawie dostał piany na pysku, szczekając i usiłując wgryźć się w sztachety. Nigdy nie słyszał tak równego, sprężystego kroku. Nigdy nie czuł zapachu wojska.

– Ty co, psiamać, nie poznajesz mnie?

Drzwi chałupy otworzyły się nagle. Wyszedł z nich rosły mężczyzna z opaską wójta, pochylony w głębokim ukłonie.

– Witam jaśnie panienki – smagnął psa rzemieniem. – Witam.

Shha zaklęła jak szewc.

– Tato! To ja.

Mężczyzna uniósł głowę, zerkając podejrzliwie na dziewczynę w krótkiej, lśniącej sukience, błyszczącej skórzanej kurtce z naszywkami formacji i stopnia, baretkami za odbyte kampanie, rozetą elitarnej górskiej dywizji, srebrną odznaką pułku zwiadu i złotym orłem oznaczającym szlachciankę. Obca dziewczyna miała błyszczący hełm osłaniający oczy i rzucający cień na twarz, na której namalowano żółtą farbą trzy kanty liniowego sierżanta i czerwoną wstęgę, znak wysoko urodzonych. Chłop przełknął ślinę. Ta druga wyglądała jeszcze lepiej. Miała zasłonięte czarnymi płytkami oczy. Oprócz stopnia majora namalowanego na twarzy miała też złoty wężyk księżniczki i... i jakiś niesamowity tatuaż o tak skomplikowanym rysunku, że... musiała być chyba Królową. Chłop znał bajki o królowej, która schodzi sama do swojego ludu, ale nigdy nie przypuszczał, że jest w tym choć cień prawdy. I że właśnie on doświadczy tego osobiście. Pochylił się w jeszcze głębszym ukłonie.

– Jaśnie panienki...

– Tato! Do kurzej dupy, to ja, twoja córka!

Odważył się podnieść głowę. No może... Przecież nie będzie się sprzeczał. Wszak nie jest głupi. Zaprzeczać tak wysoko postawionej jaśnie panience? Nie, nie, nie.

Shha zdenerwowała się nagle. Otworzyła furtkę i wkroczyła na teren zagrody.

– Mama! No co jest? Wyjdźcie wreszcie!

Starsza kobieta wysunęła się ostrożnie zza drzwi. Albo była bardziej rozsądna, albo bardziej skłonna zgodzić się ze zdaniem jaśnie panienki, jakiekolwiek by ono było.

– Córeczko... – szepnęła, ale tak, żeby nie za bardzo było słychać.

Shha zaklęła znowu i zdjęła hełm. Teraz ją rozpoznali. Ojciec ze zdumienia rozdziawił gębę. Matka potrząsnęła głową, a potem przytuliła córkę.

– Oj, malutka ty moja... Dziecko moje – dotykała jej długich włosów, potem palcem jej pomalowanej twarzy. – To ty teraz za służącą samej Królowej robisz?

Shha mrugnęła do koleżanki.

– To jest pani major, księżniczka Achaja, moja siostra.

– O żesz... – wyrwało się chłopu. Zgiął się w jeszcze większym ukłonie. – Jaśnie pani Królowo... – bełkotał. – W nasze progi... znaczy... w nasze bardzo niskie progi...

Achaja uznała to za zaproszenie. Przeszła przez furtkę i schowała się za plecami gospodarza. Pies jeżył właśnie sierść na karku i zaczynał warczeć.

– Niech pan go przywiąże, co? – uśmiechnęła się. – Psy mnie nie cierpią – dodała wyjaśniająco.

Shha chwyciła ją za ramię i pociągnęła w stronę chałupy. Wójt złapał psa i oniemiały spojrzał na swoją żonę.

– Widziałaś? Córcia siostrą księżniczki – załamał ręce. – I bogato urodzona teraz.

– Szlachetnie urodzona – poprawiła go.

– No mówię. Tam się muszą nudzić w tych pałacach... jak takie rzeczy wymyślają.

– No – potaknęła chłopka. – Ty, stary, rzadko masz rację. Ale teraz masz.

We wnętrzu chałupy kryło się kilkanaście osób. Shha wskazywała palcem każdego po kolei i określała jakimś imieniem, ale Achaja nie była w stanie tego zapamiętać. Było tam ze czterech jej braci i trzy siostry. Do tego żony dwóch braci, jedna w ciąży, druga już z dwojgiem dzieci. Reszty osób nie była w stanie zidentyfikować. Jednak w przeciwieństwie do starych, młodzi nie mieli żadnych oporów. Zaczęli ściskać dziewczynę, przekrzykiwać się i przepychać. Jakaś dziewczynka wskoczyła na Achaję, zaplatając jej ręce na karku.

– To teraz – zerknęła podejrzliwie – teraz jesteś moją siostrą, jaśnie pani księżniczko?

– Tak – roześmiała się Achaja. – Znasz wojskowy obyczaj.

– To weź mnie do wojska, co?

– A ile masz lat, mała?

Dziewczynka skrzywiła się nagle i przytuliła jeszcze mocniej.

– Trzynaście – skłamała, zawyżając swój wiek co najmniej o połowę.

– Trochę mało, co?

– No ale ty, jako Królowa, możesz kazać, żeby mnie wzięli, nie?

– Nie jestem Królową.

– Siostro... Siostrzyczko... Ja cię tak bardzo proszę! Ja bym też chciała mieć takie suknie jak wy macie. Ja bym była dobra w wojsku. Przecież takiej małej jak ja żaden wróg nie zetnie, bo jestem za mała! I on by ciął za wysoko. Co? Weźcie mnie, co? Co?

Achaja potrząsnęła głową.

– Twoje rozumowanie nie jest pozbawione logiki. Ale... Sześciolatków nie biorą.

– Mam siedem! – wrzasnęła dziewczynka. – Mam siedem! – zmieniła swoją poprzednią wersję.

– Akurat – Shha wyrwała się wreszcie z uścisków swojej rodziny. – A nie pięć przypadkiem?

– Sześć! Skończyłam już sześć! – poprawiła się znów dziewczynka. – Mama, powiedz, że mam sześć.

– A kto by tam liczył – machnęła ręką stara. – O tu, proszę – wskazała ławę. – Proszę, jaśnie panienki.

Przyniosła z kuchni kaszę i wódkę. Niedoszły, być może nawet sześcioletni, żołnierz pomstował na środku izby, a potem zaczął głaskać lśniący materiał sukienki swojej nowej siostry.

– Mama, nie nazywaj nas „jaśnie panienki" – Shha skrzywiła się, nabierając łyżką kaszę. – Toż jestem twoją córką. A ona jest moją siostrą – wyjaśniała już z pełnymi ustami. – Mów „ty" albo po imieniu.

– No – zgodziła się stara, nie śmiąc polemizować. – Achaja, „ty", jaśnie wielmożna pani księżniczko major, Królowo nasza, może wódki?

– Chętnie – roześmiała się Achaja.

Shha zaczęła kląć. Wójt przysiadł się do stołu. Patrzył z ukontentowaniem na swoją córkę i na jej siostrę.

– Oj, jaśnie pani księżniczko, pani major, wasza wysokość Królowo, znaczy „ty" i pani Achaja jeszcze... – uśmiechnął się. – Ale mi się córcia udała, co?

– No! Kurde, pięknie.

Wśród zebranych w izbie przeszedł szmer podziwu. Królowa potrafiła wyrażać się tak jak oni. Mówiła ich językiem!

– No – potwierdził gospodarz. – Sierżanta dostała, a ja dodatek morgowy i wójtem zostałem, nie? – nalał sobie wielki kubek wódki i opróżnił jednym haustem. – Zwykła chłopka, a teraz uczona, mówi inaczej niż my. I szlachciankę żeście z niej zrobili – nalał sobie drugi kubek. – Oj... pani Królowo. Wojsko to najpiękniejsza rzecz na świecie, co?

Achaja uśmiechnęła się. Wolała nie zaprzeczać.

– Shha dostała to, co ma, bo... zasłużyła. Boście ją dobrze wychowali.

– No. Ale jaśnie pani to teraz – zawahał się. Znał wojskowy obyczaj jak wszyscy, ale bał się powiedzieć to, co zamierzał. – To teraz...

– Tak – domyśliła się. – Jestem twoją córką... – też zawahała się na moment – tato...

Przytulił ją mocno. Nie był wymowny. Nie potrafił powiedzieć tego, co chciał.

– No... – głaskał ją po głowie, a Achaja nagle musiała zacisnąć powieki z całej siły. – Dobrze, że mam nową córcię. Twoich braci i sióstr tu kupa, ale miejsce zawsze będzie. Zawsze możesz tu wrócić, dziecko.

– No, Achajka – któryś z braci podniósł swój kubek. – Twoje!

Wypili wszyscy, poza dziećmi. No może poza tymi, które nie zdążyły dorwać się do odstawionych kubków z resztkami.

– Shha teraz wielka pani – powiedziała któraś z sióstr. Trudno było się doliczyć i zapamiętać ich imiona. – A takie głupie było dziecko – uśmiechnęła się.

– Shha jest jedną z najlepszych żołnierzy, jakie widziałam – powiedziała Achaja. – Może jedynie Lanni jej dorówna, może Mayfed. Kiedyś może ta nowa, Jakee, będzie równie dobra. Shha jest świetna.

– No – odezwał się gospodarz. – Mnie wójtem przez nią zrobili. I dodatek morgowy za stopień, i...

– Eeee... – Shha wzruszyła ramionami. – Achajka to nawet Viriona pokonała.

Nikt tutaj nie wiedział, kto to Virion. Wielki Świat zaglądał do tej zagubionej wśród lasów wioseczki raz do roku, w osobie poborcy podatkowego, ale... Jednak w osobie poborcy ten Wielki Świat wcale nie był taki znów wielki.

– O Bogowie! – krzyknął któryś z braci. – Orszak ku nam lezie.

– To wasz? – spytał ktoś z tyłu.

– Nie – zaprzeczyła Achaja. – Pewnie Biafra. Do karczmy trzeba się przenieść.

Shha skoczyła do drzwi. Otworzyła je i wypadła na zewnątrz.

– A po co do karczmy? – zaoponował gospodarz. – Tu wszystko mamy. A ja ich zaraz...

Usiłował upchnąć wszystkich do drugiej izby obok, ale nie szło mu za dobrze. Cała rodzina, podekscytowana niecodziennymi zdarzeniami, tłoczyła się i przekrzykiwała. Nikt nie zamierzał rezygnować z widowiska, którego mógł być świadkiem.

Shha wróciła skrzywiona. Potem żołnierze zwiadu wprowadziły Biafrę. Właściwie wniosło. Był tak pijany, że nie mógł zogniskować wzroku, ślina kapała mu z ust. Żołnierze usiłowały posadzić go na ławie, ale dosłownie przelewał im się przez ręce. Achaja zaklęła głośno.

– O! Wódka – wbrew pozorom Biafra zdołał jednak coś dostrzec przed sobą. Usiłował sięgnąć, ale mu nie wyszło. Shha z całą rodziną patrzyła oniemiała.

– Tato – szepnęła Achaja. – Daj kwasu albo coś w tym rodzaju.

Gospodarz rzucił się do kuchni. Jego żona pobiegła za nim i po chwili przynieśli spory garnek przykryty szmatą i obwiązany sznurkiem.

– Wiadro – zakomenderowała Achaja.

Dzieci przytaskały balię, widać musiały już być świadkami podobnych scen i wiedziały, co robić. Żołnierze zwiadu patrzyły demonstracyjnie w okno. One również musiały widzieć niejedno w wykonaniu swojego szefa. Achaja stanęła za Biafrą, chwyciła go za głowę i przytrzymała pomiędzy swoimi udami. Razem z gospodarzem rozchylili mu usta i zaczęli wlewać kwas. Potem wspólnymi siłami nachylili bezwładne ciało nad balią, którą dzieci przytrzymywały, żeby się nie przewróciła.

– Pani major – jedna z żołnierzy wyciągnęła dłoń. – To może poskutkować.

Achaja wzięła od niej malutką fiolkę wypełnioną białym proszkiem.

– Co to jest?

– Ja tam nie wiem – szeregowa wzruszyła ramionami. – Nazywają to „narkotyk" czy jakoś tak. Medyk czasem daje szefowi, jak już nic nie działa.

Achaja wsypała biały proszek do kubka i zalała wódką. Gospodarz podniósł obrzyganego Biafrę i razem zaaplikowali mu mętny płyn. Biafrą coś wstrząsało. Medyk jednak miał rację. Po chwili wstrząsy ustały, a potem pijak otworzył oczy. Były równie mętne jak płyn, który mu wlali. Ale też były rozświetlone jakimś dziwnym blaskiem.

– Kawy... – wyszeptał.

– A skąd ci, kurwa, wezmę kawę w Arkach? – krzyknęła zdenerwowana nagle Achaja. – Jakbyś się w Troy urodził, to może byś dostał. Raz do roku, na królewskim dworze.

– Mam... mam w jukach – szepnął.

Żołnierze pobiegły po juki. Kiedy wróciły, Achaja wyjęła z nich trzy zielone ziarenka. Zwróciła się do gospodarza.

– Słuchaj, najpierw je trzeba opalić, potrzymaj na płycie, aż zrobią się czarne. Potem weź do ust i zgryź wszystkie. Musisz przeżuć dokładnie. Potem wypluj do kubka i zalej wrzątkiem.

Była chyba jedyną osobą w całym królestwie, która wiedziała, co zrobić z tymi dziwnymi ziarenkami. Młodość spędzona na jednym z pierwszych dworów w Troy procentowała właśnie w zupełnie niespodziewany sposób.

Przejęty gospodarz podskoczył do pieca. Biafra chwiał się na ławie. Dziwny blask w jego oczach potęgował się z każdą chwilą. Ustały dreszcze, przestał się ślinić. Nie był do końca przytomny, ale jakiś wewnętrzny płomień rozpalał się właśnie i sprawiał, że mógł nawet powiedzieć coś z sensem.

– I co z tą kawą? – mruknął.

– Zaraz będzie.

– Bogowie... Jak ja wyglądam?

– Jak zwykle, Biafra! Obrzygany, obsikany, jak każdy pijak z zaplutej karczmy!

Wzruszył ramionami. Był piękny. Nawet w tym stanie.

– A ty co, kurde, księżniczko moja. Nie pijesz?

– Ale się nie schlewam w cztery dupy codziennie!!! – krzyknęła.

– Eeeee... Srał to pies – przetarł oczy. – Macie jakieś nowe ubranie?

Żołnierze były przygotowane. Jedna z szeregowych osłoniła go ogromnym ręcznikiem, a druga z wielkim trudem przebrała w nowe ubranie. Rodzina Shhy obserwowała te zabiegi w kompletnej ciszy. Potem gospodarz postawił na stole parujący kubek z czarną, rozsiewającą dziwny, ale przyjemny, zapach cieczą. Biafra wychylił go, parząc sobie usta. Achaja wyjęła mu naczynie z ręki i wypiła resztkę, którą zostawił. Kawa była rarytasem, istnym cudem Bożym, szczególnie w tym zapadłym, prowincjonalnym królestwie.

Narkotyk zaordynowany przez medyka działał świetnie. Ciało Biafry nie przypominało już galarety. O dziwo, mógł się nawet skupić.

– Nie macie więcej tego proszku? – spytał.

Żołnierze energicznie zaprzeczyły ruchami głów.

– Niech się ktoś kopnie do stolicy po większy zapas. Kurde, mam wrażenie, że potrzebuję tego więcej i więcej. No, zróbcie coś! Nie stójcie tak, głupie dupy!

Achaja skinieniem głowy pozwoliła odejść dwóm szeregowym. Spojrzała na Biafrę, który wyglądał coraz lepiej.

– Ale mi dobrze – szepnął. – Jak wokół jest kolorowo.

Rozejrzała się odruchowo. Miała wrażenie, że kolory są takie same jak poprzednio. Ale może to jej oczy kłamały? Zdjęła ciemne okulary. Kilka osób szarpnęło się do tyłu na widok jej smolistoczarnych oczu.

– Możemy porozmawiać?

– No – Biafra przekrzywił głowę jak dziecko, przyglądając się jej uważnie. – Jesteś fajną dupą, księżniczko. Jak bym cię wziął do łóżka...

– Obiecanki cacanki – warknęła i nagle zdała sobie sprawę, jak strasznie jej na nim zależy. – W tym stanie mógłbyś to zrobić z kozą i nie odczuć różnicy.

– Nie bądź wulgarna – odciął się. Jego umysł pod wpływem narkotyku zaczynał już działać naprawdę dobrze. – Zaraz wstanę i cię dopadnę.

– Akurat. Przelecisz Shhę, a i tak będzie ci się wydawało, że spałeś z cesarzem Luan.

Roześmiał się. Zerknął na sierżanta.

– Też fajna dupa. Słuchaj, Shha, nie chciałabyś wyjść za generała?

– Nie, panie generale, z całym szacunkiem. Ale niech pan to zaproponuje pani major.

– Shha! – Achaja usiłowała zgasić sierżanta, ale ta perorowała jeszcze jakiś czas, zachwalając różnorakie walory swojej siostry. Achaja myślała, że rumieńce zostaną jej na stałe, szczególnie po opisie dotyczącym tego, jaka jest w łóżku.

Biafra wydawał się zadowolony. Patrzył na swojego majora, uśmiechając się głupkowato.

– To co? – powiedział wreszcie. – Wyjdziesz za mnie?

– Najpierw spróbuj wytrzeźwieć – osadziła go momentalnie. Coś ciepłego rozlewało się w jej wnętrzu. Nie wiedziała, jak sobie z tym poradzić. Taki gnój! Takie zero! Kurde blade. Naprawdę go kochała? Bogowie, czy on mówi serio?

Nie mogła poradzić sobie z własnym wnętrzem. Twarda kobieta zabójca miękła nagle, kiedy ten sukinsyn choćby żartował sobie, że się z nią ożeni. Chyba zwariowała. Taka świnia, taki maleńki gnojek upaprany w niezliczonych aferach. A tam – aferach! Tego nie można nawet tak nazwać. Upaprany w mętnych aferkach gdzieś na końcu świata, w zupełnie nieważnym królestwie, o którym w Troy wiedzieli jedynie najbardziej oświeceni bibliotekarze i najbardziej zajadli agenci wywiadu. Pijak, gnój, świnia taka... Zatraceniec pierdolcny. Takie nic! Taki śliczny, tchórzliwy mężczyzna. Takie gówno, które przykleja się do buta. Taki pieprzony ideowiec, który potrafi, jeden z nielicznych, zrealizować swoje dzieło, nie cofając się przed niczym, przed żadnym świństwem. Kłamca. Bajerant. Mimoza. Tchórz. Maminsynek. Morderca. Skurwiel. Wyrafinowany intelektualista zapijający swoje żale w beczkach wódy, rzygający publicznie, trzeźwy, pozbawiony złudzeń pacan – jedyny jednak człowiek na świecie, który mógł ją zrozumieć. I taki piękny... taki śliczny! Taki wrednie ładny! Worek łajna ociosany przez mistrza mistrzów – przez istotę natchnioną, przy której inni rzeźbiarze powinni zająć się odtąd wyłącznie struganiem koników i drewnianych lalek na wiejskie odpusty.

Bogowie! Jak mogliście stworzyć takie monstrum? Aaaaaa... Mogliście, mogliście... Stworzyliście chłopa, który zabija, nawet nie wiedząc, czy ma rację. Stworzyliście kupców, którzy zabijają, przekonani o swojej racji. Stworzyliście inteligentów, którzy nie mogą zabijać, ale judzą, mówiąc, że mają rację ci, co zabijają, męczą, uciskają. I stworzyliście Biafrę! Wasze ostateczne rozwiązanie w dziele zniszczenia! Nieprawdopodobnie inteligentnego skurwysyna, który jest połączeniem chłopskiej bezwzględności, kupieckiej zaradności i intelektualnej przewrotności. Chłop, kupiec i inteligent. Takie dziwne coś. Bezwzględne jak chłop, zaradne i dobrze zorganizowane jak kupiec, mądre jak inteligent. Te trzy gatunki ludzi nagle w jednym. Ale nie wszystko się zmieści, więc odciachaliście to, co w tamtych dobre. Pozostało tylko chłopskie skurwysyństwo, kupiecka zajadłość i inteligenckie, najwspanialsze na świecie, mądre kłamstwo.

Zabijano od zarania. Znajdując różne preteksty albo w ogóle bez usprawiedliwienia. Ale Biafra jest pierwszym, który zabija dla... dobra zabijanych. Tak, wredni Bogowie, zgódźcie się, że nic lepszego już nie wymyślicie. Biafra to ukoronowanie waszego dzieła. Śliczna, najpiękniejsza na świecie śmierć, która przychodzi jako lekarstwo ostateczne, jako panaceum na wszelkie bolączki. I nie dziwcie się tylko, że tysiące, miliony jego spadkobierców rzucą się do boju w przyszłości. Nie, nie z wyciem bynajmniej. Z inteligentnym Dobrym Słowem na ustach. Samiście to sobie wymyślili. Nie miejcie więc pretensji do ludzi. Czemu odwracacie głowy? Coś wam nie w smak? Co? To po coście go robili? Świat bez Biafry byłby do pomyślenia. Jednak przyszłość bez jego spadkobierców już nie. A przynajmniej nie taka, jaka nastąpi. My, ludzie, nie rozumiemy waszego milczenia. Za co nam to zrobiliście, co, zarazy? Nie chcecie odpowiadać? Nie - to nie. Tylko nie odwracajcie teraz wzroku, gnojki.

– Szkolenie oddziałów zakończone? – zapytał Biafra z uśmiechem.

– Tak. Strzelanie, odliczanie, manewrowanie. Wszystko przećwiczone – mruknęła Achaja. – Choć w zimie.

– Nie szkodzi. Jak zaopatrzenie?

– Fatalnie. Trzech żołnierzy ćwiczy, używając jednego karabinu. Co, zważywszy wypadki, pozbawia nas dwudziestu sztuk broni dziennie.

– Nie szkodzi – westchnął. – Otrzymałem zapewnienie od Chorych Ludzi, że mogą dostarczać nam około stu dwudziestu – stu trzydziestu sztuk karabinów dziennie. Są w stanie wytworzyć nawet więcej, ale... Cła Wielkiego Lasu, straty transportowe, wady produkcyjne powodują, że dostaniemy realnie około setki sprawnych dziennie. Wraz z amunicją i specjalistycznym zaopatrzeniem.

– Mamy czym zapłacić? Czy dadzą na kredyt?

Uśmiechnął się i mrugnął do niej. Nie musiał tego robić. Pytanie było raczej retoryczne, ponieważ oboje wiedzieli, że Chorzy Ludzie zrobią wszystko dla utrzymania szlaku przez Wielki Las. Ich towary taniały zastraszająco na światowych rynkach, co pozwalało im zajmować te rynki jak wezbrana rzeka „zajmuje" położone przy brzegu łączki. Wiele królestw rezygnowało z ceł, widząc rozkwit gospodarczy na swoich terenach. Na rynkach Zachodu nie było już innych tak liczących się kupców jak kupcy Chorych Ludzi. Szlak! Szlak przez Wielki Las był kluczem, który otwierał wszystkie drzwi. Wszelkie rynki. A gwarantem przepustowości szlaku było Arkach. To sprawiało, że jakieś niebotyczne, monstrualne i makabryczne sumy ze skarbu Chorych Ludzi, czy to w formie nisko oprocentowanych kredytów, czy bezzwrotnych pożyczek, trafiały do kasy Armii Arkach. Królestwo to stało się nagle najlepszym petentem we wszystkich kantorach, każdy lichwiarz uśmiechał się z radością, mogąc ręczyć, czy wręcz wydać kwity gwarantowe tak wspaniałemu klientowi (czytaj: mającemu tak piękne poręczenie). Z drugiej strony szerokim strumieniem płynęły w stronę Arkach pieniądze z Troy. Drogi handlowe zostały otwarte (większość nowych). Pierwszy na świecie szlak handlowy prowadził przez stolicę. Wszystko to sprawiało, że po raz pierwszy w dziejach królestwo mogło zyskać pewną perspektywę strategiczną. I Biafra zamierzał to wykorzystać. Sytuacja militarna nie była dobra, ale Troy również miało cudzy but na gardle. Teraz dla drugiego na świecie królestwa (jak Troy) i zupełnie trzeciorzędnego (jak Arkach) istniało jedno rozwiązanie: zwyciężyć lub przestać istnieć.

Nikt z wymienionych nie zamierzał przestać istnieć sam z siebie.

– Dobra – mruknął Biafra. – Zaan uderzy na wiosnę. My musimy wcześniej.

– Dlaczego?

– Jest zima. Luan wycofało swoje siły do garnizonów Negger Bank. Teraz Drugi Mieszany Korpus na naszej granicy liczy jakieś dwadzieścia tysięcy ludzi. Pierwszy Gwardyjski niewiele więcej. Na wiosnę podwoją swój stan i będzie po nas. Uderzamy teraz albo nigdy.

– Czym uderzamy, Biafra? Ocknij się.

Skrzywił się. Długo masował twarz.

– Królowa jest przeciwna wojnie zaczepnej. Ale to małe piwo... – westchnął ciężko. – Drugą Dywizję Górską mamy przeszkoloną już i wyposażoną w nową broń. Trzy tysiące osób. Mamy zwiad. Jakieś dwa tysiące, może trzy. Mamy Ochotniczy Korpus Chorych Ludzi – tysiąc. Plus trzysta dział.

– Trzysta... co? – spytała.

– Dział. Armat – wzruszył ramionami. – Jakaś ich nowa broń. Muszą jednak ją przewieźć łodziami na brzeg. A to dopiero będzie możliwe, jak zajmiemy kawałek brzegu w prowincji Negger Bank.

– Czyli nigdy – mruknęła.

Nie zwrócił na nią uwagi.

– Mamy tysiącosobowy korpus ekspedycyjny Królestwa Dery. Nieprzeszkolony i nie dysponujący nową bronią. Mamy kupę rycerstwa z Królestw Północy, też będzie ich z tysiąc. Ale o dyscyplinie lepiej nie mówić.

– Czyli... razem osiem tysięcy żołnierzy. Dowodzonych według różnych regulaminów, albo w ogóle bez... a to wszystko na... Czterdziestotysięczną Armię Luan. Drugie czterdzieści tysięcy w Negger Bank i jeszcze trzydziestotysięczny Korpus Mohra, który skoczy nam na karki, jeśli pojawimy się na jakiejkolwiek cesarskiej drodze. Kurwa! Ja mogę umrzeć w każdej chwili. Ale nie wysyłaj na śmierć tych wszystkich dziewczyn. Tych chłopaków z obcych państw. Osiem tysięcy na sto dziesięć tysięcy, nie licząc garnizonów? Oczadziałeś?

– Czekaj, czekaj... Wszystkie siły tkwią teraz w fortach lub obozach warownych. Prześliźniemy się i...

– ... i dostarczymy im rozrywki – dokończyła.

– Czekaj – powtórzył. – Słuchaj, Troy nam jaja urwie, jeśli nie uderzymy teraz. A wiesz dobrze, że może to zrobić. Nie mówiąc już o tym, że mają tam na mnie takie materiały, których ja sam na siebie nie mam – wyznał szczerze. – Uderzymy. Z tobą lub bez ciebie. Ale uderzymy.

Achaja jęknęła cicho. Ten wariat zamierzał pogrążyć całe królestwo! Ten samozwańczy półbóg, ten skretyniały czytelnik rycerskich eposów postanowił zaprzeczyć matematyce. Jego zasraną, skompletowaną z przypadkowych oddziałów „armię" byle luański garnizon rozsmaruje na pierwszej polanie, gdzie zły los pozwoli im się spotkać.

– Kurwa!

– Czekaj, kochanie... Poleciłem zorganizować nasze wojska jak górskie dywizje. Całe zaopatrzenie na mułach. Możemy iść przez las. Możemy...

– Popełnić samobójstwo.

– Ominąć Drugi Mieszany i...

Zrozumiała jego plan. Przejść pod bokiem. Przedwiośnie może to sprawić. Kiedy oni będą zamknięci w fortach. A niech sobie, osłabiona nawet, „zwykła" Armia Arkach, która pozostanie na granicy, radzi sama z Drugim Mieszanym.

– No ale... Pierwszy Gwardyjski spadnie nam na kark, a Mohr uprzątnie ciała.

– No – niespodziewanie przyznał jej rację.

– Słuchaj – spojrzała na niego. – Czego się najbardziej boimy w Negger Bank?

– Równin i dróg – odparł natychmiast. – Wszystkiego tego, co pozwoli im rozsmarować nasze lekkie jednostki.

– Bosko! – roześmiała się. – Powiedziałeś dróg?

– No.

– No to robimy tak: omijamy nie tylko Drugi Mieszany Suhrena, ale też Pierwszy Gwardyjski dowodzony przez Teppa. Walimy, wykorzystując, co się da, do wybrzeża po zaopatrzenie Chorych Ludzi i przed nami tylko Mohr.

– Dziewczyno – potrząsnął głową. – Wiesz, co to są linie zaopatrzeniowe, które oni mogą przerwać?

– Co za różnica? Przerwą i tak. Nie sądzisz chyba, że Armia Arkach pokona Drugi Mieszany... Albo dostaniemy amunicję z łodzi Chorych Ludzi, albo nie. Żarcie armia zapewni sobie sama.

Zamyślił się. Jego ręka, którą masował czoło, drżała. Coś dziwnego rozświetlało mu oczy. Wydawał się przytomny i nieprzytomny zarazem. Narkotyk sprawiał, że jego głowa chwiała się lekko, ale myśli były trzeźwe. Armia zorganizowana na wzór górskich dywizji, ciągnąca zaopatrzenie na własnych, prowadzonych za uzdę koniach i mułach, rzeczywiście mogła dokonać czegoś takiego. Zamiast walczyć z przeważającymi siłami... po prostu je ominąć. Armia Arkach, która pozostanie na granicy, powinna jeszcze jakiś czas wytrzymać, kiedy oddziały ekspedycyjne tymczasem dotrą do Negger

Bank, pobiorą zaopatrzenie Chorych Ludzi i przetną najważniejszą drogę handlową Cesarstwa. Operacja jak uderzenie mieczem w blok masła.

– Jak długo będziemy musieli wytrzymać w Luan? – spytała Achaja.

– Zaan uderzy na wiosnę. Myślę...

– Nie licz na to, że dojdzie choćby do Syrinx.

Zagryzł wargi.

– Królestwa Północy też uderzą... – skrzywił się, kiedy machnęła lekceważąco ręką. – No dobra. Powiem ci – zerknął na chłopską rodzinę skupioną pod ścianą, ale... ich obecność nie miała żadnego znaczenia. Już nie miała. – To będzie wojna nowego rodzaju.

Wyjaśnił jej, że Królowej udało się wymóc udział sześciuset wojowników z Wielkiego Lasu. Ale ten oddział nie wzmocni sił głównych. Nie miałoby to zresztą sensu. Wojowników i tysiąc rycerstwa z Północy pośle się przodem i bokami. Nie po to, żeby walczyli. Przecież w Luan zmiecie ich dowolny zorganizowany oddział wojska. Nie. On planował co innego. Rycerze i wojownicy w małych grupach pójdą po to, żeby siać terror. Ilu trzeba chłopów, żeby powstrzymać pięciu rycerzy? Jedna wieś nie wystarczy. A jeśli w małym miasteczku nie ma garnizonu regularnej armii, to ilu mieszczan trzeba, żeby mogli odeprzeć atak raptem dziesięciu rycerzy? Nie wystarczy im sił. Dziesięciu rycerzy zrówna miasteczko z ziemią, spali, zrabuje, wymorduje wszystkich, którzy nie uciekną. Ilu wojowników z Lasu powstrzymają kupcy? Jednego? A jeśli będzie ich pięciu? Co ze wsią, co z miasteczkiem, co z osadą rzemieślniczą?

Potrząsnęła głową.

– Chcesz wszystkich zamordować?

– Przecież wsie i tak zawsze były palone.

– Ale nigdy w zorganizowany sposób.

Wzruszył ramionami.

– Wiesz... mam wrażenie, że byłoby mi wszystko jedno, czy zabije mnie ktoś przypadkiem, czy w sposób zorganizowany – zerknął na nią. – Zresztą tu nie chodzi o zabijanie. Tylko o terror, niszczenie. Rycerze uderzą na wsie i małe miasteczka. Chłopi pewnie uciekną w las, ale tam będą na nich czekać wojownicy. Żadnych starć z wojskiem. Żadnych niepotrzebnych rzezi, bo nie o to tutaj chodzi.

– A o co? – spytała rozeźlona.

– Jak to? Oni mają uciekać – uśmiechnął się rozbawiony. – Jeśli jeden z drugim, chłop, mieszczanin, rzemieślnik czy kupiec zostanie napadnięty i złupiony, a w lasach ukryć się nie będzie sposób, bo tam grasują potwory, to...

– To co?

– Tysiące ludzi rzuci się do ucieczki pod opiekę garnizonów. Tysiące ludzi! Z dobytkiem, który zdołali wynieść, z wozami, z rodzinami. Oni zatkają imperialne drogi. A jeśli nawet dotrą do jakichś zorganizowanych oddziałów, to pan oficer, który tam dowodzi, będzie ich musiał żywić – Biafra uśmiechnął się znowu. – Czym? Odbierze od ust swoim żołnierzom? Zrobimy im taki burdel, że kwatermistrzowie sami będą się obwieszać.

Teraz ona wzruszyła ramionami.

– Burdel czy świątynia – mruknęła – dalej mamy parę tysięcy na sto!

– Ale też możemy bić się z kolejnymi oddziałami osobno. Nie uderzą całą siłą, bo nigdy nie zdołają ich zebrać. Ale to nie wszystko. Wiesz, co zabija najwięcej żołnierzy?

– Chyba inni żołnierze – zakpiła.

– Błąd – uśmiechnął się. – Nieprawda.

– Kurde! A co?

– Sprawdziłem wszystkie raporty, do jakich mogłem się dostać. I przeliczyłem sobie. Na jednego żołnierza zabitego przez wroga przypada pięciu, którzy zmarli od nieleczonych ran, chorób, złego żywienia.

– Ilu?

– Pięciu – powtórzył. – Jeśli stuosobowy oddział ma straty w bitwie rzędu dwudziestu zabitych żołnierzy, to potem i tak znika, bo pozostali umierają z różnych innych przyczyn. Tobie to trudno ocenić, bo walczyłaś w elitarnej, górskiej dywizji, a tam medycy i zaopatrzenie najwyższej klasy. A widziałaś, co w piechocie? Żarłaś kiedyś brudną, zgniłą brukiew, popijając wodą z kałuży?

– Żarłam różne dziwne rzeczy, jeśli ci o to chodzi. Ale pięciu do jednego?

Machnął ręką.

– Pamiętasz dwudziestotysięczny korpus Tyranii Symm wysłany dla oskrzydlenia Linnoy? Ile mieli strat?

– Prawie dziewięć tysięcy po przejściu na brzeg morza – wyrecytowała z pamięci.

– A ile bitew odbyli? – nachylił się w jej stronę.

– Bogowie! – wyrwało jej się mimowolnie. – Żadnej!

– Widzisz? – szepnął. – Dziewięć tysięcy żołnierzy zmarło bez jakiejkolwiek bitwy? Dlaczego?

Patrzyła na niego osłupiała. Te fakty znali wszyscy, którzy poznawali taktykę i strategię. Ale wnioski wyciągnął jedynie Biafra.

– Zaraz, kurde – nie mogła uwierzyć. – Przecież tam był wyjątkowo trudny teren.

– Tak – Biafra zgodził się natychmiast. – Ale dwa lata po Symm tę samą drogę, tyle, że w drugą stronę, odbył strateg Genner z Linnoy. Stracił kilkaset osób.

Potrząsnęła głową.

– Dlaczego?

– Tam bagna, wyziewy, uroczyska. Jeden z medyków Gennera kazał żołnierzom gotować wodę. Nie wolno było wypić niczego, co nie było przegotowane. I co? Piętnastotysięczna Armia Linnoy straciła w tym samym terenie dwustu, trzystu żołnierzy, otoczyła twierdzę Grath i zdobyła ją po czterdziestodniowym oblężeniu. Majstersztyk, prawda? Wielka Tyrania Symm na kolanach przed malutkim księstewkiem.

– Genner miał płatnych najemników.

– No to co? Troy ze swoją wielką Armią Wschód miało kłopoty z Symm. Linnoy jakoś nie miało.

– Kurde, człowieku, przecież to była wieloletnia wojna.

– Głównie na morzu. Ale... tak czy tak, malutkie księstewko napluło w twarz wielkiej Tyranii. I ma się dobrze! A Symm? Z jednej strony Troy atakujące dowolny port, jeśli... no na przykład, jeśli jakiemuś waszemu strategowi nie spodoba się pogoda w danym dniu. Równie dobry powód jak każdy inny. Z drugiej strony zamknięte cieśniny i główne szlaki handlowe tylko dlatego, że staremu księciu zachciało się kiedyś puszczać wiatry na oficjalnym przyjęciu. I co? Linnoy pierdzi jak pierdział, a Symm zdycha. Zdycha.

Biafra rozmasował policzki.

– I co? – kontynuował. – Wystarczyło, że malutki książę Linnoy raz puścił bąka i już korona tyrana spadła z głowy?

– Linnoy ma cieśniny handlowe. Zadławił Tyranię, odcinając jej dopływ właściwie wszystkiego.

Biafra roześmiał się na cały głos.

– Nie pamiętam nazwy, ale... była taka wyspa, kluczowa dla handlu Symm. Zdobyły ją wojska Linnoy. A... czyją jest teraz własnością?

– Troy – szepnęła, wiedząc, do czego zmierza.

– Ooooo? To dlaczego wam Linnoy nie zamknął „dopływu wszystkiego", co? Nie udało się? – kpił w żywe oczy. – Takie Troy... Z jednej strony wrogie Luan, z drugiej wrogie Symm. I jeszcze Linnoy. I co? Nie poszło mu z wami? Dlaczego? – Biafra nachylił się nagle nad stołem. – Odpowiem ci. Bo Królestwem Troy, wbrew pozorom, nie rządzą idioci! Żrecie się, skaczecie sobie do oczu... Ale jedno wiecie: jeśli chodzi o złoto, to pałką wroga w łeb. Tak, żeby ubić na miejscu. W tym się wszystkie Wielkie Rody akurat zgadzają. Macie Armię Wschód, Armię Zachód i Armię Domową. Nie do połączenia w jedną siłę, jeśli chodzi o wojnę z Luan. Bo tam własne sprzeczne interesy wchodzą wam w drogę. A jednak... w przypadku Linnoy udało się. Jakim cudem? Trzask prask i stupięćdziesięciotysięczna armia sprawiła, że stary, pierdzący książę nagle oddał wam wyspę i trzy fortece nad cieśninami. Bez jednej bitwy. Co? Zgłupiał nagle? Nie... Otrzeźwiło go, kiedy wyobraził sobie pięćdziesiąt okrętów Troy i monstrualną armię lądową u swoich bram. Cha, cha, cha! I tak załatwiacie sprawy w Troy. Po co walczyć? Niech Linnoy zgarnie całą zdobycz. A wy go tylko poprosicie, żeby wam część oddał za bezdurno. I co z twoimi cieśninami, złotko? – zakpił znowu. – Tak samo może być z Luan. Teraz wóz albo przewóz.

Zagryzła zęby.

– A sprzęt do oblegania fortec? – spytała cicho. – To również zamierzasz ciągnąć za sobą na jucznych koniach i mułach?

Prychnął pogardliwie.

– Nie mamy sprzętu, więc nie będziemy zdobywać żadnych fortec. Albo się połączymy z Chorymi Ludźmi na brzegu morza, albo nie. Albo przetrniemy imperialną drogę, albo nie – znowu wzruszył ramionami. – Żadnego oblegania czegokolwiek, bo nie mamy na to ani sił, ani środków.

– Rewolucjonizujesz sztukę wojenną, Biafra. Armia Luan nigdy dotąd nie dostała tak pięknego prezentu – szczupłe, obce wojska podetknięte pod sam nos. Byle tylko ruszyć dupę, wyleźć zza murów garnizonu i zrobić im rzeźnię.

Nie zamierzał dyskutować. Uznał, że czuje się już wystarczająco dobrze, żeby móc coś wypić. Sięgnął po kubek i nalał sobie wódki. Ktoś z tyłu aż syknął mimowolnie, kiedy wychylał jego zawartość.

– Masz, jak zwykle, rację – wykrzywił twarz. – Ale i tak problemem są, jak zawsze, pieniądze.

– Przecież mamy. Z Troy i od Chorych Ludzi.

– Taaaaa... – potarł nos. – Nałożyłem nowe podatki, były trzy powstania... ale zdusiliśmy.

– A ten twój „naród”? Co, nie wypaliło?

– Wypaliło – skrzywił się lekko. – Ale kiedy chodzi o pieniądze, naród jest mniej rychliwy. Głównie chodzi o powód prowadzenia tej wojny. O coś, co mogłoby porwać wszystkich.

Zastanawiała się przez chwilę. Wiedziała już, że lepiej nie proponować zwyczajowych rozwiązań, bo w przypadku Biafry nie spotykały się one z akceptacją. Zresztą, tłumaczenie chłopom, że Luan zagarnie ich za dwa lata, mijało się z celem. Tyle wiedziała sama.

– No, kurde...

– No? – podchwycił. – Dlaczego podejmujemy taki wysiłek, co? Jak to przetłumaczyć narodowi?

– Mmmmm... Walczymy, bo... – nareszcie wpadła na jakąś myśl, choć, po prawdzie, zupełnie durnowatą. – Walczymy z Luan, bo chcemy zniszczyć niewolnictwo! – wypaliła.

Roześmiał się na cały głos.

– A kogo to, kurwa, obchodzi? – pokręcił głową. – Co jakiegoś zapchlonego chłopa obchodzi niewolnictwo w Luan?

Wzruszyła ramionami.

– Nic nie obchodzi. Chciałeś powód wojny do kronik, więc ci go dałam.

– W kronikach to się napisze, co zechcemy, ale dopiero... jak wygramy. Ja chcę mieć powód dla chłopa.

Zamyśliła się. Wojna z niewolnictwem, z niesprawiedliwością... Miał rację. W kronikach to może wypaść ładnie, choć i tak nikt nie uwierzy w te brednie. Usiłowała się skupić. Czego prosty chłop nie cierpiał w Luan? Odpowiedź brzmiała: niczego. Wszyscy zazdrościli Luan. To było największe, najbogatsze i najwspanialsze państwo na świecie. Każdy chciał być Luańczykiem. Każdy oddałby wszystko, żeby móc spędzić tam resztę życia. Może tylko Troy nie miało takich pragnień, bo było wielkie i bogate jak szlag. A wojna z Cesarstwem pozwalała jeszcze bardziej nabić kabzy najbogatszych obywateli. Co chłop mógł mieć do Luan poza uwielbieniem? Palnęła się ręką w czoło.

– Ty, słuchaj. Czego chłop w każdym kraju, wszędzie, najbardziej się boi?

Zmarszczył brwi.

– Poborcy podatkowego, wielkich państwa, szlachty, nieurodzaju, losu, sąsiadów... – urwał nagle, bo zrozumiał. I nie mógł przyjąć tej prawdy.

– Co? – ponagliła go.

– Bogowie! Tylko nie to!

Uśmiechnęła się.

– Czego chłop się najbardziej boi? – powtórzyła.

– Z... – nie mógł wypowiedzieć tego słowa w tym kontekście. – Zakonu.

Roześmiała się na cały głos.

– Zakonu, Biafra. To Zakon jest uważany za sprawcę wszelkich nieszczęść. To za złe słowo rzucone przeciw Zakonowi można pójść w dyby szybciej niż za oplucie Królowej.

– Ja cię pieprzę! Tylko nie to! Achaja, tylko nie to, błagam.

– No co? – rozłożyła ręce. – To Luan jest powiernikiem Zakonu na tym świecie. Jeśli sądzisz, że chłopaki z wyspy darują nam szarpanie Cesarstwa, to jesteś naiwny.

– Nie jestem naiwny. Jeśli jednak powiemy coś przeciw Zakonowi, to nie będzie dla nas miejsca na tym świecie, dziewczyno.

Prychnęła ze złością.

– Ach tak? To znaczy, że chcesz uciec do Dery, jak się nie uda, co? Czy do Symm? A może do Linnoy. Masz już ustaloną marszrutę ucieczki? – rąbnęła pięścią w stół. – Przecież, kurwa, tak czy tak położymy głowy w tym interesie! Nie wymkniemy się już, Biafra!

Skrzywił się. Potem sięgnął po kubek z wódką.

– Ale nie Zakon, dziewczyno.

O mało nie eksplodowała przy stole.

– Ty się, kurwa, zastanów! Jeśli Zaan ma na ciebie grubą teczkę, to co z nią zrobi, jeśli nie uderzysz, co? No, odpowiedz! Co z nią zrobi? Spali? Nie sądzę. A jeśli uderzymy i wszystko się zesra, bo za plecami będziemy mieli czterdzieści powstań z powodu nadmiernych podatków, to...

– Ale nasz handel... Wszystko pieprznie, jeśli wmieszamy w to Zakon.

– Nasz handel to teraz Chorzy Ludzie. A to jest jedyne na całym świecie królestwo, które ma Zakon głęboko w dupie! Jedyne! Mamy niepowtarzalną szansę, Biafra. Teraz albo nigdy. Teraz albo nigdy! Czy ty rozumiesz, co do ciebie mówię?

Skinął głową.

– Królowa...

Nie dała mu dokończyć.

– Poradzisz sobie z Królową, Biafra. Jesteś sto razy bardziej inteligentny niż ona. Zrób to! Zrób to i idziemy na Luan położyć nasze głowy na jakimś prowincjonalnym polu bitwy.

Przeżuwał to, co powiedziała, z coraz mniej pewną miną. To naprawdę była gra o wszystko. O WSZYSTKO! Ale... mieli bardzo słabe karty... Wojna przeciw Zakonowi. Wojna przeciw Bogom! Jeśli jednak Luan padnie, Zakon będzie psem bez zębów. No ale... przecież nikt nie planował upadku Luan. To nie miała być taka wojna. To miało być odwrócenie starego powiedzenia...

Tym razem: dwa kroki w przód i krok w tył. Nie zwyciężą Luan, bo to przecież niemożliwe. Ale... Czy mają jakąś alternatywę? Czy On ma jakąś alternatywę? Bogowie... Nie, nie. To teraz człowiek powie Bogom: odtąd ja będę rządzić? W tym oceanie krwi? Przestraszył się. Wyraźnie się przestraszył. Nie sądził, że jego intrygi zawiodą go aż tak daleko. Wojna z Zakonem. O panowanie nad światem. Przegrana wojna z Zakonem – o potwierdzenie zakonnego panowania nad światem. Czy taką wojnę można w ogóle podejmować? Tylko po to, żeby, umierając, móc sobie powiedzieć „przynajmniej próbowałem"? A jakie to ma znaczenie? No dobra. A jakie ma znaczenie życie ze świadomością: mogłem, ale nie spróbowałem? No... w życiu przecież wiele może się zdarzyć. Można tęgo popić. Można się zrzygać. Można kogoś przelecieć. Można zbić majątek. Można egzystować w swojej małej chałupce, złorzecząc Bogom i ludziom. Można... Czy można żyć ze świadomością: mogłem, ale nie spróbowałem? Postawić wszystko na jedną kartę. Kurwa! Tylko czemu ta karta jest taka słaba? Dlaczego nie można postawić na tuza? Dlaczego nędzna szóstka to wszystko, co się ludziom zdarza? Aaaaaa... I z szóstkami ludzie wgrywali. Jak się dobrze gra, to i szóstka tuzem. A przynajmniej spróbujmy to sobie wmówić. Spróbujmy to sobie wmówić... Co innego nam pozostało? Przecież szóstka to w końcu nie dwójka.

Uśmiechnął się nagle.

– Zakonu wszyscy nie cierpią – mruknął. – Ale boją się, bo...

– Tato – przerwała mu Achaja, zwracając się do wójta. – Teraz będzie wojna z Zakonem.

– No – wójt kiwnął głową. – Nareszcie się ktoś zabierze za tych psubratów. Nareszcie ktoś im powie, że ludzie nie chcom już trzymać karku pod ichnim butem.

– Ale to wojna z Bogami.

– A na co nam tacy Bogowie, co niesprawiedliwość tylko czynią? Na co nam, pytam – stary rozjątrzył się wyraźnie. – Nie podobamy się naszym Bogom? To niech se znajdą innych ludzi. A my se znajdziemy innych Bogów! O!

– Ty, stary, rzadko masz rację – powiedziała jego żona. – Ale dzisiaj, o dziwo... znowu masz.

– No, kurna. Cały czas mówią, że źle robimy. To nie tak, tamto nie tak – odezwał się najstarszy z synów.

– No. Nie podobamy się Bogom ani tym, co w ich imieniu tu rządzą. To niech se, kurna, innych znajdą. Takich, co im się bedom podobali.

– No mówię – zaperzył się wójt. – Jak my się Bogom nie podobamy, to dlaczego nas takimi stworzyli? Trza było od razu zrobić nas tak, żebyśmy się podobali. A jak nie, to próżny żal. Hajda z chałupy, co gadać po próżnicy. Niech se znajdą innych ludzi, a my se znajdziemy innych Bogów. I nie będzie głodnych wytyków. Tylko, coś tak dziwnie... to oni nie chcą się od nas odpieprzyć, a nie my od nich.

Achaja roześmiała się nagle. Po szkole w obozie niewolników, po szkole Viriona... nie wierzyła w nic. Nie wierzyła w Bogów, nie wierzyła w ludzi. Biafra potrząsnął głową zdziwiony. On również nie wierzył w Bogów, zbyt wiele książek przeczytał, zbyt wiele wątpliwości zasiano w jego głowie. W ludzi nie wierzył z racji swojego zawodu. Ale to też łączyło się z Bogami. Skoro każdego można było kupić, każdego wykorzystać, zmusić do popełnienia dowolnego czynu, który choćby zamajaczył w głowie Biafry, to... coś było nie tak z dziełem stworzenia. Nie on wymyślił głupotę i skurwysyństwo. Ale skoro on, maleńki człowieczek, nauczył się, jak to wykorzystać, to jak do tego miała się władza wszechmocnych Bogów? Przejął część ich mocy? Wątpliwe. A może tylko wiedział, że nikt nie uderzy go w rękę, którą wyciągał, by mieszać w najgorszych pokładach ludzkiego świństwa. A może tylko czuł? A może był po prostu wrażliwy i mógł widzieć, że coś takiego, co dzieje się wokół, po prostu... nie może się zdarzyć? Nie ma prawa.

– No dobra – z pewnym trudem wstał zza stołu. – Będzie wojna z Zakonem, Bogami w sprawie zniesienia niewolnictwa – zaśmiał się. – Ale jaja napiszą o nas w kronikach – podszedł do drzwi i pchnął je z całej swojej wątłej siły. – Ale jaja... – powtórzył i wyszedł.

Shha lekko zaniepokojona podeszła do siostry.

– Achajka, niewiele zrozumiałam. Ale... Czy my będziemy robić dobrze?

– Zabijając obcych żołnierzy? Wiesz, to zależy wyłącznie od punktu widzenia.

Shha usiadła obok siostry i objęła ją ramieniem.

– Słuchaj. Ja nie jestem taka mądra jak ten Biafra. Powiedz mi powoli. Czy to będzie sprawiedliwa wojna?

Achaja uśmiechnęła się smutno.

– Jeśli wygramy, to będzie najbardziej sprawiedliwa wojna na świecie. Jeśli przegramy, nikt nas nie będzie pytał.

Shha skrzywiła się lekko.

– Powiedz mi jak moja siostra, co?

– Wiesz... My się bronimy przed Luan. Jesteśmy usprawiedliwieni. Nie nasza wina. Ale teraz zrobimy wielkie kurewstwo. Niby sami sobie winni. Nie trzeba było nas napadać, ale... teraz my będziemy zabijać na ich terytorium, palić, niszczyć, wyganiać. Czy to jest sprawiedliwe? Gdyby na nas nie napadli, to byśmy nie poszli. Więc niby sami sobie winni. Ale jeśli spytasz, czy teraz pójdziemy tam zabijać w obronie własnej, to ci odpowiem, że nie. Pójdziemy tam, by niebo i ziemię gołą zostawić. Ale wiesz... Jesteśmy słabsi. Jeśli więc się uda... To będzie najpiękniejsza wojna na świecie. Jeśli przegramy – będziemy bandą idiotów, którzy porwali się na niemożliwe. Wybierz, co chcesz, siostrzyczko. Jednoznacznej odpowiedzi nie ma. Nie ma nigdzie.

– Laleczko. Nie wygłupiaj się i powiedz jak człowiek. Będziemy dobrze robić czy źle?

– Pojęcia nie mam... – zawahała się. – Źle! – po chwili zmieniła jednak zdanie. – Nie. Dobrze! Znaczy... Nie do końca. Chyba źle...

– Na frasunek najlepszy trunek – powiedział sentencjonalnie gospodarz, stawiając przed nimi nowe naczynie z wódką. – Jak ma być wojna z Bogami, co sprawili, że mi najmłodsza córeczka zeszłej zimy odumarła... znaczy wojna dobra!

– Eeee... – Achaja wzruszyła ramionami. – Po pierwsze, nie Bogowie winni akurat śmierci twojej córki. Po drugie, to będzie taka wojna z Bogami, jak ja jestem cesarzem Luan!

– Jeśli to nie wina Bogów – mruknął wójt – to po co gadali, że nam świat dają we władanie, co? Albo-albo, niech się zdecydują. Jeśli to nasz świat, to ja chce z powrotem moją maleńką córeczke! Jeśli ich, to im teraz za to dupe przypalcie, dziewczyny! – skrzywił się i przysiadł na brzegu ławy. – Ja stary jestem. Nie dla mnie światowe sprawy. Jedno wiem, co inszego w kronikach piszą, co inszego gadają, a jeszcze co inszego robią. Jednak... Jeśli podpalisz stodołę sąsiadowi, bo go nie lubisz – jesteś gnój i podpalacz. Na sąd ci trzeba iść. Jeśli jednak podpalisz stodołę sąsiadowi, bo on przez lata wszystkim ogłaszał, że nikt go ruszyć nie zdoła, bo go opatrzność chroni... Toś nie żaden gnój, jeno bohater, co się opatrzności oponuje. I nie na żaden sąd ci iść, tylko niech tamtego sama opatrzność mści... jeśli jej się uda. Jeśli jej się uda! Wóz albo przewóz, mówią u nas. Patrzaj, Achajka, na moją córcię. Głupie było dziecko, w chałupie głodno, wiana nie miała, co jej za życie było pisane? Na parobczyce by poszła, popychadłem została. Armia ją wzięła. A teraz wielka pani sierżant, morgowe ma, stopień ma, śliczne ubranie, siostra twoja, szlachcianka. Tyle dobra jej nasza armia uczyniła. Tyle dobra! Jej teraz mus iść odpłacać. Za to wszystko, co dano tej głupiej dziewczynce – wójt dopiero teraz odważył się i poczochrał włosy córki – za te wszystkie rzeczy, które dostała, jej mus iść i oponować się za Królową. I niech tylko wspomni czasem, jeśli na Zakon idziecie, że to też troszeczkę za tę malutką jej siostrzyczke, co zeszłej zimy odumarła.

– Kurde, tato – Achaja potrząsnęła głową. – Co ma Zakon do Bogów?

– Jeśli nic nie ma – to po co gadają, że w Ich imieniu tu rządzą. Ubić wszystkich, bo łżą! Jeśli ma... To niech malutką córeczke oddadzą! A jak nie zechcą – to ubić ich, bo są świnie! Co im maleństwo zawiniło?

– Przygotuję wam spanie – stara przerwała przydługą wypowiedź swojego męża. – Pewnie zmęczoneście, córcie.

Wójt znowu napełnił ich kubki.

– No... wypijcie – powiedział zafrasowany czymś. – A potem idźta świeżym powietrzem odetchnąć. Nie lza po wódce się od razu kłaść, bo zmora w nocy przyjdzie. Nie lza...

Wypiły obydwie. Achaja podniosła się i wyszła pierwsza. Nie bała się zmory. Coś jednak wygoniło ją na zewnątrz. Ten wieczór. Ta noc przed nimi. Kiedy być może ostatni raz można było zobaczyć świat takim, jaki jest obecnie. Jutro... czy za kilka dni... wszystko już może wyglądać inaczej. Teraz spokój, szumiące na wietrze drzewa, potem wiosna, pierwsze liście i... wojna, jakiej jeszcze świat nie widział. Kurde. Jaki spokój! Topniejący śnieg, szczekające psy, ludzie układający się do snu w chałupach. Czy oni wiedzą, że świat już nigdy nie będzie taki jak dawniej? Czy wiedzą, że jeśli stanie się cud i Armii Arkach się uda, to z ich zapadłej wioski może się zrobić wielka handlowa osada, może miasto? Czy wiedzą, że jeśli się nie uda, Luan popędzi wszystkich, w pętach, do swoich kopalń, haremów, na wysypisko śmieci? Cokolwiek zresztą by się stało, porządek świata został zakłócony. Już nigdy nie będzie tak jak dotąd. Teraz już Bogowie i Zakon w to zamieszani. Teraz już wóz albo przewóz – nic nigdy nie będzie wyglądać jak dzisiaj. Lepiej lec na polu bitwy niż oglądać to, co przyniosą nadchodzące dni.

– Wiesz – powiedziała do siostry, która stała tuż za nią. – Chyba chciałabym tu zamieszkać. Tu i teraz. Z tą rodziną, w tym cieple...

– No co ty? – mruknęła Shha. – My już z innej gliny ulepione! Nam teraz karabin w garść i na Luan. Szlag! Ja tu nigdy nie wrócę. Ja już nie chcę. Ja chcę wśród wrzasku koleżanek, w huku wystrzałów, wśród zabijanych sióstr głowę położyć na polu bitwy. Za to, żeby mój ojciec też miał honor. Ale tu... już nie wrócę. Ja chcę słyszeć, jak Bei wyje, bo ucięła czyjąś głowę, ja chcę słyszeć, jak Mayfed szepcze, strzelając: „Wy gnoje, macie za to, że nie mogłam wyjść za mojego chłopaka!". Ja chcę widzieć, jak Chloe się uchlewa przed atakiem, a potem wali mieczem jak kowal. Ja chcę być z Zarrakh, Lanni i Sharkhe, jak ryczą ze strachu, a potem z wściekłości. Ja już chcę tylko słyszeć, jak Biafra mówi do mnie: „Zabij ich wszystkich, córko". Ja chcę słyszeć, jak on mówi: „Sierżancie, weźcie trzech najlepszych strzelców i...". Kurwa mać. Ja już tu nie wrócę. Ja chcę jeszcze, choć raz, zobaczyć, jak moja własna siostra mruży te swoje wielkie oczy, a chwilę później czyjeś rączki, nóżki i główki szybują w powietrzu zupełnie odłączone od ciała. Ja chcę krzyczeć: „Zapierdalać żołnierze! Do przodu suki! Do przodu małpy pieprzone" – Shha zagryzła wargi i przycisnęła pięści do oczu. – Ja już tu nie wrócę, Laleczko. Pierdolę moje morgowe. Sram na moich braci i siostry, choć ich wszystkich kocham, każdego z osobna i wszystkich razem. Ale... My już z innej gliny jesteśmy. Nam tylko marsz w głowie, wrzaski naszych koleżanek, wycie naszych wrogów. My już tylko do przodu możemy. Aaaaaach! My młode. Nie przyjdzie nam głów położyć, to se sama życie ułożę. Sama! Razem z tobą, Laleczko. Ale nie tu. Nie tu, gdzie życie od podatku do podatku, od siania po żniwa. Już nie. My już tylko mowę wilków znamy. Nie owiec. Wilk powie: „Chodźcie, zdziry" i my pójdziemy. Owca powie: „Meeeee"... to na rożen ją nabić. My wilczyce, my już mowy owiec i ludzi nie znamy. Nie, nie. Ja już nie stąd. Ja już dołączyłam do tej wielkiej rodziny – Shha popatrzyła w niebo, na którym przez chmury zaczynały przebijać pierwsze gwiazdy. – Do tych wszystkich wojowników, którzy jeszcze walczą, mając pewność własnego zatracenia, widząc śmierć w swoich oczach, słysząc pieśń zagłady. My już z nimi, siostro. Oni, nasi bracia. Nikt inny. Gdziekolwiek są – Shha spojrzała na gwiazdy – gdziekolwiek są... To oni teraz nasi bracia, nasze siostry. My już nie stąd. My już ich koleżanki. Choćby jutro miał być koniec świata.

– Shha, siostro. Ale my... porwiemy się na coś niemożliwego.

– No to co? – Shha wzruszyła ramionami. – Prosty żołnierz z Luan lepiej mnie zrozumie niż moja rodzina. Skrzyżujemy miecze, popatrzymy sobie w oczy i... on już mój brat. Nie ci tutaj. Choćbyśmy mieli się zasiec. Choćby jedno z nas miało paść w wydeptaną trawę i zdychać powoli. On wie o mnie więcej niż mój ojciec. On moją rodziną. On...

– Szanowne panie!

Obie, zaskoczone, odwróciły głowy jak na komendę. Zdziwione obserwowały niecodzienny tu widok. Wiejską, częściowo zaśnieżoną, częściowo już błotnistą drogą jechał młody człowiek na ośle. Jego niezwykle jasne, żółte, a nawet częściowo białe włosy wskazywały, że musiał pochodzić z kraju Chorych Ludzi. Mógł mieć najwyżej osiemnaście lat. Jego osioł, obciążony dodatkowo jukami, ledwie zipał.

– Szanowne panie – powtórzył obcy. Pewnie skorzystał z otwarcia szlaku przez Wielki Las. Był jednak jednym z pierwszych Chorych Ludzi, którzy zapuścili się tak daleko. – Jestem Baruch – przedstawił się. – Jestem bankierem.

– Kim? – mruknęła Shha. – Niczego nie kupujemy – dodała.

– Ależ ja nie chcę niczego sprzedawać – chłopak zręcznie zeskoczył z osła, który przyjął to z wyraźną ulgą. – Jestem bankierem. Ja nie biorę pieniędzy od ludzi, dając im jakiś towar. Ja biorę pieniądze i już – uśmiechnął się rozbrajająco.

Shha położyła dłoń na rękojeści noża.

– Rozbój robisz?

– Ależ, droga pani – żachnął się chłopak. Był naprawdę sympatyczny. – Jestem bankierem, a nie rozbójnikiem. Czy tego nie widać?

– Nie – warknęła Shha, choć i u niej widok osła nie wywoływał skojarzeń z brutalnymi napadami. – Czego, kurde, chcesz?

– Waszych pieniędzy – uśmiechnął się Baruch. – Bank zakładam – dodał wyjaśniająco, ale niczego nie zrozumiały. – No, bank – powtórzył. – U nas już takie są, tu jeszcze nie. Więc postanowiłem, że będę pierwszy w Arkach.

– A nie za młodyś ty, żeby rozbój w biały dzień czynić we wsi? – spytała Shha, ale bez przekonania.

– To nie rozbój. To bank. Rzecz w tym, że każdy ma jakąś gotowiznę. Po co narażać się na to, że skradną albo siłą wydrą? Złóżcie pieniądze u mnie. W banku będą bezpieczne.

– I niby ty je obronisz, pętaku? – skrzywiła się Shha. – Jakbym cię kopnęła w dupę, to byś mi oddał całą gotowiznę tylko za to, żebym tego drugi raz nie zrobiła.

– Nie oddałbym – uśmiechnął się chłopak. – Nie oddałbym, bo jeszcze nic nie mam – wyjaśnił. – Panie mogą być pierwszymi klientami mojego banku. A ja... w przeciwieństwie do tych, co u nas w tym interesie robią, dam wam nie jeden, a dwa od sta w stosunku rocznym – zakończył triumfalnie.

– Co?

– Interes kręci się tak. Wielmożne panie powierzacie mi gotowiznę, bo wszak wasze piękne głowy nie po to, żeby dumać, jak pieniądzem obracać. Ja będę obracać. Gwarantuję dwie rzeczy: w każdej chwili powierzone mi dobra oddam, ale jak rok wytrzymacie, to od każdego sta dwa wam wypłacę.

– Dwa od sta? – spytała Achaja. – Za bezdurno?

– Tak jest – Baruch skłonił głowę. – Tyle nigdzie nie dostaniecie. Ale ja zakładam dopiero swój bank – uśmiechnął się promiennie.

– Czekaj – Achaja przeliczała w głowie. Jeden złoty to trzydzieści srebrnych, a jeden srebrny to trzydzieści brązowych, to dwa od sta, licząc od jednego złotego, wynosi... osiemnaście brązowych rocznie. Roześmiała się, rozwiązała sakiewkę i rzuciła mu złotą monetę. – Masz – mrugnęła do niego. – To nie dla tych kilku brązowych. Ale skoro ode mnie zacząłeś, jako od pierwszego klienta, to chciałabym, żeby ci się spodobało w tym kraju. Ja też kiedyś byłam tu obca. Ale oni – skinęła głową w stronę Shhy, która pomstowała właśnie, widząc straszliwą głupotę swojej siostry – oni mają w sobie coś takiego, że... to jest jedyne miejsce na świecie, gdzie każdy obcy może poczuć się jak u siebie. Często nawet lepiej.

Chłopak, który zręcznie chwycił w locie rzuconą mu monetę i schował pieczołowicie do swojej chudziutkiej sakiewki, wyjmował właśnie z juków deskę obwiązaną sznurkiem, papier i inkaust.

– Podoba mi się Arkach – uśmiechnął się szeroko. Zawiesił sobie sznurek na szyi tak, że deska zawisła mu mniej więcej na wysokości mostka. – Pierwszy dzień i już złota moneta. Tu mi będzie dobrze.

Położył dwie zapisane już karty na deseczce i umoczył pióro w trzymanym lewą dłonią kałamarzu.

– Przepraszam za urzędowy ton, ale muszę to dokładnie wypełnić. Imię?

– Moje?

– Mhm.

– Achaja.

Zapisał informację od razu na obu kartach.

– Córka?

– Archentara.

– Wiek?

– Nie wiem.

– Hmmmm... Coś muszę zapisać – spojrzał na nią taksująco. – Dwadzieścia?

– Pisz, co chcesz – uśmiechnęła się.

– Zawód wyuczony?

– Księżniczka.

Przygryzł wargi i ukłonił się lekko.

– Zawód wykonywany?

– Major. Służba Rozpoznania i Zaopatrzenia Królestwa Arkach.

– Posiada stałe źródło dochodów?

– Zdecydowanie tak. Oficerska pensja, dzierżawne, dochody z lenn i jakichś wiosek. Ale nawet nie wiem, gdzie te wioski leżą, więc... nie pytaj mnie o wysokość.

– Podziwu godna lekkomyślność – mruknął. – Ale ja się dowiem i przedstawię szanownej pani raport.

– Słucham?

– Świadczymy takie usługi naszym klientom – skłonił głowę. – Uporządkuję pani sprawy finansowe, jeśli dostanę odpowiednie plenipotencje. Stałe miejsce zamieszkania ma?

– Ma – skinęła głową. – Dwór w stolicy.

– Zawód wykonywany przez ojca?

– Wielki Książę Królestwa Troy.

– Oż kurde balans! – wyrwało mu się nagle. – Pani jakby chciała wziąć u mnie kredyt, to... starczy palcami strzelić.

– Nie sądzę, żeby ojciec chciał za cokolwiek płacić.

– A to już moje zmartwienie – uśmiechnął się przymilnie. – To jest bank! Ja pani daję nieograniczony kredyt. A jak pieniądze odzyskam? To już mój problem. Niedługo nasze banki będą i w Troy, i w Luan, i wszędzie. Wystarczy się zgłosić i pokazać kwit, który pani dam. Na razie co prawda nie mam wielu umów z innymi bankami, ale jestem tu pierwszy. Mój bank będzie taki, że to niedługo inni będą sami się prosić. Już za kilka lat! Zobaczy pani.

– Mam nadzieję, że nie będę musiała skorzystać z kredytu – zażartowała.

– Złożyła pani u mnie kapitał – pokazał jej, gdzie ma złożyć podpisy. Potem umoczył jej kciuk w atramencie i kazał dokładnie odcisnąć na obu papierach. Jeden dokument dał jej, a drugi zachował dla siebie. – To nie zginie. Choćby za tysiąc lat pani spadkobiercy mogą zgłosić się do moich spadkobierców i otrzymają całą gotowiznę plus odsetki.

Słysząc to, stojąca obok Shha tylko załamała ręce. Jak niby można sprawdzić to, co stanie się za tysiąc lat...?

Rozdział 3

Wysłannik miał na sobie strój pustynnego łowcy niewolników. Wytatuowane godło pomiędzy palcem wskazującym a serdecznym było jednak prawdziwe. Z odpowiednim błędem w odpowiednim miejscu umieszczonym tak, by ci, którzy chcieliby je podrabiać, musieli znaleźć gdzieś na świecie drugiego człowieka z tak unikalną fałdą skóry między palcami. Teoretycznie możliwe, ale nie do zrobienia w krótkim czasie.

– Mów – rozkazał Zaan.

– Panie. Wąwóz zablokowany. Nasze oddziały posuwają się imperialną drogą numer cztery, nie napotykając poważniejszego oporu.

– Gdzie są główne siły przeciwnika? – przerwał Orion.

– Nie wiem, wielki panie – posłaniec pochylił głowę.

– Co się dzieje? Co z bitwą?

– Tak jak było w rozkazach. Jedynie niewielka część naszych sił wzięła udział w bitwie powstrzymującej. Reszta przeszła bokiem i...

Przerwały im okrzyki przed namiotem. Wysokiej rangi oficer wprowadził gońca poczty konnej.

– Wielki Panie – goniec nawet nie usiłował udawać, że wykonuje ukłon. Płacono mu za przebyte odległości i wiadomości, które dostarczył. Był pracującym człowiekiem i po prostu bardzo się spieszył, bo zależało mu na pieniądzach. Nadchodziły zupełnie inne czasy... – Biafra zdobył Negger Bank! Armia ekspedycyjna Arkach zamknęła się w murach miasta!

– Bogowie! – Orion aż podskoczył w stanie najwyższej ekscytacji. – Biafra jest w mieście???

– Tak, panie. Suhren wycofuje swoje oddziały. Na zachodzie ogólna panika, chyba okopują się przy węźle drogowym pod LaMoy. Była straszna bitwa...

– Mów – wrzasnął Orion. Przez chwilę wydawało się, że nie pamiętał o swoich dostojeństwach i tytułach. Przypominał teraz małego chłopca, który rozpaczliwie potrzebuje wiadomości o rodzicach, którzy zbyt długo nie wracają z targu, a wokół zapadają ciemności. – Mów!!!

– Tę bitwę nazywają „masakrą pod Negger Bank". Mohr i Tepp pokonani. Podobno Biafra miał tysiąc armat i rozstrzeliwał Luańczyków z dalekich, bezpiecznych pozycji.

– A... Biafra miał chociaż tysiąc ludzi w linii? – spytał bardziej trzeźwy, jeśli chodzi o fakty, Zaan.

– Nie wiem, panie. Nazywają to „masakrą pod Negger Bank". Miasto w rękach Arkach. Drogi zapchane uciekinierami. Stamtąd jadę, panie. Bezhołowie. Wojsko walczy z własną ludnością. Nie ma żadnej administracji. Panika.

– Zaraz, zaraz, zaraz – przerwał mu Zaan. – Biafra, mając ledwie kilka tysięcy żołnierzy, pokonał Mohra i Teppa naraz?

– Tak mówią, panie. Na miejscu bitwy nie byłem. Ale widziałem drogi zapchane uciekinierami i luańskie wojsko zabijające własnych poddanych. Tam się morduje, grabi i pali. Bezhołowie, panie.

– Powstrzymają Biafrę?

– Nie mnie rozstrzygać, panie. Ja tylko wieści przewożę.

– No, ale jadąc do nas, coś przecież widziałeś! Gdzie nasze wojska? Gdzie luańska armia?

Było coś bardzo śmiesznego w sytuacji, w której Wielki Książę Królestwa Troy, dowódca Armii Zachód, która atakowała właśnie Luan, wypytywał w sprawach wojskowych Luańczyka, być może patriotę, lojalnego pracownika luańskiej poczty konnej. Problem w tym, że „Konny ekspres", istny cud techniki przekazywania informacji, został stworzony przez Biafrę i Zaana jako przedsięwzięcie czysto komercyjne, za pieniądze Troy. I w zasadzie luański kurier, choć być może był patriotą, musiał zdać sprawę przed swoimi mocodawcami, jak każdy pracownik przed swoim dyrektorem – interesy ojczyzny nie mogły mieć tu miejsca.

– Panie, wasze wojska widziałem w okolicach stacji 57, 58B i 59F... Ale ja nawet nie wiem dokładnie, gdzie te stacje leżą. Kurierom nie pokazuje się map połączeń. Na każdej stacji specjalnym kodem jest się kierowanym do następnej.

– Jak to nie znasz mapy?

– Mapa naszych połączeń jest ściśle tajna, panie. Być może kilka egzemplarzy ma parę osób w Syrinx. A sami kurierzy są kierowani od stacji do stacji poprzez odczytanie kodu zapisanego na torbie.

– Bogowie! Na cóż taka komplikacja?

Zaan zaczął znacząco chrząkać. Na szczęście Orion był mistrzem pałacowych intryg i zrozumiał w lot. Odprawił obu gońców.

– O co chodzi z tą mapą?

– Noooo... rzeczywiście ma ją tylko kilka osób w Syrinx. Naszych osób. Ma ją także Biafra, no i oczywiście ja.

Orion zaczął się śmiać.

– Kurier, nawet złapany i torturowany, nie może wyznać, gdzie jedzie, bo sam nie wie – Zaan zaczął rozwijać ogromy arkusz. – Przy każdej zmianie konia kierownik stacji odczytuje jedynie fragment kodu i kieruje go do następnej. Nikt nic nie wie i nie może nic zeznać. I dlatego też luańska poczta pozwala nam koordynować nasze ruchy z Biafrą.

– Ja mam wrażenie – przerwał mu książę – że nikt nic nie wie o ruchach naszej armii! Nikt w dowództwie nie orientuje się nawet, gdzie są nasi żołnierze i co robią!

Kościsty palec Zaana przesuwał się po pięknie wyrysowanych oznaczeniach na wielkim arkuszu.

– Stacje 57, 58B i 59F. Nasze wojska są tutaj.

Orion rzucił się do mapy sztabowej, usiłując porównać teren.

– Aż tutaj??? I co one tam robią?

Zaan odruchowo wzruszył ramionami.

– Plan był taki, żeby unikać walnej bitwy...

– Wezwać stratega Milte! – krzyknął książę.

Któryś z młodszych oficerów podskoczył z boku.

– Ależ, Wielki Panie! On jest z wojskiem. To może potrwać aż dwa dni!

– Zaraz, zaraz... – Orion spojrzał na Zaana i pałacowego matematyka. – Co wyście wymyślili?

Zaan przygryzł wargi. Plan operacji „Przemienienie" wałkowali z całym ścisłym sztabem przez długie dni. Orion oczywiście słyszał wszystko, ale, mimo że był dowódcą armii, znał się bardziej na polityce niż na dowodzeniu operacyjnym. Te sprawy załatwiał Milte.

Zaczęło się niewinnie. Matematyk jakoś tak głupio przypomniał nieszczęsną zarazę w stolicy Troy i to, że udało się ją pokonać, po raz pierwszy w dziejach, tylko dzięki temu, że zerwano z tradycją. Zaan rzucił jakąś uwagę, że strategia to też wyłącznie tradycja, przekonania zakorzenione od pokoleń. I tak, od słowa do słowa, zaczęli zadawać sobie podstawowe pytania. Co jest najgorsze w prowadzeniu wojny? Walna bitwa, bo jej rozstrzygnięcie to w dużej mierze kwestia szczęścia. Co więc trzeba zrobić? Unikać walnej bitwy. Jak można uniknąć walnej bitwy? Rozproszyć siły przeciwnika. W jaki sposób można je rozproszyć bez wydania walnej bitwy? Zmiażdżyć ich morale małymi, ale bardzo bolesnymi uderzeniami. Ale jak można uderzać, nie wdając się w bitwę? Proste – wystarczy zastopować armię i uderzyć w bok. Potem się wycofać. Przecież znali plany sztabu Luan, bo sami podrzucili im fałszywe własne, a Naczelny Wróżbita zrobił potem swoje.

No i stało się. Za sto lat nie powstanie poemat pod tytułem „Bitwa pod...", bo żadnej bitwy nie było. Zgodnie z fałszywymi planami dostarczonymi przez „zwłoki Archentara" Armia Luan uderzyła w najwęższym miejscu, między piargami, które nawet nie miały nazwy, i napotkała niewielki w sumie oddział, ale ustawiony setka za setką, setka za setką, setka za setką... Jak długo można atakować, kiedy pierwsza linia ginie jedna po drugiej? Nawet, jeśli to nie są wielkie straty? Jak długo wytrzymają żołnierze, widząc, że dostanie się na pierwszą linię oznacza pewną śmierć?

A tymczasem z boku uderzyły siły główne. Z zaskoczenia, znienacka, szybko. Wbiły się w bok sił Luan, powodując rozgardiasz, panikę, amok. Straty, wbrew pozorom, nie były takie duże, Armia Zachód wycofała się błyskawicznie. Ale wojska Luan nie mogły się zebrać i przywrócić porządku we własnych szeregach.

Ktoś, kierując się logiką poprzednich pokoleń, pomyślał: skoro tamci uciekają, to trzeba ich gonić. Wojska Luan rozciągnęły się w manewrze pościgowym i... I napotkały pierwszą pułapkę. A potem drugą. A potem trzecią. A potem czwartą. Kawaleria Troy (jednak wyciągnięto wnioski z ataku na cesarski orszak) w szybkim rajdzie ogarnęła ich tabory. Żadnej bitwy, żadnych łupów, koniec z tradycją – to był cios jak nożem w blok masła. Wystarczyło spalić wozy. I... I właściwie nie wiadomo było, co dalej. Armia Zachód Królestwa Troy „uciekała" w głąb Luan. Co się działo z resztą spraw, właściwie nikt w sztabie nie wiedział.

Zaan na szczęście nie musiał odpowiadać Wielkiemu Księciu. Tuż przed namiotem sztabowym rozległy się okrzyki wartowników. Któryś z młodszych oficerów podskoczył, by przesunąć wszystkie osłony przeciwsłoneczne. Do zraszanego wodą ze specjalnych spryskiwaczy wnętrza wtargnęła fala suchego, gorącego powietrza, przypominając o upale na zewnątrz. Sam jednak widok księcia Siriusa, który właśnie zsiadał z konia, sprawił, że zrozumieli, jak naprawdę gorąco jest na zewnątrz.

Chłopak słaniał się na nogach, ledwie mógł otworzyć oczy. Gwardziści zostali na zewnątrz, szukając jakichkolwiek naczyń z wodą, a młodego księcia do środka wprowadził, prawie wciągnął, oficer dyżurny.

– Jaka jest sytuacja? – krzyknął Orion. – Gdzie nasza armia?

Sirius dopadł do najbliższego pucharu z winem i zaczął łapczywie pić.

– Wiesz, jaka jest sytuacja, synu?

– Mmmm... – Sirius skinął głową, rozlewając drobne strużki po swoim kaftanie.

– No mów nareszcie!!! Co z Armią Luan? Pobita?

– Poszarpana strasznie – chłopak odruchowo rękawem wytarł usta, ale wyjątkowo nie spowodowało to niczyich komentarzy. – Ale jest. Istnieje jako zorganizowana siła.

– Więc co robi Milte???

Wzruszenie ramion.

– W tej chwili dwie grupy wojsk ciągną w głąb Luan. Nasza i ich. Prawie obok siebie.

– O Bogowie! – Orion zakrył dłońmi twarz.

– Ale jest zasadnicza różnica.

– Jaka?

– Nasze wojska są przekonane, że wygrywają, a ich wojska są przekonane, że przegrywają.

– Tylko tyle???

– No – Sirius skinął głową. – Armie ciagną prawie obok siebie. Ale to my atakujemy, a oni uciekają.

– Tak jak przewidywaliśmy – powiedział Zaan. – Zazbroili się na śmierć i teraz nie mają z czego opłacać najemników. Morale zerowe, dostali kilka klapsów i już zwiewają. A zaraz zaczną się tam bunty i rokosze.

– Skąd wiesz?

– Skoro nasi filozofowie tak dobrze radzą sobie z naszym wojskiem, to pomyślałem, że ich filozofowie równie dobrze poradzą sobie z ich wojskiem. Opłaciliśmy wielu i oni od rana do nocy narzekają na złe warunki, brak żołdu, indolencję dowództwa, durną wojnę, złe jedzenie, okropne warunki i... i nawołują do buntów, dezercji, niewykonywania rozkazów...

– Bogowie? Przecież to Luańczycy! Czy każdy zdradzi swój kraj za pieniądze?

– Ależ skąd. Agenci Biura załatwili im po cichu powołania do wojska. A jak już taki inteligent poczuł na własnej skórze trudy i okropieństwa wojny, to zgłaszał się do niego jakiś „nasz przyjaciel", załatwiał zwolnienie z najgorszych służb, pomagał, pożyczał pieniądze, mówił o strasznej sytuacji i o tym, że coś trzeba zrobić... Wtedy zdradzali wszyscy. Inteligent to nie człowiek, który będzie walczył z krwawiącymi stopami, gdzieś w zarazę daleko, na morderczej pustyni, wśród poniżającego go chamstwa. Swojego domu może by i bronił. Ale wystarczy, że zobaczy, co to jest wojsko, i już zaczyna ględzić o potrzebie zakończenia wszystkich wojen. I jest przy tym bardzo wymowny. Bardzo skuteczny.

Orion tylko pokręcił głową. Podszedł do wielkiej mapy sztabowej.

– Bogowie! Przecież przerwą nam wszystkie linie zaopatrzeniowe! Przecież...

Sirus wzruszył ramionami.

– Zaopatrzenie i tak nie dociera. Wojsko żywi się tym, co zdobędzie z linii zaopatrzeniowych wroga. Bo go wyprzedza o pół dnia w marszu.

– Jak to wyprzeda o pół dnia? I to oni sądzą, że uciekają, a my, że atakujemy?

Sirius znowu wzruszył ramionami.

– No, z grubsza tak.

– A załogi fortów i tych wszystkich umocnień, które pobudowali?

– Wieją jak zające. Skoro ich własna armia opuściła, to co mają robić? Czekać na nasze zespoły oczyszczania?

– A fortece?

– A fortece to po prostu omijamy...

– No nieprawdopodobne! Nieprawdopodobne zupełnie... Armia sobie idzie przez pole, nie ma żadnej bitwy i... wygrywamy? Wyłącznie dzięki polityce i pieniądzom???

Matematyk pociągnął Zaana przed namiot, w gęsty upał. Tuż pod oczy przechadzających się wart, w tłum gwardzistów ochrony sztabu, którzy poili właśnie konie i szykowali się do zmiany.

– Myślałeś o tym? – matematyk wyjął z sakiewki brązową tutkę. – Bo ja cały czas nie mogę myśleć o niczym innym.

– Co to jest, zaraza? Kasme ci dała? – patrzył, jak tamten wkłada tutkę do ust i wyjmuje jakieś dziwne urządzenie.

– Nie, kupiłem sobie. Od czasu, kiedy mam mnóstwo pieniędzy, kupuję sobie różne cudeńka dla zabawy.

– Ale po co się zadymiać?

– He, he... Patrz na to – matematyk zaczął nakręcać dziwną, metalową maszynę. Zwolnił dźwignię, rozległ się syk stali trącej o krzemień i na szczycie urządzenia wyskoczył mały płomyczek. – Widzisz? Nie trzeba już krzesiwa – przytknął płomyczek do tutki w ustach, a ta zaczęła natychmiast dymić. – Rzemieślnik, od którego to kupiłem, jest teraz majętnym człowiekiem...

– Zabawka – Zaan wzruszył ramionami. – No, ale fakt. Świat się zmienia. Już nigdy nie będzie taki jak dawniej.

– Właśnie o tym chciałem porozmawiać – matematyk wydmuchnął kłąb dymu z płuc.

– O czym?

– O tym, co zrobiliśmy. O tym dziwnym czymś...

– A konkretnie?

– Słuchaj – kolejny kłąb dymu uleciał z ust, formując się w zgrabne kółko. – Jak to jest? Stwierdziliśmy, że cała dotychczasowa strategia to jeden wielki zbiór tradycji. Siedliśmy i wymyśliliśmy coś innego. I to.. to coś... działa. To się sprawdza.

– A dlaczego nie miałoby się sprawdzać?

– Słuchaj. Jak to jest, że od tysięcy lat coś się formuje, nabiera kształtu, a potem... potem dwóch ludzi siada, zastanawia się, zaprzecza wszelkim zasadom, wymyśla coś i to... to działa!

Zaan tylko wzruszył ramionami. Matematyk potrząsnął głową, zrzucając z tutki popiół.

– Czy już odtąd będzie tak, że człowiek siądzie, wymyśli coś nowego i... i to będzie działać?

– Nie wiem.

– No powiedz coś!

– Nie wiem. Naprawdę nie wiem – Zaan rozglądał się po piaszczystych pagórkach wokół, ocierając pot z czoła. Poza wojskowymi instalacjami nie było widać śladu cywilizacji. Ale ta cywilizacja drżała właśnie w posadach. Jej fundamenty kruszyły się od nowych koncepcji, od ognia karabinów armii Biafry, od rewolucyjnych działań armii Zaana, od filozofów, z których każdy już poznał swoją skuteczność i nie zamierzał o niej zapomnieć, od racjonalnego myślenia, które potrafiło powstrzymać śmiertelną zarazę, ale i... Ale i od dziecięcego wózka, wieszaka w szafie, prymitywnej i potwornie kosztownej zapalniczki. Cokolwiek by się stało, Konny Ekspres już nie zginie. Nie uda się zapomnieć przewrotu w stolicy Troy. Biuro Handlowe nigdy nie rozwiąże się samo z siebie. Już nic nie będzie takie jak kiedyś.

Zaan obserwował, jak z dalekiego wzgórza ktoś nadaje heliografem. Krótkie błyski słońca odbitego w lusterku: bam, bam-bam-bam, bam-bam... On rzucił pomysł, matematyk wymyślił specjalny alfabet, a jakiś bezimienny oficer saperów skonstruował kilka urządzeń. Kompletny zawód na polu bitwy manewrowej. Ale armijni księgowi rzucili się na to jak psy na rannego dzika. Już nie będzie gońców! Dane o zawartości składów zaopatrzenia docierają w jednej chwili w sposób nie do odczytania dla postronnych obserwatorów. Kwatermistrze nagle wiedzą, gdzie co i w jakiej ilości mają do dyspozycji. Natychmiast. Wystarczy zadać pytanie i po paru chwilach nadchodzi odpowiedź... „Potrzebuję natychmiast dwóch tysięcy sandałów. Kto ma?". „Mam siedemset – skład numer 122", „Mam trzysta par – skład 43B", „Mam nadmiar, niszczeją w rowach wzdłuż drogi królewskiej numer 11"... „Odebrałem. Wysyłam wozy". Kiedyś trzy dni bieganiny gońców z pytaniami. Teraz trzy modlitwy raptem. To przecież nie zniknie, nawet jeśli w wyniku awantury, którą rozpętali, zginie całe Troy.

Nawet Zaan nie mógł ogarnąć prostych implikacji faktów, które właśnie zachodziły. Przecież świat był trwały, niezmienny, zasady jasno określone. Człowiek rodził się i umierał, widząc wokół dokładnie to samo. A teraz? Nie śmiał zadać sobie tego pytania. Ale teraz... On sam urodził się w starym świecie, ale umrze już w zupełnie innym. Ciągle nie śmiał zadać sobie pewnego podstawowego pytania. Ale może... może... Skoro zachodzą zmiany, to... Może przyszłość będzie zupełnie inna od tego, co widać wokół? Być może przyszłość, to nie tylko inne imiona władców, nowe granice pomiędzy królestwami? Może przyszłość, to... Być może oni wymyślą jeszcze coś innego i za ileś tam lat nastąpi kompletna zmiana. Gdyby się tak obudzić ze śmierci po millennium, to prawdopodobnie nie pozna się już świata, bo on będzie zupełnie inny?

Zaan wyraźnie przestraszył się tej odpowiedzi. Ale w jego umyśle właśnie dokonały się dramatyczne zmiany. Po raz pierwszy ktoś uzmysłowił sobie, że świat wokół nie trwa. Podlega zmianom, które nie wiadomo do czego doprowadzą.

Tymczasem Orion wrzeszczał nad mapą.

– Nikt niczego nie wie!!! Co z naszą armią? Co z kampanią? Nikt nie wie, jaka jest sytuacja!!!

Ktoś jednak wiedział, jaka jest sytuacja. Niskiej rangi oficer Drugiego Wydziału Imperialnego Sztabu Luan, do którego spływały wszystkie raporty o ruchach nieprzyjacielskich wojsk, po raz pierwszy w życiu nie mógł uwierzyć własnym oczom. Jego zadaniem było sporządzanie zestawień dla sztabu. A także wysyłanie rozkazów dla prowincjonalnych placówek wywiadu. Właśnie na podstawie wytycznych przygotowywał okólnik do rozesłania. A z drugiej strony analizował spływające właśnie raporty o postępach wrogich wojsk.

I ta analiza sprawiła, że po raz pierwszy w życiu dopisał coś prywatnego na marginesie okólnika dla wszystkich placówek II Wydziału. Skreślił krótką notatkę i oddał kopistom do powielenia. „Palcie papiery, chłopaki! Spalcie wszystkie nasze papiery i to, kurwa, szybko! Centrala życzy wam, żebyście mimo wszystko przeżyli i mieli się dobrze...”.

Rozdział 4

To coś, to jedno wielkie pośmiewisko, ten przypadkowy zbiór najbardziej przypadkowych jednostek jakie można sobie wyobrazić nazwano oficjalnie Armią Ekspedycyjną Królestwa Arkach. Nieoficjalna jej nazwa brzmiała: Wielka Pomyłka Biafry. Armia składała się na papierze z trzech dywizji: Drugiej Górskiej, Pierwszej Zwiadu i Pierwszej Cudzoziemskiej. Dlatego te dwie dodatkowe dostały pierwsze numery, bo.... ani zwiad nie miał dotąd żadnej własnej dywizji, ani, tym bardziej, cudzoziemcy. Jedynie dywizja górska była pełnowartościową jednostką, jednolicie wyszkoloną, jednolicie dowodzoną, biorącą już udział w wielu walkach jako całość. Dywizja zwiadu to była czysta parodia. Co prawda wojsko w służbach zaopatrzenia i rozpoznania składało się z jednostek jeszcze bardziej elitarnych niż słynne „Dziewczyny z gór", ale... Zwiad zawsze miał wielką liczbę małych jednostek rozproszonych na terenie całego Królestwa i wszelkie doświadczenie wzajemnej współpracy poszczególnych dowódców pochodziło najwyżej ze szczebla kompanii. Czasem batalionu. Nigdzie i nigdy dotąd poszczególne jednostki nie współpracowały ze sobą choćby na szczeblu pułku, nie mówiąc już o dywizji. Nie było żadnych mechanizmów, które umożliwiałyby dowódcom wypracowanie jakiejkolwiek koordynacji działań choćby tylko w poruszaniu większych mas żołnierzy.

Ale to jeszcze było nic. Jeżeli zwiadowców nazwać parodią, to dywizję cudzoziemską trzeba byłoby nazwać czarną rozpaczą! największym koszmarem, który mógł się przyśnić jakiemukolwiek dowódcy w godzinie śmierci. Była to klasyczna dywizja papierowa (to znaczy nieistniejąca w rzeczywistości, a jedynie na papierze sztabowym). Składała się z trzech pułków... Bogowie! Przecież tego słowa nie można wymówić w odniesieniu do tej jednostki. No dobrze, powiedzmy więc w cudzysłowie: składała się z trzech „pułków". Pierwszy to było ponad sześciuset wojowników z Wielkiego Lasu. Hm... Największym problemem były próby nakłonienia ich, żeby zaczęli nosić jakiekolwiek ubrania. No, ale to jeszcze można jakoś tam darować. W końcu żadna inna armia na świecie nie miała gołych żołnierzy, więc nikt pewnie nie pomyli się w walce, nie mogąc odróżnić w kłębowisku ciał swoich od obcych. Niektórzy mieli nową broń, ale już na ćwiczeniach, jak tylko doszło co do czego, odrzucali ją gremialnie i zaczynali szyć z łuków, a potem ruszali do ataku na miecze.

Drugi „pułk" stanowiło tysiąc żołnierzy Królestwa Dery. Byli jako tako wyszkoleni, przynajmniej żaden nie zgubił swej piki na ćwiczeniach. Żaden nie zgubił też swojego miecza, tarczy, jednej części ostrokołu, trojaka do zatrzymywania jazdy, połowy namiotu, zapasów jedzenia i wody na trzydzieści dni, miednicy, garnka i jakiegoś tysiąca innych przedmiotów, które każdy żołnierz musiał dźwigać na sobie. Jako tragarze byli nieźli, jako żołnierze – śliczni i pachnący, bowiem Armia Dery jako pierwsza w świecie nakazywała w regulaminie codzienne mycie.

Trzeci „pułk" to ponad tysiąc ochotników Chorych Ludzi. Każdy z nich miał przynajmniej karabin. Byli wyszkoleni, jeśli chodzi o strzelanie. Byli ochotnikami... Cóż. Szkoda tylko, że Królestwo Chorych Ludzi postanowiło niewielkim kosztem pozbyć się wszelkich mętów, złodziei, bandytów i morderców. Kupili każdemu karabin, zapłacili za żywność i transport. A rekrutacja pewnie odbywała się tak: wchodzi kat do celi skazańca i mówi – masz do wyboru, psie nasienie, albo cię zaraz powiesimy, albo pójdziesz służyć gdzieś w zarazę daleko... Krążyły plotki, że część skazańców wykazała się jednak choć odrobiną rozsądku i wybrała szubienicę. Nie mieli żadnego umundurowania. Każdy chodził w tym, w czym go złapano i wrzucono do lochu. Jeden nawet paradował w „kazionnej koszuli" – musiał wyrwać się z łap kata dosłownie wprost z miejsca egzekucji. Oddział oberwańców usiłowano wyposażyć przynajmniej w jednokolorowe chusty, żeby wprowadzić choć pozory ładu. Ale to nie był dobry pomysł – chusty szybko opchnięto, wymieniając na alkohol. Dało się nimi dowodzić wyłącznie przy pomocy strachu – liczba etatowych katów w tej jednostce przewyższała liczbę katów w całej armii.

Biafra miał także jazdę. To było z tysiąc... a może dwa razy więcej... rycerstwa z Północy. Nikt ich nigdy nie zdołał nawet policzyć, ponieważ nie byli żołnierzami tylko walczącą na koniach szlachtą. Ponieważ szlachta stanowiła rodzaj pospolitego ruszenia, nie było możliwości ustalenia dowódcy, rządzić mógł ten, kto zdobył największy mir wśród towarzyszy. A to mógł być człowiek, który opowiadał przy ognisku najbardziej śmieszne kawały, albo taki, który wypił haustem garniec gorzałki i rozwalił głową największy dzwon. Ponieważ nie było pewności, czy facet po wypiciu garńca gorzałki i rozwaleniu dzwonu własną głową nadawał się jeszcze do wydawania choćby najprostszych rozkazów, Biafra zrezygnował z ustanowienia jakiegokolwiek dowódcy w tej jednostce. Rycerze zresztą byli formacją, która nadawała się do walki jedynie rano, ponieważ wieczorem panowie szlachta byli już z reguły tak schlani, że w większości nie odróżniali własnego konia od wojskowej latryny. Można więc zaryzykować stwierdzenie, że armia Biafry miała konnicę połowiczną – rano, bo wieczorem już nie miała, niestety.

Ale nie to było najgorsze. Oddziały nienawidziły się wzajemnie. Górska dywizja nie cierpiała dywizji zwiadu za to, że tamte miały lepsze mundury i większy żołd, co pozwalało im pić więcej wódki. Zwiad nienawidził „góralek", bo na ćwiczeniach wszystko wychodziło im lepiej, a rozpoznanie i zaopatrzenie gubiło się zawsze w chaszczach, ponieważ nikt nie był w stanie opanować tych trzech tysięcy indywidualistek przekonanych o własnej wyższości nad resztą świata. Obydwie dywizje Arkach nienawidziły reszty wojska, bo to byli mężczyźni, którzy wieczorem całymi bandami usiłowali wyłapywać i gwałcić dziewczyny, i okoliczne lasy szybko stały się miejscem większych lub mniejszych starć między poszczególnymi formacjami. Piechociarze z Dery nie cierpieli Chorych Ludzi, bo ci nie musieli niczego dźwigać poza swoimi karabinami, a poza tym mogli chlać od rana do wieczora, jeżeli tylko było ich na to stać. Chorzy Ludzie nienawidzili piechociarzy z Dery, bo ci byli na tyle dobrze zorganizowani, że regularnie, trzy razy dziennie byli w stanie pobrać należne im posiłki. Obydwie te formacje jednak łączyły się w nienawiści do dziewczyn z Arkach, bo te, po doświadczeniach pierwszych kilku dni, łaziły wokół wyłącznie w większej liczbie, z karabinami, więc ciężko było którąś złapać i zgwałcić. Rycerze z Północy co jakiś czas ruszali, by gromić potwory z lasu, co łaziły na golasa i nie piły gorzałki, ale tu na szczęście straty były żadne, bo zanim się rycerstwo zorganizowało, to już popiło tak, że nie mogło odnaleźć własnych koni.

Naczelny dowódca, Biafra, był okresami trzeźwy, co naprawdę nie wróżyło dobrze kampanii. Achaja usiłowała być trzeźwa. Dowodziła samodzielnym batalionem zwiadu, który miał torować drogę, ale... widząc, co się dzieje, często doprowadzała się do takiego stanu, że pół plutonu musiało ją na siłę wyciągać z karczmy, a nie szło to łatwo, bo nawet pijana w sztok była dość sprawna. Raz Shha, wymęczona całodziennymi ćwiczeniami, musiała ją ciągnąć nieprzytomną za nogę w poprzek całego obozowiska. To, że nikt ich, dwóch samotnych dziewczyn, nie dopadł i nie zgwałcił, mogły zawdzięczać jedynie późnej porze i temu, że jedynie warty mogły się utrzymać jako tako na nogach.

Armia ruszyła jednak, zanim zaczęła się prawdziwa wiosna. Tylko wojsko Arkach miało własne zaopatrzenie wiezione na mułach ciągniętych przez żołnierzy. Pozostali żołnierze grabili najpierw własne (to jest

„sojusznicze") wioski, paląc, mordując i rabując co popadnie, potem przymierali głodem w pasie granicznym, a potem już odrabiali zaległości na wioskach należących do Luan. Przejście lasami tak, by ominąć Drugi Mieszany Korpus Sił Luan, nie udało się. Armia została rozciągnięta w pasie długim mniej więcej na dzień drogi. Jednostki dobrze zorganizowane przeszły dość prędko, ale luański korpus zdołał wyjść z garnizonów i rozwinąć się na tyle szybko, żeby przyszpilić Pierwszą Cudzoziemską... Chorzy Ludzie byli na czele i udało im się jeszcze przejść bokiem, jako choć w miarę zorganizowanej jednostce. Wojownicy z lasu w ogóle nie podjęli walki i schronili się w gęstej kniei pogranicza, a potem, klucząc po lasach, dołączyli do sił głównych. Rycerstwo uciekło na sam widok nieprzyjaciela. Część, niewielka, dogoniła Armię Arkach, ale większość wprost udała się grabić i rabować prowincję Negger Bank w małych grupkach, bez jakiejkolwiek koordynacji. Natomiast pułk Królestwa Dery przestał istnieć po krótkiej, nierównej walce, w której siły Cesarstwa rozsmarowały agresorów na jakiejś niewielkiej polanie. Po pierwszych dziesięciu dniach marszu miał więc Biafra już tylko dwie dywizje i mniej lub bardziej zorganizowane kupy wojska, które ciągnęły już tylko mniej więcej w tym samym kierunku co siły główne.

Miłym zaskoczeniem było to, że Pierwszy Gwardyjski Korpus Imperialny w ogóle nie wylazł ze swych fortów, by bronić ojczyzny. Po pierwsze było ciągle za zimno, po drugie gruntowe drogi w pasie przygranicznym były zbyt rozmoknięte, by po nich maszerować, po trzecie Suhren, dowódca Drugiego Mieszanego, zameldował, że rozproszył całe siły nieprzyjaciela i uwierzono mu, bowiem nikt nie spodziewał się, że cała armia mogła ciągnąć lasami przez chaszcze, wlokąc swoje zaopatrzenie na mułach. Rycerze jednak zrobili Biafrze przysługę. Rozlali się po jednej z najbogatszych prowincji cesarstwa, grabiąc i paląc tak intensywnie, że trzydziestotysięczny „drogowy" korpus Mohra wyprysnął spod Syrinx i w krótkim czasie wpadł do prowincji Negger Bank, „trasując" drogi i obsadzając wszystkie strategiczne punkty. Z jednej strony armia Biafry znalazła się w kleszczach pomiędzy nieruchawym Pierwszym Gwardyjskim za plecami, a „drogowym" od czoła. Z drugiej strony jednak Biafra miał rację. Pięciu rycerzy wystarczyło, żeby spacyfikować dowolną wieś. Dziesięciu robiło, co chciało z niewielkim miasteczkiem.

Fala rabunku i zniszczenia przelała się przez bogatą głównie w zboże prowincję i nic, żadna kontrola dróg nie mogła temu zapobiec, bo gnani chciwością rycerze jechali przez pola i lasy, unikając traktów jak ognia. To po prostu nie była nowoczesna armia. To byli bandyci, których powstrzymanie należało powierzyć siłom policyjnym, a nie regularnej armii. Z tym, że zbrojnych sił policyjnych nie posiadało wówczas żadne państwo na świecie. Owszem, w przeciągu pierwszych dziesięciu dni wyrżnięto prawie połowę rycerzy. Ale co z tego, skoro zła sława zaczęła ich wyprzedzać i później wystarczyło, żeby choć jeden pojawił się na wzgórzu nad miastem. Wszystko, co żyło, tak jak przewidział Biafra, ładowało dobytek na wozy i uchodziło w amoku przerażenia, zatykając imperialne drogi tak, że oddziały Mohra musiały często wyrąbywać sobie przejście, zabijając własnych ludzi, powodując bunty, strach, zaszczucie, falę niezadowolenia i wzajemną podejrzliwość tylko po to, by zobaczyć końskie gówno na wspomnianym wzgórzu... Wielu uchodziło w lasy. Negger Bank było jedyną prowincją, gdzie jeszcze jakieś lasy zostały nietknięte przez rozwiniętą gospodarkę Cesarstwa. I to było jeszcze gorsze. Luański chłop zaczął się bać wszystkiego. Jakichś monstrów zabijających w lasach, rycerzy, własnego wojska, Chorych Ludzi, którzy strzelali do wszystkiego, co się rusza i niczego nie zabierali bo czniali, tylko wypijali całe wino...

Wojsko zaczęło reagować jeszcze bardziej gwałtownie. I... To było coś niezbyt prawdopodobnego. Bez żadnej klęski na polu bitwy, bez jakiejkolwiek porażki, wojska Luan stały się nagle najgorszym z wrogów dla własnej ludności. Prosty człowiek wiedział swoje. Rycerzy nie było zbyt wielu, a poza tym im głównie o dobytek chodziło, jak zostawiłeś gotowiznę, można było spieprzać, gdzie kto chce - oni palili tylko po pijanemu, raczej nie mordowali bez potrzeby. Potwory... eee... trza było wleźć między drzewa, żeby zobaczyć legendarne potwory. Chorzy Ludzie? Tych było najmniej. Fakt, że zabójcze gnoje, ale ilu w końcu ludzi mogło zaliczyć bezpośrednie spotkanie ze zwartą ciągle jednostką? A własne wojsko? No nieeeee... To dopiero były skurwysyny. Cięły, zabijały, spychały małpy tylko dlatego, że pan cesarz kazał, żeby drogi były przejezdne. Biafra miał rację. Imperialne siły zbrojne wystąpiły przeciw własnej ludności i korpus „drogowy" topniał coraz bardziej, musząc obsadzać coraz więcej strategicznych punktów i to nie broniąc się bynajmniej przed obcą armią, a jedynie usiłując spacyfikować własnych chłopów i mieszczan.

I wszystko byłoby dobrze, z punktu widzenia Arkach, gdyby nie fakt, że Pierwszy Gwardyjski wydostał się wreszcie z własnych przygranicznych legowisk i spadł nagle na karki armii Biafry. Ale to nie była taka akcja, o jakiej mógł marzyć ich dowódca. Tepp miał rozkaz, żeby połączyć się z Mohrem. Nikt nie znał jeszcze liczebności sił przeciwnika. Musiał więc najpierw przedostać się przez „spaloną ziemię", a potem przedzierać się przez watahy blokujących drogi własnych uciekinierów. Niemniej ani Mohr, ani Tepp nie byli idiotami. Jeden z trzydziestotysięcznego korpusu zdołał utrzymać w linii prawie dwadzieścia tysięcy żołnierzy (główne „straty" to „delegowanie" ludzi do małych garnizonów w strategicznych punktach), drugi z czterdziestotysięcznego korpusu wprowadził do serca prowincji ponad dwadzieścia pięć tysięcy ludzi (główne „straty" to konieczność zabezpieczenia pogranicznych fortów i utrzymanie dróg zaopatrzenia dla Drugiego Mieszanego Suhrena, który nadal znajdował się na granicy Arkach).

Cesarstwo więc mogło wystawić czterdzieści pięć tysięcy żołnierzy na realne siedem tysięcy (mówimy o jako tako zorganizowanch) Biafry. Tyle tylko, że Biafrze udało się w zamieszaniu dotrzeć do wybrzeża i przejąć z łodzi Chorych Ludzi zaopatrzenie, amunicję i jakieś sto sześćdziesiąt armat wraz z doświadczonymi artylerzystami (z dwustu, które mu obiecano). To była zresztą pierwsza strategiczna operacja na taką skalę, która została przeprowadzona siłami kilku państw. Dobicie do brzegu Cesarstwa łodzi z ładunkiem było możliwe tylko dzięki temu, że Troy skoncentrowało całą swoją flotę w porcie w Yach, co zmusiło całą marynarkę Cesarstwa do zablokowania portu i ściągnięcia sił ze wszystkich odcinków. W rezultacie flota Troy nie odegrała już żadnej roli w rozpoczynającej się wojnie, ale... sama jej koncentracja w Yach sprawiła, że flota cesarstwa również nie zrobiła niczego konkretnego, choć do żadnej bitwy na morzu nigdy nie doszło.

Teoretycznie można by było więc uznać tę operację za wspaniały sukces. Niestety. Lądowanie artylerii i przywiązanie jej do Armii Arkach sprawiło, że armia ta nagle ugrzęzła, tracąc wszystko ze swojej dotychczasowej mobilności. Na przejście terenu, który wcześniej można było przebyć w ciągu dnia jednego, teraz potrzebowano dni co najmniej pięciu. Działa wymagały koni, wołów pociągowych i wozów dla transportu kul, prochu i samych artylerzystów. Teoretycznie wozy można było zrabować w prawie dowolnej ilości, ale konie czy woły były praktycznie poza zasięgiem kwatermistrzów. Toż każdy, kto miał pociągowe zwierzę, na nim właśnie ewakuował swój dobytek. Ten wspaniały pomysł Biafry, który sprawił, że imperialne drogi zostały zablokowane, teraz powodował, że artylerię ciągnęły dojne krowy, żołnierze z karnych kompanii czy nawet sami artylerzyści i marynarze. Czasem usiłowano przyprząc do zaimprowizowanych wózków udających jaszcze... psy, kozy, a nawet wieprze. Pojęcie mobilnej w dowolnym terenie armii zniknęło z dnia na dzień. Nawet na świetnych drogach wlekli się noga za nogą. Na rezultaty nie trzeba było długo czekać. W momencie, kiedy Biafra z najwyższym trudem zbliżył się do głównego miasta Negger Bank i Złotej Alei, głównej arterii handlowej cesarstwa, drogę zastąpiły mu połączone korpusy Mohra i Teppa w liczbie jakichś czterdziestu tysięcy żołnierzy.

To był kres marzeń o szybkiej wojnie manewrowej. Trzeba było wydać bitwę. I to w najbardziej niesprzyjającym dla szczupłej armii terenie – na równinie w pobliżu miasta.

Armia Arkach miała jednak parę plusów. Po pierwsze to, że dowodził nią tylko Biafra. Jeśli był trzeźwy, oczywiście. Jeśli był „niedysponowany", faktycznie dowodziła nią Achaja, co powodowało niezmiennie wiele personalnych intryg, ponieważ Achaja była księżniczką. Miała wysoką pozycję, ale, z drugiej strony, była tylko majorem, co stawiało ją w hierarchii korpusu oficerskiego dość nisko. Teoretycznie była dowódcą samodzielnego batalionu zwiadu i całkiem dobrze wyszkolonym strategiem, ale praktycznie uczono ją przecież w Troy, gdzie o strategii Arkach nikt nie miał zielonego pojęcia, a o karabinach to się im nawet nie śniło. Poza tym zwiad ją lubił, bo potrafiła pić jak inni i mówiła takim samym językiem, jak wszyscy żołnierze.

Druga Dywizja Górska jej nie cierpiała, bo przecież Achaja wywodziła się z Pierwszej Dywizji Górskiej, konkurencyjnej do tej, którą przychodziło jej w tej kampanii dowodzić, od czasu do czasu przynajmniej. Chorzy Ludzie jej nienawidzili, bo potrafiła dać w pysk z całej siły tylko za to, że ktoś klepnął ją w pośladek, a rycerze przeciwnie, bardzo lubili, bo była silna i fechtowała się jak mistrz. A poza tym... Potrafiła, siedząc w siodle, podjechać pod grubą gałąź, chwycić ją i unieść się na samych rękach razem z wierzgającym koniem! Gdyby tylko potrafiła jeszcze rozwalić głową dzwon... rycerze natychmiast uznaliby ją za swojego naczelnego dowódcę. Niemniej nawet bez tej, można rzec, ostatecznej próby, naprawdę lubili ją zupełnie szczerze i spontanicznie. Wojownicy z lasu byli po jej stronie, ponieważ uznawali ją za siostrę. Dla artylerzystów Chorych Ludzi była obojętna – oni nie wdawali się w personalne zawiłości „babskiej armii". Reasumując, mniej więcej połowa wojska była skłonna poddać się jej rozkazom, a Biafra, jak tylko trzeźwiał, opanowywał drugą połowę.

Trochę gorzej działo się w oddziałach Cesarstwa Luan. Teoretycznie Tepp dysponował większą częścią wspólnych wojsk. Ale to był teren działania Mohra. Z tym, że Mohr nigdy w życiu nie brał udziału w żadnej bitwie. Nikt nigdy nie zaatakował Cesarstwa w samej jego macierzy. Korpus drogowy zwany był wśród żołnierzy „przetrwalnikiem". Jeśli już cię do niego skierowali, groziło to tym, że spotka cię trochę ćwiczeń, trochę szybkich przemieszczeń i... tyle mniej więcej. Da się żyć! Inaczej Tepp, który wielekroć walczył z siłami Arkach. No ale... robił to w lasach i w górach. Nie miał żadnego doświadczenia, nawet takiego z symulacji i ćwiczeń, które predysponowało go do walki na równinach i drogach Cesarstwa. Sam cesarz nie wahał się długo i specjalną dyrektywą powierzył całość sił Mohrowi. Ten szybko zabrał wszystko, co najlepsze, z korpusu gwardyjskiego, i zostawił „kolegę" z dziesięciotysięcznym oddziałem do ochrony mostów na największej spławnej rzece. Sam z trzydziestotysięcznym teraz połączonym korpusem dosłownie przestrzelił Złotą Aleję i błyskawicznie zablokował wrogowi dostęp do miasta Negger Bank.

Jeszcze za tysiąc lat strategowie będą podziwiać tę szybkość. Za tysiąc lat dowódcy, którzy będą mieć na wyposażeniu wielkie ciężarówki, wozy pancerne, czołgi, transportery piechoty i ciągniki siodłowe, nie będą w stanie poruszać się tak szybko jak Mohr! No tak... Ale na usprawiedliwienie przyszłych dowódców dodajmy dwie rzeczy: po pierwsze - Arkach nie dysponowało wtedy lotnictwem, które mogło sparaliżować ruch na drodze, po drugie - Mohr nie musiał taszczyć ze sobą setek tysięcy ton paliwa dla ciężarówek, wozów pancernych, czołgów, transporterów piechoty i ciągników siodłowych, ponieważ... ich nie posiadał.

Tepp jednak nie zamierzał wypuścić z rąk łatwej zdobyczy. Zostawił połowę swych sił do ochrony mostów i z pięciotysięcznym oddziałem również ruszył w stronę wybrzeża. Zbliżał się powoli, licząc na to, że w momencie, kiedy już dojdzie do walnej bitwy, on dotrze tam z boku i uderzy na flankę lub tyły armii ekspedycyjnej.

Tymczasem Suhren, dowódca Drugiego Imperialnego Korpusu Mieszanego, wściekły na siebie, że opisał w raporcie rozbicie maleńkiego oddziału Królestwa Dery jako rozproszenie całej armii i teraz śmiano się z niego na dworze, również wyprowadził swoje wojska w pole. Zaskoczona tak wczesną porą ataku, osłabiona wygospodarowaniem ze swojego składu sił ekspedycyjnych Armia Arkach dała się odepchnąć od Kupieckiego Szlaku. Suhren wbił klin pomiędzy zgromadzoną na płaskowyżu konnicę i piechotę wroga i oddzielił je od elitarnych jednostek, które w ten sposób zmuszone zostały do kontrataku w niekorzystnym dla siebie terenie. To, czego nie dokonał Virion, zrobił Biafra, ułatwiając wrogą akcję i prowokując jej przebieg. Pierwsza Dywizja Górska poniosła takie straty, że trzeba ją było wycofać aż do stolicy i właściwie formować na nowo. Suhren zmienił front i, pozostawiając pomieszane, wykrwawione jednostki górskie, zaatakował wściekle garnizony i obozy warowne, szybko zmuszając Arkach do koncentracji sił. Mniej więcej o to właśnie mu chodziło. Nie pozwalając swoim żołnierzom jeść ani spać, ruszył w stronę zbieranych naprędce oddziałów, usiłując doprowadzić do walnej bitwy.

Tymczasem w Luan armia ekspedycyjna znalazła się w kleszczach pomiędzy wzmocnionym korpusem Mohra i okrojonym korpusem Teppa. Musiała walczyć na równinie, w pobliżu świetnych imperialnych dróg, prawie pod murami wrogiego miasta. Nie można było zaszyć się w lesie, nie można było nawet wybrać jakiegoś wzgórza do ustawienia sił, bo w okolicy nie było wzgórz... Artylerzyści Chorych Ludzi poradzili więc Biafrze zajęcie pozycji tuż za rzeką, tak by mieć chociaż wodę za plecami. W pobliżu, za zakolem, znajdował się most na drodze prowadzącej do miasta (w rękach sił Luan), po lewej zagajnik oliwkowych drzewek. Od imperialnej drogi, którą właśnie zajmował korpus Mohra, dzielił Armię Arkach jedynie niski, ułożony z rzecznych kamieni murek z wieloma wyrwami dla przepustów melioracyjnych i drewniany płot bardzo starannie utrzymany przez pokolenia luańskich chłopów.

Tak właśnie wszystko przedstawiało się w dniu, który przeszedł do historii jako data „Masakry pod Negger Bank".

A zaczęło się bardzo niewinnie. Mohr rozwinął swoje oddziały w oparciu o drogę. Zaatakował próbnie na lewym skrzydle mniej więcej dziesięcioma setkami, zanim jeszcze Armia Ekspedycyjna zdołała stanąć w szyku. Tysiąc luańskich żołnierzy atakujących przez oliwny gaj spowodowało zamieszanie wśród dywizji zwiadu, panikę wśród artylerzystów, którzy nawet nie wyciągnęli jeszcze z wozów kul i prochu, oraz mało zborne wycofanie całego pułku Chorych Ludzi. Dywizja Górska zapobiegła panice, ale zaskoczony zwiad zaczął się cofać, tratowany przez własnych, uciekających rycerzy, i zostawił na łasce losu wszystkie działa wraz z obsługą i wyposażeniem.

W tym właśnie momencie tysiącosobowy oddział Luan... został wycofany. To przecież nie była jeszcze bitwa, to tylko rozpoznanie. Według wszelkich prawideł sztuki wojennej atakować trzeba według przygotowanego planu, a nie w przypadkowy, dowolny sposób. Mohr był bardzo dobrym dowódcą i zamierzał tę bitwę wygrać, żeby później nie ośmieszano go na dworze kąśliwymi wierszykami o strategu, który rzucił wszystkich naprzód jedną wielką kupą. Zamierzał wygrać i... wygrał. Ale nie uprzedzajmy wypadków.

Biafra jeszcze nie był zbyt pijany. Obsobaczył pułkowników, ale ci nie mogli zaprowadzić ładu w swoich jednostkach. Wzorowo ustawiona była tylko dywizja górska, potem dołączyli do niej artylerzyści. Zwiad udało się uporządkować dopiero w momencie, kiedy siły Luan zbierały się do ataku. Chorzy Ludzie jakoś tam stanęli, ale tego burdelu nie można było nazwać szykiem. Rycerze trzymali się tyłów armii, zerkając ku rzece. Wojowników z lasu właściwie nie było na polu bitwy, ponieważ myszkowali po okolicznych lasach, napadając i grabiąc wszystkich, którzy znaleźli się w ich pobliżu.

W tym momencie uderzyła luańska ciężka jazda. Z przeciwnego skrzydła, rozwijając się i rozpędzając na drodze, za plecami własnych piechociarzy. Konie nie mogły sforsować ani murka, ani płotu – kawaleria musiała zrobić obejście wielkim łukiem, ale jakie miało to znaczenie przy ich szybkości? Oddział o liczebności mniej więcej dwóch tysięcy żołnierzy wyprysnął znienacka i uderzył na „Ochotniczy Pułk Piechoty Chorych Ludzi". Ach... Ochotnicze oddziały to zawsze najświetniejszy brylant w koronie każdej armii. Żołnierze, którzy walczą, bo chcą, bo uważają, że postępują słusznie, którzy chcą się poświęcić. Takie wojsko zatrzymuje często natarcie wielekroć silniejszego przeciwnika i, mimo że skrwawione, często samo przechodzi do kontrataku. Ochotnicy to cud i łaska boska dla każdej armii. Ochotnicy to istny Bicz Boży, który w rękach sprawnego dowódcy może sprowadzić na wroga dzień klęski ostatecznej! To najwspanialsze wojsko – obiekt marzeń każdego stratega. Ale... Nie ci ochotnicy, których miał Biafra, nie ci... Po pierwsze, trudno nazwać ochotnikami ludzi, których odciągnięto spod szubienicy i dano wybór: „śmierć teraz albo na zatracenie gdzieś na końcu świata". Po drugie, prawdziwy ochotnik to z reguły człowiek inteligentny, świadomy, gotów walczyć w obronie swojej ojcowizny, a nie szubrawiec, zbój, najgorszy męt i złoczyńca. Po trzecie, ochotniczy diament, żeby stać się brylantem w koronie armii, musi zostać oszlifowany, musi przejść przez normalny program ćwiczeń, musi się zahartować.

Niektórzy z Chorych Ludzi zdołali nawet wystrzelić. Potem cały oddział rozprzągł się, rozdzielił i zaczął uciekać zanim jazda spadła mu na kark. Impet ataku luańskiej konnicy poniósł ją więc aż do rzeki, gdzie kawalerzyści musieli zawracać w wodzie i szukać uciekających przeciwników w indywidualnych wypadach. Ale Chorych Ludzi niełatwo było złapać. To nie byli żołnierze, to byli bandyci i złodzieje. Nie potrafili stać w linii, ale uciekać, kryć się, kluczyć. To był ich żywioł. Jazda rozsypała się na równinie, pośród małych drzewek, na rzecznych płyciznach, w nabrzeżnych krzakach - nie notując większych sukcesów. Że przypadało co najmniej dwóch kawalerzystów na jednego uciekiniera? Bez różnicy. Przecież straż miejska również nie goniła złodzieja w pojedynkę.

W każdym razie zaimprowizowane skrzydło Armii Arkach przestało istnieć.

W tym momencie luańscy łucznicy zaczęli szyć, a do ataku ruszyło dwieście setek piechoty korpusu Mohra.

– No to, kurwa, po nas – mruknął Biafra.

Achaja skrzywiła się, jakby zgryzła coś kwaśnego, pułkownicy rozbiegli się do swoich jednostek, żołnierze, tak jak wcześniej rycerze, zaczęli zerkać do tyłu, ku rzece.

Ale...

Artylerzyści, którzy zdołali wcześniej wycelować swe działa, odpowiedzieli ogniem tak silnym, że szeregi łuczników rozprzęgły się już po drugiej salwie. Kamienne kule rzeźbiły wielkie wyrwy w zwartej masie szeregów przeciwnika, metalowe granaty rozrywały się, zabijając, raniąc i parząc mistrzów łuku tak skutecznie, że ci, którzy przeżyli, zmieszali się i runęli w tył jak, nie przymierzając, piechota Chorych Ludzi. Nikt w Luan dotąd nie widział czegoś takiego! Wbrew pozorom to nie było złe wojsko. Tylko... Łucznicy w całej swojej dotychczasowej historii byli atakowani głównie przez jazdę, czasem piechotę. Nikt nigdy nie zadał im strat na samym początku bitwy, podczas pierwszego ostrzału. No, może inni łucznicy, może kusznicy. Ale nie dziwna, niewidzialna śmierć, która przyszła znikąd wraz z dziwnym dymem, który zasłaniał teraz pozycje przeciwnika.

– Przenieść ogień na piechotę! – ryknęła Achaja, bo tak było napisane w instrukcji „dołączonej" do oddziału artylerii. Instrukcję tę przeczytała zaledwie dwa dni temu.

Artylerzyści jednak byli dobrze wyszkoleni, odwracali działa, zmieniając jednocześnie kąt podniesienia luf. Piechota dochodziła właśnie do kamiennego murku, kiedy armaty wypaliły znowu. Nie było takich możliwości celowania, jakie pojawiły się tysiąc lat później. Kule padały byle jak, jedynie w pobliżu wskazanych celów. Ale... Jeśli jakaś uderzyła w murek – rozpryski kamieni kaleczyły wszystkich wokół. Jeśli za murkiem, odłamki i rykoszety zabijały tych, którzy pragnęli się skryć choć na chwilę. Jeśli przed.... Uuuuuuu, tym, którzy byli przed murkiem w momencie, kiedy padł tam granat, to już lepiej było się nie rodzić...

Świetna, doborowa piechota Luan przeszła jednak i rozlała się na niezasianym jeszcze polu.

– Strzelać! – Biafra nasypał sobie pół kubka białego proszku, zalał wódką i wypił. – Strzelać, psia wasza mać.

– Nie schlej się! – warknęła Achaja, choć i ona miała ochotę na coś, co odsunie strach choć trochę. Tak po prawdzie była przerażona zagładą własnego skrzydła i kawalerią wroga, która dosłownie o kilkaset kroków od jej stanowiska ciągle uganiała się za resztką Chorych Ludzi.

Żołnierze składali się do strzału. Pierwszy szereg wykonał przyklęk, drugi wysunął lufy ponad ich głowami.

Oficerowie obliczali odległość, podoficerowie wywrzaskiwali komendy, żołnierze ustawiali celowniki swoich karabinów.

Pierwsza salwa. Prawie sześć tysięcy karabinów przemówiło jednym głosem. Dym zasnuł własne stanowiska tak, że nie można było zobaczyć jakichkolwiek efektów. Sto kroków. Ktoś w atakujących oddziałach padał, ktoś dławił się własną krwią, ktoś szedł dalej.

– Łaaaaaaduuuuuuj!

Sześć tysięcy żołnierzy wyjęło z ładownic po jednym naboju każdy. Sześć tysięcy dziewczyn włożyło kule do ust i odgryzło papierowe tutki. Proch został wsypany do luf, papier zmięty i dociśnięty wyciorami. Sześć tysięcy kul wpluto do gorących luf, zatkano papierem, przybito.

Piechota Luan zbliżała się właśnie do drewnianego płotu. Oddziały skłębiły się, ci z tyłu zaczęli napierać na tych, którzy przełazili przez płot, panował coraz większy ścisk. Niektórzy już zeskakiwali, niektórzy chcieli przewrócić płot, żeby przyspieszyć akcję, ci, którzy przeszli, i tak musieli czekać na pozostałych.

W tym właśnie momencie w odległych o sześćdziesiąt kroków oddziałach Arkach rozległy się ostre gwizdy oficerów. Prawie sześć tysięcy karabinów wystrzeliło wprost w kłębowisko ciał. Ludzie zaczęli wyć. Płot runął pod naporem martwych lub rannych ciał, przygniatając tych, którzy chcieli się pod nim ukryć. Część żołnierzy targnęła się do tyłu w szoku, część skłębiła jeszcze bardziej. Jedni chcieli pomóc rannym kolegom, inni kręcili się w kółko, nie bardzo wiedząc, co się dzieje. Armaty przykryły ich ogniem, bijąc na wprost w największe kłębowiska ciał.

Bogowie! Gdyby Biafra był tak dobrym taktykiem jak strategiem i puścił swoje dziewczyny do ataku, mógłby rozproszyć ten bezwładny tłum. Być może sześciotysięczna armia pokonałaby w bezpośredniej walce trzydziestotysięczną. Ale... Biafra po pierwsze był tchórzem, po drugie znał się na polityce i strategii, a nie taktyce pola bitwy, a po trzecie, miał ciągle pod bokiem wrogą konnicę.

Tymczasem w siłach Luan znalazł się odpowiedni człowiek na właściwym miejscu. Jakiś bezimienny setnik (historia nie zanotowała, kto to był), rycząc i kłując mieczem zebrał wokół siebie kilkudziesięciu ludzi. Ruszył do przodu, pociągając następnych. Po kilku chwilach parę tysięcy żołnierzy oderwało się od kłębowiska przy obalonym płocie i ruszyło do ataku, tym razem biegiem.

– Nabóóóóój bierz!

Prawie sześć tysięcy dziewczyn wyszarpnęło naboje z ładownic.

– Kulęęęęę odgryź!

Luańczycy rozpędzali się właśnie.

– Proch syp! Papier do lufyyyyyy...

Prawie sześć tysięcy żołnierzy armii wyciągnęło swoje wyciory i zaczęło przybijać ładunki w lufach.

– Wycior w łoże! Kulęęęęę do lufyyyyyy...

Luańczycy w biegu potrafili się formować. Im bliżej coraz bardziej przerażonych dziewczyn, tym bardziej równe były ich szeregi.

– Przyyyyyybij!!!

Wyciory znowu wylądowały w lufach. Oni byli tak blisko! Oni byli tak blisko! Ta sama myśl pojawiła się w sześciu tysiącach dziewczęcych głów. Przecież nic ich nie zatrzyma!

– Równaaaaaj! Panewkę w górę!

Jeszcze niecałe dwadzieścia kroków. Jeszcze tylko kilkanaście. Bogowie!!! Aaaaaaaa... Co najmniej kilkuset żołnierzy Arkach nie wytrzymało napięcia, widząc zbliżający się pancerny taran i, rzucając karabiny, zaczęło uciekać do rzeki.

I wreszcie...

– Ładuuuuuj!

Rozległ się trzask odwodzonych kurków. Nie trzeba było mierzyć. Tamci byli tuż, prawie o wyciągnięcie ręki. Nawet nie można było ustawić celownika w karabinie na tak małą odległość.

– Pal!

Właściwie nie wiadomo tak naprawdę (a przynajmniej wtedy nie było wiadomo), dlaczego karabin zyskiwał przewagę nad kuszą i łukiem. Był bardziej szybkostrzelny niż ciężka kusza, ale mniej celny. Był wielekroć mniej szybkostrzelny niż łuk, ale za to dużo bardziej celny. Dlaczego więc ani łucznicy, ani kusznicy nie potrafili nigdy sami, bez wsparcia, zatrzymać atakującego wroga? Co było więc w tych wystrzeliwanych z karabinów ołowianych kulach o średnicy kciuka? Tamci bali się huku i dymu? Nie obrażajmy doborowych wojsk Luan, to nie byli tchórze. Huk i dym był straszny, ale... bardziej dla dziewczyn z Arkach, które miały osmalone twarze. To im dzwoniło w uszach. Dlaczego więc nie kusza, nie łuk, tylko karabin? Trudno na to odpowiedzieć, biorąc pod uwagę ówczesny stan techniki. Może jedynie dlatego, że człowiek trafiony strzałą często biegnie z rozpędu jeszcze kilka kroków i pada do przodu... Człowiek trafiony ołowianą kulą natomiast leci w tył, jakby któryś z Bogów z całej siły szarpnął nagle przywiązaną do jego pleców niewidzialną liną.

Po ostatniej komendzie „Pal!", oficerowie Arkach odzyskali zdolność widzenia dopiero po kilku chwilach. Szeregi wojska cofały się odruchowo, niektórzy żołnierze wyjmowali nowe ładunki, większość oglądała się do tyłu, na rzekę...

Dym rozwiał się szybko, ukazując to, co zostało z atakującej szpicy. To, co zostało... właśnie uciekało.

Achaja, wykorzystując moment ciszy, podskoczyła do Biafry.

– Atakuj! – wrzasnęła. – Atakuj teraz!!!

Biały proszek musiał właśnie zacząć działać. Biafra był tak naćpany, że ledwie mógł przytomniej spojrzeć. Był osłupiały przebiegiem zajść. Zerkał na konnicę wroga, która rozlewała się coraz szerzej na równinie, popatrzył na trupy leżące pomiędzy płotem a ich własną, poszarpaną linią, ale... dwoiło mu się w oczach.

– Jak? – szepnął.

– No do przodu, kurwa, i już! – syknęła Achaja.

– I co? – głowa chwiała mu się lekko. – Podejdziemy do nich na trzydzieści kroków, zatrzymamy się, załadujemy i... – czknął głośno – i wystrzelimy?

– No nie wiem – gorączkowała się księżniczka. – Sieczmy tymi, no... no... tymi... – nareszcie przypomniała sobie właściwe słowo. – Bagnetami!

– Noż kurde – pociągnął wielki haust wódki. – Już widzę nasze dziewczyny, jak usiłują ciąć nożykiem na lufie facetów w pancerzach.

Po drugiej stronie pola bitwy Mohr również był osłupiały i również nie bardzo wiedział, co ma robić. Atak

dwudziestu tysięcy doborowej piechoty i nagle takie straty w ogóle bez kontaktu z nieprzyjacielem? I nagle jego niepokonani żołnierze uciekają jak, nie przymierzając, zające? Bez choćby skrzyżowania mieczów? To nie mieściło się w głowie. Przecież szło już tak dobrze, udało mu się w zwiadowczym wypadzie zdezorganizować lewe skrzydło przeciwnika, jego konnica rozproszyła prawe skrzydło... Co się stało?

Kazał odwołać całą jazdę, która bezskutecznie goniła piechotę Chorych Ludzi po krzakach i sformować z resztą jazdy jeden klin. Cała piechota plus rezerwy – drugi klin. Teraz uderzy z dwóch stron. Kawaleria zdezorganizuje szeregi wroga, a piechota ich wykończy. Potrzebował jednak czasu, by rozkazy mogły być wykonane.

Istna komedia pomyłek, totalnej niekompetencji, splotu przypadków i niezrozumienia nowej sytuacji. Żaden, ani Mohr, ani Biafra, nie potrafił wykorzystać swoich atutów. Żaden nie miał pojęcia, jak należy walczyć w nowej sytuacji taktycznej. Mohr postępował według wytycznych sztabu, które zostały napisane w czasach, kiedy nawet Chorym Ludziom nie śniło się o karabinach. Nie potrafił skoncentrować sił tak, żeby wykorzystać swoją makabryczną przewagę liczebną. Biafra się bał, nigdy nie był dowódcą liniowym, a poza tym nie wiedział, jak się atakuje, mając w ręku karabin. Podejść i strzelić? Toż tamten nie będzie stał i czekał, aż karabin zostanie załadowany. Więc ciąć tym śmiesznym nożem, tym bagnetem? Toż tamten ma pancerz, tarczę i miecz, co mu można zrobić nożem, nawet zatkniętym na lufie... Był zdziwiony rozwojem wypadków, ale... wszystko wskazywało na to, że jeśli tylko będzie stał nieruchomo jak słup, to tamci niewiele mogą mu zrobić. Ale na jak długo starczy mu jedzenia, jeśli zdecyduje się stać jak wmurowany? I co z konnicą?

Tymczasem dwóch wojowników z Lasu podbiegło do Achai z ostrzeżeniem, że jakieś wojsko pojawiło się z boku, w oliwnym gaju, skąd przeprowadzono pierwszy atak tego dnia.

To był Tepp ze swoimi pięcioma tysiącami piechociarzy. Nie wiedział, jaka jest sytuacja na polu bitwy, po wykonaniu jednak wzorowego podejścia zauważył, że było już po pierwszym ataku. Widział trupy, widział bardzo szczupłe siły przeciwnika i konnicę ściąganą właśnie z równiny. Nie mógł uwierzyć własnemu szczęściu. Wspaniałym manewrem skręcił z drogi, przegrupował w ruchu swoje siły (istny cud musztry) i zaatakował z marszu, właśnie przez oliwny gaj, który dawał mu osłonę, wprost na stanowiska dział i armat. Ich obsługa była już jednak ostrzeżona. Dowódca parku artylerii, widząc stan, w jakim znajduje się Biafra, podskoczył do Achai.

– Niech pani da ze dwa bataliony do osłony, to rozsmarujemy ich w tych krzakach!!!

Spojrzała na niego ogłupiała. Potem zerknęła na Biafrę.

– D... Dobra – skrzywiła się – zaraz odkomenderuję dwa bataliony zwiadu.

– Tylko nie zwiad, błagam! – krzyknął. – Niech pani da te w krótkich kieckach.

– Wszystkie mają krótkie kiecki – dała się zaskoczyć.

Uśmiechnął się lekko. Może to był dowcip.

– Te, co nie drgnęły nawet, jak Luan na nie szedł. Niech mi pani da waszych prawdziwych piechociarzy i sama nimi dowodzi. Niech, kurwa, ktoś wreszcie zacznie dowodzić tym burdelem na kółkach.

Zaklęła tak, że się cofnął. A szlag! Zmusiła panią pułkownik z dywizji górskiej, która, sarkając, wydzieliła dwa bataliony. Stanęła na ich czele, choć słysząc ze strony piechociarek takie przekleństwa pod swoim adresem, miała ochotę zacząć rozstrzeliwać własnych żołnierzy. Piechociarki, choć dławiąc się niechęcią do swojego nowego dowódcy, stanęły jednak w linii. Chorzy Ludzie przestawili już i załadowali większość dział. Piechota Luan właśnie wyłaniała się spomiędzy drzew, w dość równych nawet szeregach, krok w krok, idealnie ustawiając poszczególne oddziały. To był majstersztyk. To było arcydzieło prowadzenia wojska do ataku. To właśnie była ta potyczka, która dała nazwę całej bitwie: „Masakra pod Negger Bank"!

Chorzy Ludzie celowali spokojnie, wbijając kliny w podstawy swych dział. Potem dali ognia. Całe pokolenia dzieci w późniejszych szkołach musiały się potem uczyć poematu bezimiennego poety, który urodził się prawie dwieście lat po opisywanych wydarzeniach.

I szli z podniesionym czołem, w równych szeregach,
a potem...
Dwieście dział przemówiło głosem gromu!!!

Akurat. Biafra nigdy nie miał dwustu dział. Z tych stu sześćdziesięciu, które dostał, udało mu się doprowadzić na pole bitwy jakieś sto czterdzieści (historycy spierają się do dziś o dokładną liczbę), a Chorym Ludziom udało się odwrócić na czas i wycelować może trzy czwarte. Ile z nich mogło wypalić, a ile nie mogło, mając przed wylotami luf własne pozycje? Nie wiadomo (specjaliści od historii wojska skłaniają się dzisiaj ku liczbie dziewięćdziesięciu, maksimum). Ale jak niby nauka ma dyskutować z poezją?

Dwieście dział kierowało krokami śmierci,
a oni...
nadzy, musieli brać ją w ramiona.
Dwustu Bogów otworzyło swe otchłanne oczy,
a oni...
musieli w nie patrzeć i ślepnąć.

Dobre. Pierwsza salwa niewiele zaszkodziła atakującym oddziałom. Artylerzyści nabijali spokojnie i opuszczali lufy. Drugi raz dali ognia, kiedy Tepp już opuścił oliwny gaj. Ta salwa była lepsza, ale nie przesadzajmy z oceną skuteczności ówczesnych kul. Dwa bataliony elitarnej piechoty górskiej zaczęły strzelać, kiedy wrogowie znaleźli się w zasięgu ich karabinów. Chorzy Ludzie, w przeciwieństwie do oddziałów ochotniczych, byli dobrze wyszkoleni i bardzo spokojni. Wystrzelili jeszcze raz, wbijając celownicze kliny, a potem zaczęli ładować kartacze. Natarcie, wbrew poecie, który jeszcze się nie narodził, nie załamało się bynajmniej. Luańczycy, mimo poważnych strat, atakowali dalej. Ich głównym problemem (o czym poeta nie mógł wiedzieć) była powtarzana ciągle komenda: „Zewrzeć szeregi!". Gdyby nie to, gdyby nie regulamin armii Luan, uwzględniający jedynie łuczników i piechotę zbrojną w miecze, może nie powstałby poemat pod tytułem „Masakra pod Negger Bank"? A może dotyczyłby kogoś innego? Niestety...

„Zewrzeć szeregi!!!" – wywrzaskiwali pozostali przy życiu dziesiętnicy, dokładnie jakby chcieli dać lepszy cel odległym o kilkadziesiąt kroków dalej facetom ze stemplami, pakułami, oliwą, stojącym wśród worków z prochem i stosów przygotowanych kul.

Notabene naukowcy do dziś zresztą głowią się, dlaczego kartacze były tak mało skuteczne. Teoretycznie przecież metalowa puszka wypełniona kulami po opuszczeniu lufy wysypywała swój ładunek i... powinno to działać prawie jak karabin maszynowy. Ale w praktyce nigdy nie działało. Kartacze sprawdzały się jedynie w wąskich korytarzach bronionych twierdz, podczas walk ulicznych w miastach... Nigdy na równinie. Nie były ani w tysięcznej części tak skuteczne jak karabin maszynowy, nie były nawet tak skuteczne jak współczesny im karabin ładowany przez lufę. Do dziś właściwie nie wiadomo, dlaczego.

Chorzy Ludzie dali ognia wprost w twarze atakującej piechoty, wybijając kliny swych armat.

I wtedy dwieście dział przemówiło znowu...
głośno i wyraźnie
plując śmiercią ze swych paszczy, a kartacze...
rzeźbiły krwawe wąwozy w szeregach.

Bzdury. Kartacze zabiły bardzo nielicznych. Faktem jest, że wielu odniosło powierzchowne rany, faktem jest, że żołnierz, który widzi, jak wszędzie wokół pojawia się krew, choćby z powierzchownych zadraśnięć, nie przejawia już takiej ochoty do walki jak przedtem, ale... Dwa bataliony zabezpieczenia prowadziły ogień precyzyjny i skuteczny. Dziewczyny z górskiej dywizji zaczęły nakładać bagnety na lufy swych karabinów. To one zatrzymały piechotę Luan w ostatniej chwili.

To, co zostało przy życiu, zaczęło uciekać. I wtedy właśnie, o czym nienarodzony jeszcze poeta nie wiedział, dowódca artyleryjskiego parku podskoczył do Achai.

– Teraz damy im popalić – krzyknął. – Ładuj granaty! Podniesienie na cały klin.

To nie było bezpieczne dla dział. Artylerzyści jednak spełniali pospiesznie niecodzienny rozkaz. Mordercze maszyny zostały nabite, lufy podniesione na maksymalną wysokość. Dowódca parku, przygryzając wargę, oceniał odległość.

– Teraz – warknął nagle.

Wystrzelone kule przeszły wysoko ponad głowami uciekających piechociarzy. Kilka wybuchło daleko przed nimi, kiedy drewniana zatyczka przez uderzenie została wepchnięta do ładunku prochowego. Reszta kul odbijała się od ziemi, toczyła, więzła pomiędzy zaoranymi bruzdami. Uciekający żołnierze po dłuższej chwili wbiegli pomiędzy leżące na ziemi, żelazne kule. Dokładnie w momencie, kiedy dopalały się w nich lonty...

I cisza zaścieliła pobojowisko jak całun,
i żaden już krzyk nie ośmielił wznieść się nad polem chwały.

Nie do końca. Tepp, co prawda, stracił cały swój korpus. Przyczyną był bezpośredni atak na działa osłaniane przez piechotę. Dużo później ataki tego typu zostały zakazane w regulaminie, nawet w wykonaniu konnicy. Wbrew pozorom jednak ponad połowa jego żołnierzy wyszła cało z pola bitwy. Tepp stracił swój korpus dopiero w przeciągu następnych trzydziestu dni. Tak jak przewidział Biafra: od nieleczonych prawidłowo ran, z powodu złych warunków, infekcji i zakażeń, choć wtedy nikt jeszcze nie znał znaczenia tych słów.

Z drugiej strony pola bitwy „ochotnicza piechota" Chorych Ludzi w kompletnej rozsypce posuwała się małymi grupkami dalej i dalej od złowieszczej konnicy. To nie byli żołnierze, to byli bandyci – łatwo ich rozproszyć, ale niełatwo zabić. Teraz rozmyślali tylko, gdzie można coś zrabować i gdzie można się napić. A przed ich oczami ukazał się taki piękny cel... Miasto! Całe, wielkie, cholernie bogate miasto! To nie byli ludzie inteligentni, przewidujący i mnożący przed sobą problemy, które mogły się pojawić. To były szumowiny bez wyobraźni, które nagle zobaczyły przed sobą łup. Chorzy Ludzie ruszyli w stronę miasta.

W samym Negger Bank nikt nie znał wyniku bitwy. Krążyły różne plotki co do liczebności własnych oddziałów. Każdy jednak wiedział, że korpus Mohra to trzydzieści tysięcy doborowego wojska, a korpus Teppa to czterdzieści tysięcy. Jeśli więc siedemdziesiąt tysięcy Luańczyków stanęło naprzeciw dziesięciotysięcznej Armii Arkach (tak oceniano siły Biafry) to wynik był łatwy do przewidzenia. Bramy nie były zamknięte.

Kiedy więc pierwsi Chorzy Ludzie podeszli do Bramy Sakwowej, starszy strażnik usiłował po prostu pobrać od nich myto i cło za wnoszone do miasta karabiny. Ot, jacyś ludzie chcą przejść, przecież nie wojsko, bo mundurów nie mają. Chorzy Ludzie nie chcieli płacić cła – zastrzelili strażnika. W kilka chwil później wybito całą obsługę bramy. Ktoś przeciął liny od zwodzonego mostu, ktoś rozwalił łańcuchy obronnej kraty. Coraz bardziej liczna wataha zbójów rozbiegła się po ulicach, by palić i rżnąć wszystko, jak leci.

Achaja została powiadomiona o tym dosłownie kilka modlitw później. Wojownicy z Lasu też mieli ochotę na rabowanie miasta, ale to nie był ich teren i trochę się bali. Donieśli swojej siostrze o rozwoju wypadków, ale sami nie chcieli ruszyć. Achaja zbagatelizowała meldunek. Podeszła do Biafry bardziej, by sprawdzić jego stan. To tylko poeta przypisał jej następujące słowa:

Chorzy Ludzie walczą na ulicach miasta!
Pozwolimy im zginąć, czy okryjemy chwałą sztandar Arkach?

Kompletna nieznajomość ówczesnej psychiki. Poza tym poeta, wychowany w zupełnie innych warunkach, nie miał pojęcia o wcześniejszej o dwieście lat taktyce i strategii. Achaja może i coś tam wspomniała o rabowaniu Negger Bank, ale jedyną rzeczą, jaka ją w tej chwili interesowała, była toczące się właśnie bitwa. To właśnie Biafra był pierwszym człowiekiem, który w historii przełamał obowiązujące szablony i dzięki temu, tysiąc lat później, pewna uczelnia wojskowa będzie się nazywać: Akademia Wojskowa imienia generała Biafry.

Z powodu napięcia Biafra okresami trzeźwiał, nie mógł się też naćpać do końca (choć jego wrogowie w historiografii twierdzą coś zupełnie przeciwnego). Zdążył kilka razy zwymiotować, jego organizm nie przyjmował już ani wódki, ani prochów. Siedząc pod brzuchem swego konia, z mokrą szmatą na głowie, wyłowił z meldunku księżniczki to, co uważał za istotne.

To, co dawało mu nadzieję na dożycie końca tego strasznego dnia. Nie wiadomo, czy chodziło o nowe idee w strategii, czy też po prostu Biafra się bał i chciał zrobić cokolwiek, co pozwoliłoby mu opuścić pole bitwy. W każdym razie powiedział:

– Dobra. Nakłoń rycerzy, żeby zajęli most. Zmuś wojowników do trzymania bramy. Reszta wojska na drogę i do miasta.

– Czyś ty, kurwa, ocipiał??? – ryknęła Achaja. – Toż to będzie trwać do wieczora! Rozsmarują nas na tym polu.

Biafra nie mógł się podnieść. Ciało zawsze odmawiało mu posłuszeństwa szybciej niż umysł. Spróbował się przynajmniej oprzeć na rękach.

– Rycerze na most! – stęknął. – Dywizja górska podejdzie do tego obalonego płotu, niech strzelają, pozorując atak. Zwiad przeciąga działa na most. To rozkaz – zwymiotował znowu. – Wykonać!

Achaja, miotając przekleństwa na cały głos, podeszła do rycerzy. Było ich może dwustu na polu bitwy. Jednak sam fakt, że kobieta potrafiła kląć tak wulgarnie, od razu nastroił ich do księżniczki przychylnie. Oni naprawdę ją lubili.

– Nasza! – mówili. – Z nami jej iść, a nie z tym babskim wojskiem pospołu – i pili jej zdrowie, bowiem do wypitki każda sposobność dobra.

– Panowie – Achaja może i dyskutowała z Biafrą, nie zgadzała się z nim, ale rozkazy wykonywała ściśle. Za długo była w wojsku, żeby pozostały jej jeszcze jakieś wolontarystyczne ciągoty. – Panowie! Bracia! – krzyknęła, patrząc prosto w ich załzawione od nadmiaru alkoholu oczy. – Tam chwała na was czeka! Tam pamięć o was wiekuista może się zrodzić...

– Znaczy... – najbliżej stojący rycerz potrząsnął głową. – O co panience chodzi?

– Żebyście most zajęli – zaskoczona odparła szczerze.

– A po co?

– No... Tam droga do Negger Bank, które już Chorzy Ludzie rabują.

– O żesz ty... Kurwa ich jebana mać! – rycerz poskromił jednak swój język. Achaja też potrafiła kląć, co prawda, ale przecież była damą i księżniczką na dodatek. A jakby to w kronikach, które rycerz zamierzał kiedyś podyktować, brzmiało: „Księżniczka wydała nam rozkaz, a ja kląłem niczym, nie przymierzając, szewc!" – Niech panienka chwilę poczeka!

Dokonując cudów zręczności, stanął na własnym siodle.

– Panowie! Laleczka coś od nas chce... – pseudonim Achai, którego używał jej własny pluton, był rycerzom doskonale znany. – Mamy, kur..., znaczy, mamy przebić się przez most!

– Ueeeeee... – mruknął ktoś bardziej pijany. – Toż tych psów na moście w pół modlitwy wybijemy do nogi.

– No zaraz – dodał ktoś bardziej trzeźwy. – A nie lepiej uciekać przez rzekę?

– Tu nie o ucieczce mowa! – zawył rycerz stojący coraz mniej pewnie na własnym siodle. – Panowie bracia! Na most! – i dodał ciszej: – A potem do miasta, zanim Chorzy Ludzie do cna rozgrabią...

– Aaaaaaaa... – z wielu gardeł rozległ się jęk zrozumienia.

– No dobra – powiedział ktoś. – Napijmy się i szarża!

– O kurde – jęknęła Achaja – Tylko nie pijcie.

Runęła z powrotem do sztabu, gdzie Biafra był właśnie podnoszony z ziemi przez swoich adiutantów.

– Głowa – mruknął.

Jeden z żołnierzy chwycił go za włosy i podniósł głowę tak, by generał mógł patrzeć przed siebie.

– Spieprzamy, Achaja – powiedział. – Idziemy na miasto – odkaszlnął. – Poświęć wszystko!

– Szlag. Jak wszystko? – nie zrozumiała za pierwszym razem.

– Poświęć wszystko! – powtórzył. Coś nim wstrząsało. Jakieś dreszcze, nie wiadomo czy spowodowane strachem, czy dziwnymi substancjami krążącymi w jego żyłach. – To nie może trwać do nocy. Poświęć wszystko!

Achaja, klnąc tak, że wszystkim normalnym ludziom powinny więdnąć uszy, pobiegła na liniowy punkt dowodzenia.

– Zrzucać juki z mułów! Rozkulbaczyć kuce!!!

– Jak to zrzucać? – usiłowała się postawić pani pułkownik z dywizji górskiej. – To co potem zrobimy?

– Harmeen!!! – wrzasnęła Achaja. – Sprowadź tu mój pluton. Niech Lanni ich przypilnuje! Samodzielny batalion zwiadu wokół sztabu. Przypiąć armaty do mułów. Wygnać kuce na przedpole i strzelajcie im w zady... Niech lecą na Luańczyków.

– Kurde. Pani właśnie rozformowuje naszą armię! – pułkownik zmełła przekleństwo. – Księżniczko, psiamać, moja!

– To rozkaz Biafry! Wykonać!

– Pani właśnie rozformowuje naszą armię!!! – ryknęła pułkownik. – Czy pani wie, psiamać, co pani robi???

– Wykonać, psiamać, albo zabiję na miejscu!

Na szczęście pluton Achai zbliżał się biegiem, batalion rozpoznawczy przeformowywał się, usiłując stanąć tak, żeby móc uderzyć na Luańczyków lub chronić swojego dowódcę, w zależności od potrzeby w danej chwili. Cóż jednak znaczył pluton i batalion wobec pułku dowodzonego przez kobietę, której nie mieściło się w głowie, że ktoś może rozformować całą armię w trakcie morderczej bitwy?

Złość Achai przelała się jednak nad pancerzem opanowania. Nagle w jej ustach pojawiły się kły. Runęła na panią pułkownik i w amoku ugryzła ją w ramię.

Zdyszana Arnne stanęła tuż obok, palcem jednej dłoni celując w kapitana, który właśnie odwracał swój oddział tyłem do wroga. Drugą dłoń trzymała tuż przy ustach, gotowa do rzucenia zaklęcia.

– Ty, kurde, się opamiętaj! – ryczała. – Bo cię, kurde, zamienię w Królową Arkach, sikso... ale... to ci się zupełnie nie będzie podobało!

Pani kapitan wyraźnie zwątpiła. Jej oddział nie zwątpił. Na szczęście dla kotłujących się na ziemi kobiet, to jest pani pułkownik i Achai, pluton zwiadu i dwie kompanie rozpoznawczego batalionu wpadły właśnie na przegrupowywane piechociarki i zaczęła się prawdziwa bitwa. Oko w oko, bagnet skrzyżowany z bagnetem. Nie to, co z Luan. Dziewczyny wyły, siekły, wydrapywały sobie oczy, gryzły wzorem swojego dowódcy, wyrywały nawzajem włosy...

Mohr po drugiej stronie pola bitwy nie mógł uwierzyć własnym oczom. Oto wroga armia atakuje sama siebie. Kazał przegrupować piechotę na swoje prawe skrzydło, w stronę oliwnego gaju i szykować się do natarcia.

Po stronie Armii Ekspedycyjnej straty były coraz większe. Tu jednak, w bezpośrednim starciu, jeden na jednego, zwiad zaczął zdobywać przewagę nad piechociarkami z górskiej dywizji. Achaja wyjęła zęby z ramienia pani pułkownik i usiłowała stanąć na nogach. Ta jednak wyszarpnęła z kabury nóż i chciała rozwalić jej nogę. Na szczęście Arnne zdołała kopnąć panią pułkownik w nadgarstek. To jednak spowodowało, że uwolniona od groźby natychmiastowego rzucenia czaru pani kapitan rzuciła się na Achaję, zdzieliła ją łokciem w splot i przygwoździła do ziemi. Shha będąca w pobliżu wbiła jej nóż w pośladek, ale zaraz sama dostała kolbą w twarz od jakiejś piechociarki. Achaja uwolniła się od pani kapitan tylko po to, żeby upaść pod ciężarem pani pułkownik, która rzuciła jej się na plecy. Arnne straciła cierpliwość, wyrwała jakiemuś artylerzyście stempel i zaczęła okładać wijące się na ziemi ciała jak leci, bez celowania. Chwilę potem w jej ustach pojawiły się kły i runęła w dół, topiąc je w udzie pani pułkownik. Ta zawyła i, szarpiąc się z bólu, podcięła wstającą właśnie pani kapitan.

– Co tu się dzieje? – Biafra uwieszony ramienia adiutanta patrzył zadziwiająco przytomnie jak na stan, w którym się znajdował.

– Ugryzła mnie! Obydwie mnie pogryzły! – wrzasnęła pani pułkownik. – Co wy w tym zwiadzie? Zatrudniacie psy na etacie ludzi???

Kapitan trzymała się za pupę i nie była w stanie niczego powiedzieć. Leżała na boku. Ani wstać, ani usiąść. Miała tylko nadzieję, że pani major przejdzie wystarczająco blisko, by mogła zatopić w jej nodze własne zęby. Nawet, gdyby potem mieli ją zdegradować do etatu psa. Shha z zakrwawioną twarzą siedziała tuż obok. Usiłowała naładować swój karabin co, na szczęście, w pozycji siedzącej było niemożliwe do wykonania.

– Niech ktoś uspokoi te ofiary losu – stęknął Biafra.

Kilku oficerów z jego świty rzuciło się rozdzielać zwiad i piechotę. Jeśli chodzi o straty Armii Ekspedycyjnej, to ta właśnie potyczka powinna dać nazwę poematowi „Masakra pod Negger Bank". Niemniej generalskim adiutantom udało się opanować sytuację na tyle, żeby rozesłać dwie jednostki, każdą w swoją stronę. Biafra, trzymając się pod bok wolną ręką, bo wątroba rwała go coraz bardziej, podszedł do Achai.

– Dlaczego nie wykonujesz rozkazów, co? – warknął.

Achaja bluznęła stekiem takich przekleństw, że nawet zakrwawiona Shha spojrzała na nią zdziwiona. Wstała lekko i wyszarpnęła swój miecz.

– Ja wam, kur... ty... Kur...

– Powiedz coś bardziej zrozumiałego.

Achaja zrobiła krok, żeby go zabić. W tym momencie znalazła się w zasięgu szczęk leżącej na ziemi pani kapitan. Czując cudze zęby zatopione głęboko we własnej łydce, upadła znowu, odruchowo zaczęła drapać tamtą po twarzy.

– Ja zwariuję z tymi babami – szepnął Biafra. – Niech je ktoś rozdzieli.

Shha przyłożyła kapitanowi kolbą. Uwolniona Achaja wstała i upadła znowu.

– Kurwa! – zaczęła płakać. – Ugryzła mnie! Jak ja będę wyglądać z taką blizną na nodze...?

– Przecież możesz se wyleczyć – mruknęła jedna z nagich wojowniczek, która stała w pobliżu.

– Czy ktoś tu może zacząć dowodzić? – Biafra też o mało się nie wywrócił. – Harmeen, zrób coś!

Harmeen doskoczyła do Achai z bukłakiem.

– Wypij i weź się w garść, bo ten pacan każe nas rozstrzelać zaraz...

Rozdział 5

Uzupełnienia i nowe jednostki dotarły do Biafry zaraz po tym, jak Suhren musiał wycofać się z Arkach, by bronić prowincji Negger Bank. Królestwa Północy zaatakowały centrum Cesarstwa i Mohr, wzmocniony nowymi siłami, został odwołany do obrony kolejnego frontu. Suhren nie bardzo wiedział, jaką strategię ma przyjąć. Szturmować miasta zajętego przez wroga nie mógł, nie miał czym – słusznie domyślał się, że zanim zbuduje machiny oblężnicze, Arkach pozbawione groźby inwazji przyśle jakieś siły wsparcia dla Armii Ekspedycyjnej, bo nawet najbardziej tępy strateg musiał zrozumieć, że tylko kontynuacja kampanii w Luan jest szansą na przetrwanie Królestwa. Suhren zajął więc pozycje przy największym węźle drogowym pod LaMoy, skąd mógł wyprowadzić bardzo elastyczny atak w każdym praktycznie kierunku. Ten prawie już czterdziestoletni najemnik był chyba najlepszym strategiem Cesarstwa, przez lata niedoceniany z powodu swojego pochodzenia (był co prawda książęcym synem, ale... z jednego z najmniejszych i najbardziej zapadłych Królestw Północy) – jako jedyny zdawał się rozumieć nową sytuację na polu walki. Późniejsi historycy zarzucali mu, że nie ufortyfikował LaMoy i nie obsadził ważniejszych przełęczy górskich prowadzących do centralnej prowincji Cesarstwa. Wielu jednak znawców wojskowości ten właśnie fakt uznało nie za przejaw ignorancji, ale inteligencji starego dowódcy. On naprawdę pierwszy zrozumiał, że system twierdz i osad warownych, mogący zatrzymać klasyczną armię, w przypadku sił Biafry nie sprawdzi się w najmniejszym stopniu.

Silnie uzbrojona, ale bardzo szczupła, ruchliwa armia nowego typu nie musiała dbać o wyizolowane punkty oporu. Wystarczyło, że obeszła je wielkim łukiem i mogła ruszać dalej. Co mogła zrobić załoga pozostawionej na zapleczu twierdzy? Przerwać linie zaopatrzeniowe? Nie było żadnych linii zaopatrzeniowych – żołnierze żywili się tym, co znaleźli. Uderzyć na tyły? Nie było żadnych tyłów. Może więc uderzyć znowu na Arkach, skoro teraz nie broniły jej w tej chwili żadne znaczniejsze siły? Niby czym? Suhren miał armię klasyczną, wymagającą dróg, monstrualnego zaopatrzenia, łączności, fortów, rozbudowanych służb tyłowych. Biafra mógł w każdej chwili przerwać linie zaopatrzenia i zdezorganizować tyły Suhrenowi, jeśliby ten ruszył do przodu. Suhren Biafrze nie mógł tego zrobić. Zajęcie węzła drogowego pod LaMoy było w tej sytuacji jedynym rozsądnym rozwiązaniem. Tylko szybkość i manewr mogły jeszcze przeważyć szalę.

Jednak Biafra też znajdował się w trudnej sytuacji. Armia Rezerwowa, którą mu przysłano, była armią tylko z nazwy. Składała się z czterech dywizji (i to absolutnie wszystko, na co było stać Królestwo Arkach): Czwartej i Szóstej Dywizji Piechoty, Pierwszej Dywizji Górskiej oraz luźnego związku kawalerii nazwanego dywizją chyba tylko przez przypływ optymizmu jakiegoś oficera ze sztabu. Numery „4" i „6" dotyczące jednostek piechoty zostały wzięte z sufitu albo też wynikały z tradycji, ponieważ Pierwsza, Druga i Piąta Dywizja Piechoty w tej chwili już nie istniały. Trzecia Dywizja tkwiła przy granicy z Wielkim Lasem i stanowiła już jedyny, ostatni zorganizowany związek taktyczny Królestwa Arkach, który pozostawał w jego granicach. Czwarta i Szósta zostały przemianowane na dywizje grenadierów. Wynikało to z prostego faktu, że tylko co trzeci żołnierz miał karabin. Pozostałych wyposażono więc w granaty i stąd nazwa.

Pierwsza Dywizja Górska była elitarną jednostką już tylko we wspomnieniach. Większość pododdziałów tego związku trzeba było po ostatnich bitwach sformować na nowo, z rekrutów i ochotników. Co gorsza, zabrakło nawet mundurów i trzy czwarte żołnierzy musiało nosić zwykłe, płócienne tuniki piechoty ozdobione jedynie słynną rozetą na ramieniu. Nic nie mogło bardziej stłamsić ducha bojowego. Weteranki, wystrojone po staremu, darzyły taką pogardą nowych żołnierzy i robiły im takie świństwa, że życie w dywizji przypominało bardziej to, co działo się w karnych obozach dla najgorszych przestępców. Był to najgorszy okres w historii tej naprawdę świetnej kiedyś jednostki. Demoralizacja sięgała szczytów, pijaństwa, rabunki, bijatyki i zabójstwa, znęcanie się nad koleżankami, praktycznie niewolnicze stosunki pomiędzy kadrą a nowymi, szerzące się donosicielstwo, szczucie, bunty i masowe dezercje sprawiły, że dywizja straciła ósmą część stanu w trakcie marszu do Luan ani razu nie napotkawszy nieprzyjaciela. Niby każdy żołnierz miał karabin (tu zaopatrzenie było zawsze lepsze niż w piechocie), ale i tak duża część nie nadawała się do użytku. Weteranki zabierały rekrutkom amunicję i części, żeby nie narażać się po nocy na strzały na oślep, do namiotów, gdzie spali starzy żołnierze. Z tego, co pozostało, większość rozkradały pomiędzy sobą nowe, żeby nie zostać pociągniętym do odpowiedzialności za „niegotowość" na najbliższym apelu. Do normalnych praktyk należało, na przykład, że weteranki sikały do kotłów, w których przygotowywano jedzenie dla nowych. Dlatego też, kiedy dywizja została wprowadzona do Negger Bank, nastąpiła taka fala rabunków, że natychmiast trzeba było wyprowadzić wojsko z powrotem na przedpole.

Ale... żołnierze byli po prostu głodni. I tak podczas tej nieszczęsnej „operacji" dywizja straciła szóstą część stanu – mnóstwo dezerterek „wsiąkło" w mieście i specjalne karne oddziały musiały przeprowadzać rewizje w luańskich domach, a potem wieszać uciekinierów na placach grupowo. Miasto, które już udało się przedtem ułagodzić jako tako i odtworzyć przynajmniej część połączeń handlowych teraz, widząc „kulturę zdobywców", rabunki, nowe zbrodnie, rewizje w każdym domu i pęczki żołnierzy wiszących w publicznych miejscach, zaczęło buntować się kolejny raz. Z takim trudem odtwarzany handel runął znowu, mieszczanie zaczęli uciekać, trzeba było zamknąć bramy i uszczelnić port, o handlu można było zapomnieć na kolejne dziesiątki dni, zaczynał się głód, wojsko musiało przeprowadzać rekwizycje, wzajemna nienawiść pomiędzy Arkach i Luan znowu eskalowała w najlepsze. Plan Biafry, który zakładał utrzymanie tego wspaniałego miasta w dawnej świetności, został momentalnie zniweczony. Zaczęły się sądy, krwawe tłumienie buntów głodnej biedoty, rozstrzeliwania... Żołnierzy z kolei truto, podpalano im tymczasowe schronienia, niszczono zapasy. Wojsko przeprowadzało akcje odwetowe, aż wreszcie ktoś dał sobie spokój i wypuścił Chorych Ludzi z więzień. Miasto zostało spacyfikowane w dwa dni. Nigdy już nie odzyskało swojej dawnej świetności. Zamiast czerpać z niego zyski, trzeba je teraz było utrzymywać. Bosko! Biafra był załamany.

Tymczasem Suhren wyprowadził część korpusu na Złotą Aleję i pomaszerował w stronę wybrzeża. Biafra wysłał mu naprzeciw dwie dywizje: Pierwszą Zwiadu i Drugą Górską. Nie było go stać na utrzymanie jakiejkolwiek linii frontu, nie miał ludzi, by zapełnić nimi choć niewielką część rozległych przestrzeni prowincji. Napotkawszy czołówki nieprzyjaciela ustawił dywizje jedną obok drugiej z szerokim odstępem między nimi, bo bał się oskrzydlenia. Suhren wykorzystał to błyskawicznie. Uderzył w centralną lukę, wykonał płytkie obejście i zwiad już pierzchał w panice. Dziewczyny z dywizji górskiej trzymały się jeszcze jakiś czas, ale wycofał je sam Biafra, bojąc się zagłady całego związku. Achaja dokonała cudu i oderwała się od zawsze maszerującego szybciej nieprzyjaciela. Ale bitwa była przegrana.

Biafra wzmocnił swoje siły dwiema dywizjami grenadierów i wydał nową bitwę tym razem w bardziej sprzyjającym terenie, w pobliżu torfowiska Yarra. Suhren uderzył z marszu, ale oddziały grenadierów okazały się zaskakująco skuteczne. Parę tysięcy granatów wyrzuconych przez żołnierzy na odległość trzydziestu, czterdziestu kroków, powstrzymywało każde frontalne natarcie, równoważąc brak pozostawionej w mieście artylerii. Suhren powtórzył swój poprzedni manewr, uderzył w centralną lukę, wykonał płytkie obejście i... Armia Arkach w panice zaczęła się wycofywać do miasta. To już nie było oderwanie się od nieprzyjaciela, Achai tym razem nie udało się niczego zdziałać. To była paniczna ucieczka z kawalerią wroga na karkach. Stracono trzecią część sprzętu i czwartą część ludzi.

Natchniony sukcesami swojego dowódcy cesarz nakazał bezpośredni atak na Negger Bank i odzyskanie miasta. Suhren... Suhren jednak wycofał się do LaMoy. On jeden wiedział, co stanie się z jego poharatanym już mocno wojskiem w ogniu artylerii, ze zrzucanymi z góry granatami, wśród karabinowych kul odpalanych tym razem spokojnie, z murów, zza bezpiecznej osłony. Nie miał żadnych szans. Wszystkie dotychczasowe sukcesy wynikały nie tyle z jego geniuszu, co raczej z żenującej niekompetencji dowódców wrogich sił. Nikt z Arkach nie wiedział, jak należy walczyć w nowej sytuacji taktycznej. On sam jednak, widząc swoich ludzi dosłownie rozstrzeliwanych z dalekich, bezpiecznych pozycji, nie mógł uwierzyć, że tamci nie sięgają po łatwe w jego przekonaniu zwycięstwo. Nie mógł zrozumieć, jak ktoś, kto ma na tyle zdyscyplinowane wojsko, by na wrogim, nieprzyjaznym terenie oderwać się od jego korpusu i wykonać świetny manewr wymijający, nie potrafi... w ogóle atakować.

Cesarz jednak miał inne problemy. Nie mógł pojąć, że jeden z jego dowódców nie wykonał rozkazu. Zdjął

Suhrena z dowództwa i nakazał mu stawić się w Syrinx. Na jego miejsce został mianowany Tepp.

Suhren spodziewał się, co czeka go w stolicy. Wskoczył na konia i, niezatrzymywany przez warty, złożone przecież z jego własnych żołnierzy, pogalopował do Negger Bank. Ponieważ był sam i bez broni, dopuszczono go przed oblicze Biafry.

– Mam dwa pytania – powiedział zmęczony po całodziennej podróży. – Pierwsze: co wy wyrabiacie z własną armią? I drugie: czy stać was na moje usługi?

– Odpowiem ci na drugie pytanie – mruknął Biafra. – Stać nas.

– Rozumiem, że... mogę zacząć dowodzić?

– Możesz – Biafra wzruszył ramionami. – Achaja, pilnuj go!

Suhren zaczął od niszczenia sił Arkach już po wstępnej inspekcji wojsk. Pierwszą Dywizję Górską spacyfikował, umieszczając ją w obozie przejściowym i pozbawiając uzbrojenia. Ta jednostka naprawdę już się do niczego nie nadawała, a mogła być zarzewiem buntu w innych oddziałach. Część weteranek skierował jako uzupełnienia do innych związków, zarekwirowanymi karabinami wzmocnił dwie dywizje grenadierów. Rozwiązał dywizję zwiadu, podzielił na małe jednostki i skierował do zadań, do których tak naprawdę żołnierze ci byli szkoleni, czyli do rozpoznania i dezorganizacji zaplecza wroga. Rozwiązał dywizję kawalerii, która również była mało warta – konie Arkach, grubo podkute, idealne w górach czy w lesie, po prostu ślizgały się na wspaniałych, kamiennych drogach Cesarstwa. Spieszone kawalerzystki miały utworzyć garnizon Negger Bank i do tego akurat ci tępi, zebrani na zasadzie negatywnej selekcji żołnierze idealnie się nadawali. Jako komendant twierdzy kazał na powrót umieścić Chorych Ludzi w więzieniach.

Zwolnił kupców od podatku na dwa lata, wydał za darmo wszelkie łodzie i statki, które znajdowały się w posiadaniu garnizonu. Handel ruszył. Miasta nie trzeba było już utrzymywać, miasto powoli i z bólem, ale jednak, zaczęło przynosić zyski z ceł i opłat portowych. A po kilkudziesięciu zaledwie dniach lwią część zysków przynosiły same wykupy koncesyjne. Liczba zagranicznych kupców, którzy postanowili skorzystać z ulg podatkowych i osiedlić się w wolnym mieście, znacznie przekroczyła liczbę handlarzy luańskich. Po stu dniach dochody z handlu samego Negger Bank mogły być porównywalne z dochodami reszty Arkach z wyłączeniem szlaku przez Wielki Las.

W międzyczasie jednak Suhren uderzył. Właściwie wykorzystał starą taktykę Biafry, lekko zmodyfikowaną, ponieważ on wiedział, co czuje żołnierz, do którego się strzela z wielkiej odległości, a Biafra nie. Suhren pomaszerował pod Yarra. Napotkawszy czołówki Teppa, ustawił się dokładnie jak jego przeciwnik w poprzedniej bitwie w tym samym miejscu. Dwie dywizje (ale tym razem grenadierów) od czoła, z wielką luką w centrum i rezerwową, Drugą Górską z tyłu. Tepp postąpił jak on sam nie tak dawno. Uderzył w centralną lukę, przeszedł i właśnie miał wykonać płytkie obejście, kiedy dostał się pod ogień Drugiej Górskiej wzmocnionej całą artylerią Armii Arkach! Korpus Luan broniący prowincji przestał istnieć w przeciągu jednego dnia. LaMoy zajęto trzy dni później. Przełęcze w górach odgradzających Negger Bank od centralnych prowincji Cesarstwa zostały opanowane w dziesięć dni.

Suhren pozbył się handlarzy wódką i winem, „mistrzów tatuażu", pokątnych spekulantów, pośredników w handlu łupami i całego tego chłamu, który posuwa się za każdą zwycięską armią. Wypuścił naprzód trzy tysiące dziewczyn ze zwiadu, a sam pomaszerował cesarską drogą numer jedenaście prosto na Syrinx. Ignorował bezpieczeństwo własnych skrzydeł, lekceważył wszystkie pułapki, jakie mógł napotkać, wszystkie możliwe i niemożliwe manewry Mohra prowadzącego zwycięską wojnę z Królestwami Północy. On jedyny na świecie wiedział, do czego ta szczupła, nowoczesna armia jest tak naprawdę zdolna. On już osobiście przeżył jej wściekły, morderczy ostrzał i wyciągnął z tego faktu wnioski. Niestety, Biafra nie był już tak lekceważąco nastawiony do sił, którymi dysponowało Cesarstwo.

Nikt nie miał bladego pojęcia, jakie siły Luan gromadzi na Północy. Informacje, które mógłby ewentualnie dostarczyć na ten temat wywiad, nie docierały z powodu chaosu w państwie i braku jakiejkolwiek łączności. Teoretycznie, żeby uniknąć starć z ciągle przeważającą liczebnie Armią Luan należało przyspieszyć marsz na Syrinx, żeby jak najszybciej połączyć się z Zaanem. Żołnierze sił ekspedycyjnych Arkach nie byli jednak szkoleni w szybkich marszach po idealnie równych, szerokich drogach cesarstwa. Sznurowane buty nad kostkę, tak zbawienne w lasach i na kamienistych stokach, okazały się fatalnym rozwiązaniem, jeśli idzie o niekończące się maszerowanie w upale. Armia posuwała się coraz wolniej.

Biafra wpadł na genialny (jego zdaniem) pomysł. Żeby przyspieszyć ruch oddziałów na drodze, kazał im nie maszerować już, ale jechać na zdobycznych wozach ciągniętych przez konie. Istotnie, po krótkim okresie zamieszania, oddziały wystrzeliły w przód, by... zaraz zwolnić jeszcze bardziej niż przedtem. W krótkim czasie okazało się bowiem, że wozem, wbrew pozorom, nie może kierować byle kto - „drogowy", pociągowy koń to jednak nie to samo co wiejska chabeta, nawet wieśniaczki z Armii Arkach nie potrafiły sobie z nimi za bardzo poradzić, zaraz pojawiły się odparzenia od nieumiejętnie konserwowanej uprzęży, wzdęcia od karmienia trawą czy sianem. Rasowe, pociągowe konie potrzebowały owsa i fachowej obsługi woźniców. Ale to nie był problem. Zgoniono batami „zdobycznych" luańskich woźniców, a na innych zagrabionych wozach zorganizowano transport owsa (i jak się również okazało) absolutnie niezbędnych części zapasowych, kół, skórzanych pasów, dyszli, oliwy do smarowania osi, smoły, podków oraz kowali i cieśli, którzy umieli się tym posłużyć. To z kolei spowodowało, że ilość żywności, którą trzeba było transportować, wzrosła niepomiernie, ale to nie problem, zorganizowano jeszcze więcej wozów, woźniców, kowali, cieśli. To z kolei spowodowało, że potrzeba było jeszcze więcej wozów, żeby wieźć ich wszystkich.

Powoli zaczynał wkradać się bałagan. Stworzono więc dodatkowe służby kwatermistrzowskie, które miały nad tym zapanować, ale to z kolei wymagało użycia dalszych wozów i... jeszcze większej ilości owsa, który trzeba było transportować na... dodatkowych wozach. Armia Arkach grzęzła w gigantycznych korkach, więc zorganizowano specjalne służby drogowe, które miały trasować najbardziej zatkane odcinki, ale... oczywiście... wymagało to użycia nowych wozów, jeszcze większych racji żywieniowych, nowych transportów owsa, nowych woźniców, kowali i cieśli, dodatkowych części zapasowych... Doszło do tego, że czołówka armii nie zajmowała się już niczym innym jak tylko szukaniem zaopatrzenia dla całej rzeszy ludzi, którzy właściwie z działaniami wojennymi nie mieli nic wspólnego.

Taktyka ta powinna zostać nazwana przez historyków „Pułapką Biafry" albo, jeszcze lepiej, „Zemstą Biafry"... Ale nie została. Nazwano ją później pierwszą nowoczesną armią, bowiem miraż dowiezienia na linię frontu choć w miarę świeżych, wypoczętych, najedzonych, zaopatrzonych i wyposażonych żołnierzy pokutował w wielu armiach jeszcze przez tysiące lat... Ale nawet ci późniejsi specjaliści, ci od wielotonowych ciężarówek, cystern, ciągników siodłowych, kolei żelaznych, mostów powietrznych, supertankowców, łazików, zrzutów, samolotów transportowych, frachtowców, oddziałów saperskich i inżynieryjnych, ciężkich helikopterów i komputerów nie mogli sobie poradzić z tym problemem – im więcej sprzętu używano, tym więcej sprzętu i zaopatrzenia potrzebowano do obsługi „sprzętu podstawowego" i samych obsługantów. Doszło potem do tego, że aby stu żołnierzy mogło rzucić się do ataku z gromkim okrzykiem na ustach, miliony ludzi musiały na nich pracować, a częstokroć byli oni oddaleni od miejsca właściwej akcji o tysiące kilometrów...

Armii Biafry jeszcze to nie groziło. Jeszcze, choć z trudem, mogła się zaopatrzyć sama (przynajmniej w żywność i transport), ale i tak grzęzła coraz bardziej.

Niemniej wszystkie kłopoty powinny znaleźć swój kres. Pewnego ranka, jeszcze przed świtem, Suhren kazał obudzić Biafrę i Achaję, a potem osobiście poprowadził do małej karczmy tuż nad brzegiem morza.

– Stąd już jest tylko jeden dzień drogi do Syrinx – powiedział. – Chyba musimy się zastanowić, co dalej.

Notabene, o czym oczywiście Suhren nie mógł wiedzieć, grubo ponad dziewięćset lat później powstała sztuka teatralna pod tytułem właśnie „Dzień drogi do Syrinx" opisująca to, co wydarzyło się owego ranka. Ponieważ jednak był to stek wyssanych z palca bzdur, nie będziemy cytować żadnej kwestii. Poza jedną myślą. Autor, który jeszcze się nie narodził, nie dysponował praktycznie żadnymi źródłami poza strzępami kilku pamiętników i trafnie odgadł tylko jedną rzecz: „...to był dzień, w którym decydowały się losy świata. To był dzień, który wtedy postrzegany jako mało brzemienny w skutki, ukształtował i nas, i wszystkie pokolenia, które nadejdą w dalekiej przyszłości".

Karczma, w której rozsiadło się dowództwo Armii Arkach, była właściwie drewnianym pomostem wybudowanym na palach nad powierzchnią morza. Arendarz miał własną hodowlę ostryg, na wielkich ramach opuszczonych w skaliste zagłębienie. Wciągał te ramy przy gościach i podawał muszle od razu na stół, z doskonale schłodzonym, cienkim winem i cytrynami. Poza tym jeszcze miał małże, krewetki i ośmiornice. Achaja czuła, jak łzy zbierają się jej pod powiekami. To były potrawy, które pamiętała z dzieciństwa w Troy. Nie jadła owoców morza od wielu lat. A tu... Wschód słońca, leciutki wiatr znad wydm, szum fal... Zbyt wiele wspomnień, zbyt wiele rzeczy, które przypominały jej szczęśliwe dzieciństwo, po raz pierwszy od tak dawna, od tak dawna... Walczyła desperacko, żeby się nie rozpłakać na głos. Połykała ostrygi i małże, nie nadążała z żuciem, mając ciągle pełne usta ledwie mogła zmieścić w nich trochę wina. Biafra natomiast nie tykał tego świństwa, pił jedynie wino. On był wychowany w kraju odciętym od morza, dla niego istniały tylko wieprzowina, baranina, wołowina, nie mógł zrozumieć, jak ktoś może w ogóle tykać się tych galaretowatych, śmierdzących obrzydliwości. Suhren zachowywał się powściągliwie zarówno w jedzeniu jak i piciu. W jego rozumieniu knajpa była świetna, oczywiście w kategoriach, do których przywykł, tu mógł zjeść jedynie lekkie śniadanie. Nie rozumiał ani Biafry żłopiącego wyłącznie cienkusza, ani Achai, która nie nadążała z połykaniem. Dla niego zachowanie obydwojga wyglądało na normalne barbarzyństwo. Tylko gospodarz był zadowolony, sądząc po ilościach jedzenia pochłanianych przez tę dzikuskę i ilościach wina, które chyba tylko cudem jakimś mieściły się w żołądku tego barbarzyńskiego króla. Będzie to najlepszy wynik finansowy, jaki zanotował jednego dnia od wielu lat prowadzenia nadmorskiej karczmy. Skakał wokół gości, wymyślając coraz to nowe koncepcje kulinarne.

– Dzień drogi do Syrinx – mruknął Suhren, nawiązując rozmowę. – Myślę, że nadszedł już czas, żeby się cofnąć.

– Co? – Biafra aż wylał wino. Gospodarz biegiem przyniósł mu nowy kielich, który podał z pełnym szacunku ukłonem. Jego szacunek był prawdziwy – nigdy w życiu nie widział człowieka, który mógł tak szybko pochłonąć tak niewyobrażalne ilości alkoholu o tak wczesnej porze. Ale wiadomo... Barbaria! Oni to tam u siebie podobno nawet szczyny piją, czy jakoś tak.

– No... pokazaliśmy cesarzowi, na co nas stać. Pewnie trzęsie się z wściekłości, czytając codzienne raporty o naszych postępach. I chyba wystarczy, co?

– Chcesz się cofnąć?

– Mhm. Do Negger Bank – Suhren upił mały łyk wina. – Chyba nie chcecie zniszczyć Luan, prawda?

– To nigdy nie miała być taka wojna – wybełkotała Achaja z pełnymi ustami. – Tak jakoś jednak wyszło.

– No dobrze. Pokazaliśmy cesarzowi, że możemy nawet napoić konie w głównym kanale na przedmieściach Syrinx. Czas już, żeby wyciągnąć z tej wojny korzyści.

– O jakich korzyściach myślisz?

– Cofamy się do Negger Bank. Może uda się nawet utrzymać przełęcze w łańcuchu gór ograniczające prowincję. Może w rokowaniach uda się nawet zatrzymać połowę terenu. Na dwa, trzy lata. Miasto musi pozostać nasze. My mamy handel, mamy wpływy do kasy, w dwa, trzy lata skonstruujemy armię, która będzie w stanie utrzymać te zdobycze nawet przez dziesięć lat. A potem... kto wie, co się zdarzy? Możemy iść na przetrzymanie, jak Troy. Krok w przód, dwa kroki w tył. LaMoy może stać się takim samym punktem przetargowym jak Yach! Możemy się utrzymać i sto lat!

– Szlag! – Biafra skrzywił się i osuszył swój kielich. – Wplątaliśmy w to Zakon.

– Eeeee... Zakon nierychliwy. Jak po zawarciu rozejmu oboje się ukorzycie przed Mistrzem i przejdziecie na klęczkach na przykład drogę z najbliższej świątyni do portu, gdzie zacumuje jego statek, to wam daruje. Zakonem nie rządzą idioci. Jeśli pozwolicie im zachować powagę, to wam odpuszczą. Noooo... Zapłacicie powiedzmy – wydał wargi – czterdzieści od sta od zwiększonych zysków i spokój. Oni też potrafią liczyć.

– A Troy? – spytała Achaja.

– Już najwyższy czas wystawić Troy do wiatru, zanim się za bardzo nie zaplączecie we wzajemne układy. My mamy Negger Bank, oni mają parę portów i wielki kawał pustyni. Poradzą sobie.

– Zaan mnie zabije, jeśli skrewimy – mruknął Biafra.

– Najpierw jednak Zakon zabije jego.

– No, nie wiem... A gdyby tak kontynuować marsz?

– Bogowie! Po co? Pokazaliśmy cesarzowi, co potrafimy. On w tej chwili jest w kiepskiej sytuacji i będzie musiał przełknąć tę żabę, a potem ją żuć przez jakieś dwa, trzy lata, jak mówię. Co zyskamy przez dalszy marsz? Chcecie zdobyć Syrinx? Czym? Wasze armaty nie rozwalą murów. Zrobi się półroczne oblężenie, to leżymy, jak przyjdą zimowe deszcze. Wykończymy się sami. Chcecie budować machiny oblężnicze? Macie tylu cieśli? A co zrobi Mohr, który kończy w tej chwili Królestwa Północy? Zbierze sto tysięcy ludzi do wojska? Owszem, zbierze! A Tepp, który w tej chwili baluje w stolicy, zapijając żale z powodu chwilowej klęski? Zbierze lub kupi dwieście tysięcy? Owszem. Trzystutysięczna armia nakryje nasze dziewięć tysięcy hełmami. A Arkach w tej chwili więcej nie wystawi. Ale przez parę lat? Mając szlak przez Las i Negger Bank? Wystawimy sto tysięcy najemników. I powstrzymamy cesarstwo w trzeciej bitwie pod Yarra. My zyskujemy z każdym rokiem, oni tracą. Na jedną naszą złotą monetę oni będą musieli położyć trzy albo nawet cztery. Jeśli powstrzymamy Cesarstwo, to wtedy pozostanie nam tylko worki na złoto szeroko otworzyć – samo będzie wpływać. Wtedy to być może uda się nawet renegocjować umowę z Zakonem. Bo co do was Zakon ma tak naprawdę? Pokrzyczeliście? Pomachaliście mieczykiem? Ukorzycie się i spokój. Zapłacicie i spokój. Spokój, mówię! To nie są durnie. To są ludzie, z którymi można negocjować, z którymi można się dogadać, jeśli im kasę napełnicie. Jak będą mieli dodatnie saldo, potraktują wasze kalumnie „inaczej", zinterpretują bullę o obrazie Zakonu „inaczej"... Uwierzcie mi!

– Zakon mi nie daruje – Biafra strzelił palcami na gospodarza, który podskoczył błyskawicznie z nowym dzbanem wina. – Ja wiem takie rzeczy o Zaanie, a przez to takie rzeczy o Zakonie, że...

– No to może zrezygnujesz? Ustąpisz?

Achaja o mało nie udławiła się kawałkiem ośmiornicy.

– Co?

– No... – powiedział Suhren. – Zrobimy z tą twoją śliczniuteńką księżniczką przewrót. Ciebie zakuje się w dyby, oskarży o wszelkie antyzakonne świństwa, a także o rozpętanie awantury wojennej i zamknie w jakiejś odległej twierdzy na... no... pięć, sześć lat. Codziennie będziesz bity i torturowany, będziesz się korzył, listy pisał i prośby, staniesz się ogólnym pośmiewiskiem. Oczywiście podstawi się ludzi na zastępstwo do batogów i tortur. W twierdzy same luksusy no i, oczywiście, będziesz pociągał za wszystkie sznurki. A Zakon, po sześciu latach, będzie cię ignorował, jak wyjdziesz pod zmienionym imieniem, to nie wyślą sztyletów przeciwko. Wybaczą ci, jeśli powagę zachowają. Zobaczysz.

– Plan całkiem ładny, ale... Zaan, nawet po śmierci, nie zrezygnuje. On wie o mnie więcej niż ja o nim. Pewien pan o imieniu Mika odnajdzie mnie nawet w zaświatach.

– Mikę też można przekupić.

– Posłuchaj i postaraj się zapamiętać. Zaan, cokolwiek by o nim mówić, idiotą nie jest. Mikę kontroluje ktoś inny, a tego kogoś pewnie jeszcze ktoś, sam, być może, kontrolowany, na przykład przez Mikę. To zamknięte kółko samoadoracji. Ci ludzie tak się boją własnych cieni, że będą wykonywać rozkazy Zaana nawet tysiąc lat po jego śmierci!!! Pamiętaj. Zaan to straszliwy oszust i skurwysyn! Ale... oszust i skurwysyn niezwykle przewidujący. Krążą plotki, że jak Zaan nastąpi na jadowitego węża i ten go ukąsi, to... w krótkim czasie wąż zdycha. A Zaan ma się dalej dobrze – Biafra wychylił następny puchar. – To jest dopiero zastosowanie jadu „inaczej", co? Ale to tylko jedna ze spraw. Jeśli dam się gdziekolwiek zamknąć, to nasza kochana Królowa weźmie Arkach za pysk. I wtedy dopiero zobaczycie, co to jest kobieca polityka i kobieca strategia. To będzie prawdziwa polityka i strategia „inaczej"... – zakpił – Już wolę raczej przekazać Arkach tej kretynce – wskazał Achaję, która znowu o mało nie udławiła się kolejnym kawałkiem ośmiornicy i spojrzała na Biafrę wściekle – niż zostawić go mamusi do szybkiego pogrzebania. Ta tutaj – znowu wskazał Achaję – parę razy zarobiła w dupę. Nie sprawiło to, że szczególnie jakoś zmądrzała, ale... Jednak jak jej ktoś powie „kocham cię", to się już teraz trzy razy zastanowi, co tamten naprawdę ma na myśli. W przeciwieństwie do mojej kochanej mamusi.

Suhren zagryzł wargi.

– No dobrze... – syknął wściekły. – Maszerujemy na Syrinx. Staniemy pod murami i zaczniemy ładnie śpiewać... Może otworzą bramy!

– A czy ja mówię, żeby iść na Syrinx? – uśmiechnął się Biafra.

Suhren wybałuszył oczy.

– Wystawimy Troy na walkę z Mohrem, samotnie!

– Jaki powód dając? – zdziwił się Suhren.

– Przecież sami wymyśliliśmy, że to wojna „o zniesienie niewolnictwa", cha, cha, cha... Uwalniamy wszystkich niewolników. Wcielamy ich do Pierwszej Ochotniczej Armii Wyzwolenia Luan. Oczywiście to się nie uda, to gówno a nie wojsko będzie, zresztą nie mamy ich za co uzbroić. Zaczną się bunty, rabunki, rzezie miejscowej ludności, jakieś teatralne zemsty, pogromy i... – Biafra zrobił niewinną minę. – Ogólny bunt, który... – znowu niewinna mina – który będziemy musieli pacyfikować. Nie zajmie nam to dużo czasu, ale zawsze można przeciągnąć, jakby co. Nasze zyski: Mohr nie wie, gdzie jesteśmy, bo kraj pogrążony w chaosie przez hordy pustoszących go niewolników. Zaan samotnie pod Syrinx. Może ją zdobędzie, pewniej nie, ale to bez znaczenia.

– I nie boisz się, że on cię za to... – Suhren wykonał ruch palcem na wysokości szyi.

– Przecież mówiłem, że to nie dureń. Jak Zakon uderzy, to my z zakonnymi będziemy negocjować, za ile obronimy Zaana i na jakich warunkach. To my będziemy języczkiem u wagi. A jak się ułożymy, osobno, z Zakonem... To już nasza sprawa. Jak się ułożymy, osobno, z cesarzem, to już nasza sprawa. Ważne, by Zaan czuł do nas tylko wdzięczność.

– Dobre – mruknął Suhren. – Podoba mi się.

– Oczywiście nie możemy go sprzedać za bezdurno – sam wskazał swoją szyję. – Jakieś gwarancje musimy dla niego uzyskać. Ale... będziemy mieć czym handlować, prawda? Dużo towaru na sprzedaż będzie w naszych rękach, co? Mając Mohra wiszącego nad Zaanem i własną armię blokującą Zakon, to będziemy wiele rzeczy mogli przeprowadzić... Można się wtedy korzyć, można sprzedawać, możemy nawet kupczyć wdziękami naszej księżniczki.

Achaja przełknęła ostrygę, która blokowała jej gardło.

– Ty się uspokój, Biafra! Dobrze?

– To tylko dowcip, kotku – sparował. – Ale przyznasz, że mariaż z tobą jakiegoś władnego wielmoży to będzie najlepszy kawał polityki, jaki zrobimy. Oczywiście za Mistrza Zakonu nie wyjdziesz, bo on w celibacie musi żyć. Ale, na przykład, za księcia Oriona?

– Toż on ma żonę! – skłamała (wiedziała, że Wielki Książę jest samotny, ale chciała wkurzyć Biafrę, który mógł o tym nie wiedzieć).

– Nie bądź naiwna – nie wkurzył się w najmniejszym stopniu. – Albo się książę z nią rozwiedzie, albo się ją otruje. W rękach Oriona teraz, przynajmniej oficjalnie, cała Armia Zachodu Królestwa Troy. Ciebie się zrobi głównodowodzącą Armii Arkach. Takie małżeństwo sprawi, że, zamiast z silnym Luan, Zakon będzie się musiał liczyć z trzema równorzędnymi państwami: Troy, Luan i Arkach! Cha, cha, cha... Będą się musieli układać, gnoje. Zaan będzie musiał łyknąć tę żabę w zamian za gwarancję, a Zakon będzie musiał dać gwarancję, bo familia Orion i Achaja będzie najpotężniejszym związkiem małżeńskim na świecie – zwrócił się do dziewczyny. – Przecież ty jesteś z Troy. Taki układ to nawet Rada Królewska będzie musiała, choć z bólem, przełknąć. I to będzie koniec Rady. Orion może nie geniusz, ale wiem, że rozsądny człowiek. Za trzy lata będzie Królem Troy. Ty za parę lat będziesz Królową Arkach. Obecni władcy tych państw – starzy oboje i chorzy. Nie pociągną długo.

– Podoba mi się to – powtarzał Suhren cicho. – Podoba mi się to!

– No! Ty z Orionem – uśmiechnął się do Achai – będziecie sobie gruchać jak gołąbki. Będziecie sobie śmietankę wprost z ust spijać. Bo wasze interesy strategiczne będą takie same. A między waszym pożyciem małżeńskim będzie Luan, z cesarzem, który, chcąc nie chcąc, będzie się musiał układać, i Zakon, wściekły, ale rozsądny, mam nadzieję...

– Nie mam najmniejszej ochoty wychodzić za tego starego repa!

– Weź mnie nie wkurzaj! Przecież do konsumpcji związku dojdzie wyłącznie oficjalnie! W waszych łóżkach w dwóch różnych krajach znajdzie się jedynie podstawiona szlachta, żeby kapłani mogli stwierdzić dokonanie związku. To polityka, a nie instrukcja dupczenia starucha z młodą królewną. Zresztą w samym Troy, z tym co masz na twarzy nigdy nie będziesz się mogła pokazać, bo nam Oriona wykończą drwinami.

– Podoba mi się – mruczał Suhren. – Orion i Achaja, najpotężniejsze małżeństwo świata... a do scysji małżeńskich dojść nie może, bo pomiędzy nimi wrogie Luan, a za morzem wrogi Zakon. Jak się jeden z wrogów ruszy, to Chorzy Ludzie rozstrzelają go złotem przeznaczonym na armie interwencyjne małżonków, bo im tylko szlak przez Wielki Las w głowie... Kurde, szlag! To jest władza nad światem na jakieś dziesięć lat.

– A potem? – mruknęła Achaja wściekła jak osa.

– A potem... – rozmarzył się Suhren. – Dziecko z waszego związku wyda się za cesarza... Tfu! – poprawił się. – Cesarza się zniknie, jeśli wasze dziecko będzie chłopcem i „mianuje" cesarzową. Chłopak za nią wyjdzie i zastopuje Chorych Ludzi, którzy będą sięgać po władzę nad światem. Jeśli będzie dziewczynka, można ją wydać nawet za obecnego cesarza. Chorych Ludzi sekujemy z ważniejszych rynków w pięć, sześć lat, a potem... Trzeba będzie spalić Wielki Las i uderzyć na nich połączonymi siłami trzech mocarstw.

– Podoba mi się – sparodiował Suhrena Biafra.

– Jesteście idioci! Macie brudne robaki w głowie! – warknęła Achaja. – Jeden pacan chce wydać paroletnie, spłodzone w zastępstwie dziecko za starego cesarza, a drugi chce wyrolować Troy! Jesteście durniami!!!

– Troy nam może... – zaczął Biafra, ale Achaja nie dała mu dokończyć.

– Troy to teraz Zaan. Nie doceniasz go, kochanie ty moje, pogromco cesarza, niedoszły swacie, zwycięski dowódco w wojnie z Chorymi Ludźmi, pogromco Zakonu... ale wszystko to dopiero w przyszłości!

– Achaja – Biafra lekko wydął wargi. – To jest polityka, a nie dowodzenie zwiadem. Nie mieszaj się w decyzje strategiczne.

– O kurde! Polityk się odezwał – wzruszyła ramionami. – Z was dwóch tylko ja znam Zaana. I wierzcie mi... On was dwóch utopi w łyżce wody.

– Kotku – Biafra zdenerwował się naprawdę. – Wiem o tobie wszystko. Ja...

– Wszystko? Naprawdę?

– Myślisz, że nie? – znowu wydął wargi. – A chcesz wiedzieć, która z dziewczyn z twojego własnego plutonu na ciebie donosi? Chcesz wiedzieć? Co?

– Ty świnio – prychnęła. – Nie chcę wiedzieć! – jednym wielkim haustem opróżniła wielki kielich wina. Po chwili uspokoiła się jednak. – A ty chcesz wiedzieć, kto cię zabije, jak skrewisz z Zaanem?

– Kto? – Biafra dał się złapać w pierwszej chwili. – Blefujesz!

– Gówno blefuję! – otworzyła swoją torbę i wyjęła z niej zwój zapisanego maczkiem papieru. – Proszę. Spotkanie zwykłych kupców w jakiejś zapadłej gospodzie w Luan. Część „kupców" to Biuro Handlowe, a druga część to zaopatrzenie i rozpoznanie. Rozmawiano o współpracy, rozgraniczeniu naszych oddziałów po tym, jak dojdzie do spotkania. Dyskusja zakończyła się zdaniem jednego z agentów z Troy: „Jakby Biafrę poniosło... wiecie co robić?" – zacytowała z pamięci.

– Kto to był? Kto z naszych ludzi?...

– Nie wiem. W gospodzie byli agenci z Drugiego Wydziału Imperialnego Sztabu Luan. Oni zapisali rozmowę. Ja mam kopię od naszych źródeł z otoczenia cesarza.

– Kto to był? – powtórzył Biafra.

– Skąd, kurwa, mam mieć choć blade pojęcie? Luańczycy nie rozpoznają naszych agentów po twarzach. Teoretycznie powinnam wiedzieć, kogo wysłano na spotkanie z Troy, ale ktoś, kurwa, spalił papiery. A parę osób, które mogłyby coś zeznać, wysłano na pierwszą bitwę pod Yarra. Już ich nie ma, kotku.

– Kto ich wysłał na bitwę?

Uśmiechnęła się.

– Ty – podniosła kielich i wypiła jego zdrowie. – Twój podpis widniał pod rozkazem. A kto ci podsunął papier? Nie mam pojęcia.

Biafra skinął na gospodarza.

– Masz wódkę?

– Nie mam, jasny panie...

Biafra podał mu małe naczynko.

– Weź ten proszek i rozpuść w winie. Na jednej nodze.

– Tak, jasny panie!

Biafra powoli rozmasowywał sobie twarz. Był taki przystojny, taki cholernie przystojny – pomyślała Achaja. I jakiś starzec, jakiś brzydal, cham i parweniusz potrafił go zmusić do realizacji własnych planów. Jaki świat jest niesprawiedliwy. Biafra, ta śliczna świnia nie mogła się przeciwstawić staremu wieprzowi. Bum, bum, bum... Wiedziała, co teraz powie. Wiedziała, jakie słowa padną. Kochała go, teraz tak naprawdę zdała sobie z tego sprawę z całą siłą, ale nie mogła nic zrobić, by powstrzymać te zabójcze dla Armii Arkach zdania.

– Dzień drogi do Syrinx? – mruknął Biafra. – No to... dzień marszu przed nami.

Suhren aż syknął. Było to najgłupsze wyjście. Ale on też nie mógł nic zrobić. Biafra wychylił duszkiem kielich przyniesiony przez gospodarza. Zanim jeszcze narkotyk zaczął działać, jego oczy robiły się zimne i jakoś tak dziwnie przezroczyste. Powoli wodził językiem po górnej wardze. Patrzył gdzieś w dal, zdawało się – wprost na wschodzące słońce. Achaja chciała mu paroma złośliwymi żartami „przykopać” za tę „kretynkę” i propozycje małżeńskie. Ale nie dawał się prowokować. Jego martwe oczy powoli napełniał blask, biały proszek zaczynał działać.

– Dwie sprawy – szepnął. – Musimy się osłonić przed Mohrem. Achajka, wsiadaj na konia, bierz cały zwiad i uwalniaj wszystkich niewolników, jakich uda ci się dosięgnąć. Zasugeruj im przy okazji, że na Północy Luan wycofało wszystkie wojska, jak chcą grabić w odwecie, to najłatwiej tam. Niech Harmeen dostarczy ci tyle zdobycznej broni, ile zdoła. Wyślij Lanni na płytkie rozpoznanie. Gdzieś w okolicy Luan musi przecież mieć jakieś magazyny wyposażenia...

– Przecież jak skierują się na północ, wpadną wprost na Mohra – mruknęła Achaja.

– I o to chodzi. Niech mu zaciemnią obraz tego, co się naprawdę dzieje.

– Kurwa, Biafra! Sama byłam niewolnicą. Nie mówię przecież, żeby zaraz wszystkim ludziom zrobić dobrze. To się nie da, ale... – zacięła się nagle. – Dobra. Powiedz mi jedną rzecz. Czy nawet jak człowiek chciałby zachować się choć troszeczkę po ludzku, to w rezultacie zawsze będzie musiał zostać świnią?

Spojrzał na nią zdziwiony.

– Po pierwsze, masz wybór: możesz zamiast niewolników rozpierdolić własną armię i własne siostry, słyszałaś przecież, że mamy nóż na gardle. Po drugie: jeśli chcesz być skuteczna w polityce, musisz w końcu zostać świnią, ale też nikt ci nie każe, możesz zająć się wypasaniem kóz i być dla nich bardzo dobra i miła. Po trzecie: niewolnicy też mają wybór. Ty im nie wydasz rozkazu, że mają palić i rabować na Północy. Ty im tylko zasugerujesz taką możliwość. Jeżeli nie będą chcieli, to mogą spokojnie udać się tam, gdzie zapragną i nikt im nic złego nie zrobi... – uśmiechnął się perfidnie i nachylił nad stołem. – Więcej, złotko! – wysyczał. – Upoważniam ciebie do poinformowania ich wszystkich, że mogą iść i osiedlić się w prowincji Negger Bank, tam teraz nie ma luańskich chłopów. Każdy będzie miał zagwarantowane małe poletko do uprawiania, dostanie za bezdurno! I jeszcze, każdemu, kto będzie chciał pójść do Negger Bank albo wracać spokojnie do domu, dasz z naszej wojskowej kasy cztery brązowe na podróż, żeby nie zdechł z głodu. I co? Czy teraz to jest uczciwa propozycja?

– Uczciwa to by była wtedy, gdybym mogła im powiedzieć, że na Północy czyha Mohr!

– A nie, nie... Tego nie możesz powiedzieć. Ale dasz uczciwy wybór. Chcesz? Morduj i rabuj! Tu jest broń, a tu kierunek marszu! Ale nie chcesz? Dostaniesz cztery brązowe na drogę. Nikt ci nic złego nie zrobi. A do tego damy poletko pod uprawę i, niech mnie, jeszcze dam kwity na kredyt, żeby se ziarno mogli skombinować. Dobrzy ludzie mają zagwarantowany spokój. Czegoś takiego nikt nigdy w historii całego świata nie zrobił dla obcych śmieci! Nikt! Nigdy! Nigdzie!

– Dajesz, bo wiesz, że niewielu skorzysta!

– Owszem. Ale dobrzy ludzie dostaną swój spokój. A złych Mohr rozsmaruje na Północy. Sam przy tym grzęznąc.

– W obozach... – szepnęła, czując coś dziwnego, coś, co ją dławiło, to nie były łzy, to było coś, czego nie potrafiła nazwać. – W obozach dla niewolników nie ma dobrych ludzi.

– Dlatego też sądzę, że nie zubożę naszej kasy. Druga sprawa. Weź trzy kompanie, ze trzysta najbardziej doświadczonych dziewczyn ze zwiadu. Niech się przebiorą za chłopki i mieszczanki. Daj im sporo złota. Muszą nas wyprzedzić i dostać się do Syrinx razem z ostatnimi uciekinierami. Wojsko pewnie już nie wpuszcza całych fal ludzi, ale, jeśli ktoś ma złoto... Może im się uda. Na umówiony znak muszą się rzucić od środka na wyznaczoną bramę i otworzyć nam...

– Rozsmarują je w trzy modlitwy.

– Trudno. Muszą spróbować, to nasza jedyna szansa.

Biafra wstał i skinął na gospodarza.

– Wino było dobre, obsługa świetna – rzucił mu całą swoją sakiewkę bez odliczania. – Masz. Niech przynajmniej jeden człowiek na świecie wspomina mnie dobrze – roześmiał się.

Gospodarz oszołomiony runął na kolana i bił pokłony. Achaja i Suhren wstali chwilę później. Wymienili się spojrzeniami, a potem powlekli w stronę oczekujących oddziałów.

– No proszę – Suhren wzruszył ramionami. – Naprawdę wyzwolicie niewolników. Sądziłaś, że kiedykolwiek do tego dojdzie?

– Nie wiem. Nigdy w naszych planach nie było zajęcia całego Luan...

Roześmiał się na cały głos. Minęli klęczącego w amoku gospodarza, który właśnie przekonał się, że w rzuconej mu, pękatej sakiewce są same złote monety.

– Świetna knajpa – uśmiechnęła się Achaja. – Przypomniało mi się dzieciństwo.

– Bywałaś w takich jako mała dziewczynka? – zażartował Suhren.

– U nas w pałacu też był taki pomost. Kurde. Myślałam, że się poryczę.

Odwrócił głowę, nie chcąc jej krępować. On właściwie nie pamiętał swojego domu. Rodziców stracił podczas wojny domowej. Wychowywał go wuj. W wieku dwunastu lat trafił do wojska, najpierw jako giermek jakiegoś rycerza, potem pomocnik przy katapulcie. W wieku piętnastu lat stanął już w linii, mając szesnaście został setnikiem, strategiem w trzy lata później. Dowodził słynnym legionem Moy, tuż przedtem, zanim Virion go nie skasował pamiętnej nocy. Potem kupiło go Luan, dało ogładę i zaproponowało dowodzenie korpusem. Teraz kierował ruchami Armii Arkach. Nie bardzo znał pojęcie domu. Nie wiedział, co to szczęśliwe dzieciństwo, do którego można wracać we wspomnieniach. Domem dla niego było miejsce, w którym właśnie przebywał. Dzieciństwa nie potrzebował do niczego.

Nie rozumiał chlipiącej dziewczyny, ale miał na ten temat własną teorię. Coś było nie tak ze wszystkimi, którzy byli dobrzy w mieczu. Znał pięciu prawdziwych mistrzów, pięciu szermierzy natchnionych. Każdy z nich... nieszczęśliwy jak szlag. Albo wariat. Taki Nolaan. Nie pije, nie dupczy, gardzi wszystkimi, samotny jak szlag. Najlepiej w ogóle do niego nie podchodzić. Niech zdycha. Wiecznie sam, pewnie nawet po śmierci. Virion zachlewa się bardziej niż Biafra. On już nie odróżnia wina od kocich szczyn. Pije cokolwiek, byle było mocne, na okrągło, przez cały czas, na umór, do końca... Hekke. Zanim został niewolnikiem, kompletnie mu odbijało. Rzucał się na wszystkich. Wystarczyło, że ktoś kichnął w jego obecności i już miał obrazę gotową.

I jeszcze musiał mieć wszystkie dziewczyny w zasięgu wzroku. Jeśli jakaś mu odmówiła, prowokował i zabijał jej ojca, chłopaka, męża, braci, bez znaczenia. Kompletny wariat. Lirion z Troy. Zupełny porąbaniec. Przez całe życie wydawało mu się, że traci talent, że zaczynają mu drżeć ręce. Potrafił stać pół dnia, trzymając w dłoni najcieńszą kartkę papieru i ślepić oczy aż do załzawienia, czy przypadkiem nie zadrży. Żeby się sprawdzić, brał najgorsze zlecenia. Podobno można było wleźć do niego do domu nawet w środku nocy, obudzić kopniakiem i dać dziesięć srebrnych za zabicie byle oprycha. A on leciał i załatwiał sprawę. Za byle ochłap. A... w końcu zabiła go pałami zwykła chłopska rodzina, w biały dzień, na trotuarze centrum stolicy Troy, bo się zlitował nad dziećmi i chciał dać jałmużnę.

I na koniec Achaja. Dziewczyna o przeraźliwie czarnych oczach i totalnie porąbanym umyśle. Zupełne przeciwieństwo Nolaana. Lubiła pić, lubiła się kochać, nawet z inną dziewczyną, lubiła ludzi, być może nawet tych, których zabijała. Rozbeczany mazgaj z głową naładowaną idiotycznymi wspomnieniami, co jednak nie przeszkadzało jej zabijać równie sprawnie, jak Virion. Taka to zawsze powie „kocham cię" w momencie ucinania głowy. Wykona każdy rozkaz... Pani major, „Rzeźnik"... świetne przezwisko. Całkiem niezły żołnierz. Nawet dowódca – pamiętał jak oderwała swoje oddziały od jego zwycięskich wojsk dokładnie w momencie, kiedy sądził, że już ich ma na widelcu. Polityk do dupy. Miękka i twarda. Wiedział już, że lepiej do niej nie podchodzić jak miała okres – była wściekła jak osa, potrafiła dać w pysk za samo spojrzenie, potrafiła kopnąć w amoku i złamać komuś nogę. Kiedy jednak nie miała okresu, to jej własny oddział nazywał ją „Laleczka". Liniowi żołnierze, których wszak, jak każdy dowódca, mogła posłać na śmierć, a jednak... Nazywali ją „Laleczką". „Maskotką". Dziewczyny twierdziły, że przynosi im szczęście. Maskotka i Rzeźnik. Silna jak dziesięciu kowali – słaba jak niemowlę. Biafra mógł z nią zrobić, co chciał. Babski porąbaniec. Potrafiła mówić jak w najlepszych pałacach, potrafiła kląć bardziej wulgarnie niż najgorszy żołnierz. Ktoś z kim Suhren, być może po raz pierwszy w życiu, mógł się porozumieć, ale tak dziwna, że rzadko próbował. Inteligentna, naiwna, wrażliwa, dzika, kompletnie nieobliczalna, śliczna dziewczyna o oczach potwora zasłoniętych czarnymi szkłami.

Doszli do drogi w milczeniu. Czekała ich niespodzianka. Pluton Achai zgromadzony wokół jakiegoś faceta z kocem na głowie, który klęczał na środku Shha z nożem w ręku trzymała mu but na ramieniu.

– Cześć Laleczka – krzyknęła Lanni. – Mamy dla ciebie prezent!

– No – dodała Shha. – Chcesz wiedzieć, kogo złapałyśmy na patrolu?

Harmeen przeciągnęła się, ziewając.

– Pokażcie jej, dziewczyny. Bo się zsika z ciekawości.

Shha zdjęła nogę z ramienia faceta, podniosła go jednym szarpnięciem i ściągnęła z niego koc.

Achaja rzeczywiście o mało się nie zsikała. Ze strachu. To był... mistrz Anai! Cofnęła się odruchowo i tylko Suhren za plecami uratował ją od upadku. Mistrz Anai patrzył na nią obojętnie. Z całą pewnością rozpoznał swoją byłą ofiarę. Jednak nie bał się. Było to wyraźnie widać. W jego oczach nie było cienia strachu! Dlaczego...?

– Co z nim mamy zrobić? – uśmiechnęła się Shha. – Na pal? Powolutku, powolutku?

– Może na paseczki mu skórę i do mrowiska? – spytała Lanni.

– Albo teraz my mu będziemy wbijać malutkie igiełki, co? – mruknęła Zarrakh.

– P... – Achaja z trudem przełknęła ślinę. – Puśćcie go...– potarła nerwowo twarz, bo nagle poczuła swędzenie. Nie mogła zrozumieć, co się dzieje w jej wnętrzu. Dlaczego on się nie bał? Poczuła, że nagle bolą ją piersi. Swędzą, palą, pieką i... i jeszcze... ścisnęła kolana, jak mogła najsilniej. Dlaczego ona, ona... ona nie może... Kurde!

– Puście go! – powiedziała zdecydowanie. – Taki fachowiec zawsze się przyda.

Suhren potwierdził ruchem głowy. To było bardzo rozsądne. Dziewczyny jednak nie mogły zrozumieć. Jedynie mistrz Anai wiedział dobrze, co się dzieje. On to już przeżył. Nie raz, prawdę mówiąc. Podczas pałacowych przewrotów wielokrotnie wpadał w ręce swych byłych ofiar. Za pierwszym i drugim razem bał się. Potem nie. Nie wiedział, dlaczego, ale... żadna z jego ofiar nie mogła mu zrobić nic złego. Pamiętał jednego księcia z prowincji. Torturował go trzy dni. Doszli prawie do ostatecznej granicy. Może w rok później wpadł w jego ręce. Wyniesiony dziwnym kaprysem łaski cesarza książę wziął mistrza do swojej siedziby w górach. Zapewnił wszelkie wygody. I tylko czasem kazał kogoś torturować. Zawsze siedział tuż obok ofiary. Zawsze płakał. A potem... Kolejna zmiana losów, kolejna odmiana polityki. Puczyści atakowali książęcy zamek. Kiedy mury padły, książę zamknął się z resztką obrońców w wieży, ale... zamiast dowodzić swoimi ludźmi, sam położył się na łożu mistrza i kazał się torturować. Do końca. Do śmierci.

Mistrz Anai nie bał się swoich ofiar. Nie wiedział, dlaczego. Nie wiedział, co się z nimi dzieje. Ale był pewny, że nic mu nie zrobią. Popatrzył spokojnie na spoconą nagle twarz dziewczyny z czymś dziwnym na oczach. Kiedy poprosi go o nowe męki? Czy poprosi? Ciekawe.

Mistrz Anai rozejrzał się po skamieniałych ze zdziwienia twarzach żołnierzy wokół. Strząsnął z ramienia rękę tej, co stała najbliżej, i posłusznie ruszył w poszukiwaniu kwatermistrza, który mógł wyznaczyć mu miejsce w taborach.

On tego nie rozumiał. Ale widział to wielokrotnie.

Rozdział 6

Meredith zmierzał do Syrinx przez kraj ogarnięty wojną. Nikt go jednak nie atakował, nikt nie usiłował uczynić mu żadnej przykrości. Czarownik, choć w tak strasznie zniszczonym płaszczu, zawsze był kimś, kogo zwykli żołnierze, a nawet przestępcy i maruderzy woleli nie ruszać.

Meredith rozmyślał o słowach Wirusa, o świecie, o woli Bogów. Przypomniał sobie przykład z mrówką. Przypomniał sobie opowieść o maleńkim stworzonku, które ginie pod sandałem człowieka, nie z jego woli przecież, a tylko przez przypadek. Człowiek jest mądrzejszy niż mrówka, czy więc nie byłby skłonny przyznać jej jakiegoś fundamentalnego prawa do samoobrony? Toż mrówka człowiekowi nie zaszkodzi. Nic mu zrobić nie jest w stanie. Czemu ma ginąć niepotrzebnie? Człowiek przecież byłby w stanie przyznać jej jakieś tam prawa, prawo do ucieczki przed losem, prawo do istnienia w swoim malutkim świecie, prawo do uniknięcia śmierci przed rozdeptaniem. Gdyby to od niego zależało, człowiek mógłby wyposażyć mrówkę, na przykład, w jakąś wielką trąbę, w którą stworzonko mogłoby dąć ile sił, widząc zbliżającego się piechura. A każdy przecież skręciłby w bok, albo chociaż zrobiłby większy krok, żeby nie zadeptać. Żadnej szczególnej złości przecież nikt do mrówki nie ma...

Skoro więc człowiek byłby w stanie przyznać mrówce prawo do obrony przed człowiekiem, to czyż Dobrzy Bogowie nie powinni przyznać człowiekowi fundamentalnego prawa do samoobrony przed samymi Bogami oraz ich uczynkami? Czy człowiek, nie mieszając w dziele bożym, którego wszak nie rozumie, nie powinien mieć prawa bronić się i unikać wszelkich dopustów bożych?

Wzruszył ramionami. Zaczynał myśleć coraz bardziej naiwnie. Nie miał pojęcia, czy to zmęczenie, czy Wirus sprowadzał go na manowce zdrowego rozsądku. Jaka mrówka? Szlag. Co za bzdury. Zatrzymał się, widząc luańskiego setnika wraz z kilkoma żołnierzami, którzy kłusowali, zmuszając ciągnący drogą tłum do ustępowania na pobocze. Oddział zwolnił nieco, oficer rozglądał się wokół. Twarz drgnęła mu wyraźnie na widok Mereditha. Zrobił ruch, jakby chciał wydać rozkaz jeszcze szybszej jazdy, ale dłoń zamarła mu w pół gestu. Zatrzymał konia i zeskoczył lekko.

– Jesteście czarownikiem, panie – ni to spytał, ni stwierdził.

Meredith nie odzywał się. Setnik wyjął z woreczka zawieszonego na szyi wahadełko i wyciągnął je przed siebie w lekko drżącej ręce.

– Pan Meredith? – miedziana igiełka wychyliła się gwałtownie i zawisła na nienaturalnie wyprężonym sznurku.

Czarownik skinął głową. Pewnie wynajęli jakiegoś kolegę po fachu, żeby go znalazł. Dziecinnie łatwa sztuczka, skoro był mniej niż dzień drogi od Syrinx. Tamten jednak z całą pewnością odwalił całe przedstawienie przed mocodawcami i za proste zaklęcie zainkasował co najmniej równowartość wioski. Czarownicy stawali się coraz bardziej pazerni.

– Panie... Cesarz wzywa – powiedział setnik. – Czy zechcecie się stawić?

Meredith odruchowo rozejrzał się wokół. Chłopi i mieszczaństwo ciągnące drogą, by ujść nacierającym armiom, na sam dźwięk słowa „cesarz" pochyliło głowy w pełnych szacunku ukłonach. Mniej odważni klękali na poboczu drogi.

– Tak – powiedział. Gdyby Wirus miał inne plany co do jego osoby, to pewnie pojawiłby się teraz i rzucił jakąś radę. Skoro go nie było, to albo wszyscy realizowali jego plan, albo miejsce, gdzie uda się Meredith, było bez znaczenia.

Setnik odetchnął lekko. Jego oczy ciągle prześlizgiwały się po zaniedbanym ubraniu czarownika. Nie mógł uwierzyć, że sam cesarz może mieć sprawy do takiego oberwańca.

– Jeździcie konno, panie?

– Owszem. Choć wolałbym niezbyt szybko.

– Oczywiście, panie – setnik jednym oszczędnym ruchem dłoni sprawił, że najbliższy żołnierz zeskoczył z siodła i splótł ręce, chcąc pomóc czarownikowi we wsiadaniu. – Niedaleko mamy podwody, ale teraz trzeba konno. Czołówki Armii Troy niedaleko.

Meredith uniósł brwi. Nie sądził, że jest aż tak źle. Omijając splecione dłonie żołnierza, włożył nogę w strzemię i, stękając, zajął miejsce w siodle. Uciekinierzy na poboczach, słysząc o czołówkach Armii Troy, ruszyli do przodu, usiłując się wedrzeć z powrotem na drogę, ale oddział zepchnął ich, powodując odpowiednio końmi.

Meredith niepewnie ujął lejce. Na szczęście nie kazano mu siedzieć na kawaleryjskim, ciężkim szturmowcu. Taki koń zwaliłby go z siodła samym podmuchem, który wytwarzał, ruszając do szarży. Wierzchowiec nie przypominał co prawda wiejskiej szkapy ani nawet drogowego konia roboczego, ale był spokojny i szedł równo, jak jeden z tych babskich kucyków, na których wysoko postawione damy uwielbiały jeździć po spacerowiskach tylko po to, by móc wysoko podciągać suknie i napawać się reakcjami mijanych mężczyzn.

Czarownik nie był dobrym jeźdźcem. W każdym razie udało mu się jednak dożyć chwili, kiedy dotarli do wojskowego punktu zaopatrzeniowego i pozwolono mu zsiąść. Miejsce setnika w eskorcie zajął młody taktyk. Wszędzie wokół żołnierze zajmowali się „rekwizycjami" – rabowali podróżnych, napełniając swoje sakwy pod pozorem zdobywania zaopatrzenia dla armii. Meredith nie mógł sobie wyobrazić wojska, które mogłoby jeść złoto i srebro. Z niesmakiem obserwował, jak opornych uciekinierów wieszano na przydrożnych drzewach z wielkimi tablicami na szyjach: TAK KOŃCZĄ SZPIEDZY TROY! Były też inne drzewa obwieszone żołnierzami, których ozdobiono napisami w rodzaju: BYŁEM DEZERTEREM!, NIE CHCIAŁEM BRONIĆ CESARZA PRZED TROJAŃSKĄ HOŁOTĄ, ULĄKŁEM SIĘ WSCHODNIEJ DZICZY, JESTEM TCHÓRZEM, ZŁAPANO MNIE W CYWILNYM UBRANIU... Brakowało tylko tablic: NIE CHCIAŁEM RABOWAĆ NA DRODZE!

Oficerowie, w większości pijani w sztok, kazali własnym żołnierzom wyłapywać wszystkich mężczyzn, którym kazano usypywać wały fortu, praktycznie gołymi rękami, z dala od drogi, żeby nie powiększać i tak już pęczniejącego zatoru. Nie można było sobie wyobrazić bardziej bezsensownej pracy. Tylko urodzony idiota z Armii Troy mógł atakować fort kompletnie pozbawiony strategicznego znaczenia, położony z dala od drogi i obsadzony kompletnie pijanym, obciążonym sakwami ze złotem wojskiem. Służby zaopatrzeniowe, niedopuszczane do strumienia uciekinierów, rabowały własne magazyny. W rowach wokół walała się broń przygotowana do użytku przez przymusowych rekrutów. Nowiuteńkie piki, tarcze, miecze, nawet kusze, w ilościach, które mogłyby posłużyć do stworzenia całej armii.

Jakiś dziesiętnik służbista ćwiczył uzbrojonych pospiesznie chłopów na polu opodal. Oderwani od rodzin starcy i dzieci myśleli tylko o tym, jak uciec z wyprażonego przez słońce placu (zdrowych mężczyzn przeznaczono do budowy idiotycznego fortu). Co chwilę jakiś desperat usiłował zbiec, ale łapano go i wieszano na płocie okalającym pobliską winnicę, bo okoliczne drzewa miały już komplet klientów. Z tym płotem był zresztą problem, zbyt niskie żerdzie nie pozwalały na klasyczną egzekucję i trzeba było delegować żołnierzy, którzy unosili w powietrzu nogi wisielca, by mogło w ogóle dojść do uduszenia. Trwało to i trwało zanim jeden z drugim pożegnał się nareszcie z tym cholernie uporczywym życiem. Najemni kusznicy zabawiali się strzelaniem do tłumu, chodziło o to, żeby umieścić strzałę w czyimś (najlepiej babskim) tyłku tak, by oficer nie zauważył, skąd strzelano. W przypadku upitej do nieprzytomności kadry nie było to szczególnie trudne, niemniej od czasu do czasu wieszano również pechowego kusznika, podczas kiedy koledzy dzielili się łupem z zakładów, jakie między sobą czynili.

Kilku medyków w prowizorycznym punkcie opatrunkowym nie nadążało z opatrywaniem rannych. Dziesiątki jęczących kobiet i dzieci (mężczyzn czołówki kierowały do innych zadań) układano wprost na drodze, gdzie byli deptani przez tych, którym się udało uniknąć strzał. Wóz jednego z kupców okazał się cysterną z winem. Wojsko runęło do ataku, rżnąc wszystkich wokół z tak wielkim poświęceniem, że gdyby wrogiem była Armia Troy, to ich król powinien się sam powiesić, widząc, jak bitną armię ma naprzeciw własnych oddziałów.

Meredith nie musiał na szczęście oglądać scen, które rozgrywały się wokół zdobytej momentalnie cysterny. Wsadzono go na wóz służący do transportu wyposażenia (oszczędzając w ten sposób podróży razem z rannymi) i powieziono w kierunku stolicy.

W następnym punkcie koncentracji armii, pod Annamea, wszystko wyglądało zupełnie inaczej. Wojsko rozkopywało drogę, wznosiło palisadę z nieociosanych bali (żeby było śmiesznie, pnie drzew były importowane z Arkach, każdy nosił wycięty na korze znak firmy handlowej z samej stolicy wrogiego królestwa). Korpus inżynieryjny przygotowywał się do spiętrzenia przepływającej obok rzeczki, by w odpowiednim momencie zalać drogę. Wisielcy na regulaminowych szubienicach byli dyskretnie ukryci za najbliższym wzgórzem. Żadnych rekwizycji, żadnego bezhołowia, uciekinierów kierowano do najbliższej doliny nad morzem, rozlewiska wspomnianej rzeczki, niech sobie zdychają kulturalnie, zaopatrzeni przez armię w podstawowe artykuły. Dalej iść nie mogli. Służby medyczne zorganizowane wzorowo, zaopatrzenie w zupełności wystarczające. Ktoś, o dziwo wyjątkowo trzeźwy, dowodził nawet tą całą kupą wojska.

Miejsce taktyka w eskorcie zajął strateg (trzeźwiuteńki). Zamiast wozu przydzielono czarownikowi karetę. Nakarmiono i poczęstowano winem. Dostał nawet owoce na drogę. Dalsza podróż była więc luksusowa. Do czasu aż w kilkadziesiąt modlitw później nie dogonił ich oficer z wiadomością, że Annamea właśnie padła.

– A co z tym poprzednim punktem? – spytał Meredith.

– Z jakim? – spytał oficer na spienionym koniu.

– No tym... gdzie kazaliście sypać wały fortu przy drodze.

Tamten wzruszył ramionami.

– Nie mam zielonego pojęcia, co się dzieje na wschód od Annamea. I nie sądzę, żeby ktokolwiek wiedział. Troy uderzyło od północy, spędziło naszych do doliny z uciekinierami i... – skrzywił się lekko. – Ja dostałem rozkaz, żeby was ostrzec. Kawaleria wroga w każdej chwili może przestrzelić Aleję Syrinx.

Oszołomionego Mereditha znowu przesadzono na konia, ale tym razem nie była to spokojna klacz. Bojowy rumak lekkiej jazdy kilka razy usiłował ugryźć go w nogę tylko w trakcie prób osiągnięcia siodła. Rozdeptał rozsypane na drodze owoce, których czarownik nie zdążył nawet tknąć. Ugryzł w szyję kolegę, który zrewanżował mu się silnym kopnięciem. Tylko dzięki obecności kawalerzystów wokół Meredith przeżył jakimś cudem. Strateg zarządził galop, ale zaraz kazał zwolnić, widząc, że zabije swojego podopiecznego na jakichś pięćdziesięciu krokach.

Kłusowali więc wśród kup ciągnącego do stolicy wojska. Ktoś tam ustawiał zapory drogowe, ale i tak pozostały nieobsadzone. Ktoś puścił plotkę, że kawaleryjscy szturmowcy Troy są tuż-tuż... Kompletna bzdura. Wszak szturmowców by nie wpuszczono na drogę, ciężkozbrojni ślizgaliby się na niej jak na zamarzniętej rzece. Jak zwykle bywa w takiej sytuacji, ludzie dawali wiarę najbardziej niewiarygodnym plotkom. Jedni twierdzili, że Mohr zwyciężył Armię Arkach i, wzmocniony posiłkami, już zmierza w tę stronę. Inni twierdzili, że przeciwnie, Arkach zajęło już Syrinx i nie ma sensu uciekać w tamtą stronę.

Krążyły opowieści o jakichś ogromnych okrętach wypełnionych po brzegi wojskiem i zmierzających w tym kierunku. Słyszało się jednak różne wersje co do prostego faktu przynależności państwowej ogromnego desantu. Optymiści twierdzili, że to rezerwa cesarska floty Luan, pesymiści, że to marynarka Troy albo nawet Arkach (jakoś nikt nie zastanawiał się, jak Arkach, kraj bez dostępu do morza, mogło wystawić jakąkolwiek flotę). Niemniej plotki o monstrualnych okrętach słyszało się na każdym punkcie kontrolnym. Im bliżej Syrinx tym bardziej były fantastyczne. Twierdzono nawet, że to jakiś nieodkryty dotąd lud potężnego władcy przychylnego (lub nieprzychylnego) cesarzowi. Słyszało się nawet, że desant to dzieło demonów pragnących położyć kres ludzkiej cywilizacji na świecie, ktoś wspiął się nawet na kompletny szczyt idiotyzmu, twierdząc, że obcy marynarze to przybysze z gwiazd albo zza Gór Bogów, ewentualnie też z krainy umarłych.

Wokół widziało się rodziny pozostające w swych chałupach, pielęgnujące przydrożne winnice jakby nic się nie wydarzyło, byli też tacy, co przybiegali do wojska, krzycząc, że w ich chlewiku ukrył się regularny oddział armii Troy, i prosili o dwie setki interwencyjnej piechoty, bo inaczej tamci zrabują rolnicze narzędzia i (być może) zgwałcą starą żonę. Niby nikt nie wierzył tym doniesieniom, ale... resztę drogi musieli przebyć, wyrąbując sobie przejście wśród uciekających żołnierzy.

Był już zmierzch, kiedy dotarli do przedmieść Syrinx. Wokół było przerażająco pusto. Część mieszkańców (tych, co mieli w swoich sakiewkach mało argumentów mogących przekonać żołnierzy) wypędzono, by nie dawać wrogom darmowej siły roboczej do budowy machin oblężniczych, część (tych, co mieli sporo argumentów) ewakuowano w obręb stołecznych murów. Budynki zajmujące część strategicznego przedpola burzono właśnie i palono. Akcja przeprowadzona przez korpus inżynieryjny była, jak zwykle, bezsensowna, bowiem oszczędzano wszelkie siedziby wielmożów, którzy dotąd nie chcieli mieszkać w obrębie murów. Wojsko wyłapywało rabujące wokół męty i wcielało ich karnie do oddziałów destrukcyjnych, gdzie mogli rabować i niszczyć dalej, ale już przebrani w nowe, czyste mundury. Nikogo na razie nie wieszano. Każda para rąk, każdy człowiek był potrzebny. Jedni po to, żeby liczby w statystykach wypędzonych na Północ wyglądały na odpowiednio duże, innych po to, żeby móc nimi zasilić oddziały, które wypędzały tych pierwszych.

Droga do Sonne była jeszcze w rękach Luan, ale ewakuacja w tym kierunku szła opornie. Fala uciekinierów (dobrowolnych i przymusowych) zderzała się bowiem z falą tych, którzy usiłowali powrócić, widząc co się dzieje na drogowych punktach kontrolnych. Ale to było nic naprzeciw plotek o makabrycznych scenach, które miały miejsce w samym Sonne. Podobno kawaleria szarżowała tam na zbity tłum, siekąc wszystkich, co znaleźli się w zasięgu mieczy. Towarzyszący Meredithowi strateg usiłował zlekceważyć pogłoski, a poza tym, tłumaczył, kawaleria to najgorszy rodzaj wojska. Czarownik zdziwił go uwagą, że woli chyba kawalerię niż kuszników strzelających dla zabawy w tyłki przechodzących drogą kobiet.

Podmiejski, rzeczny port był jeszcze czynny. Niewielki oddział piechoty rozładowywał towary z nadpływających barek i wrzucał je wprost do wody. Na opróżnione barki ładowano uciekinierów i spławiano ich w kierunku morza. Czy w morskich portach były przygotowane jakieś okręty, które mogły ewakuować tych ludzi dalej, nikt nie wiedział. Resztę ludzi służby kwatermistrzowskie wyposażały w wojskowe racje żywnościowe i przepędzały wzdłuż brzegów, w dół biegu rzeki. Ci, co szli po lewej stronie, mieli jednak pecha. Woda spuszczona przez saperów na równinę (ta, co miała w planach zasilić fosę) sprawiła, że tereny podmiejskich giełd i targów zamieniły się w bagno. Pływały tam wszystkie wydane właśnie ludziom racje żywnościowe w towarzystwie innych, dźwiganych dotąd dóbr. Nie dało się przejść tamtędy z jakimkolwiek bagażem. Na szczęście oddziały gwardii wyławiały dzieci i starców, zanim ci zdołali utonąć. Reszta ludzi radziła sobie sama. Gwardia natomiast ładowała wyłowione przez siebie, niedoszłe ofiary na wozy, które stały zaparkowane na wzgórzach, czekając chyba już tylko na to, że urosną im skrzydła, bowiem nie było dla nich odpowiedniej ilości pociągowych koni. Natomiast służby medyczne wiły się jak w ukropie wśród „topielców" na wozach, zaopatrując ich w nowe racje żywnościowe i środki opatrunkowe, których całe stosy, przygotowane widać na jakąś bitwę, wznosiły się wokół.

Luan zdecydowanie było największym i najwspanialszym państwem na świecie. W żadnym innym kraju nikt nie dbałby tak o cywilnych uciekinierów.

Bramy miasta były już zamknięte. Mereditha, który ledwie mógł rozprostować nogi, wprowadzono przez wąską furtę do jakichś dusznych podziemi. Mur grubości dwudziestu kroków był wydrążony wewnątrz jak mrowisko. Pokryte kurzem korytarze, zasłane odchodami jakichś gryzoni komnaty przypominały labirynt. Strateg wyjaśniał, że przechodzą przez celę księżniczki Minny, która tu właśnie powiła nieślubne dziecko cesarza, czterysta pięćdziesiąt lat temu, a to jest słynny loch Aldara, który wyłupił sobie oczy, domyślając się, że nie zostanie wypuszczony przez brata, który... Czarownik nie słuchał sążnistych wyjaśnień, walczył tylko o odzyskanie oddechu. Kurz i płonące (ledwie, ledwie) pochodnie sprawiały, że sam wyłupiłby sobie oczy byle tylko móc szybko wydostać się na świeże powietrze.

Kiedy jednak, obmacani brutalnie przez straże, wydostali się na wewnętrzne przedmurze, Meredith oniemiał. Nigdy dotąd nie wiedział czegoś podobnego. Czegoś tak pięknego. Stolica Luan była naprawdę najwspanialszym miejscem na świecie. Wojna nie dotarła tu jeszcze. Zwiększona liczba mieszkańców sprawiła, że karczmy nie mogły pomieścić w swoich wnętrzach tylu klientów. Obrotni gospodarze wystawiali więc dodatkowe stoły wprost na ulicę i w zapadających ciemnościach, aż po horyzont widać było drgające ogniki świec, lampionów i oliwnych lamp. Szczególnie nad murami obramowanymi kamiennymi kanałami widok tysięcy weselących się przy wieczerzy ludzi sprawiał wrażenie najbardziej cudownego miejsca na świecie. To było coś nieprawdopodobnego, coś niesamowicie pięknego, coś, czego zwykli ludzie nie widzieli nigdy w swoim życiu.

Meredith w asyście żołnierzy mijał czynne ciągle, oświetlone pochodniami targi i bazary. Odruchowo zerkał na ceny towarów i nie mógł uwierzyć własnym oczom. Kosz winogron za jednego brązowego. Dzban przedniego wina za dwa brązowe! A do tego uśmiechnięte, zapraszające twarze sprzedawców. Strateg międlił coś o zniesieniu jakichś czterystu różnych podatków i zastąpieniu ich jednym podatkiem wojennym, o tym, że brak tysięcy przyjezdnych również ma wpływ na obniżkę cen, ale... To nie miało żadnego znaczenia.

Syrinx w dniach poprzedzających oblężenie wydawało się najpiękniejszym miejscem na świecie. To była kraina cudów! To był ostatni azyl piękna, dobra i sprzyjania. Meredith postępował za swoją eskortą oszołomiony, zauroczony. Szczęśliwy, że może patrzeć na coś takiego. Ten zmrok, te pochodnie i lampki, uśmiechnięte twarze, spokój, radość, najwspanialsze na świecie budowle, parki, kanały, to szczęście dni ostatnich... Bogowie! W porównaniu z szarżami kawalerii na tłum, z kusznikami strzelającymi do przechodniów, z gwałtem, rabunkiem i wojną za murami? To był ostatni azyl antycznej cywilizacji. Ostatni zachód słońca Wielkiego Antyku. Takiego, jaki znał. Takiego, jaki go ukształtował i wychował. Taki widok nie miał się powtórzyć przez najbliższy tysiąc lat.

Meredith czuł napływające do oczu łzy. On kochał ten świat. Kochał jego ostatnie dni. A teraz jako wędrowiec w czasie będzie musiał oglądać to, co przyniosą nadchodzące wieki... Czując pieczenie pod powiekami, mijał monumentalne kolumnady, kryte złotem portyki, ludzi pijących wino na stopniach spowitych mrokiem świątyń, stoliki oświetlone lampkami nad wodą kanałów i rzek, chichoczące pary w wypełnionych świetnymi rzeźbami parkach, fontanny w otoczeniu najwspanialszych budowli, oplecionych zielenią murów, w miejscu tajemnic, miłości i czarów. Następny taki widok... za tysiąc lat! Szlag! Szlag! Szlag!!! Nieeeee...

To nie może zginąć. Antyk nie może się kończyć w brutalnych szarżach kawalerii na bezwolny tłum. To wspaniałe słońce nie może przepaść w pijackich strzałach tkwiących w tyłkach niewinnych kobiet. Ten świat tak właśnie powinien odchodzić – w radości, spełnieniu, smutku ostatnich dni. Ten świat może nie był dobry, ale był taki piękny. Był taki wspaniały. To był jego świat. I właśnie się kończył. Pod butami nowych armii, w zalewie słów nowych polityków, w rozgardiaszu i zamieszaniu nowych idei. Ale... on był taki piękny. Taki wspaniały. Nie był dobry... owszem. Ale wspaniały. Śliczny. Czarowny.

Dlaczego musiał ginąć pod naporem ofensywnej Armii Troy, w ogniu karabinów ekspedycyjnego korpusu Arkach? Tak szkoda. Tak strasznie szkoda... Psy rzuciły się szarpać ciało skrwawionego odyńca. Nigdy nie docenią, jak piękna była jego sierść. Nowi zdrajcy, skurwiele i złodzieje muszą zastąpić starych zdrajców, skurwysynów i złodziei. Tak oto kończy się świat. Przy dźwięku krótkiego fletu, którym jakiś chłopak przygrywa swojej dziewczynie tańczącej na cembrowinie fontanny, przy dźwięku werbli, towarzyszących żołnierzom werbującym ludzi do oddziałów obronnych.

Bogowie! Dlaczego zawsze musi się to kończyć w taki sam sposób? Dlaczego nie wymyślicie czegoś nowego? Dlaczego nowy taki widok będzie można zobaczyć dopiero za tysiąc lat? Na jaki szlag wam te tysiąc lat gówna w głowach następujących pokoleń? Po co? A szlag z wami... My i tak przetrzymamy, nawet po szyję w gnoju. Za mali jesteście na ludzi. Tylko szkoda tych chłopaków i dziewczyn, które nigdy w życiu nie zobaczą czegoś takiego. Szkoda tych matek płaczących nad zmarnowanymi dziećmi, szkoda tych mężczyzn zaciskających zęby w poniżeniu. Ale my i tak przetrzymamy. A co będzie z wami, szlachetni Bogowie, to się jeszcze zobaczy! Róbcie sobie, co chcecie. Ale na własną odpowiedzialność. Nas w to, kurwa, nie mieszajcie.

Meredith z eskortą dotarł wreszcie do pałacu. Znowu brutalnie obszukany przez straże wkroczył do obszernego westybulu. Tam nastąpiła nowa kontrola, eskorta musiała pozostać już tutaj. Jego samego poprowadzono na tonący w świetle lamp dziedziniec. Ktoś tam sprawdzał papiery, ktoś coś zapisywał, poprowadzono go do sali dla oczekujących. Dworzanie ledwie zdołali go tam wepchnąć. Zbity tłum oczekujących na audiencję był tak gęsty, że o przepchaniu się do stołów ze zwyczajowym poczęstunkiem można było tylko marzyć.

Meredith jednak i tak zajął niezłą pozycję na schodach prowadzących do jednej z bocznych sal. Mógł obserwować wszystkich. A było na co patrzeć. Najwięksi dostojnicy, strategowie, politycy, kupcy. Zauważył Teppa, dyskutującego z jakimś dworzaninem. Naczelnego Wróżbitę Cesarstwa, dziwnie spiętego, zdenerwowanego. Widział Nolaana, bodaj najlepszego szermierza na świecie, jak zwykle kostycznego, toczącego wokół pogardliwym spojrzeniem.

– Pan Meredith? – jakiś służący pociągnął go delikatnie za rękaw.

– Tak.

– Proszę tędy, jaśnie panie.

Służący, wbrew etykiecie, ruszył przodem. Dotąd zawsze cieć podążał z tyłu za oficjalnym gościem, wskazując tylko drogę, ale teraz trudno było mu się dziwić. Zwykły niewolnik, choć pałacowy, musiał torować drogę, roztrącając wielmożów jak przekupniów na targu. Wprowadził Mereditha na schody, a potem otworzył drzwi i usiłował schylić się w pełnym szacunku ukłonie. Nic z tego, z powodu tłoku, nie wyszło. Ledwie jakieś tam skinienie głową. Meredith nie zwracał jednak uwagi na wymogi etykiety. Wszedł do komnaty zwanej „Pokojem Map", gdzie oficerowie najwyższych szarż studiowali plany kampanii. Tuż przy wielkim oknie, na wspaniałej kanapie, czekała na niego kobieta tak olśniewającej urody, że stary czarownik, któremu już wydawało się, że uciechy cielesne ma dawno za sobą, poczuł się skrępowany i oszołomiony. Nie wiedział, gdzie podziać wzrok. Ona... Ona miała tak wspaniałe piersi osłonięte jedynie przezroczystym, cieniutkim materiałem. Jej suknia dosłownie oblepiała kształtne biodra. Jej, najwspanialsze na świecie, usta rozszerzały się właśnie w dziewczęcym uśmiechu.

– Jestem Pierwszą Nałożnicą Cesarstwa – powiedziała, podając mu upierścienioną stopę do pocałowania. – Witam cię, mój drogi przyjacielu.

Pocałował ją, klękając. Nigdy dotąd się nie widzieli, ale etykieta precyzowała jasno przebieg takich spotkań.

– Moja najdroższa przyjaciółko – uśmiechnął się wymuszenie. Nie chciał dać poznać, jakie wrażenie na nim wywarła. Była śliczna, śliczna, śliczna. Bogowie! Była najpiękniejszą kobietą na całym świecie! Ależ zaszczyt. Został przyjęty przez trzecią osobę w imperium. Pierwszy był cesarz, druga jego żona, a on, czarownik, dostąpił zaszczytu osobistego spotkania z trzecią instancją. Zważywszy na tłum w sali przyjęć było to wielkie wyróżnienie. Ktoś wyraźnie liczył na jego pomoc.

Przez kilka modlitw prawili sobie komplementy, przy czym pochlebstwa Mereditha były, być może po raz pierwszy w życiu, szczere. Potem nałożnica wstała lekko i zaprosiła go na balkon. Oparła się o barierkę, wypinając swój śliczny tyłek. Z całą pewnością była świadoma wrażenia, jakie wywołuje na mężczyznach. Była po prostu perfidną, cudowną laleczką, a do tego, jak pokazały dalsze jej słowa, laleczką niezwykle sprytną i inteligentną.

– Mój drogi, zaprosiliśmy cię tu nie po to, żeby ratować Cesarstwo.

– Domyślam się pani, przyjaciółko moja. Nieprawdą jest jakoby czarownicy potrafili wszystko.

Roześmiała się.

– Syrinx jest zaopatrzona świetnie. Można się tu bronić nawet przez sto lat – mrugnęła porozumiewawczo. – Ta ilość towarów, które mamy do dyspozycji w obrębie murów, pozwoliłaby nakarmić i wyposażyć na przykład całe Królestwo Arkach na wiele pokoleń. Tepp został mianowany dowódcą obrony stolicy. Pozorny błąd. Ale... Mała łódź może zatonąć z głupim sternikiem, duży okręt będzie płynął dalej. Mohr zbierze sto tysięcy wojska na północy. Kye jakieś pięćdziesiąt na południu, Bortar jakieś sto pięćdziesiąt tysięcy na giełdzie najemników. W przeciągu roku rozsmarujemy armie najeźdźców na polach bitew. Potem pokażemy im, co to znaczy zadrzeć z Luan... na terenie ich własnych królestw.

Meredith skłonił się z szacunkiem.

– Usłyszałeś, przyjacielu, wersję oficjalną – uśmiechnęła się sympatycznie. – Niemniej Syrinx nawet po sforsowaniu murów może bronić się dalej. Widzisz te dwa ciemnie kształty? – wskazała coś, co majaczyło niczym ciemne wyspy w morzu malutkich drżących światełek na ulicach. – To wieże oporowe. Można tam walczyć nawet przez rok po upadku stolicy. Własne zaopatrzenie, ujęcia wody, załoga, szpitale, masa broni i środków do odpierania ataków.

– Czy... – zawahał się, czy może zadać takie pytanie, ale ona wybawiła go z kłopotu.

– Czy cesarz uda się do jednej z wież, jeśli sytuacja stanie się krytyczna? – starła niewidzialny pyłek z samego czubka swojego malutkiego noska. – A co mnie to obchodzi? – uśmiechnęła się znowu, tym razem kpiąco. – Cesarz zamierza przetrwać tak czy tak – nagle zmieniła temat. – Czy wiesz, jak mam na imię?

Nie wiedział.

– Annamea. To miasto, które właśnie straciliśmy, nazwano moim imieniem. Na moją cześć – opuściła

głowę. – Mam dwadzieścia cztery lata. Niedługo będę za stara, by piastować godność Pierwszej Nałożnicy Cesarstwa. A żoną nigdy nie zostanę.

– Dlaczego... – Meredith przestraszył się nagle swojej obcesowości. Dziewczyna jednak znowu wybawiła go z kłopotu.

– Dlaczego ci o tym mówię? Otóż pewien człowiek przepowiedział mi kiedyś świetlaną przyszłość. Bez względu na to, co się stanie – uśmiechnęła się, ale tym razem smutno i jakoś tak... tylko do siebie. – I ja mu uwierzyłam. A potem wiele się nauczyłam. I... Sama zadbałam o swoją przyszłość. Sama! Rozumiesz?

– Tak, pani – szepnął, choć nie wiedział, co ma na myśli.

– To jest polityka – ciągnęła dziewczyna. – Polityka... Nas, dziewczęta, trzymają z dala od tego badziewia. Złudnie nadzieje. I tak wtykamy tam palce. Czasem wtykamy między drzwi a framugę i czasem te palce zostają przytrzaśnięte. Mądra dziewczyna jednak potrafi postawić na właściwego konia. I ja – znowu mrugnęła porozumiewawczo – postawiłam na dobrego konia. Najszybszego w całej stajni. Najbardziej wrednego ogiera, jakiego tylko znałam.

– Na cesarza, przyjaciółko?

– Cesarz... – prychnęła. – Cesarz ma swoje mury Syrinx. Cesarz ma swoje wieże oporowe – zachichotała. – Niech się cesarz sam zajmie sobą, tak jak ja to zrobiłam. On ma swojego Teppa, Mohra, Kye i Bortara... A ja, biedna dziewczynka, mam tylko swój tyłek i swoją głupią głowę. Ale... ta głupia głowa mówi mi, że koń, na którego postawiłam, wygra wyścig. Po prostu zagryzie inne zwierzaki na torze.

– Bogowie! To... – chciał krzyknąć, ale głos uwiązł mu w gardle. Ona jednak wybawiła go z kłopotu po raz trzeci.

– To zdrada? Nie... Ja będę z cesarzem do samego końca. Wszyscy go zdradzą, oprócz mnie i może... Nolaana, na przykład. Ale Nolaan jednak dostanie w swój chudy tyłek i to mocno. A ja nie oberwę w moją śliczną pupcię. Ale będę z cesarzem do końca, uwierz mi. Ostatnia wierna. To ja będę ostatnią podporą imperium, kiedy już będzie zdychać na polu zalanym łzami.

– Cesarstwo nie musi upaść.

– Aaaaaa... Nie przesadzaj, kochanie ty moje. Musi, czy nie musi... To bez znaczenia. Świat już nigdy nie będzie taki sam jak dotąd. A co konkretnie się stanie? To już domena Bogów. Nie nam o tym rozprawiać – wzruszyła ramionami. – Imperium wygra? To nastąpią rządy terroru takiego, jakiego jeszcze świat nie widział. Wygrają te psy z Arkach i Troy? To będzie wtedy koniec cywilizacji! Koniec. Koniec. Absolutna zatrata. Ale to nieważne, kto wygra. Ważne, kto przegra. A przegramy wszyscy. To jest wojna, w której wszyscy położymy swe dusze. Nie ciała, sprytniejsi zawsze przetrwają. Ale duszę odda każdy. I to już postanowione na niebieskim stole gry, gdzie więksi od nas rzucają kości. Ale nie ma sprawy, duszę mogę oddać, ciała jeszcze przez kilka lat nie oddam. Bo jest moje, a nie ich – wskazała kciukiem na niebo. – Wiesz, czego od ciebie chcą?

Meredith drgnął nieprzygotowany na zmianę tematu.

– Chcą, żebyś przepowiedział, którą z bram wrogowie zaatakują najpierw – rzuciła dziewczyna. Powstrzymała go ruchem wypielęgnowanej dłoni. – Wiem, że to niemożliwe. Cesarz jednak skłania się coraz bardziej w stronę mistycyzmu. Słucha tego swojego Naczelnego Wróżbity i popada w coraz gorsze aberracje umysłowe. Ale to jego problem. Armia i tak albo poradzi sobie sama, albo sama da dupy. Bez znaczenia, prawda?

– Co chcesz, przyjaciółko, żebym zrobił?

Nie odpowiedziała na pytanie.

– Znasz księżniczkę Achaję?

– Tak. Znam – odpowiedział odruchowo, zaskoczony. – To znaczy... znałem.

– Ta zdradziecka małpa jest dowódcą rozpoznania Armii Arkach. Prawą ręką pana B... B... B... B... Biafry. I ta suka będzie tu rządzić, jeśli my upadniemy – Pierwsza Nałożnica imperium spojrzała prosto w oczy czarownika. – Ładna chociaż?

– Ładna – odparł Meredith. – Choć nie tak piękna jak ty, przyjaciółko.

– Dzięki za komplement. Znasz ją?

– Znałem.

– Wredna suka?

– Nie wiem. Miała piętnaście czy szesnaście lat, kiedy widziałem ją po raz ostatni. Była bardzo inteligentna.

Cmoknęła cicho.

– Inteligencja to najgorsza swołocz. Ci to nie przepuszczą nikomu w mordowaniu.

– Nie sądzę, żeby Achaja mordowała kogokolwiek.

– Pewnie, że nie – przerwała mu nałożnica. – Sytuacja ją zmusi do masowych mordów. I dopiero wtedy pokaże, do czego jest zdolna. Pokaże, do czego zdolny jest inteligent w roli kata. To będzie dopiero perfekcyjna masówka.

– Nie przesadzasz, przyjaciółko?

– Zobaczysz sam, przyjacielu.

– Może cesarstwo nie upadnie?

– Może – objęła go, kładąc mu rękę na szyi. – Zrozumiałeś, czego od ciebie chcą? – znowu zmieniła temat.

– Nie da się przepowiedzieć...

– Wiem – przerwała mu jak natrętnemu dziecku. – Nie pytam, co się da zrobić. Pytam, czy zrozumiałeś, czego od ciebie chcą.

– Ale...

– Przepowiesz im, na którą bramę wróg uderzy w pierwszej kolejności.

– To... – chrząknął. – To będzie jawne oszustwo, przyjaciółko.

– No! – zgodziła się natychmiast. – Będzie. Ale tego właśnie chce cesarz – uśmiechnęła się perfidnie.

– Ja nawet nie znam nazw bram, ja...

– Uderzą na Bramę Pszenną – powiedziała. – Tako rzecze nasz Drugi Oddział Imperialnego Sztabu – zakpiła. – I taką wersję im sprzedasz, kochanie. Będą się wzajemnie uzupełniać, co?

– Ale...

– Nie mów „ale" zanim mnie nie wysłuchasz do końca – poprowadziła go, ciągle obejmując za szyję, z powrotem do sali map. Czuł jej zapach, czuł bliskość, czuł jej ciało tuż obok. Był stary, ale ciągle był mężczyzną. – A wiesz, dlaczego to zrobisz? Nie wiesz? – skrzywiła lekko wargi. – To powiem ci, kochanie.

Strzeliła palcami tuż przed jego twarzą. Do sali wkroczyło kilku liniowych żołnierzy w pełnym umundurowaniu.

– Jesteście aresztowani! – ryknął dziesiętnik do kilku oficerów skupionych nad mapą rozłożoną na najbardziej oddalonym od wejścia stole.

– Jak śmiesz?... – tylko jeden oficer zdążył się odezwać, zanim chwycili go żołnierze.

– Cesarz osobiście zakazał oglądania tej mapy – dziesiętnik kazał wyprowadzić skazańców. – Zobaczycie, czym to grozi.

Reszta oficerów w sali usiłowała nie zauważać incydentu. Annamea pocałowała Mereditha w policzek.

– Chcesz zobaczyć ich egzekucje na dziedzińcu?

Zaprzeczył ruchem głowy.

– No to zerknijmy chociaż na mapę, którą z takim oddaniem studiowali.

– Toż za to śmierć.

– Jak dla kogo – przerwała mu bezczelnie. – My możemy sobie popatrzeć bez groźby powieszenia. Póki co – roześmiała się. – Póki co, kochanie.

Podprowadziła go do opustoszałego stołu. Wskazała na kolorową, wielką płachtę rozłożoną na blacie.

– Zdobyliśmy ją, biorąc do niewoli pewnego oficera Armii Troy. Fajne, prawda?

Meredith nachylił się nad mapą. Przedstawiała Luan. Kolorami zaznaczono miejsca stref okupacyjnych Troy i Arkach.

– Widzisz? Chłopaki nawet stolicę podzielili. Razem z tą suką Achają. Widzisz? Aleja Syrinx będzie się odtąd nazywać Królewską Drogą numer dwadzieścia trzy. Wielki Cesarski Park będzie nazwany Parkiem Zwycięstwa. Pałac, w którym się znajdujemy, będzie nosił miano Zgromadzenia Ludowego. Psiamać. Trakt Kupiecki nazwą Traktem Troy, nie napracowali się chłopcy, co? Forum Aldara nazwą Rynkiem Arkach. Niezbyt wyrafinowane, prawda? Widzisz? – wodziła palcem po mapie. – Tu sobie chłopaki z armii okupacyjnych ślicznie wyrysowali nawet linię rozgraniczenia sojuszniczych wojsk w naszej stolicy. Fontanna Cesarstwa, ta przed targiem rybnym, będzie się nazywać Fontanną Przyjaźni. Niczego nie pominęli. Mennica zostanie przemianowana na „Pomocniczą Hutę Wojskową". Ładne? Kanał Spławny będzie „Kanałem Biafry". A to świństwo najlepsze: Przedmieścia Annamea będą się zwać „Dzielnicą Achai"! Żeby ich szlag trafił! Nie mogli se czegoś lepszego wymyślić? Proszę bardzo, Forum Oriona, Droga Siriusa, Kanał Biafry, niech ich szlag, trudno. Ale Dzielnica Achai? Tego swołoczom nie zapomnę – Pierwsza Nałożnica roześmiała się nagle. – Każdego, kto spojrzy na tę mapę, tego czeka śmierć z rozkazu samego cesarza. Czy zrozumiałeś, przyjacielu, czego od ciebie chcą?

– Zrozumiałem – odparł Meredith, aczkolwiek rozbawiony nieco, ponieważ nikt z nich nie miał pojęcia, jaką nieśmiertelnością obdarzył go Wirus.

Ona jednak rozpoznała pewność w jego głosie.

– Odważny jesteś – szepnęła. – Życzę ci wszystkiego najlepszego, przyjacielu. Audiencja skończona.

Chciał pochylić się w ukłonie, ale dziewczyna nie dopuściła do tego. Pocałowała go w usta i patrzyła z uśmiechem, jak słudzy odprowadzają go z powrotem do sali dla oczekujących.

– Annamea – szepnął samymi wargami już w drzwiach. Zrozumiała. Mrugnęła łobuzersko. Miał nadzieję, że tajemniczy koń, na którego postawiła, okaże się zwycięzcą w wyścigu. Lubił ją. Polubił od razu. Nie chciał, żeby umierała powoli nawlekana na pal. Chciał, żeby była szczęśliwa. Chciał, żeby wszyscy byli szczęśliwi. Czyż nie wspominał ostatnio, że myśli w sposób coraz bardziej naiwny?

Przepychał się za przydzielonym mu służącym niewolnikiem do swojej nowej kwatery, kiedy ktoś przecisnął się do niego z boku.

– Czarownik Meredith?

Rozpoznał Nolaana. Chudego, kostycznego księcia, którego nienawidzili chyba wszyscy na dworze. Byli sobie kiedyś przedstawieni, lata temu, obaj zmienili się bardzo, stąd pewnie pytanie.

– Czemu zawdzięczam ten zaszczyt?

– Proszę tylko o chwilę rozmowy – wyraz twarzy Nolaana sprawiał wrażenie, że jej właściciel gardził wszystkimi wokół. Ale może to tylko maska? – Przejdźmy na korytarz, tu można się tylko udusić.

Służący wznowił swój wysiłek i po paru chwilach mogli nareszcie wydostać się na wolniejszą przestrzeń korytarza. Nolaan odprawił niewolnika, każąc mu czekać kilkanaście kroków dalej, a sam poprowadził Meneditha w jeszcze bardziej ustronne miejsce.

– Mam nadzieję, że nie wplątał się pan w meandry babskiej polityki? – powiedział bez żadnych wstępów.

– Annamea?

– To karta bita.

Meredith uśmiechnął się lekko.

– Teraz dopiero zrozumiałem, co chciała mi powiedzieć. Dziękuję.

– Ugrzęźnie pan. Ostrzegam, ugrzęźnie pan trochę zbyt głęboko.

– A pan... mówi w imieniu cesarza?

Nolaan wzruszył ramionami i spojrzał gdzieś w bok. Było jasne, dlaczego wszyscy go nie lubią. Tak lekceważący stosunek dla swojego rozmówcy mógł wyłącznie denerwować.

– Proszę pana, ja nigdy nie występuję w niczyim imieniu.

– W takim razie ta rozmowa to przejaw czystej sympatii do mojej osoby? – zakpił czarownik. – Chce mnie pan ostrzec wyłącznie z serdecznej przyjaźni?

– Coś w tym rodzaju. Niech się pan trzyma z dala od intryg nałożnicy i tego wróżbiarza. Niech pan ucieka na sam ich widok.

– Naprawdę nie wysłał pana cesarz? – zrozumiał, że palnął gafę. – To znaczy ktoś z jego otoczenia, chciałem powiedzieć.

Nolaan potwierdził oszczędnym ruchem głowy.

– W takim razie nie rozumiem, co tak naprawdę chce mi pan powiedzieć.

– Syrinx już pan nie opuści. Bramy zamknięte. A po co ginąć w ciągu tych paru ostatnich dni? – Nolaan skrzywił usta. Może to miał być jakiś poronny uśmiech? – Ale pan pyta o moją motywację, dlaczego przyszedłem z tym śmiesznym ostrzeżeniem.

– Owszem.

– Wyłącznie dlatego, że chciałbym do końca zostać człowiekiem. Ot, taki mam kaprys.

Meredith potrząsnął głową.

– A nie ma pan wrażenia, że to cesarz jest kartą bitą? – zaryzykował straszliwie. Jeśli w pobliżu był jakiś donosiciel, to wyrok śmierci miał murowany. Ale nie wyczuwał czyjejkolwiek obecności w zasięgu słuchu, a sam Nolaan, cokolwiek by o nim myśleć, absolutnie nie wyglądał na człowieka, który kiedykolwiek mógł się skalać donosicielstwem. Tego rodzaju sprawy leżały zbyt nisko dla niego, gdzieś pod zwałami ludzkiej mierzwy.

– To bez znaczenia – padła cicha odpowiedź. – Jeśli Luan ma paść, to chciałbym, by padło z honorem. A nie wśród wycia psów, które podczas zagłady stada zrobią wszystko, byleby tylko móc przyłączyć się do atakujących wilków – skinął głową na pożegnanie. – Jeśli, oczywiście, rozumie pan, co mam na myśli.

Ruszył szybko wzdłuż korytarza. Meredith zmełł w ustach przekleństwo. Nie można się dziwić, że ludzie po prostu nienawidzą Nolaana, nie cierpią samego jego widoku. Człowiek, który był największym mistrzem miecza na świecie, który lubił podkreślać, że zawsze ma rację (rzeczywiście miał ją w wielu wypadkach), który nigdy chyba nikogo nie zabił, niczego nie ukradł, nikogo nie stłamsił, nie intrygował, nie kłamał, nie był świnią, potrafił wybaczać... Pewnie, że było mu trochę łatwiej. Świetnie urodzony paniczyk, obdarzony w dodatku tyloma talentami. Dość nawet przystojny (gdyby tylko nie te wyłupiaste oczy przywodzące na myśl rybi pysk, można by rzec – wyjątkowo przystojny). Dlaczego ludzie tak go nienawidzili? Bali się? Z pewnością, ale też nie o to chodzi. Może sami chcieliby tacy być i wiedzieli, że nigdy nie będą? A może przeglądali się w nim jak w kryształowym lustrze i nie mogli znieść tego widoku?

Wzruszył ramionami do własnych myśli, potem skinął na służącego, który przybiegł, by prowadzić go dalej.

– A ty, co myślisz o tym wszystkim? – spytał czarownik niewolnika.

Tamten musiał być obyty w pałacowych sprawach. Wiedział, co trzeba mówić w takich przypadkach.

– Luan jest największą potęgą naszego świata, panie – otworzył przed nim kolejne drzwi. – Wrogów spotka zasłużona kara już niedługo.

– I ty jesteś za Luan?

Nawet twarz mu nie drgnęła.

– Oczywiście, wielki panie. Proszę uniżenie, tu wasza komnata – wszedł pierwszy do niewielkiego pokoju ozdobionego sporym, kryształowym oknem dającym widok na całą bez mała stolicę.

Meredith przytknął palce do warg i rzucił zaklęcie oszałamiające. Kiedy głowa sługi zaczęła się kiwać i nie mógł już opanować opadających oczu, rzucił drugie zaklęcie, trasujące.

– Co myślisz o tym wszystkim? – powtórzył pytanie.

– Zabić... zabić wszystkich skurwysynów! Nareszcie ktoś ma na tę swołocz prawdziwy Bicz Boży. I zamierza go użyć!

– Kogo zabić?

– Tych oprawców! Tych gnoi. Zabić ich wszystkich. Jak nasi uderzą, to chcę, modlę się o to, żeby pozabijali tu wszystkich. Żeby spalili całe Syrinx!

– Jesteś z Troy czy Arkach?

– Jestem z Linnoy.

– Więc jacy „nasi"?

– Arkach chce, żeby znieść niewolnictwo – ręce zaczęły mu się trząść. – Nareszcie. Nareszcie jacyś ludzie zdecydowali się powiedzieć to Bogom w twarz! Ja mam kolegę, który jest w sztabie, przynosi tam napoje i przekąski. On mi mówił, a ja powtarzam innym. Arkach, jeśli zwycięży, zniesie tu niewolnictwo. I my... My wszyscy, niewolnicy pałacowi, dworscy i jeszcze... Nie liczę tych w kajdanach, bo oni nic nie mogą zrobić... Ale my... Jak tylko nasi uderzą na mury, rzucimy się mordować tu wszystkich. Panie... Ja wezmę choćby ten pręt – wskazał na krótką, metalową zatyczkę do mocowania okna – i zabiję tylu ludzi, ilu zdołam!

– Bogowie – Meredith potrząsnął głową. – Nie widzę, żebyś cierpiał głód, nie widzę, żeby cię źle traktowano, jesteś dobrze ubrany i...

– Jestem dobrze ubrany. Nie jestem głodny i nigdy nie byłem. Są tu nawet ludzie, którzy opiłowują nam paznokcie – niewolnik pokazał swoje wypielęgnowane dłonie.

– I chcesz zniszczyć to piękno? – czarownik wskazał na migoczące lampki za oknem. – Chcesz pozabijać tych wszystkich ludzi, którzy przecież ci nic nie zrobili, osobiście? Tych naprawdę władnych, tych winnych i tak nie dosięgniesz.

– Miałem piętnaście lat, kiedy mnie złapali, zajmując statek Linnoy. Byłem ładny, więc wykastrowali mnie i przeznaczyli do haremu. Potem, jak się starzałem, przeznaczyli mnie do służby w pałacu, umiałem już się ładnie wysławiać, znałem konwenanse. Szkoda mnie było przeznaczać do budowy drogi. Zawsze byłem syty, nawet miałem wolne raz na dziesięć dni. Nikt mnie nie poniżał, nie bił. Tu, w pałacu, sami kulturalni ludzie, nie to co strażnicza dzicz w obozach. Nawet niektórzy wielcy państwo pytali mnie o radę, prosili o organizowanie schadzek. Mam więcej pieniędzy niż chłop w moim kraju. Więcej niż ubogi, a nawet średni mieszczanin w Linnoy. Jestem blisko szczytu niewolniczej kariery. I powiem wam jedno, panie. Jak nasi uderzą na mury, to wezmę ten pręt i pozabijam tyle kobiet i dzieci, ile zdołam! Na żołnierza się nie rzucę, bo nic mu zrobić nie jestem w stanie. Ale tych niewinnych, tych skurwysynów, którzy patrzyli na to wszystko wokół, pozabijam, ilu będę mógł! Ilu zdążę. Liczymy, że tylko tu, w pałacu, jest jakieś trzy tysiące naszych. Niech każdy zabije trzech „niewinnych", inni więcej. Będzie dziesięć tysięcy trupów w jednej chwili. Ja już nie dożyję zwycięstwa. Nie chcę. Ale po nas... to tu zostanie tylko płacz i krew. Pokażemy naszym, co będą zdobywać mury, że ich kochamy. Że oni słusznie robią. Że człowiek to jeszcze nie takie zupełne gówno. Może się dajemy równać z ziemią, może gniemy karki przed byle skurwysynem, ale swój własny honor mamy. Nie zrobimy rewolty, bo nas na to nie stać. Ale, jeśli będziemy mogli pomóc żołnierzom Arkach choć o włos, choć troszeczkę... Pomożemy! – w oczach niewolnika pojawiły się łzy. – My ich wszystkich tutaj, kurwa, zapierdolimy! Choćby to miał być tylko malutki bałaganik, jeśli to ma pomóc naszym... to my się przed niczym nie cofniemy.

– Przecież... – czarownik, sam oszołomiony, nie mógł zebrać myśli. – Przecież te brednie o zniesieniu niewolnictwa to tylko taka polityka.

– Nie, panie – niewolnik potrząsnął głową. – Ja wiem. Ja słyszałem polityków. To tylko brednie mające ogłupić lud w Arkach, powód wojny do kronik. Tak, ja słyszałem. Ale jeśli oni mają uwolnić choćby tylko jednego, pokazowego niewolnika, to... ja im pomogę, panie. Ja tu pozabijam tylu, ilu zdołam. Niech ci, co przyjdą po nas, niech wiedzą... Niech wiedzą, co tu się wyrabiało.

Czarownik potrząsnął głową. Zdjął zaklęcia ze służącego i odprawił go oszołomionego. Podszedł do kryształowego okna. Powiedzieć komuś? Jeśli tak, to komu? I co? „Czarownik nie jest po to, żeby pomagać ludziom. Czarownik jest po to, by utrzymać porządek rzeczy" – przypomniał sobie inskrypcję, która wisiała na wejściem do czarnoksięskiej szkoły. Jeśli powie jakiemuś oficerowi służb wewnętrznych, w jednej chwili parę tysięcy niewolników straci życie. Jeśli nie powie, tamci zabiją kilkaset kobiet i dzieci. Co do zasięgu niewolniczego ataku nie miał wątpliwości – to będzie wielkie nic okupione śmiercią może dwustu ofiar raptem, a może i to nie. Co do skuteczności wojska również nie miał żadnych wątpliwości. To będzie rzeź tysięcy winnych lub niewinnych ofiar. Jeśli nic nikomu nie powie to i tak zginą jedni i drudzy... Co wybrać?

Otworzył okno i usiadł na parapecie, spuszczając nogi na zewnątrz. Poczuł lekki powiew wiatru niosącego ze sobą woń drzew z pałacowego parku, drzew i czegoś jeszcze... Pociągnął nosem. Smoły? Pieczeni? Uśmiechnął się do siebie. Jak zwykle pierwsze wrażenie zapachu było mylące. To wschodnie pachnidła. Ciekawe czy spryskiwano nimi trawniki, czy ktoś rozpościerał umoczone w nich zwoje płótna, by nie docierały tu wonie miasta?

No dobrze. Co powinien zrobić? Nie mógł się skupić. Myślał o atakujących Luan wojskach. Troy i Arkach, tym razem bezwzględne, dążące do ostatecznego kresu, zdeterminowane tak, że dawno przeszły ponad politycznymi podziałami, ponad własnymi interesami handlowymi, będące już gdzieś daleko... daleko poza granicą, której dotąd człowiek nie przeszedł. To koniec Cywilizacji Antyku. Przypomniał sobie kamienną cembrowinę fontanny zagubionej w malutkiej wioseczce, gdzie nawiedził go Bóg. Tam, podczas błysku, zobaczył parę młodych ludzi, którzy jeszcze się nie narodzili. Parę odległą o setki lat. „Jak słońce antyku..." – powiedział chłopak do swojej dziewczyny. Meredith roześmiał się. Antyk. Tak będą nas nazywali. Tak będą nazywali to wszystko, co działo się dotąd. Do dnia ostatniego. Do upadku Syrinx.

Achaja... Przypomniał sobie słowa Pierwszej Nałożnicy Imperium. Żyje. Jaka w tym wszystkim tkwi tajemnica? Biedne dziecko, sprzedane w wyniku intrygi, torturowane, oddane w niewolę i nagle na czele wojsk atakujących Luan? Zakrył oczy dłońmi. Achaja... Poczuł błysk. Silny, jasny, czający się gdzieś w pobliżu. Znowu zobaczył sprawy odległe o tysiąc lat. Poprzednie błyski ściągnęły go jeszcze raz. Zobaczył... Achaję! Dziewczynę, która jedyna w historii będzie atakować Syrinx dwa razy. Zobaczył potwora. Jakąś monstrualną ważkę. Zobaczył płomień i zniszczenie. Zobaczył Achaję, która na czele garstki żołnierzy pojawia się nagle na ulicach Syrinx, trzymając w dłoni jakąś straszliwą broń. Była obwieszona przedmiotami jak transportowy muł. Miała zakryte czernią oczy. Mogła mówić i być słyszana tak daleko, że człowiek nie wymyślił jeszcze miary na określenie takiej odległości. Była sama, choć w otoczeniu garstki żołnierzy. Spadła z nieba wśród biorącej się znikąd nawały ognia. Syrinx nie mogło się przeciwstawić. Było puste lub prawie puste. Achaja stanęła nagle przed wejściem do jakiegoś zrujnowanego budynku i... i... i spojrzała Meredithowi prosto w oczy.

Czarownik o mało nie spadł z okna. Chwycił się framugi. Ona wiedziała. Ona wiedziała. Z całą precyzją, za tysiąc lat, mogła określić, że widzi ją czarownik siedzący w tym oknie tysiąc lat wcześniej.

Meredith spocił się nagle. Co go czeka? Co przyniosą ze sobą nadchodzące stulecia? Co będzie po końcu antyku?

I najważniejsze. Co powinien teraz zrobić?

Rozdział 7

To właściwie nie była żadna bitwa. Poharatana setka szturmowców Troy rzuciła się na podobny liczebnie oddział najemników zajmujący jakąś bezimienną wieś Luan. Żadnej strategii, taktyki. Normalne, chamskie mordobicie. Walka wręcz, rzucanie kamieniami, podpalanie stodół. I to chyba stało się najważniejszym czynnikiem zwycięstwa. Najemnicy bronili wsi. Żołnierze Troy podpalali bez litości każdą pozycję wroga i, po kilku modlitwach, obrońcy zaczęli spieprzać.

Teraz zwycięzcy siedzieli wśród dymiących chat i zastanawiali się, co by tu jeszcze zrabować. Żarcia było mało, a uciekający wcześniej chłopi zabrali praktycznie wszystkie zapasy. Tak naprawdę do zrabowania nic nie zostało, bo luańscy najemnicy zjedli chyba nawet wszystkie psy, które swoim swędem wykręciły się od ewakuacji. Zaopatrzenie dostarczało nieśmiertelne placki chlebowe, ale linie transportowe rwały się co chwilę, bo byli już w Luan. Za daleko od baz, składów i piekarni. Żołnierze byli po prostu głodni. Przeszukiwali to, co pozostało ze wsi, bez rezultatu. Nawet wody nie można było pić wprost ze studni, bo dziesiętnicy ryczeli „Gotować wodę! Gotować wodę! Nie wolno pić niczego, co nie jest przegotowane!". Rady stratega Gendera z Księstwa Linnoy zostały zapamiętane. Żołnierzy można było tracić w boju. Nie warto ich tracić z powodu chorób. Już nikt nie pił wody z kałuży, bagiennego strumyka czy rowu melioracyjnego. Trzeba było wstawić garnek na ognisko i gotować.

Cuda zaczęły się dziać w samo południe. Najpierw przybyli rekruci z uzupełnień. Stare wojsko ignorowało te dzieciaki, nie było sensu się nimi zajmować. Zginą pewnie w następnej bitwie albo, jak będą mieć szczęście, trochę później. Za mało czasu, żeby pokazać im, co i jak. Ale Menake wstała nagle i wrzasnęła w szoku.

– Przecież tam jest Ames!

Weterani podnosili się niespiesznie. Nie mogli uwierzyć. Ames! Ich kolega. Ranny w brzuch. A to wiadomo... Powolna śmierć w męczarniach. Już dawno go opłakali. A tu... Bogowie! Pojawia się z powrotem w oddziale, w jakimś dziwnym mundurze z garstką uzupełnień. Nie ufali swoim oczom. To naprawdę on?

Ames podszedł do nich z szerokim uśmiechem na twarzy.

– No, cześć – powiedział.

– Bogowie – wyrwało się Khorenowi. – Ty żyjesz?

– No, kurwa, żyję, no.

– Przecież dostałeś w brzuch.

Każdy z weteranów wiedział, co to oznacza. Powolne konanie. W bólu, smrodzie i beznadziei. Ames jednak wydawał się zdrowy. Podniósł nawet tunikę, żeby pokazać im pozostałości równych ściegów, którymi zaszyto jego brzuch.

– Jakby sam krawiec robił, nie?

– Ty żyjesz? – nie mogła uwierzyć Menake. – Naprawdę żyjesz?

– A gdzie tam – odezwała się Hirri. – Umarł, a teraz przyszedł nas straszyć.

Nikt się nie roześmiał. Z boku podszedł dziesiętnik.

– Opowiadaj – rozkazał. – Jak to możliwe, że z uzupełnieniami przysłali śmiertelnie rannego weterana?

Ames, pochodzący z zapadłej wioseczki, wymowny nie był. Ale swój rozum miał.

– Już nie jestem ranny – uśmiechnął się. – Teraz już wszystko inaczej jest.

– Jak inaczej? – żachnął się dziesiętnik.

– No, za oddziałami posuwają się szpitale polowe...

– Co???

– No, szpitale polowe. Takie namioty wożą i rozstawiają blisko miejsca, gdzie jest bitwa. I tam się leczy żołnierzy od razu. Żeby strat mniej było. Wyjaśniał nam jeden taki oficer polityczny.

– I co w tych namiotach?

– No, są łóżka polowe.

– Jakie? Łóżka wożą tam, gdzie bitwa? Czym? Przecież na wóz to się może dwa łóżka raptem zmieszczą. To ile wozów by potrzebowali?

– No, takie dziwne są. Składane – Ames niezbornymi ruchami usiłował im pokazać, jak to się robi. – Drewniana rama, płótno i myk, myk i… już jest takie małe coś, co na jeden wóz zmieści się sto takich.

– Jaja se robisz.

– Nie. Prawdę mówię. Tak jak było – znowu niezborne gesty usiłujące odtworzyć to, co widział. – Myk, myk i takiego... – zabrakło mu słowa – takiego plaskacza robisz z całego barłogu – usiłował pokazać, do jak małej wielkości można złożyć prawdziwe łóżko.

– I w tych łóżkach leczą?

– Taaa... Był jeden taki mądry pałacowy matematyk samego księcia Oriona i mówił, że jak się dało powstrzymać zarazę, to się da powstrzymać koszmarne straty z powodu nieleczonych ran. I kazał te szpitale zbudować.

– Toż namiotów się nie buduje tylko stawia. Tfu! – dziesiętnik przygryzł wargę. – Szyje.

– No, czy jakoś tak – Ames naprawdę nie był wymowny. – I cię dają do takiego namiotu i leżysz, nie? I potem cię wysyłają na tyły. A jak wydobrzejesz, to jedziesz na urlop.

– A kto to jest ten Urlop? Nazwisko stratega? Czy jakaś komisja wojskowa?

– Nie, do jasnej zarazy! – Ames aż się zakrztusił. – Jedziesz do domu, do rodziny, żeby wydobrzeć!

– Do domu? – weterani nie mogli zrozumieć. Coś takiego nie mieściło im się w głowach. Jak to do domu? Z wojska zwalniali na jakiś czas?

– No mówię, że do domu – Ames też nie był w stanie wytłumaczyć za dokładnie. – I masz takie kartki, że idziesz do koszar na obiad i muszą ci dać. I ja zawsze szedłem. U nas w domu głodno, to co im miałem darować. Takie prawo miałem, że jak żyję u rodziny, to mam prawo do darmowego obiadu, bo przecież dalej jestem w wojsku. No to szedłem. I dawali. Zawsze dawali. No to się obżerałem. A i rodzinie coś tam się zwędziło czasami.

– O żesz ty – dziesiętnik otarł zroszone potem czoło. – To teraz się żołnierza do domu odsyła, a potem nazad do armii?

– No! Bo ten matematyk, czy jak mu tam, to tłumaczył, że weteran to sto razy lepszy żołnierz niż rekrut.

Tu akurat nikt z obecnych nie miał wątpliwości. Tylko kręcili głowami.

– No i się takiego rannego weterana leczy, odsyła do domu, obiadki funduje, a potem nazad. Bo lepszy jest. A poza tym, to mniej pieniądza kosztuje.

– Jak mniej pieniądza? – dziesiętnik nie mógł uwierzyć. – Obiad, kurwa, za darmo i mniej pieniądza?

– Ja tam nie wiem – Ames nie potrafił wytłumaczyć tego, co zapamiętał z wykładów oficerów politycznych. – Taniej weterana do linii nazad niż szkolić rekruta, bo oni – wskazał na grupkę poborowych – i tak zaraz zginą.

– No – potwierdziła nagle Hirri.

– To co? – dziesiętnik nie mógł dojść do ładu ze swymi myślami. – To już się nie zdycha z bólu ani nie idzie na żebry, jak się udało wydobrzeć po ranach?

– Armia teraz dba. Teraz cię leczą, żywią i odsyłają w pizdu z powrotem.

Żołnierze wokół nie mogli uwierzyć w to, co słyszeli. Ames postanowił ich dobić.

– Teraz, jak cię ranią, to masz krzyczeć „medyk", „medyk".

– Co?

– Medyk! Meeeeedyyyyk!!! – wrzasnął Ames.

Podbiegło dwóch ludzi z uzupełnień. Mieli ze sobą zwój płótna zrolowany na dwóch długich kijach.

– Co się stało? Komu? Jakie rany? – pytali zdenerwowani, bo to był ich pierwszy dzień w wojsku liniowym.

– Spierdalać – warknął dziesiętnik na młodych. Ale jakaś myśl marszczyła mu czoło. – I co oni robią? – zapytał.

– No odnoszą cię do szpitala polowego. Bo taniej jest cię wyleczyć i odesłać z powrotem, niż w rynsztoku zostawić. Tak nam mówili. Nie pójdziesz już na żebry, jak ci nogę utną (tfu, tfu), tylko obiad dostaniesz od wojska. Bo to coś dobrego dla moralności robi!

– Dla morale? – spytała lepiej wykształcona Hirri.

– Ja tam nie wiem. Ja ze wsi jestem.

Dalszą dyskusję przerwał przedziwny pojazd, który pojawił się zza najbliższego wzgórza. Był zupełnie niesamowity. Czwórka koni zaprzężona do wozu, z którego zdjęto burty, a za to zamontowano metalowe palenisko, a na nim wielki kocioł. Jakiś mężczyzna w białej czapce krzyczał, że żarcie jedzie i mają przygotować naczynia.

Po raz pierwszy tego dnia uwierzyli Amesowi. Każdy wyjął, co tam miał zrabowanego z naczyń, i ustawili się w kolejce, wypychając rekrutów na sam koniec. I najważniejsze... Każdy dostał kluseczki z mięsem!

Ciepłe! Pierwszy ich ciepły posiłek od czasu, kiedy kilkanaście dni temu udało się dopaść kilka zapomnianych kur.

– To kuchnia polowa – wrzeszczał facet w białej czapce. – To kuchnia polowa! Każdy dostanie, co mu się należy! Nic więcej, ale i nic mniej, bo takie są wasze prawa!

Naprawdę uwierzyli Amesowi. Pożerali swoje kluseczki i zdobywali pewność, że teraz dopieprzą Luan, bo są lepiej zorganizowani. A do tego kubek wina (co prawda strasznie rozwodnionego, ale jednak wina). Dławili się, jedząc wygłodniali, z trudem żuli, wielu czekała biegunka, ale... Dostali ciepły posiłek tuż po bitwie. Dbano o nich. Pamiętano. Człowiek w białej czapce na wozie wykrzykiwał, że mogą dostać repetę. A oni się dławili.

Bogowie! Czy wojny nie można wygrać ciepłymi kluseczkami na mięsie? To naprawdę robiło wrażenie. Już nie woda z kałuży, nie rabowane kury i psy, a głównie to resztki, myszy i szczury z obcych gospodarstw, nędzne placki chlebowe, których i tak nie potrafili dowieźć z daleka. Ciepłe kluseczki z mięsem. I z sosem! Takim, jak mama robiła.

Ten sos szczególnie mógł być ważącym czynnikiem w zbliżającej się bitwie. Równie dobrym jak lance, piki, miecze, tarcze i bojowe wierzchowce. Fachowiec w białej czapce na wozie zrobił i przyrządził równie dobrze jak mamusia. A przynajmniej tak im się wydawało. Niektórym żołnierzom szkliły się oczy i usiłowali to ukryć. Dom! Nie. To złe określenie. Ojczyzna się o nich upomniała i kazała o nich zadbać. Już nie są nikim. Nie pechowcami, co nie mieli fartu podczas poboru, nie gównem wysyłanym dla interesów bogaczy, nie pędzonym do bitwy batami bydłem.

Ojczyzna dała im nawet kluseczki z mięsem i sosem. Ciepłe! Broń dużo groźniejszą niż te okropne, wymyślone dużo później. Ktoś kiedyś powie, że to zaopatrzeniowcy wygrywają wojny.

Silne armie, ostra broń, zdecydowanie, strategia, nieprawdopodobnie wyszkoleni fachowcy, a naprzeciw...

kluseczki. Te drugie... okazywały się zazwyczaj silniejsze. Transport, wzorowo zorganizowane linie zaopatrzeniowe. Nikt nie był jeszcze wtedy w stanie określić tego słowami. Ale gdyby był taki ktoś, to mógłby powiedzieć: „Macie pięć setek rycerzy? Ale my mamy... kuchnię polową. I zobaczymy, czyje będzie na wierzchu po roku kampanii".

Kucharz zresztą nie zakończył jeszcze swojego zadania. Rozdawał cytryny. Każdy miał zjeść połówkę owocu, wykrzykiwał, bo jemu mądrzy ludzie wytłumaczyli, że od tego nie będą się chwiały zęby w dziąsłach. Nazwy szkorbut jeszcze nie znano, ale pałacowy matematyk przeczytał dokładnie wszystkie relacje z pól bitew – lądowych i morskich. Skoro dało się powstrzymać zarazę, to da się powstrzymać i szkorbut. Natrafił na dziwną relację kapitana statku. Marynarze chorowali jak zwykle, ale po dotarciu na odległą wyspę część z nich wyzdrowiała i to bardzo szybko. Usiłował się dowiedzieć, dlaczego. Czasy naprawdę się zmieniały i ludzie zaczynali pytać. Już nie porządek ustalony przez Bogów, ale pytanie „dlaczego?". Przecież skoro udało się powstrzymać śmiertelną zarazę, to może i szkorbut się uda. A może to nie kołysanie statku na morzu powoduje „marynarską chorobę"? No pewnie, że nie, skoro cierpieli na nią także żołnierze. Więc... dlaczego?

Otóż marynarze, którzy szybko wyzdrowieli, jedli cytryny. Kapitan okrętu zastanawiał się dalej. A co jest w cytrynach? Kwaśny smak? No to na następną wyprawę zabrał beczki z kiszoną kapustą. Ot, taki eksperyment. Marynarze nie chorowali. Nikt nie wiedział dlaczego. Ale odtąd, dzięki pałacowemu matematykowi, cytryny i kiszona kapusta znalazły się w każdym transporcie wojskowym ciągnącym na front. Równie ważne jak strzały do kusz, jak piki, jak owies dla szturmowych koni.

Czy cytrynami i kapustą można wygrać wojnę? Nie wiadomo. Ale żołnierze już nie chorowali. Dostarczano też sól. Czy to kaprys pałacowego matematyka? Żeby żołnierze mieli smaczne potrawy? Nie. On po prostu analizował raporty ze szpitali polowych. Zrobił sobie nawet prześliczny wykres (odkrywając przy okazji osie współrzędnych). Śmiał się z siebie. Jak mógł na to nie wpaść wcześniej? Nie mógł. To Zaan pokazał, że stare myślenie już nie obowiązuje. Że tradycja służy jedynie do potłuczenia o kant pewnej części ciała. Chciał nawet napisać dowcipny wierszyk pod tytułem: „Rola kapusty w pokonaniu największego cesarstwa na świecie". Ale nie był dobrym poetą. Nie udało się. Reszta rzeczy natomiast udawała się znakomicie.

Żołnierze gryźli te swoje cytryny, nie mając zielonego pojęcia, że ruchami własnych szczęk zmniejszają straty w tej kampanii do minimum. Pięć do jednego – jak mówił kiedyś Biafra. Na jednego zabitego żołnierza traciło się pięciu z powodów kompletnie niezależnych od bitew. Nie, nie. Tym razem Troy zamierzało wygrać wojnę. Ma być jeden do jednego. I... zaczynało być.

Oficer polityczny pojawił się z orkiestrą i całym orszakiem. Miał orkiestrę, która tak prześlicznie grała. Wszystkim przypomniały się te fajne, dawne czasy, kiedy nie brali udziału w brudnej wojnie, dom, rodzinną wioskę czy miasteczko. Muzykanci dawali z siebie wszystko. Byli naprawdę dobrzy.

Młody filozof przemianowany na oficera politycznego stanął w rozkroku na wozie. Potoczył ołowianym wzrokiem po zgromadzonych wokół żołnierzach.

– Mówię do ludzi, którzy zdobyli Dolinę Wolności! – nie miał zielonego pojęcia, jak nazywała się wiocha, w której doszło dzisiaj do regularnego mordobicia pomiędzy siłami Troy a najemnikami Luan, więc wymyślał piękne nazwy geograficzne. – Mówię do ludzi, którzy własną odwagą, własną krwią, poświęceniem i staraniem zdobyli dzisiaj Dolinę Wolności!!!

Żołnierze dławili się rozdanymi wcześniej cytrynami. Zrobili coś ważnego? Naprawdę zrobili coś ważnego? Każdy lubi, jak mu się tak mówi. A oficer polityczny miał wszystko opracowane wcześniej. Musiał dzisiaj obskoczyć jeszcze wiele oddziałów, ale naprawdę wyszkolono go świetnie, był wymowny, inteligentny. A orkiestra naprawdę grała ślicznie.

– Mówię do żołnierzy zwycięskiej armii!

– Aaaaaaa!!! – odpowiedział mu ryk żołnierzy.

Kto powiedział, że wystarczy przekonanie, że zwyciężamy, żeby naprawdę zwyciężyć? Młody filozof nie zajmował sobie tym głowy. Recytował tekst.

– Całe Troy jest dzisiaj z wami! Od ust sobie tam odejmują, żeby dać wam ciepłą strawę, owoce, wino i nowe mundury! Bo wszyscy są z wami.

Żołnierze patrzyli oniemiali.

– Wszyscy w kraju stoją za wami murem. I są z was dumni!

Hirri nawet otworzyła usta i stała jak posąg zaskoczenia. Po raz pierwszy w życiu słyszała coś takiego.

– Myśli każdego człowieka w Troy towarzyszą wam w każdej chwili. W świątyniach składa się ofiary za wasze szczęście. Jesteście miażdżącą pięścią! Jesteście całą mocą Królestwa Troy. Wszyscy o was mówią!

Tu paru weteranów nie uwierzyło ewidentnie, ale oficer polityczny potrafił ich przekonać. Wcześniej dowiedział się w kancelarii, jakie są imiona żołnierzy. Wszystkich nie potrafił zapamiętać, więc wbił sobie do głowy tylko tych, którzy różnili się od innych. Na przykład mieli widoczne blizny, niespotykany kolor włosów, inne wyróżniające cechy.

– Wracam właśnie ze stolicy. Rozmawiałem z samym królem – kłamał. – I on wspomniał w rozmowie... – wstrzymał oddech – ciebie Menake! – wskazał palcem dziewczynę z naderwanym uchem. – Sam król pytał o ciebie.

Dziewczyna aż uklękła. No przecież on musiał mówić prawdę! Facet, który widział ją po raz pierwszy w życiu, znał jej imię! I mówił o niej sam król! Usiłowała rękawem otrzeć łzy.

– Nasz władca mówił też o tobie, Ames. Pytał, jak tam rany? Wygoiło się wszystko? Dobrze się czujesz? Król pytał o ciebie.

Ames, totalnie oszołomiony, ledwie zdołał wydukać:

– W porządku.

– A ty, Khoren? – wskazał na człowieka z blizną na twarzy. – Królowi bardzo podobało się, jak naparzałeś pałą Luańczyków. Mówił o tym na dworze. Jest z ciebie dumny.

Khorena zapowietrzyło tak, że nie był w stanie odpowiedzieć. To sam król o nim wie? I wie o tym naparzaniu pałą, jak się straciło miecz? Sam król???

Donosiciel oddziałowy sprawiał się świetnie. Oficer polityczny nie miał kłopotu w odnajdywaniu i identyfikowaniu kolejnych ludzi, których nie widział przecież nigdy w życiu. Ale jego wiarygodność rosła.

– A ty, Hirri? – wskazał na rudą dziewczynę, jedyną taką w oddziale. – Królowi bardzo się podobało, jak podpaliłaś tamtą stodołę. Wiesz, którą. Ale Luańczycy spieprzali! Mówi się o tobie w stolicy. Ludzie o tobie mówią. Wygraliśmy tę bitwę. Także dzięki tobie. I matki żołnierzy, którzy dzięki twojej odwadze i twojemu czynowi nie zginęli, przesyłają ci piękną haftowaną chustę – wyjął z sakwy małe zawiniątko i podał dziewczynie.

Ta, totalnie oszołomiona, potrząsając głową, nie wiedziała, co zrobić. Wrażenie było niesamowite. Najpierw ją pocałowała, a potem rozwinęła i zawiązała sobie na szyi. Krawcy mieli pełne ręce roboty. Takich chust trzeba było wyprodukować bardzo dużo. Niemniej sprawdzało się. Hirri ze łzami w oczach była gotowa iść na Syrinx z gołymi rękami. I zapieprzyć cesarza osobiście.

A orkiestra tak pięknie grała... Melodie z dzieciństwa. Ze starych dobrych czasów. Te wszystkie wspomnienia. Te chwile radości. I co? Nie warto walczyć?

Ale to jeszcze nie było wszystko, co przygotował na występ wydział polityczny.

– W Troy jest ciężko. Nie ukrywam. Ale wszyscy walczą, żeby dać wam ciepłe jedzenie. Żeby przywieźć wino i cytryny. Od ust sobie odejmują, żeby swojej miażdżącej pięści, która zmiecie Luan z powierzchni ziemi, niczego nie brakowało. Dziesiętniku, proszę. Tu jest paczka z ciastem. Proszę rozdzielić sprawiedliwie wśród żołnierzy. Ja wiem, że to niewiele. Ale od ust sobie odejmujemy, żeby dać wam cokolwiek. Bo wy za nas walczycie!

Kilku żołnierzy potrząsało głowami w szoku. Ciasto? Od mamusi jakiegoś bezimiennego kolegi z wojny?

Piekarze też mieli pełne ręce roboty. Armia w boju to był interes, który potwornie się opłacał przedstawicielom wielu profesji. To była rzeka złota. I ci ludzie naprawdę się przykładali, żeby dobrze zarobić. Tak samo jak oficer polityczny, który właśnie mówił:

– Proszę. Oto Kanen. Szewc. Zwykły szewc z Doliny Wolności, którą właśnie oswobodziliście – wskazał na jakiegoś faceta w poszarpanych, nędznych szatach. – Niech opowie własną historię! Przyszedł do nas, płacząc i prosząc o pomoc! O wyzwolenie własnej wsi! Bo nie mógł już wytrzymać. Proszę. Wysłuchajcie go. Jest tutaj.

Wynajęty aktor runął od razu na kolana. Jakoś nikt nie skojarzył, że we wsi nie mogło być raczej szewca. Bo z czego by żył? W miasteczku to tak. Ale nie tutaj. Na szczęście nikt tego nie kojarzył, wszyscy poddawali się dramaturgii sceny.

– Dziękuję!!! – wył aktor na kolanach. – Dziękuję wam! – całował po rękach Hirri. – Bili mnie! – pokazał plecy ze szramami. Dość ciężko zrobić charakteryzację na plecach, ale aktor był naprawdę dobry w swoim fachu. – Jestem szewcem. Jestem zwykłym szewcem z tej osady! Jak przyszli najemnicy, to zgwałcili moje dwie córki! – popatrzył na Hirri i Menake. – Zabili je potem. Bogowie! Zabili moje córeczki! Moje biedne córeczki...

Obie dziewczyny patrzyły na niego przerażone. Żołnierze zaciskali pięści, choć sami, jakby to powiedzieć, niejedno mieli na sumieniu. Ale teraz rósł w nich gniew.

– Zabili moje biedne córeczki – zawodził aktor na kolanach. – Ja zwykły szewc – usiłował stylizować. – Ja z Luan, wasz wróg. Ale dopiero wy pokazaliście, że tę biedną ziemię można wyzwolić z ucisku!

Zagryzł wargi, bo odruchowo użył literackiej formy „tę ziemię", a nie pospolitej „tą". Ale na szczęście nikt nie zauważył.

– Dziękuję ci, żołnierzu – na kolanach całował rękę Khorena, który usiłował się wyrwać, choć niewątpliwie był bardzo przejęty.

Oficer polityczny krzyknął nagle:

– To co? Zdobędziecie następną wieś jeszcze dzisiaj?

Orkiestra grała tak ślicznie. Aktor na kolanach zawodził:

– Ratujcie nas! Ratujcie! Pomocy!

Byli najedzeni, zdrowi, dobrze wyposażeni, mieli zorganizowane zaplecze, niezły transport i świadomość, że tuż z tyłu jest szpital polowy, jakby coś poszło nie tak. No i sam król na nich patrzył.

A poza tym orkiestra grała tak ślicznie...

Poszli.

Rozdział 8

Armia dotarła do przedmieść Syrinx późnym wieczorem. Oddziały spieszano, wrzucając wozy do rzeki, żeby uniknąć gigantycznego zatoru, który mógł zatkać wylot drogi. Pociągowe konie smagano biczami, by rozbiegły się po równinie, byle dalej, byle dalej. Po prostu nie było ich już czym karmić. W świetle pochodni usiłowano formować oddziały pod ochroną zwiadu, który dotarł tu wcześniej.

Achaja w zamieszaniu z trudem odnalazła Biafrę.

– Szlag! – osadziła spienionego konia. – Każ cofnąć oddziały. Natychmiast!

Biafra, naćpany tak, że czterech żołnierzy pomagało mu utrzymać pozycję pionową, nie był w stanie odpowiedzieć.

– Co się stało? – spytał Suhren. Czytał przecież dostarczane mu raporty i nie było w nich nawet śladu wiadomości o jakichś nieprzewidzianych ruchach przeciwnika.

Wskazała częściowo tylko wyburzone przedmieścia.

– Zostawili wszystkie najwspanialsze budowle. Wszystkie domy wielmożów. Kurde! – odkaszlnęła, bo dławił ją pył. – Dziewczyny nawet nie śniły o takim bogactwie. Nie przyszło im do głowy, że na świecie może choćby istnieć aż tyle dobra.

Suhren skrzywił się. Wiedział, przeczuwał, co usłyszy dalej.

– Nie wiem, czy mam choćby połowę ludzi w linii. To jest jakiś amok. To jest szał...

– J.. j... jaki szał? – wybełkotał niezbyt przytomny Biafra.

– Szał rabowania – mruknęła. – Albo każę tym żołnierzom, którzy mi pozostali, rozstrzelać tych, co rabują, albo... Do rana nie będziemy już mieli zwiadu.

Suhren ukrył twarz w dłoniach.

– Nieześrodkuję armii na wzgórzach – powiedział. – Nie możesz spalić tych budynków?

– Czym? – warknęła. – A raczej kim?

– Zrób coś! No nie stój tak. Zrób coś! Oddziel tym, co ci jeszcze pozostało, resztę wojska od przedmieść.

Zaklęła. Biafra ledwie otworzył oczy.

– Obwieście ze dwie setki ludzi na postrach – szepnął. Chciało mu się wymiotować. – No zróbcie coś – powtórzył nieświadomie słowa Suhrena. – Rozstrzelajcie kogoś, spalcie żywcem.

– Sami się powieście albo rozstrzelajcie – Achaja zawróciła konia. – Zaraz zobaczycie, jak wam wojsko zacznie spieprzać!

Szarpnęła uzdą i runęła w stronę swojego plutonu. Czując, jak łzawią jej oczy od wzbudzanego kopytami popiołu, przegalopowała przez most nad malutkim kanałem. Wjechała między długie rzędy wspaniałych rezydencji. Tu nie było wiele pyłu. Wokół, w wielu oknach, widać było ogniki świec i pochodni. Ktoś niezorientowany mógł sądzić, że to wrócili ewakuowani wcześniej mieszkańcy.

Podjechała do punktu dowodzenia.

– Pani pułkownik – zaraportowała, nie zsiadając z konia. – Biafra każe wycofać zwiad i odgrodzić nim resztę wojsk od tego burdelu! – usiłowała unikać wzroku pani kapitan, która swego czasu ugryzła ją w nogę. – Bardziej zorganizowane oddziały do tyłu. Te... mniej zorganizowane, do przodu na przedpole.

– A ci, kurwa, pośrodku? – spytała pani pułkownik. – Ci, co spierniczyli, żeby rabować?

– Ja tylko przekazuję rozkazy – Achaja spięła konia i ruszyła dalej. Jedną ręką zawiązała na twarzy chustę, żeby choć w ten sposób osłonić płuca od unoszącego się wszędzie popiołu. Dostrzegła Harmeen stojącą przed jednym z pałacyków z pochodnią w ręce. Zwolniła trochę, żeby nie dotrzeć przed drzwi wraz z monstrualną chmurą pyłu wzniesioną przez kopyta jej konia. Zwierzę zresztą chrapało, potrząsało głową, chcąc zrzucić uzdę i pogalopować gdzieś na równinę, na czyste powietrze.

– Gdzie pluton? – zeskoczyła z siodła, grzęznąc po kostki w zwałach popiołu. Światło pochodni pozwalało dostrzec, że wszystko wokół, drzewa, śliczne ozdobne krzewy, wspaniałe rzeźby, przedziwnie wykonane płotki pokryte są w całości szarymi płatkami. Woda w stawie ukształtowanym jak górskie jezioro, z wyłaniającą się spod powierzchni rzeźbą jakiegoś mitycznego potwora, była już jednym wielkim kożuchem rozstępującym się niechętnie i na chwilę, kiedy przebijały go, wyrzucane z okien, opróżnione butelki.

– W środku – uśmiechnęła się Harmeen.

– Gdzie mam dać to zwierzę? – szarpnęła uzdą. – Przecież tu się udusi.

– Do środka – Harmeen nie stwarzała problemów. Otworzyła drzwi.

Przepuściła ich przodem, a potem dokładnie zamknęła drzwi.

– Kto tu, kurwa, z koniem włazi?!!! – ryknęła Jakee i ugryzła się w język, kiedy Achaja ściągnęła z twarzy chustę. – O szlag... wybacz, Lalka.

– Ja cię... Co tu się dzieje?

Wielkie pomieszczenie, zajmujące prawie cały parter pałacyku, wypełnione było sprzętami znoszonymi przez dziewczyny ze wszystkich pokojów. Dominowały przede wszystkim wielkie patery, talerze i tace z jedzeniem, którego często żołnierze Arkach nie byli w stanie nawet nazwać. Wszędzie poniewierały się naczynia z winem. Na środku ustawiono stojaki z karabinami. Szeregowa Mayfed, ubrana we wspaniałą balową suknię z kolorowymi koronkami, spod której wystawały jej wojskowe buty, zajmowała się zestrzeliwaniem świec z wielkiego kandelabru pod sklepieniem. Miała swój wojskowy pas i ładownice z nabojami zawieszone na nagich ramionach oraz dozownik z prochem wsunięty dokładnie pomiędzy piersi podtrzymywane gorsetem swojej nowej sukni. Chloe wyciągnęła skądś ogromną perukę, upięła własne włosy i teraz, już nie z rudą, ale z kruczoczarną czupryną, przeglądała się w ogromnym lustrze.

– Jestem ładna! Jestem ładna! – krzyczała. – Szlag!

– Kurde, a znalazłabyś coś na moje piegi? – spytała Sharkhe. Miała narzuconą na mundur wielką, koronkową firanę zerwaną z jakiegoś okna.

– Weź puder – poradziła jej Achaja.

Zataczając się, podeszła do nich Zarrakh.

– Wiesz, Lalka – podniosła trzymane w dłoni szklane naczynie. – To jest butelka. Widziałaś kiedyś coś takiego?

– Przecież w Arkach też są butelki.

– Taaaa... Jedna w danej prowincji. A tu – upiła wielki łyk – w piwnicy... jest ich parę tysięcy! Albo może nawet parę setek! O!

– Bez jaj.

– Są! Sama widziałam – wolną ręką wyjęła spod kurtki drugą butelkę i zębami wyszarpnęła specjalną zatyczkę. – Masz, pij. Inaczej się zajedziesz.

Achaja wzięła od niej butelkę i strzeliła wielki łyk. Aż ją wykrzywiło. Szlag, co za cienkusz. Jakiś oszust winny napełnił właścicielowi pałacu piwnice i, perfidnie, udało mu się. Żołnierze Arkach nie byli w stanie odróżnić dobrego wina od złego. A właściciel na pewno od dawna przebywał za bezpiecznymi murami. Być może razem z oszustem. Obydwu jakość wina chyba obchodziła w tej chwili najmniej.

– Słuchaj, to jest bardzo słodkie – mamrotała Zarrakh – nie takie krzepkie jak nasza gorzałka, ale swoją moc ma...

Drzwi otworzyły się na chwilę, przepuszczając kilku pokrytych pyłem i popiołem ludzi.

– Porucznik Lanni melduje się, pani major! – dziewczyna zsunęła chustę zakrywającą jej twarz.

– Daj se, Lanni, spokój.

Porucznik popatrzyła na konia Achai, który dobrał się właśnie do jabłek na srebrnej paterze.

– Złapaliśmy jakiegoś gada, który – Lanni kichnęła głośno, wskazując na związanego, zarośniętego mężczyznę – który rabował tu wokół. Jakiś, kurna, miejscowy męt – kichnęła jeszcze raz. – Uchował się prawdziwek.

– A nie łapałyście naszych rabusiów?

– Naszych? No żesz, szlag! Więcej rabujących niż żołnierzy w linii. Jakby te pindy zaczęły strzelać, to by z nas nawet miazga nie została – Lanni zaczęła kaszleć, usiłując się pozbyć pyłu z płuc. – A tak przy okazji rabowania... – wyjęła z kieszeni ciężki, złoty łańcuch ozdobiony błyszczącymi kamieniami. – Chcesz?

Achaja potrząsnęła głową.

– Harmeen, a ty?

– O żesz... Porucznik grabiący okoliczne domy. Ja cię pieprzę!

– Nie wygłupiaj się. Będzie ci strasznie fajnie z czymś takim na szyi, jak zdejmiesz kurtkę.

– Myślisz? – Harmeen nie mogła się oprzeć. – Daj, przymierzę na chwilę.

Zdjęła kurtkę, a nawet opaskę, i założyła łańcuch na szyję. Miała śliczne piersi. Zbój, związany grubym sznurem jak wieprz, patrzył na nią, wybałuszając oczy. Achaja pociągnęła następny łyk cierpkiego wina.

– Muszę się przespać choć chwilę – mruknęła.

– Spać? Teraz? Nie maaaaaa!!! – Sharkhe zaatakowała ich od tyłu. Siedziała Chloe na plecach i wywijała wyrwanym skądś kawałkiem rynny. – Brońcie się, głupie tyłki!!!

– O żesz ty! – Lanni poczuła w sobie nagle moc bojowego rumaka. Pochyliła się lekko. – Wsiadaj!

Harmeen chwyciła Achaję i posadziła ją Lanni na plecach. Jakee rzuciła jej wielką amforę z winem.

– Tym ją zapiernicz, Lalka!

Chloe zaszarżowała jednak, Sharkhe walnęła rynną w naczynie, które pękło momentalnie, zalewając Achaję i Lanni lepkim, czerwonym świństwem. Wywróciły się obie. Jakee skoczyła na Chloe. Ktoś w zamieszaniu szturchnął Mayfed, która zamiast świecy zestrzeliła z sufitu cały kandelabr.

– Palę się! Palę się... – krzyczał ktoś obok.

– Cicho, głupia. Czemu tu tak ciemno?

– No bo kurna, ta głupia dupa zestrzeliła całe światło!

– Ty, słuchaj... – rozległ się groźny głos Mayfed. – Ja strzelam równie dobrze z karabinu jak z kuszy!

– Po ciemku nie trafisz, oślico.

– Chcesz sprawdzić? Chcesz?

Dziewczyny z trudem gramoliły się spod potrzaskanego świecznika. Ktoś rozpalał wojskową pochodnię.

– Szlag, czy tu gdzieś się można umyć? – Achaja była cała lepka. Zlizała trochę z policzka, tym razem wino było słodkie, gęste i dobre. – Staw cały zapaćkany...

– Na górze są jakieś takie ...eee... balie wmurowane w podłogę i woda.

– Jak to na górze? Wiadrami nosili?

– Nie wiem, kurde – Harmeen wzruszyła ramionami. – Tam woda płynie ze ściany...

– Eeee... Łżesz – wtrąciła się Lanni. – Słuchajcie dziewczyny, jutro pewnie atak na mury. Chodźmy razem na górę. Ta nasza stara drużyna, znaczy. Wypijemy coś i...

– Przesłucham jeńca – powiedziała Harmeen.

Achai nie trzeba było zapraszać. Przebiegła te kilkanaście stopni, zdejmując jednocześnie swój lepki, klejący się mundur. Pani kapitan jednak nie kłamała. Woda była w zagłębionych w podłodze wannach, a właściwie basenach.

– Kurde, Jakee! – krzyknęła Achaja, skacząc do pachnącej, podgrzewanej w jakiś cudowny sposób wody. – Każ jakieś młodej z uzupełnień wyczyścić mi mundur!

– Tak jest, proszę pani, Laleczko – Jakee zbierała z podłogi kurtkę, przepaskę i spódniczkę. – A buty?

Achaja, prychając, wynurzyła się na pokrytą jakimiś dziwnymi kwiatami powierzchnię.

– Masz! – rzuciła mokrym butem w oszołomionego przepychem wnętrza żołnierza. Potem zdjęła drugi but, ale źle wcelowała. Lanni oberwała podeszwą dokładnie pod oko.

– O żeby cię... – porucznik wskoczyła do basenu w pełnym umundurowaniu. – Kurde, Lalka! Celuj lepiej!

Zarrakh, Bei i Chloe wskoczyły również w mundurach, których pozbywały się już w wodzie. Mayfed wskoczyła w swojej nowej, koronkowej sukni – jej wzorzysty materiał wybrzuszał się teraz, tworząc na powierzchni fantastyczne wzory. Niezawodna Chloe miała wielki bukłak prawdziwej wódki, nie żadnego tam słodkiego świństwa. Wyszarpnęła korek zębami i wypluła na podstawioną dłoń. Wzięła wielki haust, potem podała naczynie koleżankom.

– Gdzie Shha?

Mayfed wskazała przeciwległą ścianę z wielkim, kryształowym lustrem. Sierżant w fantastycznej blond peruce zrobionej z dziwnie kręconych włosów przykładała właśnie do munduru cieniutką sukienkę.

– Szlag, baby, co to jest?

– Sukienka, psiamać. Rozbieraj się i chodź, albo wkładaj i odtańcz jakiś fajny kawałek.

– Jak to sukienka? Przecież to jest zupełnie przezroczyste!

– No! – roześmiały się.

– No przecież jak to włożę, będę zupełnie goła.

– No!!!

Lanni pociągnęła wielki łyk z bukłaka.

– Kurde... pamiętacie, jak leżałyśmy wtedy w namiocie przed kolejną bitwą o Kupiecki Szlak? Myślała któraś, że zajdziemy tak daleko?

Achaja wypiła dwa łyki. Czuła, że coś ją piecze pod powiekami. Wtedy dostały uzupełnienia: Kaisha, Bei i... i jeszcze jakieś dwie, których imion nikt już nie pamiętał. Potem zginęła Mea, Zinna została ciężko ranna, ciekawe, co z nią teraz... Bei zakryła oczy, coś nią szarpało, ale nie była to podła wódka. Zarrakh i Mayfed przytuliły się do siebie. Jedna goła, druga ciągle we wspaniałej sukni.

– Bogowie... sądziłyście, że będziemy żyć tak długo? – szepnęła Chloe. – Że dojdziemy pod Syrinx?

– Zamknij się – warknęła Lanni. – Jutro wszystkie zginiemy w ataku na mur.

– Weź się napij i nie pierdol – mruknęła Mayfed, ciągle nie mogąc poradzić sobie w basenie z napełnioną powietrzem suknią. – Lalka coś wymyśli.

– Dać se na wstrzymanie, głupie tyłki – Zarrakh pływała na plecach. – Nie będzie ataku na mury, bo to niemożliwe, żeby je zdobyć.

– A było możliwe Viriona pokonać? Wystawili nas.

– Jak widać było – wpadła jej w słowo Chloe i mrugnęła do Achai, o dziwo po raz pierwszy bez swojego wrodzonego pesymizmu. – Żyjemy chyba, nie?

– A szlag! Mam jeszcze osiem lat do odsłużenia – Lanni zaszkliły się oczy. – Nie przeżyję tego... Czuję, że nie przeżyję. Kurwa! – zaczęła płakać. – Kurwa! Kurwa! Kurwa!!!

– Lanni, kotku – Achaja podpłynęła do niej i przytuliła ją lekko. – Każdy, szlag, ma chwile zwątpienia. Ale daję ci słowo, że przeżyjesz.

Zarrakh objęła ją z drugiej strony. Mayfed z tyłu. Okazało się jednak, że ich plan był bardziej perfidny. Zarrakh unieruchomiła koleżance ręce, Mayfed zadarła głowę i rozwarła szczęki. Chloe była już na miejscu ze swoim bukłakiem.

– No pij, malutka. Pij, pij, jeszcze... no, nie wypluwaj, bo ci rurkę wstawimy do gardła, pij koteczku. No przełykaj zarazo, bo cię zacznę szczypać w piersi!

Lanni szarpnęła się, ale Mayfed i Zarrakh trzymały mocno. Chloe uszczypnęła ją tak dotkliwie, że w oczach koleżanki pojawiły się łzy. Zaczęła przełykać, wiedząc, że dziewczyny raczej ją zamęczą niż zostawią w spokoju. Zerknęła na Achaję w poszukiwaniu pomocy, ale ta tylko pocałowała ją w ucho i zatkała nos, żeby zmusić do szybszego przyjmowania płynu. Po dłuższej chwili skończyły. Chloe i Mayfed oparły dłonie Lanni o brzeg basenu, żeby nie utonęła. Lanni coś szarpało. Płakała ciągle, ale nie mogła już zogniskować wzroku.

– Ja... ja... wy pindy głupie, ja nie przeżyję. Ja... ja nie... kurde, co miałam powiedzieć? – wybełkotała.

– Gotowa! – zawyrokowała Chloe. I powiodła wzrokiem po reszcie koleżanek. – Któraś jeszcze ma złe przeczucia?

Wszystkie skwapliwie zaprzeczyły energicznymi ruchami głów. Wolały się nie poddawać aż tak radykalnemu eksperymentowi.

– No to chlejemy dobrowolnie – Chloe sama pociągnęła kilka wielkich haustów i podała naczynie dalej. – Bukłak duży. A jak nie starczy, to jeszcze tego słodkiego świństwa tu jak szlag.

Achaja strzeliła wielki łyk. Coś nią wstrząsnęło. Zapach różanej wody odurzał. Wszystko wokół stawało się coraz mniej realne. Cienie rzucane przez pochodnie przybierały postać jakichś zamierzchłych wojowników. Odgłosy zabawy piętro niżej wydawały się muzyką wielkiej cesarskiej orkiestry. Coraz ciężej było utrzymać głowę w pionie.

– Ja cię... – szepnęła Mayfed. – Jak mi dobrze.

– No. Choćby mojego trupa miały zeżreć psy... jutro pod murami – Zarrakh miała podobne zdanie. – Jeszcze w życiu nie było tak fajnie.

– Kocham moją pierdoloną armię. Kocham ją! – wrzasnęła Chloe. – Żegnajcie koleżanki – strzeliła wielki łyk, opróżniając bukłak. – Fajnie z wami było.

– Żegnaj Chloe. Jesteś całkiem fajną dupą jak na rudzielca – mruknęła Mayfed.

– No co wy? Przecież nic się nie stanie – warknęła Achaja. – Będziemy żyć.

– No – zgodziła się Zarrakh. – Będziemy żyć, jak to mówią, lepszym życiem, w krainie wiecznego płaczu.

– No co wy, kur...

– Jesteśmy ze zwiadu teraz, Achajka. Pójdziemy pierwsze – Zarrakh mrugnęła porozumiewawczo. – Ale fajniejszej koleżanki niż ty to jeszcze nie miałam – uśmiechnęła się. – Jak mi każesz, pójdę pierwsza. Na szpicy. Po dobrej woli, Laleczko.

– No – włączyła się Mayfed. – Fajne masz wojsko, Lalka. Pójdziemy jutro na śmierć i się nie zesramy ze strachu. No może... jak już będziemy umierały. Ale dopiero wtedy, wcześniej nie.

– Po moim śmierdzącym trupie! – wrzasnęła Achaja. – Po moim...

– Jesteś oficerem, Lalka. Ze zwiadu – uśmiechnęła się Chloe. – Musisz nas wysłać. Ale nie pękaj. Pójdziemy.

– Weź się wypchaj, kurde! O czym wy...

– My już przeżyłyśmy wiele nocy przed bitwą, Laleczko. Niedługo już przyjdzie do ciebie oficer ze sztabu, da papiery, każe podpisać. Otworzysz teczkę, zrobisz się blada. Może zaczniesz pić, może nie. Może zaczniesz kląć, a może zaszyjesz się ze swoją siostrą w jakimś odludnym kącie. I będziesz szeptać siostrze na ucho, że ty nie chcesz, że masz już dość. A Shha będzie słuchać, będzie cię całować, a jutro... będzie krzyczeć: „Zapierdalać żołnierze!".

– Ty, daj se, kurde spokój, co?

– Lalka – Chloe miała poważną minę. – Ja nie mam wpływu na to, co ci oficer ze sztabu przyniesie. Ja ci chcę powiedzieć, żebyś nie pękała. Pamiętam Zinnę. Wiem, że wbrew pozorom oficer ma bardziej przesrane. Może większa szansa, że przeżyje, większa pensja, większe możliwości. Ale... Naprawdę oficer ma przesrane trzy razy tyle co my. Zwykłemu żołnierzowi nie majaczą w nocy cienie tych, co ich musiała wystawić.

Ale ja ci chcę powiedzieć jedno. Myśmy rozmawiały ze sobą i... Ty jesteś naszą siostrą, kotek. Nie bój się jutro, jak będziesz musiała wrzasnąć: „Zapierdalać żołnierze!". Nie bój się, mała siostrzyczko. Ustaliłyśmy, że nie będziemy pokazywać ci się w nocy, bo jesteś fajna. Tak żeśmy se ustaliły. Tak, że się nie bój później nocy, mała.

– Kurwa, Chloe – Achaja rozbeczała się nagle. – Ty...

– Słuchaj, malutka – Chloe uśmiechnęła się jakoś tak smutno. – Nic przed tobą nie ukryję – uśmiechnęła się trochę szerzej. – Goła jestem w tej wodzie, nawet jakbym chciała, to gdzie coś ukryć? Obieśmy gołe. Chcę ci jednak powiedzieć, że jeśli chodzi o nasz kraj, to wiemy, ktoś głowę musi położyć, żeby on był dalej. A jeśli ktoś musi to... dlaczego nie my? Dlaczego nie jutro? – Chloe roześmiała się. – Dlaczego nie z twojego rozkazu? Słuchaj, Lalka, żadna z nas nie pokaże ci się w nocy potem. Daję ci słowo. Takeśmy sobie ustaliły.

Achaja beczała i nie mogła wymówić ani słowa. Zarrakh oparła jej głowę na ramieniu.

– Gdzie ten pieprzony sierżant? – spytała cicho. – Jak trzeba nas ścignąć, to jest zawsze na miejscu, a jak trzeba siostrze pomóc, to się, kurwa, gubi.

– Jak nie ma Shhy, to ja bym się z tobą przespała, jeśli tylko lubisz rude.

– Chloe, kurde blade, kocham cię! Tylko nie wygaduj już.

Przerwało im otwarcie, a właściwie wywalenie drzwi przez młodą Jakee.

– Heja, dziewczyny. Popatrzcie, co znalazłam w piwnicy – kapral trzymała dwie prawie nagie postacie za włosy, po jednej w każdej dłoni. – Ukrywali się, szpiony! Pod mur?

– To chyba niewolnicy – szepnęła Zarrakh.

Chłopak i dziewczyna tkwili na kolanach, dotykając czołami pokrytej mozaiką podłogi. On miał kajdany na nogach i przepaskę na biodrach, ona miała krótki fartuszek i wypchane czymś usta.

– Niech jej ktoś wyjmie knebel z gęby – Achaja usiłowała wytrzeć łzy.

– Niby, kurde, jak? – Jakee wyjęła bagnet i wsunęła go do ust dziewczyny, ale poza krwotokiem nie potrafiła niczego zdziałać.

Achaja wyszła z basenu i owinęła się jakąś wzorzystą tkaniną. Jakee jednak udało się wyszarpnąć knebel. Dziewczyna z przyciśniętą do podłogi twarzą wypluła krew.

– Wiecie, kim jesteśmy?

– Wy z Arkach, jaśnie wielmożna pani – szepnęła dziewczyna, nie podnosząc oczu. Mówiła niezbyt wyraźnie. Odwykła, czy co?

– A wy kto?

– Niewolnicy, jaśnie wielmożna pani.

– No, toście teraz już wolni i spadać stąd.

Dziewczyna sprawiała wrażenie, jakby chciała wprasować się w posadzkę.

– Jaśnie wielmożna pani – szepnęła tak, że ledwie było ją słychać. – Czy to prawda?

– Co, prawda?

– Że Armia Arkach uwalnia niewolników, jaśnie wielmożna pani?

– Prawda, prawda. Spadać mi do kwatermistrza, on wam da po cztery brązowe na drogę i marsz do Negger Bank. Tam dostaniecie poletka i kwity kredytowe na zakup ziarna. Na góry złota się nie załapiecie – zakpiła – ale można z tego żyć jak ktoś robotny.

– Bogowie – rozpłakała się dziewczyna. – Teraz... teraz ludzie jak Bogowie! Ludzie jak Bogowie – zaczęła ryczeć na cały głos, ale nie śmiąc się poruszyć, żeby zetrzeć łzy. – Nikt nigdy tyle dobra nie uczynił innym ludziom.

– Nie wygłupiaj się. To tylko cztery brązowe, pole i kwity. Tyle byś zarobiła jednego dnia, dając dupy w burdelu.

– Pani... Jaśnie wielmożna pani! Ja od sześciu lat w niewoli. Ja jestem śmieć, jestem nieczłowiek. Ja go poznałam – lękliwie wskazała na chłopca – jak był w obozie niedaleko. Myśmy w życiu słowa nie zamienili. Jemu język ucięli, ja miałam knebel, ale... myśmy marzyli, żeby razem, razem choć raz... Ukryliśmy się, jak wszystkich wywozili. Legendy były, ale kto by tam słuchał niewolników. Legendy były, że Armia Arkach niewolników uwalnia. I... i myśmy śnili... że...

– No to jesteś wolna, dziewczyno. Wstań, weź tego twojego chłopaka, weź cztery brązowe, pole, kwity i żyj sobie.

– Pani... – dziewczyna rzuciła się, żeby całować stopy Achai.

Shha wypadła zza przepierzenia w swojej nowej, zupełnie przezroczystej sukni, z karabinem w ręku.

– Won od majorówny, bo zastrzelę jak psa!!! – gwałtownie odwiodła kurek.

Jakee miała już w ręku swój dahmeryjski sztylet, szarpnęła dziewczynę za włosy i przyłożyła jej ostrze do szyi. Choe również była już na brzegu basenu. Miała w ręku metalowy pręt, którym zamierzała rzucić. Jednak najszybsza była Mayfed. Chwyciła swój porzucony na podłodze karabin i, robiąc w wodzie nogami, celowała dokładnie między oczy dziewczyny.

– Tylko, kurwa, drgnij! – szeptała. – Weź głębszy oddech i wiedz, że to oddech ostatni!

Goła Zarrakh również wyskoczyła z basenu. Rozłożyła chłopaka, który przecież nawet się nie ruszył, na łopatki i przyciskała mu do piersi swój wojskowy nóż.

– Jak się ktoś ruszy – szepnęła Shha – mamy dwa trupy w czasie krótszym niż oddech. Żebyście nawet nie pomyśleli, żeby tknąć majora!

Achaja owinięta w zwój tkaniny kucnęła obok dziewczyny.

– Co ci, kurde, odpaliło?

– Ja przepraszam, wielka pani. Jaśnie wielmożna pani... Ja chciałam tylko podziękować. Pani. Jaśnie wielmożna pani...

– Co, szlag, chciałaś zrobić?

– Pocałować panią w stopy. Pani, ja przepraszam, ja nie chciałam... jaśnie pani, przepraszam! – przerażona wiła się jak piskorz. – Przepraszam! Wybacz!!! Przepraszaaaaaaam!!!

– Kurwa! To nie jest Luan już – Achaja strzeliła palcami, dając dziewczynom znak, żeby się odsunęły. – Jesteś wolnym człowiekiem. Chcesz mi coś powiedzieć, to wstań, popatrz mi w oczy i powiedz.

Dziewczyna nie śmiała odkleić twarzy od podłogi.

– No wstań.

Podniosła się, ale tak przerażona, że nie mogła zaczerpnąć głębszego oddechu. Stała wyprężona na baczność z opuszczoną głową i oczami wbitymi we własne stopy.

– Jesteś wolna. Jesteś taka sama jak my! Jesteś człowiekiem takim samym jak my! Dziewczyno! Opanuj się i popatrz mi w oczy.

Nie mogła. Nie mogła podnieść oczu. Nie mogła wyprostować karku. Achaja podniosła jej brodę palcem.

– Idź, weź swoje cztery brązowe i cztery za chłopaka. Weź swoje kwity i pola, które się wam należą. Zadbaj o swoje prawa, bo jak ty nie zadbasz, to nikt inny nie zadba. Tyle masz dostać. Tyle dostaniesz, bo takie jest prawo. A prawo to jest coś większego niż my obie razem wzięte. Tyle ci się należy. A giąć kark to będziesz odtąd dopiero jak śmierć przyjdzie... Jeśli jesteś prosię. Jeśli jesteś człowiekiem, to nie zegniesz już karku nawet przy Pani Śmierci. Popatrz jej w oczy, dziewczyno i idź z nią, bo ona lubi odważnych.

Półnaga dziewczyna zamknęła oczy. Coś jej się szkliło pod powiekami.

– Teraz... – szepnęła ledwie zrozumiale. – Teraz ludzie jak Bogowie.

– Teraz nareszcie... – mruknęła Achaja. – Teraz ludzie jak ludzie. Nie wzywaj Bogów, córko, bo jak przyjdą, to cię dopiero wyrolują, dziecko. Gdzie byli do tej pory, co?

Dziewczyna opuściła głowę. Wzięła pod ramię swojego chłopaka i wyszła, nie mówiąc nic więcej.

Chloe kopnęła pusty bukłak.

– No baby, kurwa... Jutro będę rozwalać mury Syrinx gołymi rękami.

Nikt nie mógł niczego powiedzieć. Jakieś wspomnienia, przeszłe chwile własnych upokorzeń zamajaczyły przed oczami, nie pozwalając na wypowiedzenie czegokolwiek.

– Szlag! Szlag... – pomstowała Zarrakh. – Tych skurwli zabić to mało!

Mayfed, trochę bardziej inteligentna, tkwiła ciągle oparta na ramionach, na cembrowinie basenu, z własnym karabinem w rękach, nie mogąc niczego powiedzieć. Shha, najgłupsza z nich wszystkich, milczała również. Były chwile, kiedy najmądrzejszy i głupiec zgadzali się nagle, kiedy czuli to samo. Kiedy czuli dokładnie to, co Achaja oparta nagle o ścianę, bo nie mogła ustać sama.

– No, tośmy uwolnili pokazowych niewolników – mruknęła wreszcie. – W kronikach to powinni opisać – osunęła się po ścianie, która do tej chwili była jej podporą. – Shha, ratunku!

Sierżant w przezroczystej sukni odrzuciła karabin i wzięła ją pod ramię.

– Chodź, siostrzyczko – pociągnęła ją lekko. – Kurde, szlag! Wszystkie mnie widziały w tej kiecce. Rozszarpią ozorami.

– Przecież to jest bardzo śliczne.

– No! Kurde, przezroczyste zupełnie. Kurwa, coś mnie podkusiło.

Achaja dała się poprowadzić za przepierzenie zastępujące ścianę, a właściwie do innego pokoju o dziwnej, obniżonej podłodze.

– Szlag, zaraz się przebiorę.

– Zostaw – Achaja objęła Shhę. – Jesteś bardzo ładna.

– No szlag, wszystko na wierzchu i widziały mnie te pindy.

– Shha. Jesteś śliczna.

– Siostra, odchrzań się. Dzisiaj jest jakiś dziwny dzień i wszystko...

Achaja wpadła jej w słowo.

– Dzisiaj jest koniec świata.

– Jakiego, pier... świata?

– Dzisiaj jest koniec świata, siostrzyczko moja piękna. Już nic nie będzie takie jak dawniej – uśmiechnęła się. – Już nic nie będzie takie jak dawniej. Nigdy nic nie będzie przypominać tego, cośmy zapamiętały z dzisiejszego ranka. Bo... Dzisiaj jest koniec świata, siostrzyczko.

– Co?

– Wyjrzyj za okno Shha. To ostatni taki widok. Jutro wszystko będzie inne – pocałowała ją lekko. – Jutro wszystko będzie wyglądać już inaczej.

Shha opuściła nagle głowę i oparła ją na ramieniu siostry. Objęła ją za szyję.

– Wiesz – powiedziała jakoś tak miękko. – Mnie też się wydaje, że stanie się coś dziwnego. Że to nie tak jak zwykle.

– Nie. To nie tak – Achaja ugryzła ją lekko w ucho. – To nie jest nic dziwnego. To jest po prostu dzień ostatni.

– Jaki ostatni?

– To koniec pewnej epoki. Bez względu na to, co się stanie, jutro nastąpi koniec świata. Naszego świata.

Shha uśmiechnęła się, niewiele rozumiejąc. Stała w przezroczystej sukni, właściwie naga, jakaś taka nieśmiała, zawstydzona lekko, liniowy sierżant zwiadu, w peruce i sukni jakiejś nałożnicy, chłopka z zapadłego królestwa, najwspanialsza siostra na świecie. I tylko ten koniec, koniec epoki. Z następującymi później wiekami zawieruchy. Obie czuły, że nic nie będzie już takie jak dawniej, Shha instynktownie, Achaja to wyrozumowała, w końcu uczyli ją najwięksi filozofowie. Obie wiedziały, że jeśli człowiek powiedział Bogom „odtąd ja będę rządził", to tego już nie da się cofnąć. Cokolwiek się stanie, nawet jak przegrają, świat nigdy już nie będzie wyglądał tak jak dotąd. Ich świat, świat, który je wychował i ukształtował, kończył się właśnie. Przepadał gdzieś w niepamięci dziejów, zostawiając je, dwie dziewczyny, osamotnione i pozostawione samym sobie. Nic nie będzie już takie jak dawniej. Porządek świata został naruszony. Teraz wszystko będzie inaczej. Teraz wszystko będzie nowe. Teraz wszystko utopi się we krwi.

– Siostra – szepnęła Shha. – Ja się boję – wyznała jakoś tak miękko.

– Ja też, siostrzyczko. Ja też.

– Jesteś, Laleczko, uczona. Powiedz... Co teraz będzie?

– Nie wiem, co będzie, Shha. Nie mam pojęcia – nagle zmieniła zdanie. – Będą karabinowe palby, będą armaty. Będzie nowy porządek. Już nie miecz i nie honor będą stanowić o przyszłości świata. Teraz będzie... zima, siostro.

– Jaka zima? Toż koniec lata dopiero.

– Zima w duszach ludzi. Teraz ostatni dzień jesieni. I już tylko śnieg przed nami. Teraz... nasze słońce przestanie już ogrzewać nas swoim ciepłem.

– Lalka, powiedz to po ludzku, co?

– To już koniec, siostrzyczko. Koniec naszych pragnień, koniec naszego świata, to ostatnie miejsce naszych spotkań. To już koniec. Próżno śpiewać tę starą piosenkę, teraz już nikt jej nie zrozumie, nikt nie pojmie dawnych słów. Teraz będziemy musiały wybrać, my z nimi, w otchłań, czy my przeciwko nim.

Shha drżała lekko. Objęła Achaję i pocałowała w usta.

– Kocham cię, siostrzyczko.

– A ja ciebie – oddała pocałunek, przytuliła się do niej całym ciałem. – Kurde, co za noc.

– No. Straszna – Shha pocałowała ją jeszcze raz. – Ale będziemy razem, co? Razem zawsze łatwiej przetrwać.

– Ale jesteś śliczna – Achaja wysunęła język i pociągnęła nim delikatnie po nosie siostry, potem po wargach. Pocałowała ją w obie powieki. Shha zaczęła mruczeć, uśmiechnęła się łobuzersko. Pociągnęła siostrę do łóżka, a właściwie ogromnego łoża pod ścianą, które mogło pomieścić śmiało nawet ze dwadzieścia osób. Skłębiły się w jakiejś, trudnej do nazwania, niesamowicie lekkiej pościeli.

– Kotku, koteczku.

– Siostrzyczko, maluszku... moja malutka.

– Ale ci fajnie w tej kiecce – Achaja pocałowała Shhę w usta. Tym razem mocno. Poczuła ciepło jej języka. Poczuła na policzku jej łzy. – Kotku – szepnęła – nie martw się...

Shha wygięła ciało w niesamowity łuk, a potem przylgnęła do siostry, przytulając się z całej siły. Zanurzyła palce w jej włosach.

– Bogowie... żeby ta noc się wreszcie skończyła.

– No. Nie można się upić. Nie można zapomnieć...

Przerwała im Harmeen.

– Pani major – zaraportowała służbiście. – Dwóch posłańców do pani.

Achaja owinęła się znowu we wzorzystą tkaninę, którą wcześniej miała na sobie. Klnąc wściekle, wstała z łoża. Szlag, ani się upić, ani zapomnieć.

– No?

– Pierwszy to goniec z dowództwa – szepnęła Harmeen. – Kurde blade... Cały pułk grenadierów odhaczył nas od wzgórz. Ze dwa bataliony piechoty odcięły nas od przedpola Syrinx. Wygląda na to, że nasza własna armia właśnie nas otoczyła.

– Czytaj – Achaja spojrzała na umorusaną porucznik piechoty, która przyniosła pismo.

– Rozkaz naczelnego dowództwa – porucznik wyprężyła się na baczność, rozwijając pismo. – Nakazuje się oficerom liniowym rozstrzelać dla przykładu po jednym żołnierzu z każdego plutonu. Dodatkowo nakazuje się rozstrzelanie wszystkich, którzy złamali przepisy mundurowe i włożyli cywilne ubrania, wszystkich, którzy porzucili swoją broń lub części wyposażenia, którzy zajęli się rabunkiem na przedmieściach wrogiej stolicy. Oficerów liniowych czynię osobiście odpowiedzialnymi za natychmiastowe wykonanie niniejszego rozkazu. Podpisał Biafra, generał, naczelny dowódca.

Jakaś straszna cisza zaległa w pomieszczeniu. Ze wszystkich dziewczyn pełny mundur miała na sobie jedynie Jakee. Lanni musiała sobie przypomnieć swój łańcuch, bo tylko zagryzła wargi. Shha kucnęła przy łożu, usiłując się zasłonić rękami. Szlag! Ginąć w tak przezroczystej kiecce? Harmeen zamknęła oczy. Wszystkie wiedziały, co to jest pisemny rozkaz i co oznacza jego niewykonanie, jeśliby Achaja zamierzała kryć kogokolwiek.

– Ja cię pieprzę – mruknęła Chloe. – Wszystkie pod mur? Jeszcze przed atakiem?

Achaja jednak była wredną babą, która nie zamierzała poddać się Biafrze zbyt łatwo.

– Co charakteryzuje dobrego dowódcę? – spytała cicho.

– Zdolność do szybkiego podjęcia decyzji – Harmeen wyrecytowała odpowiedni fragment regulaminu, sama tylko w spódniczce, ze złotym łańcuchem na piersiach, który zrabowała przedtem Lanni, zastanawiała się właśnie, czy rozkaz dotyczy również oficerów.

– No – Achaja podciągnęła pod szyję tkaninę, która w ewidentny sposób łamała przepisy mundurowe. – Lanni!

– Tak jest!

– Złapałaś jakiegoś lumpa, który rabował. Wcielić go natychmiast do oddziału, przebrać w nasz mundur i rozstrzelać dla przykładu!

– Tak jest! – Lanni przełknęła ślinę. – A... a ja? – spytała nieśmiało.

– Co ty?

– Siebie mam też kazać rozstrzelać?

– Rozkaz mówi o żołnierzach, Lanni. Ty jesteś, szlag, oficerem. Shha!

– Tak jest, pani major! – Shha wyprostowała się nagle. – Rozstrzelaj mnie, Lalka. Szlag z tym życiem. Złamałam przepisy mundurowe i...

– Nie pieprzyć mi tu, sierżancie! Mianuję was chorążym – Achaja była naprawdę wściekła. – I od razu otrzymujecie zadanie bojowe. Macie odnaleźć sierżant Shhę i rozstrzelać natychmiast.

– Ja cię... Znaczy mam znaleźć siebie?

– Czy ty mnie słuchasz, siostro? Jako chorąży masz znaleźć sierżanta Shhę! Jak znajdziesz, to rozstrzelaj. Ale wątpię, żeby u nas w plutonie był sierżant o tym imieniu. A tylko sierżant złamał przepisy mundurowe.

Chorąży nie, bo nie zdążył. Został mianowany, mając na sobie przezroczystą kieckę. I już.

Achaja zwróciła się do reszty dziewczyn.

– Wy jesteście gołe, boście się myły z mojego rozkazu.

– Zostałam ja – szepnęła Mayfed w koronkowej, mokrej teraz sukni.

– Wy, Mayfed, rozstrzelacie teraz nowego żołnierza naszego plutonu. A to, że on wam ukradł mundur... to nie wasza wina. Coś na siebie musieliście włożyć, bo egzekutor przecież nie może strzelać na golasa. Jakee!

– Na rozkaz, pani major!

– Ciebie mianuję sierżantem. Przebierz tego rabusia w mundur Mayfed i przypilnuj wszystkiego. Zrozumiałaś, głupie cielę?

– Tak jest, pani major!

Achaja wściekła jak osa podeszła do oniemiałego porucznika.

– Czy dowództwo przesłało jeszcze jakieś inne strategiczne rozkazy? – jej oczy miotały gromy.

– Nie, pani major.

– To spierdalaj!

– Ale, pani major... – porucznik niewiele dzieliło od tego, żeby zaczęła się jąkać. – Przecież to czysta kpina z rozkazu.

– Chorąży, do mnie!

– Tak jest!!! – ryknęła Shha.

– Czy przepisy mundurowe nie stwierdzają jasno, że nie można mieć żadnej chusty na szyi, jeśli się nie jest ze zwiadu?

– Stwierdzają, pani major! Rozstrzelać ją?

Achaja zmarszczyła brwi.

– Mayfed. Czy siedząc w basenie, trafisz ją dokładnie w lewe oko?

– Pewnie. Lalka, no co ty... – Mayfed podniosła swój karabin. – Ma być w źrenicę czy w białko? – zażartowała.

Porucznik nie zrozumiała żartu. Zamknęła oczy. A kiedy Achaja strzeliła palcami, odmeldowała się służbiście.

– Dawaj następnego – warknęła do Harmeen. – Ale jak będzie pieprzył podobne głupoty, to go od razu rozstrzelaj, psiamać!

– To oficer armii Troy – Harmeen rozglądała się, czy w pobliżu nie ma gdzieś jej kurtki. – Nie sprawi kłopotu, pani major.

Achaja potrząsnęła głową. Oficer armii Troy? Bogowie... Zobaczy więc znowu... po tylu latach. Kurwa! Co za noc!

Mężczyzna, który wszedł chwilę później, miał na sobie cywilne ubranie, wyglądał jak kupiec. Przystojny kupiec, żeby być dokładnym.

– Setnik Myrre – zaraportował oficer. I bezczelnie puścił do niej oko. Co za cham! No fakt, miała na sobie tylko zwój przezroczystej tkaniny. – Major Achaja, księżniczka Arkach?

– Tak.

– Pozdrowienia od Zaana – uśmiechnął się jeszcze szerzej. – Ile koni było w stajni pani ojca w momencie, kiedy opuszczała pani Troy?

– Ze trzysta – o mało jej szlag nie trafił, kiedy usłyszała pytanie kontrolne.

– A ile koni mogła pomieścić ta stajnia?

– Tysiąc. Z czego ponad czterysta w boksach z kryształowymi lustrami i dywanami na podłodze.

Uśmiechnął się znowu. Zaan był bezbłędny. Musiał mieć pewność, że wiadomość trafiła do odpowiedniej osoby. Oficer zaczął zdejmować koszulę.

– Co? – dała się początkowo zaskoczyć. – Tak od razu? Nie dasz mi najpierw buzi? – zakpiła.

Znowu do niej mrugnął. Ciekawe, co sobie wyobrażał? Ale chamidło przebrzydłe. Potem odwrócił się plecami, by pokazać plan narysowany specjalnym tuszem na skórze.

– Mamy swoich agentów w centralnej cysternie miejskiej – wyjaśnił. – Musicie przedostać się do Syrinx kanałami, potem do podziemnej cysterny. Tam będą czekać na was łodzie, potem akweduktem aż do ujęcia i... Już będziecie w Syrinx.

– Kurde blade – była pełna podziwu dla Zaana. – Jak sprawiliście, że akwedukt będzie bez wody?

– To nie my. Tepp nakazał spuszczenie całej wody do fos i na równinę – wzruszył ramionami. – My tylko wykorzystujemy cudze błędy.

– A wasze wojska?

– Brama Pokutnicza zostanie otwarta w odpowiedniej chwili.

– Szlag. Macie aż tylu agentów?

Myrre uśmiechnął się kolejny raz, odwracając głowę.

– W przeciwieństwie do was, my planowaliśmy atak na Syrinx od wielu lat.

Achaja pochyliła się, żeby przestudiować plan. Tu jest wejście do kanałów – starała się zapamiętać punkty orientacyjne. Tu cysterna – przesuwała palec w dół po jego plecach – ale wielka. Tu akwedukt – nagle, chcąc się zemścić za jego zachowanie, jednym ruchem ściągnęła oficerowi spodnie.

– O? A tu nic nie narysowano – rozsunęła palcami pośladki. – Czy też to plastyczny model dwóch wzgórz i wąwozu?

Ani drgnął. Męska świnia.

– Różnie można interpretować – mruknął. – Ale za to z przodu mam plastyczny model nowej katapulty.

– Gdzie? – jedynie Shha dała się złapać i zerknęła, jak wyglądał bez spodni z przodu.

– O tu – spokojnie wyjaśnił setnik. – Wystarczy dotknąć i model zacznie działać.

Chorąży zagryzła wargi. Potem jednak Shha roześmiała się i zaczęła kręcić pupą w przezroczystej sukience.

– O! Działa nawet bez dotykania! – spojrzała setnikowi prosto w oczy.

– O szlag! Dawaj go tu – warknęła Zarrakh. – Dawaj go tutaj!

– Ciiii... to oficer – szepnęła Mayfed.

Chloe owinęła się kocem i też poszła zerknąć. Niby przypadkiem.

– Ubieraj się – mruknęła Achaja. – Plan już zapamiętałam.

Wciągnął spodnie i koszulę. Odwrócił się przodem. Nie był skrępowany ani na włos.

– Kiedy powinniśmy ruszać? – Achaja popatrzyła mu prosto w oczy, nie odwrócił ich, choć przecież kobiety z czymś czarnym zamiast białek nie mógł widzieć dotąd w życiu. Czyżby Zaan ostrzegł go i o tym? Niby skąd wiedział? Kiedy się spotkali, miała normalne gałki jak każdy człowiek. Chyba bezpieczniej więc było przyjąć, że Zaan wiedział wszystko.

– Najlepiej od razu – odpowiedział setnik natychmiast. – Pismo do generała Biafry już poszło, tyle, że bardzo oględne. Bo jakby wpadło w czyjeś ręce...

– A jak ty byś wpadł w czyjeś ręce?

Podniósł z ziemi swoją kurtkę i wywrócił ją na drugą stronę. Do podszewki przymocowano malutkie woreczki, na całej powierzchni.

– To kwas – wyjaśnił. – Wystarczyłoby, żebym rzucił się na plecy i...

– Jesteś aż tak poświętliwy?

– Podobno nie spaliłby skóry. Zaan powiedział, że nie – uśmiechnął się znowu i kolejny raz mrugnął do niej porozumiewawczo.

– Dobra. Dawać mój mundur.

Jakee o mało nie spadła ze schodów, biegnąc wykonać rozkaz.

– Kurwa, co za noc. Ale się źle czuję.

Arnne, która pojawiła się w drzwiach, podała jej pismo dostarczone przez gońca.

– Wino, wódka, nerwy – mruknęła. – Nie wyglądasz dobrze.

– Dzięki za pocieszenie.

– Myślę, że jesteś zatruta.

Achaja otworzyła pismo, ułożyła je na podręcznym stoliku i zaczęła czytać, wkładając jednocześnie mokry jeszcze mundur. Setnik Troy obserwował ją bez żenady.

„Biafra do Achai. Nastraszyłem was wszystkie tym rozstrzeliwaniem, co? Mam nadzieję, że nie spanikowałaś i nie podziurawiłaś paru swoich ludzi...".

– Ty świnio!!! Mayfed! – ryknęła Achaja. – Możesz nie strzelać do tego draba!

– Myślę, że już po sprawie – mruknęła Arnne.

Rozdział 9

Zachodzące słońce barwiło czerwienią dachy budynków widniejące za kryształowym oknem pałacu. Dymy pożarów nie były jeszcze zbyt liczne. Można je było dostrzec wyłącznie z tej wysokości – pałac stał na wzgórzu dominującym nad okolicą.

Ktoś otworzył drzwi bez pukania.

– Nie śpicie, panie? – niewolnik giął się w przepraszającym ukłonie. – Wybaczcie, wielki panie. Cesarz wzywa.

– Co to za pożary? – Meredith odwrócił się od okna.

– Wojsko wypala magazyny przy murach. Rutynowa operacja, skoro nieprzyjaciel zbliża się do stolicy – niewolnik podał mu nowiuteńki, wspaniały płaszcz czarownika. W łachmanach, które miał na sobie, nie mógł przecież stanąć przed obliczem władcy. – Żeby tamci nie zapalili pociskami z katapult.

– A jak ploteczki? – Meredith przyjął nowe okrycie.

– Mohr zbliża się od północy. Kye organizuje armię rezerwową. Bortar trzyma Sonne i drogę do Syrinx. Jak dostanie posiłki z giełdy najemników, za trzy dni zrobi porządek w okolicy. Ale mówią, że Mohr będzie szybciej. Przebija się przez teren wokół jezior Kua. Ale... – niewolnik wzruszył ramionami i otworzył drzwi, wskazując kierunek – tam tylko kupy niewolników. Będzie tu jutro.

Popędził korytarzem tak szybko, że czarownik ledwie mógł za nim nadążyć. Zadyszał się, zanim dotarli do sali przyjęć, o dziwo pustej teraz, jedynie służący sprzątali resztki ze stołów. Niewolnik roztrącał ich bezlitośnie. Powiódł Mereditha do południowego skrzydła, schodami do góry. Tam zatrzymały ich pierwsze straże. Obszukały dokładnie obydwu i przepuściły tylko po to, żeby po jakichś dwudziestu krokach mogli wpaść w ręce dodatkowej kontroli. Tym razem niewolnik musiał zostać już tutaj. Mereditha natomiast poprowadzono, już na szczęście powoli, przed drzwi prywatnych apartamentów cesarza. Dwóch wartowników otworzyło oba skrzydła, ktoś prawie wepchnął go do środka i...

Meredith upadł na twarz. W niewielkiej sali, oprócz kilkunastu wyższych oficerów, sług i nałożnic byli Nolaan, Annamea, Naczelny Wróżbita, Tepp, żona cesarza i... i... sam Imperator. Czarownik czuł ciarki przebiegające mu po plecach. Nikt się jednak nim nie interesował, co pozwoliło mu na odzyskanie oddechu i przynajmniej częściowe uspokojenie nerwów.

Dopiero po dłuższym oczekiwaniu ktoś zbliżył się bezszelestnie.

– Cesarz każe wstać – usłyszał słowa szeptane wprost do ucha.

Zerwał się natychmiast i wykonał pełny, pałacowy ukłon. Jak zwykle pomylił się ze trzy razy, wykonując skomplikowane gesty i przydechy. Nikt jednak nie parsknął śmiechem. Naczelny Wróżbita patrzył na niego z wyraźnym napięciem, Annamea obojętnie, Nolaan z pogardą. Żona cesarza szeptała coś do Teppa. Sam Imperator o twarzy ukrytej pod warstwami pudru i sproszkowanego złota wydawał się martwy jak posąg w największym parku.

Jeden z oficerów skinął głową.

– Majestat pragnie zadać wam pytanie.

Szlag! A jednak potraktowano go jak parweniusza. Co za prostacka forma. Per „Majestat" o Imperatorze można mówić do prostego chłopa. Szlag! Pokazali mu, gdzie jego miejsce tak naprawdę. No i dobrze, zacisnął szczęki. „Brama Pszenna", tak? Zerknął na Annameę, ale ta stała nieporuszona. Dobrze. Chłop i prostak też pokaże wam, gdzie wasze miejsce... spoczynku wiecznego. Już był zdecydowany na kłamstwo. Właśnie w tej chwili decyzja zapadła.

– Masz powiedzieć nam – kontynuował oficer – wykorzystując cały swój kunszt, na którą z bram nieprzyjaciel uderzy najpierw. Sowita nagroda cię nie ominie... – denerwująca przerwa – przyjacielu – zakończył tamten pogardliwie.

Czarownikiem zatrzęsło. To teraz zobaczysz, skurwysynu! – pomyślał, usiłując zachować obojętny wyraz twarzy. – Tak nakłamię w żywe oczy, że ci buty spadną!!!

Wyjął z kieszeni fiolkę, którą wcześniej napełnił zwykłą wodą wypływającą ze ścian wspaniałych łaźni pałacu. To teraz zobaczysz, gnoju. Wyjął zatyczkę.

Wszyscy zobaczycie. Brama Pszenna. Usłyszycie to, co chcecie usłyszeć, świnie. Bosko! Przytknął naczynie do ust, żeby odegrać cały spektakl, ale nie mógł. Pomyślał o słowach Nolaana, pomyślał o tym nieprawdopodobnym widoku tysięcy drobnych światełek na ulicach Syrinx i... nie mógł. Nie mógł. Poczuł, że odpływa. Jego ciałem targnęły skurcze tak silne, że fiolka wypadła mu z ręki, roztrzaskując się o kamienną podłogę. Cały drżał, zaczął się pocić. Zęby szczękały mu coraz głośniej, nie mógł opanować oddechu.

Poczuł błysk. Taki, jakiego nie czuł dotąd nigdy w życiu. To nie była przyszłość, ani ta odległa o tysiąc lat, ani bliższa. To była teraźniejszość. Tu i teraz. Zobaczył Śmierć. Jak postępuje powoli krok za krokiem, znacząc drogę ciałami swoich kochanków. Zobaczył koniec swojej cywilizacji. Zobaczył ludzi, którzy mieli w rękach Bicz Boży, zdeterminowanych tak, że właśnie go używali! Po raz pierwszy w dziejach. Po raz pierwszy w historii świata. To już nie była polityka. To już nie była wojna o korzyści, o wywalczenie przewagi, o handel. To była wojna totalna, w której chodziło o ostateczne zniszczenie tego, kto okaże się słabszy.

– Na którą z bram nieprzyjaciel uderzy najpierw? – powtórzył pytanie oficer.

Meredith uniósł głowę.

– Na żadną – powiedział szczerze.

Naczelny Wróżbita o mało nie dostał apopleksji. Annamea ledwie widocznie przygryzła wargi.

– Panie – zwróciła się do cesarza. – Nie nam kobietom mieszać się w takie sprawy... ale Drugi Wydział wspominał coś o Bramie Pszennej.

Cesarz przerwał jej oszczędnym gestem.

– Jak to na żadną? – szepnął. – Odstąpią?

– Nie, Światłości Słońca. Oni już są w obrębie murów.

– Na pal nabić oszusta! – ryknął Tepp. – Panie – zwrócił się do cesarza – dziś rano kazałem oficerom obejść mury. Na wszystkich odcinkach spokój. Armia Arkach stoi na przedmieściach od zachodu. Armia Troy rozlokowana na odcinku południowo-zachodnim. To kłamstwo!

– Panie, nie da się przewidzieć przyszłości – szepnęła Annamea. – To oszustwo.

– Panie – Naczelny Wróżbita również nachylił się do ucha cesarza. – Brama Pszenna jest najsłabszym punktem, mówiłem już, że...

Oficerowie skupieni wokół również stracili spokój, zaczęli przekrzykiwać się wzajemnie, chcąc wyłożyć własne koncepcje.

Meredith wyprostował się. Nagle wokół zrobiła się cisza. Ci ludzie, ludzie, którzy właśnie atakowali Syrinx, byli bardziej sprytni niż sądzili wszyscy wokół. To z Bramą Pszenną było kłamstwem w kłamstwie. Od początku mieli inny plan. Teraz zrozumiał.

– Wielcy Kłamcy są już w mieście – szepnął.

– O czym mówisz, panie? – ryknął oficer, który indagował go wcześniej.

– Mówię o ludziach, którzy chcą zniszczyć Syrnix wraz z całym Cesarstwem – powiedział. – Ale nie da się przewidzieć ani przyszłości, ani tym bardziej chwil, które zaraz się zdarzą... – uśmiechnął się smutno. – To tylko teoretyczne możliwości.

– Jak to zniszczyć? – krzyknął Tepp. – Jak to zniszczyć? Nawet jeśli go, teoretycznie rzecz jasna rozważając, zdobędą, to wszak wtedy będą niszczyć swoją własność. To jakieś bzdury.

Oficerowie skupieni wokół już zbliżali się, chcąc chwycić Mereditha, zanim padł jakikolwiek rozkaz, zanim zdołano zawołać zbrojnych.

Na środek wystąpił jednak Nolaan.

– Stać – mruknął.

Wszyscy zatrzymali się tak nagle, jakby napotkali niewidzialne ściany z najtwardszego kamienia.

– To defetysta – krzyknął Tepp. – Na pal oszusta!

Nolaan przymknął oczy.

– Każdą zniewagę uczynioną temu czarownikowi – szepnął – uważam odtąd za zniewagę uczynioną mnie osobiście.

Na sali było teraz tak cicho, że po raz pierwszy mogli usłyszeć stłumione odgłosy z odległej o kilkadziesiąt kroków sali przyjęć. Słychać było nawet ptaki z parku na dziedzińcu. Nawet to, że któryś z żołnierzy za drzwiami przestąpił z nogi na nogę – można było słyszeć dosłownie skrzyp jego sandałów.

Nolaan skłonił się przed cesarzem.

– Czy pozwolisz panie, bym wyprowadził go z pałacu?

Imperator nie drgnął nawet o włos.

– Lubisz go? – spytał.

– Nie, panie. Ale to uczciwy człowiek.

Lekki gest upudrowanej, pomalowanej złotem i purpurą ręki.

– Kto sprawdzi, czy czarownik mówi prawdę?

– Panie – żona nachyliła się do ucha cesarza. – Annamea, sądząc przynajmniej z rzucanych przez nią uwag, zna się na strategii. Wyślij ją.

Tepp roześmiał się na cały głos.

– Doskonały pomysł – ukłonił się cesarzowej. – Dać jej dziesięć setek wojska. Niech wymiecie najeźdźców z obrębu miasta, a przynajmniej z wyobraźni tego defetysty.

Oficerowie chichotali. Nawet służba pochylała głowy, żeby ukryć uśmiechy. Sam cesarz nie mógł opanować radosnego skrzywienia warg.

– Podejmiesz się? – zerknął na swoją Pierwszą Nałożnicę.

Annamea zgięła się w głębokim ukłonie.

– Tak, panie. Wszystko dla dobra Cesarstwa!

Oficerowie wyli tak, że o mało się nie posikali. Tepp zakrywał twarz obiema dłońmi. Cesarzowa dumna, ona przecież wymyśliła ten dowcip, przyjmowała dyskretne ukłony zebranych, którzy docenili jej koncept.

– Żołnierzu – zmarszczyła brwi, niby to poważnie taksując wzrokiem nałożnicę. – Powierzam ci obronę stolicy. W imieniu cesarza – spoważniała nagle – idź i walcz na ulicach tego miasta!

Cesarz uśmiechnął się całkiem jawnie. Nawet on, wdrożony do pałacowej etykiety od dziecka, nie mógł zachować poważnej miny. Oficerów ogarnął jakiś amok. Służący odwracali się, nie chcąc stracić życia za okazanie uciechy z czegoś takiego.

Nolaan wziął oszołomionego Mereditha pod ramię i wyprowadził z sali. Kątem oka czarownik zauważył jeszcze, jak Annamea uśmiecha się do niego. Niewiele rozumiał.

Tym razem nikt ich nie sprawdzał, nikt nie zatrzymywał. Szli w milczeniu przez meandry prawie pustych teraz korytarzy, omijając wszystkie sale, gdzie mogli napotkać jakichkolwiek ludzi. Nolaan zatrzymał się dopiero przed ostatnią z bram zewnętrznego muru pałacu.

– Jednak myliłem się – powiedział. – Lubię się mylić w takich przypadkach, kiedy podejrzewam ludzi o najgorsze rzeczy, a... okazuje się co innego.

– Dziękuję – Meredith ukłonił się. – Niestety, w jednym nie macie racji, panie.

Nolaan uniósł lekko brwi.

– Nie jestem człowiekiem uczciwym – mruknął czarownik.

– Może więc źle się wyraziłem. Chciałbym jednak najmocniej przeprosić za moje wcześniejsze zachowanie. Miło jest mieć przy sobie człowieka honoru.

Czarownik pochylił głowę. Wokół gromadzili się żołnierze, którzy mieli tworzyć „oddział specjalny". Tysiąc ludzi zgrupowanych w dziesięć setek. Wyglądali bojowo. Idealnie wypolerowane pancerze, lśniące znaki oddziałów, oficerowie na koniach i...

Na to „i" musieli czekać ładnych kilkanaście modlitw. I... Pojawiła się.

Annamea miała na sobie wspaniałą, czerwoną suknię, tak obcisłą i wąską, że mogła robić jedynie małe kroczki, stopa przy stopie. Na ramiona narzuciła sobie wojskową kurtkę, a na wierzch jeszcze zwieszoną przez lewe ramię skórę lamparta. Na twarzy, wzorem Armii Arkach, namalowała sobie stopień wojskowy Luan, oczywiście najwyższy. Była najpiękniejszą kobietą na świecie. Była najlepszym żołnierzem wśród wszystkich nałożnic. Była czystą kpiną z Armii Luan.

Podprowadzono jej kucyka. Wskoczyła zgrabnie na damskie siodło, obie nogi po jednej stronie, uzda w rękach prowadzącego niewolnika. Dwanaście innych niewolnic stało z tyłu, trzymając w rękach jakieś tobołki. Żołnierze nie mogli odwrócić wzroku od jej wypiętego teraz tyłka. Strateg dowodzący oddziałem nie wiedział, gdzie podziać oczy, ale z zupełnie innych powodów niż jego podkomendni – nigdy w życiu nie doznał takiego upokorzenia. Nolaan oklapł, Meredith tylko westchnął.

Annamea szybko dowiodła jednak, że absolutnie nie należy do osób, którym można było nadmuchać w kaszę.

– Ulice są zbyt wąskie, żeby prowadzić taki oddział. Proszę podzielić wojsko na cztery części – wydała swój pierwszy w życiu rozkaz, rozpoczynając w ten sposób własną wojskową karierę. – I poprowadzić oddziały czterema równoległymi ulicami.

– Ależ, proszę pani – odważył się wtrącić strateg. – To będzie po dwieście pięćdziesiąt osób. Musiałbym podzielić dwie setki i...

– Gdzie jest twój zastępca? – przerwała mu dziewczyna z uśmiechem.

– Tutaj – zaskoczony strateg wskazał rosłego i barczystego mężczyznę. – Taktyk Leen.

Annamea zerknęła na tamtego.

– To teraz ty będziesz dowodzić. Stratega w dyby i do lochu. A my ruszamy powolutku.

Nolaan potrząsnął głową. Aczkolwiek w jego oczach chyba widać było cień podziwu. Obydwu im, razem z czarownikiem, podstawiono konie. W zapadającym zmroku oddział zaczął formować się w cztery kolumny, by opuścić teren pałacu. Bramę otwarto na oścież.

Niezwykłe, ciemnogranatowe niebo, pozbawione jakiejkolwiek chmurki, wydawało się oświetlone łuną gwiazd. Pierwsze lampki zapalano właśnie na stołach ustawionych wprost na ulicach. Pierwsi goście zbierali się właśnie na kolacji w niezliczonym mrowiu karczem.

Annamea przywołała Mereditha. Kiedy podjechał bliżej, nachyliła się ku niemu. Poczuł na ramieniu pukle jej długich włosów.

– Jesteś bardziej sprytny, niż myślałam – szepnęła. – Dziękuję.

– Za co? – nie mógł zrozumieć pałacowych kombinacji.

– Tu jest najlepsza karczma, gdzie podają kałamarnice – powiedziała głośno, ponieważ zbliżył się Nolaan. – Musimy skorzystać – wstrzymała pochód. – Z powodu zamknięcia murów te rzeczy już niedługo będą bardzo nieświeże.

Zeskoczyła z kuca i zajęła miejsce przy najbliższym stoliku. Żołnierze patrzyli zdezorientowani, karczmarz giął się w ukłonach. Gońcy gubili sandały, usiłując zatrzymać trzy pozostałe oddziały. Nolaan przysiadł się obojętny na wszystko. Meredith nie wiedział, jak się zachować.

Kałamarnice rzeczywiście były świetne. Annamea uszczknęła tylko malutki kawałek i wytarła palce w specjalną serwetę.

– Nie mogę jeść za dużo – dodała wyjaśniająco – bo mi tyłek urośnie taaaaaaaaki szeroki – pokazała rękami. – Właściwie to jestem ciągle głodna – uśmiechnęła się smutno.

Meredith o mało nie zakrztusił się swoją porcją.

– Jak myślicie? – perorowała dziewczyna. – Chyba już wystarczająco długo robiłam za szefa armii. Mogłabym się już przebrać, co?

Nolaan westchnął ciężko. Stojący obok taktyk wybałuszył oczy. Annamea zrzuciła lamparcią skórę i wojskową kurtkę. Niewolnice zaczęły ścierać z jej twarzy namalowany wojskowy stopień, inne nakładały szybko dyskretny makijaż.

– Jak myślicie, chłopaki – uśmiechnęła się. – Czy do granatowego nieba będzie pasowała granatowa biżuteria, czy też to będzie zbyt nachalne połączenie?

Niewolnice szybko zmieniały pierścienie na jej dłoniach i stopach.

– Myślicie, że powinnam się cała przebrać?

– Czerwona suknia będzie świetnie pasować do zadania, które ci wyznaczono – mruknął Nolaan obojętnie.

– Uuuuu... ty jesteś zawsze taki przyziemny. A my, dziewczyny, lubimy się delektować chwilą.

– Sądziłem dotąd, że to raczej mężczyźni lubią. Jedziemy dalej?

Skinęła głową. Kazała zapłacić karczmarzowi i wskoczyła na swojego kuca. Gońcy z trudem przebijali się przez ciżbę, biegnąc zawiadomić pozostałe oddziały na równoległych ulicach, że mają ruszać dalej. Tłum gęstniał. Rozstępował się niechętnie przed żołnierzami. Niecodzienny dowódca jednak przyciągał wszystkie oczy. Annamea ignorowała większość spojrzeń, choć czasem mrugnęła lekko czy uśmiechnęła się do jakiegoś ślicznego, młodego chłopca, powodując nieodmiennie rumieniec na jego twarzy.

– Tu jest najlepsze wino – zbliżyła się znowu do Mereditha, wskazując kolejną karczmę.– Aż z Garrenmich. Zatrzymamy się?

– Jedźmy – zdenerwował się Nolaan, tak powodując koniem, żeby być bliżej źródła strategicznych decyzji, które zapadały w sztabie umieszczonym na kucyku, a jednocześnie nie stratować żadnego z coraz bardziej licznych przechodniów.

– Może rzeczywiście... Lepiej jechać dalej – zaproponował nieśmiało Meredith.

– Ach, jak ja nie cierpię mężczyzn. Zero nastroju – warknęła, dowodząc, że „słownictwo ogólnowojskowe" jest jej dobrze znane.

– Gdzie oni mogą być? – spytał Nolaan.

– Kto? – dał się zaskoczyć Meredith.

– Najeźdźcy.

– Po pierwsze, nie wiem. Po drugie, bardzo chciałbym nie angażować się więcej w tę sprawę.

Tamten skinął głową.

– Ty. Dupeczka – mruknął do Pierwszej Nałożnicy. – Jedziemy do centrum, na fora.

– Ja tu, psiamać, dowodzę! – wydarła się dziewczyna. – Jeszcze raz powiesz na mnie „dupeczka" to wychłostać każę.

– Spróbuj – wzruszył ramionami Nolaan.

– Jedziemy na targ rybny – zakomenderowała. – Do ubogich dzielnic – skinęła na niewolnika, który trzymał uzdę jej kuca i nachyliła się do Nolaana. – Per „dupeczka" to do mnie sam cesarz może mówić, a nie ty... książątko z prowincji!

Znowu wzruszył ramionami. Pochód jednak ruszył szybciej. Minęli mniejszą z wież oporowych, potem mogli podziwiać całą wspaniałość Syrinx – przejechali przez Wzgórze Piaskowe, skąd roztaczał się widok na najpiękniejszą część stolicy największego państwa na świecie. Niestety, taktyk rozkazał zmienić kierunek i, roztrącając tłum, przedarli się między rozsypujące się, wiecznie wilgotne i cuchnące kamienice „miasta, którego nie ma".

„Miasto, którego nie ma". Nie można było sobie wyobrazić nazwy, która bardziej pasowałaby do tej dzielnicy. Żołnierze odruchowo skupili się przy swoim dowódcy. Tempo pochodu spadło znowu. Gońcy z innych oddziałów docierali co chwilę z wiadomościami, żeby zwolnić jeszcze trochę, bo nie mogą się przedrzeć.

Annamea jednak nie zamierzała zwalniać. Co jakiś czas wskazywała kogoś palcem i żołnierze przyciągali trzęsącą się ofiarę przed szlachetne oblicze jaśnie pani, która wyglądała w tym otoczeniu jak starożytna Bogini rzucona nagle wśród ludzką mierzwę.

– Ty. Widziałeś wojsko Arkach lub Troy?

– Nie, jaśnie pani! Zmiłowania proszęęęęęę!!!

Następna ofiara.

– Ty. Widziałeś jakieś...

– Ja nie kradłem. Ja nie kradłem, jasna pani! To tylko oszczercy tak mówią. O łaskę błagam!

– No niech cię szlag trafi. O wojsko pytam. Widziałeś jakieś?

Złodziej, który nigdy niczego nie ukradł, wytrzeszczył oczy.

– No żesz, jasna panienko. Ze dwie setki, albo i więcej.

– Gdzie?

– No tu przede mną stoją – przerażony wskazał palcem na żołnierzy Annamei, niczego nie rozumiejąc.

– Szlag! O Troy i Arkach pytam.

– A... a... wi... – niewinny złodziej przełknął ślinę. – Widziałem. Widziałem na pewno. Ale jak rozpoznać psubratów?

Kiedy niebo zrobiło się całkiem czarne, zatrzymali się przed jakimś burdelem. Kurwy wybiegły przed swój przybytek zwabione możliwością łatwego zarobku. Ale żołnierze byli na służbie, żaden nie mógł skorzystać.

– Ty – Annamea wskazała najbliższą z dziewczyn. – Wojsko jakieś widziałaś?

– Nie, pani.

– A reszta? Widziałyście coś?

– Nie, nie, nie... – wszystkie zaprzeczyły gwałtownie.

– No jak nie? – z burdelu wyszedł kompletnie pijany klient z pełnym kubkiem w ręce. – Tu za rogiem, jaśnie pani, jest jeden.

– Stul pysk! – wrzasnęła jakaś ladacznica.

– Kpisz? – warknęła Annamea.

– Gdzieżbym śmiał – facet chwiał się na nogach. – Tu za rogiem – pokazał – jest jeden żołnierz – zrobił krok, ale potknął się i upadł, rozlewając zawartość swojego kubka. Przez chwilę, na czworakach, zastanawiał się, czy nie zlizać wina z ulicy, ale po dłuższym namyśle zrezygnował jednak. – On niegroźny – wybełkotał.

Annamea wskazała najbliższego żołnierza z własnego oddziału.

– Idź i sprawdź.

Chłopak rzucił się biegiem. Po chwili powrócił zmieniony na twarzy.

– Jest, jaśnie pani! Wrogi żołnierz, sztuk jedna!

Annamea rozdziawiła usta.

– Skąd on?

– Z Arkach, jaśnie pani. To dziewczyna.

– No... jak... Zaraz... I co robi?

– Melduję, jaśnie pani, że ona wymiotuje! – żołnierz wyprężył się służbiście.

Annamea zmarszczyła brwi. Zeskoczyła z kuca i w asyście własnego oddziału ruszyła we wskazanym kierunku. Za rogiem rozciągał się dość wąski zaułek kończący się po kilkunastu krokach rumowiskiem jakiegoś zwalonego domu. Po lewej był ślepy mur budowli publicznej, która dawno już opustoszała i zamieniała się w ruinę, po prawej ściana burdelu z bocznym wyjściem, przez które zazwyczaj wykidajło wypraszał zbyt natarczywych klientów. Był jeszcze rynsztok. I w nim właśnie tkwiła na czworakach nieznana dziewczyna z długimi, powiązanymi w warkoczyki włosami, w krótkiej skórzanej spódniczce i wojskowej kurtce. Sądząc po lśniących naszywkach, była oficerem. Sądząc po całej reszcie, musiała być czymś zatruta.

Annamea dowiodła natychmiast, że jest właściwym człowiekiem na właściwym miejscu. Podeszła bliżej, a potem podciągnęła swoją wąziutką suknię wysoko nad kolana. Paru żołnierzy westchnęło.

– Ty! – kopnęła klęczącego wroga w bok. – Gdzie reszta wojska?

Dziewczyna nie reagowała. Coś szarpało nią okrutnie.

– Ty! Pindo jedna! Odpowiadaj, jak pytam – Annamea kopnęła klęczącą jeszcze raz, tym razem w twarz.

Znowu żadnej reakcji.

– Jak ty się, krówsko, nazywasz? Co? – Annamea kopnęła dziewczynę po raz trzeci.

Tamta, dokonując cudów panowania nad rozdygotanym ciałem, podniosła się. Nie. Nie wstała bynajmniej.

Tkwiła dalej na kolanach, ale już nie podpierała się rękami. Wszyscy zobaczyli, że oficer Armii Arkach ma na oczach dziwne, czarne krążki i kurewski tatuaż na twarzy. To dlatego prostytutki usiłowały ją kryć. Uznały za swoją.

– Achaja – klęczący oficer z trudem wymówił swoje imię.

Wojsko wokół targnęło się w tył. Wszystko, co żyło i rozumiało artykułowaną mowę, runęło za siebie, byle dalej, byle dalej, byle jak najdalej stąd. Annamea o mało nie zsikała się z przerażenia. Podciągnęła jeszcze wyżej dół swojej sukienki i rzuciła się do ucieczki. Taktyk chciał zawrócić swojego konia, ale nie udało mu się w tłoku. Ogier stanął dęba, a Leen wylądował na bruku. Nolaan wybałuszył swoje małe oczka. Każdy znał legendę.

Jedynie Meredith spojrzał z zaciekawieniem. Achaja... Biedna dziewczyna sprzedana przez swój kraj. Niewolnica, prostytutka, zdrajczyni. Teraz klęczała obrzygana na bruku i sam dźwięk jej imienia powodował zgrozę. Bogowie! Ale się zmieniła. Wydoroślała, wypiękniała, zamieniła się w potwora o niesamowicie czarnych oczach. Jego nie zwiodły czarne szkiełka na drucie. Zresztą osunęły się w dół przy kolejnym paroksyzmie.

Żołnierze parli w tył, depcząc tych, którzy nie chcieli ustąpić.

Bogowie! Achaja... – myślał czarownik. – Taka śliczna. Taka potworna z tymi swoimi pozbawionymi białek, otchłannymi oczami. Pamiętał ostatni raz, kiedy ją widział. Zgrabne książątko, które musiało stać na uczcie z okazji wizyty posła L'atha w Troy.

Annamea biła kułakami tych, którzy blokowali jej drogę ucieczki. Niepotrzebnie. Żołnierze sami chcieli wydostać się ze śmiercionośnego zaułka. Ale zator był coraz większy.

– Obronię cię, pani – mruknął Nolaan.

Nie było go słychać w tłoku, w tupocie nóg, w bezładnych okrzykach tych, którzy chcieli się wydostać z miejsca, gdzie śmierć chodziła już nie z kosą, ale z młynem do mielenia ludzi w rękach.

– Achajka, kotku, co to za krzyki? – na rumowisku z tyłu ukazała się rosła żołnierz Arkach z karabinem w rękach. Żołnierz była śliczna, długowłosa i niezbyt inteligentna. – O kurwa!!! – wrzasnęła nagle. – Plutoooooon do mnieeeeeeee!

Na gruzowisku pojawiło się natychmiast kilkanaście dziewczyn z karabinami.

– Mayfed, pakuj w tego z mieczem. Pluton, na moją komendęęęęęę... Ognia!

Meredith szarpnął Nolaana i podłożył mu nogę. Przewrócili się obaj. Tylko dlatego Nolaan przeżył. Ta, nazwana Mayfed, wpakowała mu kulę w lewe ramię. Reszcie żołnierzy dostało się okrutnie. Czarownik szarpnął rannego szermierza i pociągnął w tył. Przeskakiwali nad wijącymi się z bólu rannymi żołnierzami, pociągnęli zdezorientowaną Annameę. Huk wystrzałów szokował chyba bardziej niż skutki ostrzału. Żołnierze tratowali się wzajemnie, usiłując ujść z zimnych ramion śmierci. W sumie mogło być raptem może czterech zabitych i jakichś siedmiu rannych. Wydawało się jednak, że nastąpiła hekatomba. Garnizonowi wojacy nie pomyśleli jakoś, że istnieje coś takiego jak czas potrzebny na ponowne naładowanie karabinów. Uciekali, jakby za nimi stała armia, która miała pojawić się dopiero za wiele setek lat – wyposażona w broń maszynową.

Annamea jednak, o dziwo, pokazała znowu, że jest właściwym człowiekiem na właściwym miejscu. Kiedy tylko wydostała się na szerszą drogę i od feralnego zaułka odgraniczyły ją mury, zaczęła bić uciekających żołnierzy i krzyczeć:

– Gdzie zwiewasz, gnoju?!!! Do szeregu, świnie! Do szeregu. Dowódca, psiamać!

Taktyk Leen przykuśtykał, przytrzymując złamaną lewą rękę. Przypominał Nolaana, który też kuśtykał (Meredith musiał mu zwichnąć kostkę) i też trzymał się za lewą rękę, krwawiącą coraz bardziej.

– Ale mi się wojsko trafiło, psiamać! – ryknęła Pierwsza Nałożnica Cesarstwa. – Tchórze!

– Taktyk Leen melduje oddział po starciu ulicznym. Stan wyjściowy: dwieście pięćdziesiąt – oficer usiłował złożyć raport. – Straty...

– Ty się lepiej zamknij, idioto! – warknęła Annamea. – Sprowadź te oddziały, które posuwały się równoległymi drogami. Niech korkują ulicę. A my w tył.

– Trzeba posłać gońca do pałacu – mruknął Nolaan.

– Ty mnie nie ucz, co mam robić! Jak poślę byle pacana, to go obśmieją. Bo niby co powie? Że napotkaliśmy wymiotującego żołnierza i ponieśliśmy straty przewyższające dziesiątkę? – Annamea fuknęła jak kot. – Chodźmy do jakiejś knajpy. Muszę napisać raport.

– Jak ściągniesz tu pozostałe siedemset pięćdziesiąt osób, to stworzysz taki zator, że...

– Taki zator, że może nie będą mogli za szybko uciekać – wpadła mu w słowo. – Wolę, żeby opóźniali ludzie, którzy nie wiedzą jeszcze, że tam jest Achaja i że oni mają karabiny – dowiodła, że naprawdę nie było głupim pomysłem mianowanie jej szefem zwiadu. – Wycofujemy się. Wysłać gońców do oddziałów towarzyszących.

Niewolnice pomogły jej dosiąść kuca.

– Zawracamy.

Nolaan tylko potrząsnął głową. Meredith powlekł się za żołnierzami wyraźnie zadowolonymi, że opuszczają niebezpieczny rejon.

Annamea popędzała kucyka. A raczej niewolnika, który ciągnął go za cugle.

Zatrzymali się dopiero kilkaset kroków dalej na rozległym placu przeciętym przez środek szerokim kanałem, który obmurowano czerwonym marmurem. Po obu stronach wody, jak wszędzie teraz, rozstawiono stoliki, przy których mieszkańcy Syrinx i przybysze gromadzili się na kolacji. Lampiony i osłonięte szkłem świeczki rozświetlały mrok. Annamea zajęła pierwszy wolny stolik. Kazała podać papier i inkaust. Pisała szybko, przygryzając język. Meredith zajął się Nolaanem. Powstrzymał upływ krwi i zniwelował ból. Wojskowy medyk sprawnie opatrywał ranę. Klienci przy innych stołach przyglądali się im z zaciekawieniem. Jednak nie byli nawet w połowie tak wielką atrakcją, jak choćby połykacz ognia, którego wynajął jeden z obrotnych karczmarzy. Kuglarz popisywał się swą sztuką nad brzegiem kanału i ściągał nowych, licznych gości, którzy chcieli się zabawić. Jedynie trzy chłopki, siedzące tuż obok, przyglądały się „dowództwu zwiadu Luan" z niesłabnącą uwagą.

– Nolaan – rzuciła Annamea, ozdabiając swój raport zamaszystym podpisem. – Jak się czujesz?

– Wytrzymam.

– Kogo wysłać do pałacu, jak sądzisz? Dowódcę, zwykłego żołnierza, czy...

Przerwał jej meldunek setnika.

– Jaśnie pani! Ktoś się chce z jaśnie panią widzieć.

– Ty, szlag, zameldować się nie umiesz? – warknęła nałożnica. – Kto śmie?

– Jaśnie pani... Ona... – setnik najwyraźniej nie wiedział, w jaką formę przybrać meldunek. – To chyba ich żołnierz... znaczy z Arkach. Mówi, że ma dla jaśnie pani wiadomość.

Annamea oniemiała. Trzech chłopców przy najbliższym stoliku rozdziawiło gęby.

– Dawaj ją tu.

Żołnierze przyprowadzili dziewczynę w długim, najprawdopodobniej zrabowanym komuś płaszczu. Rozchylone poły ukazywały rzeczywiście mundur Arkach. Dziewczyna miała długie włosy powiązane w drobniutkie warkoczyki po lewej stronie głowy, pociągłą, dość ładną twarz i duże, ufne oczy.

– Pani – pochyliła głowę. – Ja pracuję dla Drugiego Wydziału Imperialnego Sztabu. Muszę zameldować pierwszemu napotkanemu dowódcy w Syrinx.

– Ty z Luan? – przerwała jej Annamea.

– Z Arkach, pani – odparła dziewczyna.

– Pracujesz za złoto?

– Nie tylko, jaśnie pani.

Annamea przygryzła wargi.

– Mów.

– Pani. Oddziały Arkach przedostały się do Syrinx, wykorzystując opróżnione cysterny zaopatrujące miasto w wodę. Tam są łodzie, które przewożą wojsko.

– I pozostali dotąd nieodkryci?

– Lądowałyśmy w najgorszej dzielnicy, pani. Jedyny problem to stara kobieta, która nas łajała, bo schodząc z wodociągu rozwaliłyśmy dachówki na jej domu... Pani. Jest jeszcze jeden problem. W mieście jest trzysta dziewczyn ze zwiadu. Mają się rzucić na obsługę którejkolwiek z bram i otworzyć.

– Ile wojska przedostało się przez cysternę? – przerwała jej Annamea.

– Do tej pory...

Jedna z chłopek, tych, które siedziały tuż obok, runęła nagle do przodu, przewracając krzesło. W jej ręku błysnął sztylet, który wbiła w plecy zdrajczyni. Druga chłopka podskoczyła i przeciągnęła wojskowym nożem po szyi żołnierza Arkach. Trzecia dostała mieczem w brzuch od setnika, który wykazał się nieprawdopodobnym refleksem. Klęczała teraz, jedną ręką usiłując powstrzymać krew, a drugą opierając się o brzeg stołu.

Annamea, o dziwo, zachowała zimną krew. Podciągając suknię, przeszła nad trupem zdrajcy, minęła dwie chłopki szamoczące się w ramionach jej własnych żołnierzy i podeszła do rannej dziewczyny.

– Kim jesteś? – spytała.

– Ja... – po policzkach rannej spływały łzy. – Jestem cho... chorążym Armii Arkach.

– Z tego oddziału, który miał się rzucić na bramę?

– Niczego więcej ci nie powiem.

Dziewczyna opadła na plecy.

– Ale, kurwa, boli!

Annamea zasalutowała sprężyście, budząc zdziwienie wszystkich, którzy patrzyli na nich, ignorując nawet połykacza ognia.

– Pani chorąży, z całym szacunkiem. Proszę podać swoje imię naszemu pisarzowi – nałożnica zagryzła wargi. – Zawiadomimy rodzinę. I... uczciwie powiemy, jak pani... zginęła za swój kraj.

Dziewczyna na ziemi już odpływała. Była coraz mniej przytomna. Nie mogła zogniskować wzroku. Annamea zasalutowała jeszcze raz.

– Jakkolwiek się pani nazywa... – szepnęła, przymykając oczy. – Jest pani człowiekiem... wśród ludzi.

Odwróciła się do swoich żołnierzy.

– A te dwie? – odezwał się setnik, wskazując na jeńców. – Wieszać?

– Ty gnoju – warknęła Annamea. – Mamy prawo zabrać im tylko życie. Nie mamy prawa zabrać im honoru!

– No ale... Przecież zabiły naszego człowieka.

– Ty... Posłuchaj mnie uważnie – Pierwsza Nałożnica Cesarstwa cedziła słowa, jakby bojąc się mówić szybciej. – Każdy donosiciel jest gównem, które przykleja się do buta. Są tacy, którzy wykorzystują zdrajców, którzy słuchają donosicieli, ale... to jest babranie się w gównie! A te dwie – wskazała na jeńców – to żołnierze regularnej armii. Mają być ścięte przez kata. A nie powieszone jak złodzieje – Annamea podeszła tak blisko setnika, że musiał czuć jej oddech. – Ale powiem ci jeszcze coś, gnoju. Każdy, kto słucha donosiciela, kto go usprawiedliwia... sam staje się donosicielem. Sam staje się gównem. Czy donosisz, czy słuchasz donosów, wszystko jedno. Jesteś gównem, które przykleja się do buta! Jeśli chociaż raz w życiu dopuścisz możliwość, że donosiciel mógłby mieć rację... w jakichkolwiek warunkach, w dowolnej sprawie... to sam jesteś gównem! Rozumiesz?

Setnik nie śmiał się odezwać.

– I powiem ci jeszcze coś... Armia Luan nie jest jeszcze kompletną stertą nawozu, żeby tolerować takich sukinsynów jak ty! Złóż broń i won ze służby.

– Pani – setnik był przerażony bardziej niż dwóch jeńców. Wskazał na chorążego Arkach. – Przecież ja ją zabiłem. To przecież ja...

– Won, bo pogonię batem! – Annamea odwróciła się do dwóch jeńców trzymanych przez żołnierzy. – Drogie panie, to była wzorowa akcja. Proszę powiedzieć swoje imiona naszemu pisarzowi. Zawiadomimy rodziny i... Będą was pamiętać.

– Ja tam zwykły żołnierz – mruknęła jedna z dziewczyn. – Na chuj mnie pamiętać.

– Proszę pani... Mianuję panią strategiem Armii Luan – powiedziała Annamea. – A pani imię każę wyryć w brązie.

Nie patrzyła, jak żołnierze je odprowadzają. Opadła na swoje krzesło i wzięła papier, by uzupełnić raport. Nie zwróciła uwagi na Leena, który jej salutował zdrową ręką.

– Karczmarz! Wina! – krzyknęła. – A szlag... Dzisiaj zeżrę tyle, ile mogłam zjeść w przeciągu roku w pałacu.

– Pani – Nolaan uniósł się lekko, na ile pozwalała mu rana. – Jak miło siedzieć przy jednym stole z ludźmi honoru.

– Nie bierz mnie pod włos – warknęła.

– Cóż za piękny wieczór – odrzekł. – Jaka wspaniała noc... Koniec świata, wino i przyjaciele wokół. W taką noc nawet umierać przyjemnie.

– Żebyś się, kurde, nie zdziwił.

Wściekła nagle zaczęła zamawiać ogromne ilości potraw. Ludzie wokół uspokajali się powoli. Żołnierze uprzątnęli ciała, a pomocnik karczmarza zmył krew, lejąc wiadrami przyniesioną wprost z kanału wodę.

– Panie – wojskowy medyk przysunął się zgięty do ucha Mereditha. – On – wskazał na Nolaana. – Nie pożyje długo.

– No?

– Takiej rany jeszczem nie widział. Kość strzaskana, z tyłu wyrwany kawał ciała – medyk szeptał, jak umiał najciszej do ucha czarownika. – Gdyby nie twoje, panie, zaklęcia, już by nie żył. Ale lewą ręką nie będzie ruszał nigdy – wojskowy medyk skrzywił się nagle. – Przy czym „nigdy" oznacza tu jakieś trzy dni. Potem umrze.

Meredith skrzywił się, jakby połknął kilka cytryn naraz.

– O czym tam szepczecie? – spytała Annamea. Skończyła swój raport, opatrzyła pieczęcią i pchnęła gońca do pałacu. – Skosztujesz tej pieczeni? – odwróciła głowę.

Nolaan usiłował wzruszyć ramionami, syknął nagle, zagryzając wargi, potem wzruszył jedynie prawym ramieniem.

– No, co z wami, chłopaki? – roześmiała się, pakując do ust ogromny kawał mięsa. – Co robimy? Nolaan?

– Nie wiem. Czekajmy tu na posiłki.

– Meredith?

– Nie jestem wojskowym, pani.

– Uuuuuuu... A nie doradzałeś ty przypadkiem książętom? – rozgryzła jakiś egzotyczny owoc. – Ach ci mężczyźni... Jak tylko dojdzie co do czego, to wszystko pozostaje na głowach kobiet.

Annamea wezwała dowódcę. Kazała przegrodzić ulice łańcuchami. Żołnierze pobiegli wykonać rozkaz, ale szybko okazało się, że nie było to takie łatwe. Łańcuchy oczywiście były, jak w każdym wielkim mieście, przykute do ścian budynków przy skrzyżowaniach. Utrzymywano je w dobrym stanie, ale już od setek (jeśli nie tysięcy) lat. Odpowiedni ludzie natłuszczali je i pucowali przez całe pokolenia. Teraz jednak okazało się, że śliczny wygląd to nie wszystko. Mimo tłuszczu metal rdzewiał od środka, najgrubszy łańcuch można było rozwalić mocnym kopniakiem. Gdzie indziej przeciwnie – metal „rozpływał się" jakoś tak dziwnie i łączył z hakami tak, że łańcucha w ogóle nie dawało się oderwać od ściany. Wezwano kowali, ale ci stwierdzili, że szybciej będzie założyć nowe łańcuchy. Tyle, że nowych łańcuchów nie było.

Annamea kazała obsadzić chociaż małą strażnicę flankującą przystań na kanale. Niestety, nikt nie wiedział, gdzie są klucze od bramy. Wezwano archiwistę portu. Ten dość szybko nawet odnalazł w dokumentach odpowiednią wzmiankę. Ostatnio klucze widziano jakieś dwieście lat temu. Szlag! Można było co prawda rozwalić bramę, ale na co komu strażnica z rozwaloną bramą?

Annamea kazała więc przegrodzić ulice barykadami. Tu jednak ostro sprzeciwił się dowódca jej własnego oddziału. Istniał przecież edykt cesarski nakazujący, żeby wszystkie imperialne drogi były przejezdne, wydany wtedy, gdy Biafra zapełnił drogi uciekinierami. Każdy, kto spowoduje „trudności w udrożnianiu" ma być ścięty na miejscu lub powieszony.

– Przecież ulica to nie imperialna droga! – rozdarła się Annamea.

– Nie ryzykowałbym sporu interpretacyjnego z katem – mruknął Leen. – A jak trafimy na takiego, co nie odróżni ulicy od drogi?

Dziewczyna załamała ręce.

– Panowie, poradźcie coś.

Nolaanem jednak zaczynała już trząść gorączka. Wojskowy medyk rzucił się do kuchni w karczmie, żeby zaparzyć zioła. Meredith usiłował mu pomóc zaklęciami. Annamea, wściekła, zaczęła pochłaniać coraz większe ilości wina.

Co za idiotyczna sytuacja. Wielki plac przedzielony na pół kanałem o szerokości dwudziestu kroków, po obu stronach mnóstwo stolików rozświetlonych lampkami, wrodzy żołnierze w pobliżu, coraz mniej przytomny Nolaan, coraz bardziej pijana Annamea – nałożnica dowodząca wojskiem Luan... Meredith potrząsnął głową.

Po przeciwległej stronie kanału rozległ się pojedynczy strzał. Chwila ciszy, kiedy głowy ludzi weselących się przy wieczerzy zwracały się w tamtą stronę, ignorując nawet połykacza ognia. Potem palba. Wojsko Arkach wtargnęło pomiędzy stoliki po tamtej stronie kanału, masakrując oddział straży miejskiej, który usiłował im się przeciwstawić. Nowe strzały. Panika. Ludzie usiłowali uciekać, ale wąskie uliczki i tłok uniemożliwiały jakąkolwiek ewakuację. Żołnierze Arkach wskakiwali na stoliki, żeby mieć lepsze pole ostrzału. Ogarnięci paniką ludzie skakali do kanału.

Po tej stronie jednak, gdzie siedział Meredith, klienci karczem po prostu wybałuszali oczy. Coraz więcej ludzi z okolicznych domów wychodziło na wąskie balkony, żeby lepiej widzieć, co się dzieje.

Po tamtej stronie kanału tyraliera piechoty runęła na strażników. Przechodniów tratowano lub spychano do wody. Wielu zginęło od przypadkowych strzałów. Tłum na balkonach gęstniał. Istniała obawa, czy te konstrukcje wytrzymają zwiększony ciężar. Po tej stronie kanału nastąpiła chwilowa przerwa w zamawianiu nowych potraw. Zaskoczeni ludzie patrzyli na straszliwe sceny, które rozgrywały się dosłownie dwadzieścia kroków dalej.

– Karczmarz! – Annamea strzeliła palcami. – Rachunek proszę. Płacimy.

Była jedyną osobą po tej stronie, która zdobyła się na jakąkolwiek reakcję. Jeśli nie liczyć oczywiście ludzi z okolicznych domów, którzy, by lepiej widzieć, zbierali się nawet na dachach.

Dwadzieścia kroków stąd dziewczyny z Arkach dopadły strażników, którzy nie mogli się wycofać, bo tratujący słabszych tłum blokował wyloty ulic. Ludzie spychali się wzajemnie do kanału. Po tej stronie nikt nie wykonał najmniejszego ruchu. Czuć było swąd spalonego prochu, słychać było straszliwe krzyki ofiar, ludzie na balkonach przepychali się, by lepiej widzieć, po tamtej stronie było coraz ciemniej, rozbite i zadeptane lampki gasły jedna po drugiej.

– Gospodarzu – powtórzyła Annamea. – Płacimy.

Karczmarz, niezbyt przytomny, podszedł do ich stolika. Potrząsnął głową, skupił się jakoś i wydukał należną zapłatę.

– Mam imperialną zniżkę – Annamea pokazała cesarski kwit. – Dowódca liniowy karmi swoich żołnierzy – wyjaśniła.

Dwadzieścia kroków dalej dziewczyny z Arkach poszły do ataku na bagnety. Ci z cywilów, którzy nie zginęli dotąd i jeszcze nie znaleźli się w wodzie, zaczęli walczyć pomiędzy sobą już tylko o to, by móc skoczyć do kanału.

– Nie jesteście wojskowymi – ośmielił się zaoponować karczmarz, wskazując Nolaana i Mereditha.

– Zgłoś się do intendentury z pretensjami – odpaliła.

– Nie przyjmę kwitu, jeśli nie macie na sobie mundurów. To wbrew przepisom.

Idealnie nieruchome postacie przy stolikach po ich stronie kanału śledziły bacznie to, co rozgrywało się naprzeciw. Ludzie na balkonach i dachach wychylali się coraz bardziej. Ciemność naprzeciw gęstniała, niestety. Ponad ogólną wrzawę wybił się nagle piskliwy głos jakiejś lokatorki z domu przy przystani:

– I co? Gwałcą?

Jakaś kobieta odpowiedziała z mieszkania po drugiej stronie kanału.

– Toż to baby. Niby jak mają gwałcić?

– A co tam się dzieje? Nic nie widać.

– Pewnie mordują. Ja też niewiele widzę.

Annamei udało się nareszcie dojść do jakiejś konkluzji z gospodarzem. Ludzie siedzieli przy rozświetlonych lampkami stolikach, wytrzeszczając oczy. Na szczęście ktoś podpalił skład opału po drugiej stronie. Nareszcie można było coś zobaczyć. O dziwo, straż pożarna, mimo tłoku i zamieszania, pojawiła się bardzo szybko.

– No proszę – skomentował ktoś przy najbliższym stoliku. – Jednak mogą nawet podbiec, jak dojdzie co do czego.

– Eeeeee... bazę mają tuż obok.

W drgających płomieniach można było dostrzec jak jakiś babsztyl, skulony za murkiem flankującym polder, strzela do dowódcy straży pożarnej. Z dobrym skutkiem.

– Co za dzicz! – odezwał się ktoś znad kanału. – Widzieliście?

– No nieeee... ktoś powinien się tym zająć.

Jakiś młody człowiek podskoczył nad brzeg.

– Nie widzicie, pindy, że to straż pożarna? Nie nauczyli was, że trzeba gasić, jak się pali, matoły?

Musiał kompletnie zaskoczyć atakujący oddział, bo ktoś odkrzyknął z tamtej strony:

– Przepraszam!

– Co za dzicz – rozległy się okrzyki przy stolikach. – Barbarzyńcy z zachodu!

– No przepraszam! Nie chciałam.

Tłum na balkonach zaczął bić brawo. Nie wiadomo, czy dla odważnego młodzieńca, nie mniej odważnej straży pożarnej, czy też dla wojska Arkach, które wznieciło taki pożar, że znowu można było obserwować to, co rozgrywało się po drugiej stronie kanału.

Ci z cywilów, którzy skoczyli wcześniej do wody i zdołali przepłynąć kanał, dotarli właśnie do przeciwległego brzegu. Pionowa, granitowa ściana nie pozwalała na wdrapanie się na brzeg ani choćby zaczepienie paznokci o jakikolwiek występ. Kilka osób rzuciło się na pomoc, ale nie było żadnej liny, żeby wyciągać topielców. Póki co skończyło się na udzielanych krzykiem instrukcjach, w jaki sposób lepiej robić nogami, by dłużej utrzymać się na powierzchni. Ktoś zdjął własną tunikę, skręcił i spuścił na dół, ale nie sięgała nawet połowy ściany. Ktoś krzyczał, żeby płynąć do przystani, ktoś zrzucił stolik i ławę, by rozbitkowie mogli się przynajmniej czegoś uchwycić. Pomysł kiepski. Drewniane blaty przymocowane do kamiennych podpór utonęły natychmiast. Jakiś staruszek zaczął krzyczeć:

– Nie siedźcie tak! Tam ludzie toną!

Jego okrzyk zgasł jednak w ogólnym hałasie. Któremuś ze strażników udało się umieścić strzałę w brzuchu oficera Arkach, a tłum na balkonach przyjął to wyciem i coraz bardziej gromkimi brawami. Chwilę później jednak dziewczyny z armii ekspedycyjnej rozproszyły resztę strażników i zaczęły atakować wyloty ulic. Tłum na balkonach zareagował na to gwizdami i sprośnymi okrzykami.

– Wy suki z leśnej dziczy!

– Wy pindy jedne!

– A nie macie akurat miesiączki...? Bo nam Syrinx zakrwawicie!

Oddziały szturmowe chyba nie słyszały. Jednak dziewczyny z zaopatrzenia w drugiej linii słyszały dobrze. I też miały swoje karabiny. Zaczęły strzelać w co popadnie.

Pozory spokoju po tej stronie kanału pękły momentalnie. Wśród panikującego pod ogniem tłumu Annamea krzyczała to na swoich towarzyszy, to na swoich żołnierzy.

– A nie mówiłam, żeby wyjść wcześniej?

Ktoś spadł z balkonu tuż obok.

– Do pałacu! – krzyczała Annamea. – Wycofujemy się! Wycofujemy się!!!

Ciżba ogarnęła ich w jednej chwili.

– Leeeeen!!! – darła się Annamea. – Leeeen, ratuj!

Żołnierze Luan sformowali klin i w desperackim ataku rozerwali falę uciekających ludzi. Po chwili otoczyli „sztab" siedzący ciągle przy stoliku w karczmie, co wyraźnie uspokoiło „naczelnego dowódcę".

– No, psiamać – warczała nałożnica. – Nie możemy jakoś wspomóc tamtych? – Wskazała drugą stronę kanału.

– Wspomóc, jak?

– No, kurczę, strzelajcie.

– Z czego? – Leen wybałuszył oczy. – My jesteśmy oddziałem reprezentacyjnym. Nie mamy ani kusz, ani łuków.

– No to się wycofujemy – Annamea wstała z krzesła, kryjąc się za plecami swoich żołnierzy. – Sram na takie dowodzenie. Tu się, psiamać, nic nie da zrobić.

Dwustupięćdziesięcioosobowy oddział wdarł się w najbliższą ulicę, trasując przejście wśród cywilnych uciekinierów. Gońcy pobiegli zawiadomić pozostałe oddziały. Ruszyli szybko już po chwili, słysząc gwizdki setników na równoległych ulicach. Przynajmniej manewr odwrotu wyszedł jako tako. Zgubił się gdzieś tylko kucyk Annamei i prowadzący go niewolnik. Służące z pachnidłami były jednak każda na swoim miejscu.

Kiedy wydostali się na nieogarnięty wojną teren, zaczęli maszerować szybko. „Naczelny dowódca" zdjął nawet buty na obcasach, żeby nie opóźniać, ale nie na wiele to się zdało. Wąska suknia sprawiła, że dwóch żołnierzy musiało spleść ręce i posadzić swojego szefa na tak sporządzonym siodełku. Ta rola zresztą wyraźnie podobała się tragarzom, chętnych do zmiany nie brakowało.

Przed pałacem napotkali już pierwsze, zaimprowizowane stanowiska obronne i pierwsze szubienice ozdobione wisielcami z tablicami na szyjach: „Tak kończą agenty arkah".

– Co to ma znaczyć? – Annamea spytała oficera dowodzącego budową barykad.

Ten zmieszał się wyraźnie.

– Przepraszam, jaśnie pani, za błąd ortograficzny i stylistykę – przygryzł wargi. – Ten dziesiętnik ledwie pisze... Powinienem był dopilnować osobiście – pchnął ludzi, żeby wymienili tablice na szyjach wisielców na wykonane przez kogoś bardziej biegłego w sztuce pisania.

– Ja nie o tym.

Przerwał jej Leen, który podszedł z tyłu.

– Zanotowaliście jakąś aktywność przeciwnika?

– No coś ty. Robimy barykady, bo raport był.

– Możecie się spodziewać ataku w każdej chwili – Leen zmełł przekleństwo.

– Poważnie? – oficer wzruszył ramionami. – A słyszałeś najnowszy dowcip? Jak długo Arkach będzie zdobywać te barykady?

– No jak?

– Przez sześćdziesiąt jeden modlitw.

– Dlaczego akurat sześćdziesiąt jeden? – dał się zrobić Leen.

– No bo przez sześćdziesiąt modlitw będą się śmiać. A potem w jedną modlitwę zdobędą. Cha, cha...

Annamea, wściekła nagle, kazała ruszać dalej. Ale wojsko musiało zostać tutaj. Ktoś poprowadził ich do pałacu, pustego teraz, jakby wymiecionego ze wszystkich ludzi. Poza nielicznymi wartami nie napotkali nawet jednego służącego.

– Bunt był – wyjaśnił prowadzący ich setnik.

– Jaki bunt? – spytał Meredith.

– Niewolnicy zaczęli mordować, panie. Motłoch, psiamać. To nie ludzie.

– Co się stało? – spytał Nolaan.

– Ano, rzucili się panie, do, cha, cha... do boju. Teraz ich kaźnią na dziedzińcu.

– A jakie straty były?

– Ja tam nie wiem, panie – setnik ledwie dostrzegalnie wzruszył ramionami. – Mówić zakazali – dodał po chwili.

Doprowadził ich do sali cesarskiej. Szybka, dyskretna rewizja i przepuszczono ich do pomieszczenia, które opuścili tak niedawno w innym zupełnie nastroju...

Tu właściwie nic się nie zmieniło. Cesarz konferował właśnie z oficerami sztabu. Rolę służących przejęli wojskowi niskich szarż, zdenerwowani jak szlag rolą, którą im wyznaczono. Liniowi żołnierze nie mieli pojęcia ani o etykiecie, ani o pałacowych zwyczajach. Strzelali butami, prężąc się na baczność tylko po to, żeby podać głupią szklankę wody.

– Gdzie jest Mohr? – pytał cesarz skupiony nad mapą przedstawiającą okolice Syrinx.

– Przebija się przez teren wokół jezior Kua – tłumaczył Tepp.

– Jak to przebija? Przecież tam tylko luźne kupy niewolników.

– Nie, panie. Tam jest teraz Pierwsza Ochotnicza Armia Wyzwolenia Luan.

– Coooo? To przecież był tylko dowcip Biafry. Tak mi doniósł Drugi Wydział.

Tepp zmieszał się wyraźnie.

– Być może w zamierzeniu, to miał być dowcip – szepnął. – W niewolniczych obozach było jednak sporo oficerów wojsk Troy, Arkach, Symm i Linnoy. A nawet... naszych. Stanowią teraz kadrę armii.

– Jakiej armii? – krzyknął cesarz. – Kup zbiegłych niewolników!

Tepp nie wiedział, na ile mógł powiedzieć prawdę, a na ile powinien przypodobać się władcy swą wypowiedzią.

– Mają grubo ponad sto tysięcy ludzi, są zorganizowani – powiedział ostrożnie – uzbrojeni w broń z naszych magazynów. – Nagle zaryzykował. – Są dowodzeni według różnych regulaminów, mają niewyszkolonego rekruta, ale... to armia, panie. Spalili Dien Phua, pomaszerowali na Sonne, zrabowali zaopatrzenie marynarki wojennej pod Kua i teraz stopują Mohra.

– Ponad sto tysięcy? – odezwał się któryś ze sztabowców. – To więcej niż Armia Zachód Troy i Korpus Ekspedycyjny Arkach razem wzięte!

– Wyhodowali sobie żmiję na własnej piersi, durnie – mruknął cesarz. – Zobaczą teraz, ile za to zapłacą.

Tepp odetchnął. Nikt nie zamierzał skazać go na szybką śmierć za to, co powiedział.

– Co z Sonne? – spytał cesarz.

– Bortar trzyma miasto i część drogi do Syrinx.

– Jak to „część”?

– Nie bardzo wiadomo. Kupy niewolników wyłapują gońców.

– A Kye?

– On organizuje nową armię na północy.

– Niech atakuje tym, co ma.

Nikt nie śmiał się odezwać. Złowroga cisza zaległa w sali tronowej.

– No co jest? – zdenerwował się cesarz. – Mówcie.

Szef Drugiego Wydziału Imperialnego Sztabu nie był człowiekiem odważnym. Zaczął kaszleć. Któryś z przydzielonych do sztabu setników był jednak albo odważny, albo głupi.

– Kye nic nie ma – powiedział.

Cesarz usiadł na zydlu przy stole sztabowym.

– Co?

Szef sztabu odetchnął głęboko.

– Kye posłał swoje siły na Dien Phua. Nie ma żadnych rezerw.

– Przecież mówiliście, że Dien Phua spalone.

– To prawda, panie. Formuje się tam nowa armia.

– Bogom niech będą dzięki. Nareszcie ktoś się wykazał refleksem.

Sztabowcy pospuszczali głowy.

– No co jest? – cesarz zerknął podejrzliwie.

– To... – Szef Drugiego Wydziału przełknął ślinę, jakby w gardle miał coś, co blokowało mu słowa. – To Druga Ochotnicza Armia Wyzwolenia Luan...

– Kpisz?

– Nie, panie. Oni naprawdę uwolnili wszystkich niewolników.

– Czy ja śnię? – spytał cesarz.

– Ale oni nie są groźni. Szacujemy liczebność na piętnaście, maksimum szesnaście tysięcy żołnierzy w linii. Dowodzonych byle jak, już chyba tylko przez dziesiętników z Troy i sierżantów z Arkach. Aha! No i... plus dwieście pięćdziesiąt tysięcy pomocników.

– Cooooooooo???

– Dwieście pięćdziesiąt tysięcy pomocników. Ale to same kobiety i dzieci. No... trochę naszych kalek i weteranów, co poszli w niewolę za długi.

– Kobiety i dzieci z kalekami w linii? Czy ja śnię? – powtórzył cesarz.

– Oni nie walczą, panie. Budują mur oporowy przeciwko Bortarowi. Chcą przegrodzić całą prowincję i obsadzić go Drugą Armią.

– Przecież tam nie ma nawet kamieniołomów.

– Oni rozbierają imperialne drogi. To jest dwieście pięćdziesiąt tysięcy ludzi wdrożonych do ciężkiej pracy. Podobno niektórych nie zdążyli nawet rozkuć – szef Drugiego Wydziału znowu przełknął ślinę. – Mur będzie gotowy za dwa, trzy dni.

Cesarz potrząsnął głową.

– I zatrzymają Bortara?

– Mmm... Trudno powiedzieć. To jest naprawdę bardzo mało groźny związek... ale... jak wybudują mur, to...

– Mów jaśniej.

– Bortara stopuje co innego.

– Czyżby Trzecia Ochotnicza Armia Wyzwolenia Luan? – zakpił cesarz.

– Nie, panie. Trzecią Armię tośmy rozgromili pod Sonne. Teraz resztki uciekają do Negger Bank, bo tam podobno pola dają za darmo.

– Więc co stopuje Bortara?

– Czwarta Armia, panie.

– „Ochotnicza"? – jęknął cesarz.

– Nie, panie. Za zrabowane nam złoto niewolnicy kupili sobie pięć tysięcy najemników. Tyle co nic, ale... dowodzi nią jakiś karzeł, zwany „Krótki". To ktoś od nas, z pałacu. Realizuje naszą starą taktykę: „Armia samym swoim istnieniem szkodzi przeciwnikowi". Najemnicy stoją na wzgórzu pod Sonne i nie robią nic. Ale... Jeśli Bortar ich zaatakuje, to Druga Armia w tym czasie skończy budować mur. Jeśli Bortar zaatakuje Drugą Armię, to Czwarta Armia zajmie Sonne i Imperialna Droga Numer Jeden będzie drogą znikąd donikąd.

Przerwało im wejście osmolonego oficera gwardii. Warty przed salą tronową, złożone z liniowych żołnierzy, nie wiedziały po prostu, że każdego, nawet oficera, należy zaanonsować. Niewolniczy bunt w pałacu musiał jednak przynieść jakieś skutki. Wdrożona do etykiety obsługa przestała istnieć.

Cesarz nie obraził się jednak.

– No co tam? – spytał.

– Wasza Cesarska Mość – oficer runął na kolana, bo nie wiedział, jak się zachować. Sztabowcy krzywili się zniesmaczeni. Żołnierz nie klęka i nie pochyla głowy! Bo przecież wykonuje wtedy ukłon Godłem Cesarstwa, które ma na hełmie. A godło to coś, czego nie wolno pochylać, nawet przed cesarzem. – Wasza Cesarska Mość... Armia Troy zdobyła Bramę Pokutniczą i...

– Milcz – cesarz podszedł do okna. Dłuższą chwilę obserwował rozświetloną tysiącami ogników Syrinx. To miasto było takie piękne. – Żegnaj – szepnął.

Oficerowie ze sztabu zagryźli wargi. Wiedzieli, co teraz nastąpi. A każdy przecież miał w stolicy rodzinę, krewnych, swój majątek... Szlag!

Cesarz odwrócił się od okna.

– Zdenerwowali mnie – szepnął jakby na usprawiedliwienie tego, co miał zaraz powiedzieć. Oficerowie sztabu skurczyli się w sobie. Każdy wiedział, co za rozkaz padnie zaraz.

– Wyprowadzić z koszar Ciężki Dahmeryjski Korpus Szturmowy – zakomenderował cesarz.

– O Bogowie – wyrwało się komuś z tyłu. – To już po Syrinx.

Ktoś oparty o framugę okna powtórzył za cesarzem:

– Żegnaj, miasto mojego dzieciństwa.

Nolaan wyprowadził Mereditha z sali.

– Muszę się położyć na chwilę – wyjaśnił. Gorączka telepała nim coraz bardziej. – A tu do jutra nie wydarzy się nic ciekawego.

Czarownik skinął głową.

– Przyjdę w nocy, przyślę też imperialnego medyka.

Nolaan był już średnio przytomny. Nawet nie skinął głową, wlokąc się do swojej komnaty. Meredith skierował się do pokoju lekarzy. Znalazł, prawie od razu, jednego z mistrzów. Kazał mu iść do pokoju księcia. Na pytające spojrzenie tamtego smutno zaprzeczył ruchem głowy. „Przynieś choć ulgę" – rozkazał. Nolaan był trupem. Nie pierwszy i nie ostatni, który odchodził w niepamięć razem z Cesarstwem.

Czarownik ruszył w stronę swojej komnaty. Dahmeryjczycy! Zaklął. No to... rzeczywiście, już po Syrinx. Dahmeryjczycy... Naród górali, żyjący na spłachetku skał, słynący z wyrobu najlepszej broni na świecie. Ich kraj nie mógł wyżywić ich dzieci. Młody człowiek, obojętnie, chłopak czy dziewczyna, miał więc do wyboru: albo zająć się wyrobem mieczy, kusz i sztyletów, albo sprzedać się jako najemnik do któregokolwiek z państw, które były w stanie zapłacić niebotyczne wprost sumy za ich służbę. Z tego, co Meredith wiedział, kasa w ich oddziałach była wspólna. Kto ginął, przekazywał swój żołd pozostałym. Dlatego ci, którzy przeżyli, wracali do siebie bogatsi niż niejeden król. Dahmeryjczycy się nie oszczędzali. Nie znali pojęcia honoru. Jedynym „honorem", który trafiał do ich zakutych, góralskich głów, było: wykonać zadanie! Wykonać zadanie!!! Jakiekolwiek nie było. W jakichkolwiek warunkach. Jakimikolwiek siłami. „Toż nie po to nam płacą zawrotne sumy, byśmy we trzech choćby nie przyprowadzili demona z krainy śmierci" – mówili. Jeśli pan każe dla rozrywki, to połowa oddziału rzuci się na drugą połowę i zginą wszyscy oprócz ostatniego zwycięzcy, ale... on wróci do domu bogatszy niż sam cesarz. Jeśli pan każe, żeby nawet o krok nie cofnąć się od swoich pozycji zajętych przed bitwą, to Dahmeryjczycy nie cofną się ani o krok. Słynna była legenda o oddziale najemnym, który otrzymał taki rozkaz od któregoś z królów Północy. Bitwa została wygrana, ale zagon kawalerii Cesarstwa zabił Króla. Dahmeryjczycy stali na swoich pozycjach dalej. Król osobiście wydał im rozkaz i tylko Król mógł go cofnąć. Oficerowie innych formacji przychodzili do nich, mówili, że bitwa wygrana, żeby odstąpili na zimowe leża. Przyjeżdżał sam syn Króla. W całości przybyła Rada Regencyjna. Przychodziła okoliczna ludność, karmiła ich, bowiem każdego zgrozą przejmował fakt, że kilkadziesiąt chłopców i dziewczyn, którzy przeżyli starcie, stoi tak w jesiennych chłodach. Potem przyszła zima. Cały oddział, wszyscy, którzy otrzymali rozkaz, stali na pozycjach, aż zgubiły ich mrozy. Ostatni, który przeżył, z żołdem oddziału powlókł się do Dahmerii, by żyć odtąd lepiej niż Król, który wydał im rozkaz.

Dahmeryjczycy byli teraz na ulicach Syrinx. Cały problem z tymi oddziałami był taki, że oni słabo raczej odróżniali swoich od obcych. „Wykonać zadanie" – to ich jedyny imperatyw. Jeśli trzeba będzie spalić miasto, by wykonać rozkaz, to... spalą.

Meredith drgnął zaskoczony widokiem Annamei opartej o framugę drzwi do jego komnaty. O Bogowie! Dziewczyna miała na sobie teraz strój ciężkiego szturmowca z Dahmerii. Krótka plisowana spódniczka ledwie osłaniała jej pośladki, tylko z przodu zawieszony na pasie wachlarz z pancernych płytek sięgał trochę niżej. Błyszczące nagolenice oparte były na wojskowych sandałach wzmocnionych metalem tak, by można było kopnąć i złamać przeciwnikowi goleń. Miała na sobie półpancerz i... O Bogowie... tak jak Dahmeryjczycy... nic pod spodem! Krótki miecz, obrócony rękojeścią w dół, zwisał jej spod lewego ramienia. Do kształtnych ud miała przymocowane noże. Na plecach zawiesiła sobie kuszę i kołczan. Szyję obciążyła łańcuchem z kulą do łamania kości – tam też były grube sploty sznura, zawiązane jak stryczek, z napisem pięknie wykonanym na tej zaimprowizowanej szubienicy: „Złapiesz żywego Dahmeryjczyka – WIESZAJ NATYCHMIAST – koszty egzekucji pokryje Królestwo Dahmerii". Nie miała hełmu. W długie warkocze wplotła kawałki ostrego metalu, by zadać jak największy ból przy „uderzeniu bykiem". Na twarzy miała namalowany wzorem Armii Arkach stopień, tym razem kohortnika – ten zwyczaj bardzo spodobał się Korpusowi Szturmowemu i jego żołnierze jako pierwsi zaczęli masowo naśladować okupantów. Lewa ręka Annamei została zraniona czymś ostrym. Małe kropelki krwi opadały na podłogę. To też tradycja: „Każdy nasz krok znaczony jest krwią!" W lewej dłoni miała uchwyt lekkiej tarczy, w prawej dragher – ni to dziryt, ni lancę, ni kosę – raczej połączenie tych wszystkich zabójczych narzędzi.

Kiwnęła na czarownika palcem.

– Chodź.

Spojrzał pytająco.

– Sama nie mogę opuścić pałacu – wyjaśniła. – A chcę zobaczyć parę rzeczy.

Ruszyła szybko korytarzem. Meredith poczuł suchość w gardle. Ta jej króciutka spódniczka, której fałdy podskakiwały przy każdym kroku... A szlag!

– To już ostatnia taka okazja, prawda? – zerknęła do tyłu i pochwyciła jego wzrok wlepiony tam, gdzie był wlepiony. Odruchowo spojrzała na swój tyłek. Potem uśmiechnęła się promiennie. – Ostatnia okazja – podjęła po chwili. – Przez najbliższy tysiąc lat, co?

Zaklął cicho.

– Gdzie idziemy? – spytał.

– Do pierwszej wieży oporowej – odparła. – Tam jest widok na całe miasto.

Poprowadziła go przez plątaninę korytarzy w stronę bramy „powietrznej". Nikt ich nie zatrzymywał. Pałac wydawał się opustoszały. Dotarli do wąskiej kładki, długości jakichś stu pięćdziesięciu kroków, zawieszonej pomiędzy murem okalającym podjazd i pierwszą wieżą oporową. Annamea kroczyła swobodnie na wysokości jakichś sześćdziesięciu ustawionych jeden na drugim ludzi. Meredith kurczowo trzymał się drgających lin. Usiłował nie patrzeć w dół. Zbierało mu się na wymioty. Dziewczyna musiała go ponaglać.

Pierwszy posterunek napotkali przy wejściu do wykuszu obronnego w wieży. Nikt jednak nie śmiał zatrzymać dahmeryjskiego kohortnika w towarzystwie czarownika. Odsunięto żelazne kraty, potem umocniono żeliwną zapadnię. Wkroczyli do mrocznego, rozświetlanego jedynie nielicznymi pochodniami wnętrza. Annamea sama pociągnęła za dźwignię rozsuwającą ściany. Wsiedli do windy wodnej. Podest ruszył zaraz, powoli niosąc ich w górę. Meredith obserwował monstrualne ilości zapasów zgromadzonych na każdym piętrze, patrzył na puste jeszcze szpitale, świetlice, koszary ze śpiącymi żołnierzami...

– Gdyby ci obrońcy mieli jaja – powiedziała Annamea. – To tu można się bronić nawet przez dwadzieścia, trzydzieści... nawet pięćdziesiąt lat!

– Hm... za pięćdziesiąt lat żaden z tych staruszków, który cudem dożyje, nie utrzymałby broni w rękach.

– Nie... Tu są kobiety. Sale wychowawcze, sale ćwiczeń, poligony. Można chować nowe pokolenia żołnierzy i trwać tak prawie w nieskończoność – uśmiechnęła się. – Wyobrażasz sobie? Za pięćdziesiąt lat? Nowe pokolenie w Syrinx. Wnuki i prawnuki tych, co widzieli upadek stolicy. A wokół ostrzegawcze tablice: „Nie podchodzić za blisko do wieży, bo oni mogą szyć z kusz". Prawie u stóp stanowisk obserwacyjnych – karczmy. Normalne życie. A tu, za murem, którego nie da się zdobyć, resztki Cesarstwa, które nie istnieje już od pół wieku. O czym oni będą myśleć wtedy? W zasięgu

wzroku, przy stołach, na targach, ludzie, którzy już nie będą znać nawet nazw imperialnych dróg. A tu? Żołnierze zapomnianego imperium. Ciągle wierni. Zamknięci w dwóch monstrualnych przetrwalnikach.

Uśmiechnęła się smutno.

– Ciekawe czy dotrwają restytucji Cesarstwa? Czy będą normalnymi ludźmi? A zresztą... Może za tysiąc lat jacyś mędrcy będą badać te wieże i pytać sami siebie: Cóż za dziwna cywilizacja wylęgła się tutaj? Skarlałe, blade od braku słońca resztki imperium sprzed milleniów... – uśmiechnęła się znowu. – Dałabym dużo, żeby to zobaczyć. Tych przyszłych mędrców kołatających do bramy, te ich szkiełka trzymane przy oczach, te ich mądre, naiwne twarze, tę ich wiedzę, przy pomocy której usiłować będą zrozumieć cywilizację dwóch wieży oporowych Cesarstwa – zamyśliła się, potem podjęła znowu. – To miejsca ostatnie, które właśnie dziś zaczynają swe istnienie, które będą nieść mroczne przesłanie przez wieki.

Meredith ukłonił się z szacunkiem dla jej inteligencji.

– Ale mamy szczęście – powiedziała. – Zobaczyć to wszystko w momencie, kiedy historia się zaczyna – chwyciła go za rękę. – Patrz na tych ludzi – wskazała żołnierzy krzątających się na kolejnych poziomach, które powoli mijali. – Ich potomkowie będą tu żyć przez setki lat! Własne ujęcia wody, monstrualne zapasy, możliwość uprawy roli na szczycie wieży. Oni... tak już niedługo... zamkną się, spuszczając na wejście tyle skał, ile wystarczyłoby do budowy nowego cesarskiego pałacu.

– Nie przetrwają stu lat – wtrącił Meredith. – Nie wystarczy żywności.

– Wystarczy – mruknęła. – Zdradzam ci teraz największe tajemnice cesarstwa. Ale... Są już grzyby, które mogą rosnąć bez światła. Mędrzec Gunai wymyślił metodę przechowywania żywności przez, nie wiem dokładnie, odciągnięcie wody, czy jakoś tak. To może trwać w nieskończoność. Czy wiesz, jak wielka jest wieża oporowa? Czy wiesz, ile pięter jest jeszcze pod ziemią?

Mijali właśnie salę tronową, urządzoną prawie dokładnie tak samo jak w pałacu Syrinx.

– To ostatnie takie miejsce, co?

Annamea roześmiała się nagle. Ich podest dotarł do najwyższego miejsca w wieży. Wysiedli, otwierając blokującą kratę. Annamea poprowadziła go wąskimi, krętymi schodami na szczyt. Owionął ich chłodny wiatr przynoszący ulgę. Kiedy jednak czarownik tylko zerknął w dół na rozświetlone pochodniami ulice, znowu poczuł się źle. Te wszystkie malutkie postacie, te miniaturowe domki... Bogowie! Miał tylko nadzieję, że nie zwymiotuje w obecności kobiety.

– Patrz!

Wskazała mu Ciężki Dahmeryjski Korpus Szturmowy wyprowadzany właśnie z koszar wokół pałacu. Meredith czuł, że odlatuje, zakręciło mu się w głowie. Jak można wymyślić taką wysokość? Jak można budować tak, by patrzącemu z góry wydawało się, że cały świat wiruje pod stopami?

Korpus Szturmowy dzielił się właśnie na dwie części. Ta bliżej wieży ruszyła w stronę nielicznych jeszcze sił Arkach, które byli w stanie dostrzec. Widzieli jakiegoś oficera, który wykrzykiwał niesłyszalne dla nich rozkazy, widzieli przegrupowujące się wojsko na placu, którego nazwy Meredith nie znał. Potem atak. Z marszu. Szturmowcy rozsadzili dosłownie obronę Korpusu Ekspedycyjnego, mordując dziewczyny szybciej, niż te zdążyły choćby zrobić w tył zwrot. Błyskawicznie zdobyto baterię czterech dział blokującą wylot ulicy. Pierwsza kohorta wpadła między domy, zabijając. Szybko ruszyła wzdłuż traktu. Dziewczyny z Arkach mieszały się z napastnikami tylko po to, by ginąć dobijane przez drugą linię. Ale potem... Potem Dahmeryjczycy wypadli na kolejny plac nad kanałem i... napotkali coś, czego nazwa odtąd będzie kojarzyła się z pierwszą klęską Korpusu Szturmowego. Na placu czekali... grenadierzy.

W Armii Arkach były to właściwie jednostki pomocnicze. Ponieważ nie wszystkich żołnierzy zdołano wyposażyć w karabiny, pozostałym rozdano granaty. I tyle. Nikt jednak nie mógł przewidzieć, jak straszliwie skuteczne będą te jednostki w walkach ulicznych.

Dwa bataliony grenadierów były już uprzedzone klęską swojej czołówki. Kilka kompanii przedostało się na dachy okolicznych domów, rozlokowało wygodnie tuż przy rynnach i... powoli, miarowo, dokładnie zapalając lonty, zaczęło zrzucać swoje granaty.

Meredith widział jedną z dziewczyn oświetloną przez płonący dom naprzeciw. Siedziała sobie spokojnie na samej krawędzi dachu, obydwie nogi spuściła w dół, miała w ustach wolnotlący lont. Co chwilę sięgała do drewnianej skrzynki na plecach, wyjmowała ciemny, nieforemny kształt, podpalała i zrzucała w dół, wolną ręką dłubiąc sobie spokojnie w nosie. Kiedy zbyt wiele strzał z kusz zaczęło przelatywać wokół niej, cofnęła się, położyła na brzuchu, składając skrzynkę przed sobą i zaczęła rzucać, kierując się słuchem. Czasem wyjrzała, żeby przekonać się, czy słuch jej nie myli, czasem nie. Ktoś, jedna z koleżanek ukryta za kominem, podała jej w pewnej chwili bukłak. Dziewczyna pociągnęła duży łyk, zerknęła na dół i rzucała dalej. Meredith, choć dzieliła ich straszna odległość, przysiągłby jednak, że dziewczyna ziewa zaspana.

Czarownik przetarł załzawione wysiłkiem oczy. Ktoś, pewnie jakiś zdesperowany mieszkaniec domu, zaatakował nagle dziewczynę, wywijając grubym kawałkiem deski. Ta wstała lekko, wyszarpnęła swój krótki miecz, ale nie zdążyła niczego przedsięwziąć. Jej koleżanka ukryta przy świetliku kopnęła napastnika tak, że ten stracił równowagę i poszybował w dół, wprost na głowy niedobitków Szturmowego Korpusu.

Grenadierzy na placu, te kompanie, które miały karabiny, dały ognia na wprost. Potem dziewczyny umieściły na lufach bagnety i ruszyły do kontrataku. Ostre gwizdki oficerów, słyszalne nawet tu, na wieży, sprawiły, że oddziały na dachach zaczęły poruszać się również, chcąc wyprzedzić atakujące na dole koleżanki.

– O mamo! – krzyknęła Annamea. – Musimy tam być! Musimy tam być!!!

Zawołała oficera dowodzącego koroną wieży.

– Nie mogę niczego przegapić. Następny taki widok za tysiąc lat!

– Pani – zaraportował oficer, podając swoje imię i numer jednostki. – W tej chwili mogę was jedynie spuścić na linie. Troy zbliża się stamtąd – ręką wskazał kierunek.

– Tylko nie na linie – jęknął czarownik.

Żołnierze przynieśli kosz i kołowrót. Meredith zamknął oczy. Po chwili jednak otworzył je, chcąc widzieć dokładnie miejsce swojej śmierci. Annamea po raz kolejny zadziwiła go. Obwiązała się liną, szybko skompletowała oddział, który miał ją spuszczać, i stanęła na murze flankującym... przepaść.

– Trzymacie mnie?

– Tak, pani oficer! – krzyknął dziesiętnik.

Nałożnica lekko zeskoczyła w dół, odbijając się nogami od pionowej ściany. Meredith o mało nie zemdlał. Prawie przemocą wsadzono go do damskiego kosza, przywiązano jakimś sznurkiem. Zamknął oczy, modląc się tak żarliwie jak nigdy w życiu. Słyszał skrzyp dźwigu, który przenosił go nad otchłań, powolne terkotanie kołowrotu, czuł powiew wiatru.

– Czarowniku!

Dał się zaskoczyć. Otworzył oczy. O mało nie umarł.

Potworna implozja targnęła powietrzem. Przepiękny, olbrzymi orzeł wyśliznął się z luźnego sznura trzymającego go przy koszu. Meredith zerwał się do lotu. Rozpostarł skrzydła i kołował wolno tuż przy Annamei, która odbijała się obydwiema nogami od ściany, zjeżdżając za każdym razem o kilka kroków w dół. Jako orzeł nie czuł niczego, ani strachu, ani lęku wysokości. Był zwierzęciem, mógł myśleć tylko jak zwierzę. Obojętnie konotował fakt, że kosz, który napawał go przedtem takim przerażeniem, teraz już pusty wciągano z powrotem na górę. Obojętnie obserwował koszmarne sceny, które rozgrywały się już niedaleko od podnóża wieży.

Nie mógł jednak zbyt długo pozostać na bezdechu. Sfrunął w dół. Eksplozja towarzysząca przemianie wywaliła drzwi w jakiejś karczmie. Zbiegli się ludzie. Meredith zwymiotował pod ścianą. Nie wiedział, czy bardziej ze strachu, czy z braku powietrza. Podniósł się jednak, by po chwili pomóc nałożnicy rozsupłać linę, którą zaraz potem wciągnięto na górę.

– No ładnie – roześmiała się dziewczyna. – Zawsze tak robisz, jak chcesz zejść ze stromych schodów?

– To nie były schody – miał nadzieję, że nie zauważy śladów jego słabości pod najbliższą ścianą. Tłum komentował żywo niecodzienne zdarzenie.

– O mało mi uszy nie pękły – Annamea zaczęła się przepychać pomiędzy ludźmi. – No chodź! Bo nie weźmiemy w tym udziału.

Meredith nie chciał brać udziału w tym, co widział z góry, z korony wieży... Zmarnowany powlókł się jednak z tyłu. Annamea zresztą też nie była wyszkolonym żołnierzem. O mało nie ucięła kilku głów przypadkowych gapiów, zdejmując przymocowany na plecach dragher...

Dotarli do placu dokładnie w momencie, kiedy grenadierzy Arkach ruszali do ataku. Dahmeryjczycy, przynajmniej ci tutaj, byli w fatalnym stanie. Jakiś żołnierz przyskoczył do Annamei.

– Pani kohortnik!!! – ryknął. – Musi pani przejąć dowodzenie! Wszyscy oficerowie zabici.

Annamea przestraszyła się wyraźnie. Dziewczyny z Arkach zbliżały się w równych szeregach, z góry spadały granaty, ktoś, najwyraźniej konnica, sądząc po odgłosach, walczyła w głębi prostopadłej ulicy.

– Pani kohortnik! Musi pani przejąć dowodzenie natychmiast!

Grenadierzy zatrzymali się właśnie. Na widok podnoszonych karabinów Meredith ukrył się za najbliższym załomem. Dosłownie chwile dzieliły oddział od zagłady. Annamea przymknęła oczy. Cała jej wiedza wojskowa w gruncie rzeczy ograniczała się do opisów bitew w romansach rycerskich, jakie czytała. Wytężyła swą pamięć, ale... Niestety. Przypomniała sobie zaledwie jedną komendę, jaką można było wydać wojsku w regularnej formacji.

– Lewy skrót!!! – zawyła Pierwsza Nałożnica Cesarstwa. Była to naprawdę jedyna znana jej komenda z pięknie ilustrowanej książki o przygodach rycerza Ohena.

Wojsko jednak zrozumiało. Wykonało jakiś taki dziwny manewr. Lewa część oddziału zwinęła się nagle, ustawiła prostokątnie do czoła i zamiast jednej linii, pojawiły się cztery krótsze, jedna za drugą.

W tym właśnie momencie z bocznej ulicy walnęła jazda i... zatrzymała się na tych czterech liniach.

– O kurwa! – mruknął jeden z bliżej stojących żołnierzy. – W ostatniej chwili, psiamać.

– No żesz... – odpowiedział mu kolega. – Nareszcie tym burdelem dowodzi ktoś z jajami!

Annamea, widząc, że żołnierze wokół patrzą na nią z wyraźną sympatią, odetchnęła lekko. Nabrała pewności siebie. Wrzasnęła na dwóch komentatorów w pobliżu:

– Tylko nie „kurwa"! Tylko nie „kurwa", gnoje jedne!

– Ależ my nie o pani, pani kohortnik! – obydwaj runęli na kolana. – My nie o paniiiiii!!!

– No... Ale ten, co powiedział, że mam jaja, to się u mnie potem stawi do raportu!

– Słyszałeś skurwlu?! – podoficer wpadł na biedną ofiarę. – Ona nam dupę uratowała! A ty???

– Tylko nie „dupa", panie podoficerze – Annamea usiłowała nie dać sobie nadmuchać w kaszę. – Per „dupa" to do mnie sam cesarz może mówić.

– A... Ale.. Ale ja...

– Nie jąkaj się – osadziła go nałożnica. – Całe wojsko w tył do najbliższej księgarni.

– Tak jest! – podoficer wyprężył się służbiście. – Bogowie – zrozumiał po chwili. – Gdzie?

– W tył!

Wojsko zrozumiało nawet bez podoficera. Idealnie równe, mimo strat, linie cofały się aż do wylotu najbliższej ulicy. Potem oddziały rozwarstwiły się i przeformowały w idealne szesnastki. Annamea dotarła wreszcie do jakiegoś składu książek. Po chwili wybiegła na zewnątrz i podeszła do Mereditha.

– Pożycz srebrnego, co?

– Nie mam – czarownik rzeczywiście nie miał sakiewki. Ale domyślił się, o co chodzi. – Wpuść tam ze dwóch żołnierzy – szepnął.

– Podoficer do mnieeeee!!! – zawyła Annamea. – Obstawa oficera! Za mną.

Wróciła na chwilę do księgarni, a potem pojawiła się na ulicy z nowiutkim „Podręcznikiem taktyki" w ręce. Sądząc po jej minie, podległy oddział mógł oczekiwać jednego ze straszniejszych sprawdzianów musztry.

– No – Annamea szybko przerzucała kartki. – Hm... Ten... „Ryglowany wachlarz po mojej prawej"!!! – zawyła znowu.

– Kur... – podoficer ugryzł się w język. – Na ulicy?

– Noooo... – nałożnica doczytała właśnie końcówkę opisu. – Niekoniecznie... czekaj. Zróbcie ten, no, tę... – przygryzła wargi – „Pozycja powstrzymująca"! – wydała w końcu rozkaz, szeleszcząc kartkami.

– Tak jest!

Wojsko ustawiło się szóstkami. Grenadierzy Arkach pozostali z tyłu, ale jazda napierała i... napotkała szóstki. Żołnierze patrzyli na Annameę jak na zbawcę.

– Mmmm... teraz ten... no – nałożnica potrafiła czytać naprawdę szybko. – Jeż. Róbcie jeża!

– Wydłużony jeeeeeeżżżż! – dziesiętnik wprowadził lekką korektę do rozkazu dowódcy.

Żołnierze osłonili się tarczami z przodu i z góry. Oddział ruszył w tył, szyjąc z kusz do jazdy, która zaczęła się wycofywać. Brukowana ulica nie była dobrym miejscem do ataku na piechotę w formacji jeża. Grenadierzy natomiast zawsze maszerowali wolniej niż klasyczne wojsko. Byli zbyt obciążeni swoim sprzętem.

Oddział bez trudu więc oderwał się od przeciwnika, wychodząc spod ognia ciągle jako dobrze zorganizowana siła. Dahmeryjczycy szturchali się, wskazując na swojego nowego dowódcę. „Nareszcie" – szeptali. – „Nareszcie jakiś dowódca z jajami... Tfu! Z głową!".

Annamea też szeptała cicho, usiłując w ten sposób zapamiętać co ważniejsze ustępy z podręcznika taktyki. „Wzorowy oficer musi mieć rozeznanie w sytuacji taktycznej na swoim odcinku. Musi wiedzieć, jakimi siłami dysponuje przeciwnik. Musi też być pewny morale swojego wojska...".

– Dziesiętnik – ryknęła nałożnica. – Jakie siły nas atakują? I jak u nas z moralnością? Dobrze się prowadzicie?

– Melduję pani kohortnik – podoficer wyprężył się na baczność. – Atakuje nas Czwarta Dywizja Grenadierów Arkach i Pierwsza Dywizja Cudzoziemska, ale... to tylko resztki jazdy. A... a moralność u nas to taka sobie... no... żołnierze się dupczą między sobą – wskazał na dziewczyny i chłopaków w oddziale. – Ale tylko jak są w koszarach – próbował usprawiedliwić swoich ludzi. – Jak mają przepustki, to idą do karczem i burdeli.

– Aha. „Oficer powinien prowadzić kronikę swojego oddziału" – szeptała Annamea, cytując podręcznik. Potem dodała głośniej. – Trzeba zapisać, kto nas atakuje i... że z moralnością to u nas tak sobie.

Meredith tylko westchnął. Tymczasem żołnierze wysypywali się na kolejny plac. Napotkali poszarpany oddział Gwardii Cesarskiej, której dowódca, choć wyższy stopniem, pierwszy zasalutował nałożnicy. Sława Dahmeryjczyków robiła swoje. Z drugiej strony, niestety, z wylotu bocznej ulicy wychynęły oddziały Arkach.

– Co to jest? – Annamea straciła momentalnie pewność siebie.

– Zwiad – dowódca gwardii przygryzł wargę. – Szlag! Położymy tu głowy.

Oddziały szturmowe formowały właśnie front pod przeciwległą ścianą budynków. A potem... potem... żołnierze zauważyli... JĄ.

Pani major Achaja ustawiała swoje dziewczyny do pewnego strzału. Dahmeryjczycy i Luańczycy zaczęli kląć, modlić się, zerkać za siebie.

– Lewy skrót – zakomenderowała Annamea i zajęła się studiowaniem podręcznika.

– Wachlarz! – krzyknęła Achaja.

– Formuj czworoboki – wydała rozkaz Annamea.

– Dwie linie po mojej prawej! – ryknęła Achaja. – Pierwsza przyklęk, druga mierzyyyyyyć!

– Lewy czworobok... naprzód! – zawyła Annamea. – Prawyyyyy... linia!!! – nie nadążała z czytaniem podręcznika.

– Klin po mojej lewej – skontrowała Achaja. – Ładuuuj!

– Dlaczego im to zawsze wychodzi lepiej? – skrzywił się dowódca gwardii, widząc sprawne manewry Dahmeryjczyków. – Kurwa! – zaklął ciszej. – Ich dowódców jakoś, szlag, lepiej uczą niż nas...

– Lewy kontrklin wydzielić z czworoboku! – Annamea była dość spokojna. Nie zdążyła się zdenerwować, czytając zawzięcie wszystkie instrukcje. – Prawa linia wybrzuszyć się w centrum!

– Klin robi sierp! – krzyknęła Achaja. – Linie po prawej dwa kroki w tył... – zwinęła dłonie w trąbkę i wrzasnęła do nałożnicy. – No i co, cipeńka? Mam ci teraz przyładować?

Była o całe niebo lepszym oficerem. Po pierwsze, uczyli ją najlepsi strategowie w Troy. Po drugie, dowodziła już wojskiem w prawdziwej bitwie. Niejednej. Po trzecie, dysponowała lepszą bronią. Było jeszcze „po czwarte": Achaja nie miała tego, co ludzie potocznie nazywają „nerwami". Nie mogła „stracić nerwów", nie mogła się „zdenerwować", bo... po prostu, nie posiadała tego czegoś.

Annamea przeciwnie. Patrzyła rozszerzonymi oczami na sytuację na placu. Odruchowo złożyła podręcznik. Przełknęła ślinę.

– No to mają nas na rożnie – mruknął dowódca gwardii. – Teraz już tylko opiec, przyprawić i podać na talerzach.

Nałożnica zaklęła cicho. Było to bardzo łagodne przekleństwo. Znała oczywiście i inne, ale lata wychowania w pałacu powstrzymały ją od użycia czegoś, co było wbrew etykiecie, jeśli nie była akurat w szoku. Przełknęła ślinę jeszcze raz i wyszła przed linię swoich żołnierzy.

– Hej tyyyy! – krzyknęła, idąc na środek placu. – Chodź no tutaj!

– No nie ma sprawy! – odpowiedziała Achaja. Wyciągnęła swój miecz i wybiegła szybko. – Chcesz się zmierzyć?

– Nie.

– Tak po prawdzie... to ci się nie dziwię.

Dwie dziewczyny stanęły naprzeciw siebie, mierząc się wzrokiem. Obydwie ze swoimi stopniami namalowanymi na twarzy. Achaja w krótkiej, skórzanej spódniczce, kurtce ze złotymi odznakami pułku i baretkami, w czarnych okularach osłaniających oczy. Annamea w plisowanej spódniczce Dahmerii, w półpancerzu włożonym na gołe ciało.

– Ale jesteś ładna, małpo – wyrwało się Achai.

– A ty masz „ładny" tatuaż na buzi.

– W kronikach napiszą, że zabiła cię kurwa.

– Wbrew pozorom reprezentujemy pokrewne zawody. Jestem nałożnicą.

Achaja drgnęła zaskoczona. Podniosła okulary na czoło, żeby lepiej widzieć. Widok jej smolistoczarnych oczu sprawił, że Annamea z kolei drgnęła ze strachu.

– Pokażę ci coś, głupia cipo – Achaja odwróciła się plecami. Zadarła spódniczkę, pokazując niewolnicze piętno na tyłku. – Byłam waszym śmieciem, małpo – powróciła do poprzedniej pozycji. – I teraz podaj mi choć jeden powód, dla którego nie powinnam cię zabić.

Annamea uśmiechnęła się smutno. Potem wzruszyła ramionami i również odwróciła się plecami, zadzierając kieckę.

– Popatrz sobie na mój tyłek – miała tam bliznę w kształcie cesarskiej lilii, taką samą jak Achaja, tylko trochę mniejszą i lepiej wykonaną. – Ja też byłam śmieciem. Tyle tylko, że dotarłam na sam szczyt służalczej kariery. Jestem Pierwszą Niewolnicą Imperium.

Odwróciła się z powrotem.

– No co? Zamierzasz mnie teraz zabić... siostro?

Achaja zaklęła brzydko.

– To spadaj... siostro. Załatwię tylko twoje wojsko. Ty... – nie wiedziała jak to powiedzieć. – Ty możesz sobie iść.

– Nie.

– No to mamy problem, co? Po raz kolejny okażę się świnią – zakpiła Achaja.

– Świnią to ty nie jesteś – mruknęła niechętnie Annamea. – Nawet nie jesteś jakąś tam szczególnie wredną suką.

– Taaaa? – Achaja końcem miecza odchyliła okładkę książki, którą tamta trzymała w ręce. Zerknęła zaciekawiona. – „Podręcznik taktyki”? – zachichotała. – Co jest? Macie aż takie problemy kadrowe?

– Odejdź na pozycje sprzed ataku. My się wycofamy do pałacu.

Achaja ryknęła śmiechem.

– Podaj mi choć jeden powód, dla którego miałabym to zrobić – powtórzyła.

– Bo tak chcę – warknęła Annamea. – Jestem Pierwszą Nałożnicą Cesarstwa i mam na imię Annamea. A w moim imieniu najważniejsza jest litera „P”.

Achaja zsunęła okulary aż na sam czubek głowy. Trudno ją podejrzewać, żeby nie wiedziała, iż imię „Annamea” pozbawione jest litery „P”. A jednak... Ryknęła chwilę później.

– Harmeeen, wojsko w tył! Lokuj oddziały na pozycjach wyjściowych!

– No co ty??? Lalka! Odbiło ci?

– Lanni! Szlag, grupuj wojsko w ryglowany wachlarz i w tył!

– Lalka... Dobrze się czujesz?

– Wykonać!!!

Achaja zaczęła się wycofywać, patrząc, by któryś z Dahmeryjczyków nie wpakował jej strzały z kuszy.

– Zazdroszę ci, że... – szepnęła Annamea – że twoje wojsko nazywa cię „Lalka”.

– Dotrzymaj umowy – mruknęła Achaja. – Nie chcę widzieć tych twoich Dahmeryjczyków na ulicach.

Annamea odwróciła się i ruszyła w stronę swoich oddziałów. Zignorowała ciche uwagi żołnierzy typu „Kurde! Wyciągnęła nas aż z takiego gówna! Ja cię pieprzę. Jest czarownicą, czy co?”. Zignorowała salutującego jej w niemym podziwie dowódcę gwardii. Podeszła do Mereditha.

– Ona... – wskazała ręką za siebie. – Ona... pracowała przy budowie drogi. Wiesz gdzie?

Czarownik zaprzeczył ruchem głowy.

– Kto ją tak skrzywdził?

Meredith ze zdziwieniem zauważył ślady łez na twarzy nałożnicy. I niby co miał powiedzieć? Że Luan? Że Troy?

– Mistrz Anai – wybrał najbardziej bezpieczną odpowiedź.

– Pieprzysz – Annamea potrząsnęła głową, by pozbyć się łez, które mogły rozmyć jej stopień namalowany na twarzy. – Kurde. Byłam sierotą, porwali mnie, jak miałam kilka lat, potem harem... nie miałam nikogo. Nigdy w życiu. Nikogo. I teraz... Bogowie... spotkałam swoją rodzoną siostrę – pociągnęła nosem. – Może... może mogłabym się z nią zaprzyjaźnić? W innych czasach, w innym miejscu. Bogowie... Moja rodzona siostra! Tak bardzo bym chciała mieć kogoś takiego.

– Ty też jesteś z Troy? – dał się złapać Meredith.

– Nie.

Annamea zdołała się już otrząsnąć.

– Oddział w tył zwrot i marsz do pałacu! – zakomenderowała.

– Ależ pani... – natychmiast doskoczył dowódca gwardii. – To wbrew rozkazom! Ja muszę zaprotestować.

Najbliżej stojący Dahmeryjczyk podniósł lekko swój dragher.

– Tylko spróbuj tknąć mojego oficera, gnojku – szepnął. – Tylko spróbuj choć źle na nią spojrzeć.

Czarne ostrze draghera zalśniło lekko na krawędzi odbijając zagubiony promień światła. Reszta oddziału również patrzyła w tę stronę. Jedno, jedyne oficerskie życie mogło ulecieć ku niebiosom w czasie krótszym niż mrugnięcie okiem.

Rozdział 10

W cesarskiej sali pałacu Syrinx było tylko kilkunastu oficerów. Wszyscy skupieni nad mapami i stosami raportów.

– Gdzie jest Mohr? – gorączkował się cesarz.

– Nie mamy żadnych doniesień – powiedział Tepp.

– Pytam, gdzie jest Mohr?

– Panie, Mohr przebija się przez teren wokół jezior Kua – zaraportował jakiś setnik.

– Czemu tak długo?

Setnik był głupi. Albo niezbyt dokładnie zrozumiał sytuację, swoją własną.

– Mohr nie odciąży Syrinx. Jego jedynym celem jest chyba połączenie się z Bortarem i umożliwienie odwrotu jego armii spod Sonne.

– Psiamać – szepnął cesarz. – Powieście go!

Wezwani żołnierze sprawnie założyli pętlę na szyję pechowego setnika. Przywiązali koniec sznura do ramy okiennej i zepchnęli go w dół, przedtem jednak ozdabiając pospiesznie wykonaną tablicą. Ktoś w ostatniej chwili wykazał się poczuciem humoru. Napis na tablicy brzmiał: „Tak kończą agenci Arkach/Troy (niepotrzebne skreślić)".

– Gdzie jest Kye? – zapytał cesarz.

– Ugrzązł pod Dien Phua – odezwał się Tepp. – Wiem od moich kurierów. Kazałem mu przedostać się do Syrinx najkrótszą drogą.

Cesarz zrzucił ze stołu piękną mapę, której wykonanie kosztowało więcej niż kilka wiosek. Mapa rozdarła się w dwóch miejscach.

– Gdzie jest Mohr? – powtórzył. – Kiedy przybędzie Mohr, pytam???

Nikt nie ośmielił się odezwać.

– Czy jest w pobliżu jakiś nasz oficer, który potrafi jeszcze dowodzić? – ryknął cesarz.

Jeden ze strategów otworzył odruchowo usta, chcąc powiedzieć, że jest... Suhren... który właśnie dowodzi atakiem na Syrinx ze strony Armii Arkach, ale przypomniał sobie dowcipny napis „Tak kończą agenci Arkach/Troy (niepotrzebne skreślić)" i zamknął usta nie wydawszy żadnego dźwięku.

Cesarz podszedł do drugiego stołu. Zerknął na inną mapę. Tę zdobytą na złapanym do niewoli oficerze Troy.

– Trakt Cesarski będzie Główną Drogą Numer Jeden? – spytał sam siebie. – A ten pałac nazwą Zgromadzeniem Ludowym? – powoli studiował pięknie wykaligrafowane napisy wykonane przez wrogich kartografów. Ta mapa też była dużo warta. – Syrinx... Syrinx będzie nosić nazwę Miasta Przyjaźni? Bogowie! – odwrócił się nagle przodem do wszystkich, którzy struchleli. Stali wyprężeni na baczność.

– Co z Ciężkim Korpusem Szturmowym? – ryknął.

– Dostaliśmy straszne wciry – odezwała się Annamea stojąca pod ścianą.

Cesarz jakby dopiero ją zauważył. Spojrzał niezbyt przytomnie.

– Coś ty na siebie włożyła?

Pierwsza Nałożnica Cesarstwa rzeczywiście wyglądała jak istota z innego świata w tym swoim dahmeryjskim mundurze. Osmalona i okopcona, bo z Meredithem musieli się przedzierać przez płonącą dzielnicę.

Annamea zignorowała pytanie władcy.

– Grenadierzy Arkach wykończyli Korpus Szturmowy. Ta część, która została skierowana na Troy, odniosła duże sukcesy, ale... Troy okopało się na pozycjach obronnych wokół Bramy Pokutniczej i czeka, aż Arkach zdobędzie pałac, a potem wyrąbie korytarz do ich pozycji. – nałożnica podeszła do zdobycznej mapy. – O, tutaj – wskazała miejsce, które ciągle jeszcze nazywało się Złotym Zaułkiem. Już za kilka dni, a może wcześniej, miało nazywać się „Punktem Kontrolnym Rozgraniczenia Numer Jedenaście".

– Skąd wiesz? – zapytał cesarz.

– Złapaliśmy łącznika z Troy. Taka jest umowa pomiędzy Zaanem i Biafrą. Wymyślił to Suhren. Troy ma wiązać w obronie wszystkie nasze siły defensywne, a Arkach ma się ruszać i zlikwidować centra dowodzenia. Jak wyrąbią korytarz, to Troy uderzy całą swą masą. Ich stać na uzupełnienia i w każdej chwili mogą wprowadzić do walki zupełnie świeże jednostki. A jakby tego nie było dość, to na... hm... „odsiecz" do Syrinx zmierza jakaś nowa formacja. Niewolnicy wydzielili ze swoich armii „Ochotnicze Siły Interwencyjne". To zwykły korpus pacyfikacyjny w najlepszym znaczeniu tego słowa. Wojsko do dupy, dowodzone według regulaminów pisanych w ogromnej ilości przeróżnych krajów od gór aż do morza. Ale... dam sobie rękę uciąć, że pacyfikować potrafią jak nikt na świecie. No i... jest ich pięćdziesiąt tysięcy. Jak się połączą z siłami Troy lub Arkach to już po nas. Na razie nie mają co żreć, bo spalili wszystko stąd do Sonne. Ale to żadna pociecha. Zamierzają się nażreć w Syrinx. Będą tu szybko, bo głód ich pcha.

– A Mohr?

– Ten biedak za oknem – Annamea wskazała wiszącego setnika – miał rację. Mohr zamierza tylko wytrasować korytarz do Sonne i umożliwić ewakuację armii Bortara. Najemnicy woleliby już nie ginąć – wyjaśniła. – Tym bardziej, że nie wiadomo, co z żołdem po upadku Cesarstwa... Oni chcą już tylko pomóc kolegom spieprzać na Północ – Annamea westchnęła ciężko. – Jeśli się uda, wyrąbią swój korytarz, przeprowadzą ewakuację dwóch armii i... Bortar wraz z Mohrem wystawią swoje wojska na giełdzie najemników gdzieś daleko, w zimnych krajach.

– Toż nikt ich nie kupi, zdrajców!

– Normalnie nikt by ich nie kupił. Ale teraz... Po stratach, jakie poniosły w walce z nami Królestwa Północy, potrzebują żołnierzy. Tam przecież wieczne wojny między nimi. Kupią. I Mohra, i Bortara, i nawet Kye, jeśli uda mu się przebić na Wschód – nałożnica uśmiechnęła się smutno. – Czyż nie fajnie mieć u siebie na służbie swojego własnego pogromcę? – miała na myśli głównie Mohra, który rozsmarował armie Królestw Północy w niedawnej kampanii.

– Śnisz! – zawyrokował cesarz. – Troy i Arkach nie pozwolą na to.

Dziewczyna wzruszyła ramionami.

– To już polityka... Coś, co nie jest na mój babski rozum. Jednak... na mój babski rozum to Troy i Arkach będą miały tutaj zbyt wiele kłopotu z „ochotniczymi armiami niewolników", które zresztą sobie same na kark włożyły, by myśleć o sprawach Północy. Nie mówiąc już o drobnym fakcie, że same wystawiły Królestwa Północy do wiatru w trakcie kampanii, więc... zgoda między nimi nie zapanuje raczej w dającym się przewidzieć okresie.

Cesarz potrząsnął głową.

– Mów – rozkazał. – Mów, coś tam wymyśliła z tym czarownikiem. A raczej... co on ci powiedział.

– Służę – Annamea nachyliła się nad zdobyczną mapą z obcymi nazwami. – Jeśli Mohrowi uda się wyrąbać korytarz do kolegów z armii Bortara pod Sonne, to Luan podzieli się na trzy pasy. Północ w rękach najemników, bo przecież muszą się drogo sprzedać, a więc w pewnym sensie w naszych rękach, nawet po upadku Cesarstwa. Dwie armie Mohra i Bortara ustanowią pewnie jakiś rząd tymczasowy, a jak dołączy do nich Kye, to może nawet pochwycą jakieś książątko, najlepiej nieletnie, i utworzą Królestwo. Środkowy Zachód i Środkowy Wschód będą pustoszone przez armie niewolników, aż zabraknie żarcia. Co będzie potem, trudno przewidzieć. Najlepsze prowincje na wybrzeżu będą w żelaznych łapskach Arkach i Troy. Tu wszystko odbędzie się kulturalnie. Żadnych bezsensownych mordów i pacyfikacji. Oni są rzeczowi. Oni już podzielili strefy wpływów, określili linie rozgraniczenia swoich armii. Każdy wziął, co mu się należało. Nic więcej, bo ani Troy nie rzuci się na Arkach, ani Arkach na Troy. Zbyt są osłabieni kampanią. Zbyt wiele pieniędzy mają do stracenia. Żeby zachować pokój, ktoś zabije Królową Arkach, ktoś otruje Króla Troy. Ponieważ najlepszym rozwiązaniem będzie teraz małżeństwo Wielkiego Księcia Oriona z Księżniczką Achają. To zagwarantuje pokój i ogromne zyski na najbliższe dziesięć lat. A potem... to już w rękach Bogów – nałożnica przymknęła oczy. – Małżeństwo Achaja i Orion pogrzebie Luan. Będą musieli. Będą musieli to zrobić... Będą mieli armie niewolnicze na karku, będą mieli Chorych Ludzi na Zachodzie, będą mieli Symm na Wschodzie, które aż zatchnie się nienawiścią, że nie uczestniczy w podziale łupów. Będą musieli się zjednoczyć, żeby przetrwać. A potem to będzie najpotężniejsze małżeństwo na świecie! Chciane czy niechciane... ślub będzie, a uczta weselna zakończy istnienie Luan na zawsze.

– A Zakon?

– A o Zakonie to już mi pan czarownik nic nie powiedział.

– Właśnie! – cesarz uczepił się tej myśli. – Zakon! Przecież oni nie pozwolą na małżeństwo Achai z Orionem. Toż Luan ostoją Zakonu, jego ramieniem i gwarantem potęgi! Zakon przyśle swoje wojska.

– Zakon przyśle swoje wojska, panie – odezwał się milczący dotąd Meredith. – Tylko po to, żeby rozbić ślub między Achają i Orionem. Poprą tego, kto będzie górą, bo sprawy zaszły już za daleko. Oni nie chcą „tylko" ślubu. Obojętnie – Arkach czy Troy... wszystko jedno. Byle tylko nie Arkach i Troy razem, w jednej łożnicy. Tylko to jest ważne. Byle tylko Orion nie sprokurował dziecka Achai. Ponieważ to dziecko będzie na tyle silne, żeby rozbić Zakon w trzy modlitwy. I tylko o to im chodzi – czarownik wzruszył ramionami. – Naprawdę nikt nie przywiązuje wagi, czy Orion zrobi to osobiście, czy też „posiłkując się" wynajętym szlachcicem. Jeśli Achaja okaże się brzemienna, będzie można zacząć odliczać czas do zagłady Zakonu. To będzie koniec władzy Bogów na świecie. To jedno, malutkie, nawet niepoczęte jeszcze dziecko... będzie panem znanego nam świata! I tylko tego boi się Zakon.

– Orion za stary na takie sztuczki – cesarz najwyraźniej czepiał się choćby mglistych nadziei. – Ktoś go w Troy wyroluje.

– Panie – Meredith zgiął się w ukłonie. – Przecież znasz sekrety pałacowe tysiąc razy lepiej ode mnie. Wielki Książę Orion jest nominalnie głównodowodzącym Armii Zachód Troy. Jeśli on okaże się za stary albo „ktoś go wyroluje" w Troy, to... ma przecież dwie córki. Dojdzie do małżeństwa nawet dziewczyny z dziewczyną, choćby się mieli śmiać z tego na innych dworach, ale... to będzie „śmiech przerażenia". Maghrea w zastępstwie ojca wyjdzie za Achaję, a podstawiona szlachta zrobi resztę. Dziecko będzie! Choćby nawet Achaja była bezpłodna. Znasz przecież etykietę lepiej niż ja, panie. Dziecko będzie, choćby miały zająć się tym całe tabuny podstawionej szlachty po obu stronach. A to dziecko... będzie Biczem Bożym na władzę Zakonu nad światem! To będzie absolutny koniec znanej nam cywilizacji. To dziecko będzie kresem naszego istnienia.

Cesarz potrząsnął głową i znowu podszedł do zdobytej na wrogach mapy. Pochylił się nad kolorową płachtą, studiując napisy w rodzaju: „Ogrody Rolnicze – dawniej: Centralny Park Cesarski". Albo: „Miejsce wyładunku zaopatrzenia, dawniej: Główny Imperialny Port Rzeczny". Czy też: „Zaplecze gospodarcze prefektury – uwaga dla oficerów zaopatrzeniowych: w razie zgubienia drogi nie pytać o zaplecze gospodarcze, bo nikt z miejscowych nie będzie znał tego określenia, ludność Miasta Przyjaźni może jeszcze przez jakiś czas reagować na nazwę »Serce Syrinx«".

– Ludność może jeszcze przez jakiś czas reagować na nazwę „Serce Syrinx"... – szepnął cesarz. – Bogowie...

Odwrócił się do swoich oficerów.

– Czy mamy jeszcze jakieś odwody?

– Tak panie! – wyrwał się jeden ze strategów. – Uzbroiliśmy ludność z ubogich dzielnic. Gwardia rekrutuje przymusowo mężczyzn i wyposaża w uzbrojenie marynarki wojennej.

– Marynarki wojennej? Tutaj?

– Tak panie, bo... tylko marynarka ma jeszcze nienaruszone magazyny – strateg opuścił głowę. – Ja, panie, mogę udać się do Mohra i sprowadzić go tutaj.

– Ja pójdę do Bortara z rozkazem Waszej Cesarskiej Mości – krzyknął inny. – Przyjdzie tutaj, bo mu każę!

– A mnie proszę oddelegować do Kye. Na pewno odnajdę drogę.

– A ja mogę pertraktować z Królestwami Północy, tylko dajcie, panie, glejt na opuszczenie stolicy.

– Ja muszę skontrolować oddziały murowe. Jeśli dasz, panie, prawo przejścia...

– Ja pojadę do króla Troy. Wszak nie waży się niszczyć Syrinx, jeśli tylko wytłumaczę mu...

– A ja pozostanę przy tobie, panie – powiedziała nagle Annamea, ucinając jak nożem krzyk oficerów usiłujących wydostać się z matni. W zapadłej nagle ciszy dodała cicho. – Ostatnia wierna. Zawsze wierna.

Zapadła cisza była tak idealna, że po dłuższej chwili do uszu obecnych dotarły, ledwie słyszalne, niesione wiatrem komendy dla oddziałów szturmowych Arkach.

– Ja też zostanę przy tobie, panie – odezwał się milczący dotąd Naczelny Wróżbita Cesarstwa.

– Ja też nigdzie się nie ruszam.

Wszyscy odwrócili głowy. Pod ścianą, tuż przy drzwiach, stał Nolaan. Trzęsąc się w gorączce, średnio przytomny, ale stał. Oficerom zrobiło się wstyd.

– Panie! Wybaczcie moje wcześniejsze zachowanie – powiedział strateg, który spowodował całe zamieszanie. – Ja również jestem na wasze rozkazy.

– Panie... Proszę mnie ściąć albo wyznaczyć na dowodzenie najbardziej zagrożonym odcinkiem – dodał drugi, klękając.

Meredith przygryzł wargi. Antyk odchodził jednak bez strachu – pomyślał. To właśnie teraz. Tu właśnie rozgrywał się los cywilizacji. Bogowie... jaka będzie teraz?

– Panie... zasłonię cię własnym ciałem – kolejny oficer klękał przed cesarzem.

Cesarz jednak nie zwracał na to uwagi. Nie przeczuwał nawet, że jego epoka odchodziła w niepamięć.

– Co powinienem teraz zrobić? – spytał.

– Musisz się udać do jednej z wież oporowych, panie – szepnął Nolaan z wyraźnym wysiłkiem. – To ostatnia chwila, panie. Arkach szturmuje mury pałacu i będą tu za kilka modlitw.

– Jak to... mury pałacu? – zdziwił się cesarz. – Tam są przecież najlepsze, doborowe jednostki.

– Tam są jedynie jednostki pomocnicze – szepnął Nolaan. – Które właśnie pierzchają w panice, więc chodźmy do wieży oporowej póki czas.

– Panie... Mam na podorędziu oddział ciężkiej jazdy – zaproponował jeden z oficerów. – Jeśli zgodzisz się dosiąść konia, panie, możemy jeszcze wyrwać się z Syrinx.

– Skieruj swoją jazdę na Arkach – powiedział Nolaan. – A my chodźmy do wieży oporowej. I to szybko.

– Dobrze... – cesarz rozmasował skronie. Ręce drżały mu wyraźnie. – Do Bramy Powietrznej – zakomenderował cichym głosem.

Część oficerów ruszyła przodem, reszta otoczyła swojego cesarza zwartym kordonem. Meredith uznał, że najwyższy czas odłączyć się od zbyt niebezpiecznego orszaku. Nie zamierzał spędzić reszty życia w wieży oporowej po tym, co pokazała mu Annamea.

Sama nałożnica jednak również nie zamierzała skierować się do Bramy Powietrznej.

– Panie! – krzyknęła tak głośno, że można było mieć wątpliwości, czy cesarz zachował jeszcze zdolność słyszenia czegokolwiek. – Mam swój korpus dahmeryjski piętro niżej. Pozwól zostać i walczyć!

Cesarz spojrzał na nią, jakby nie słyszał słów.

– Pozwalam – szepnął. Wyraźnie trzęsły mu się ręce.

– Ostatnia wierna! Zawsze wierna!

Annamea skrzyżowała ramiona nad głową. Znak niewolników: „Będę służył". Znak dahmeryjskich najemników: „Dopiero jak utną mi te ręce, skończę służbę".

Co za parodia. Niewolnicy i najlepsi najemnicy świata posługiwali się tym samym znakiem.

Meredith, nie czekając na oddalenie się cesarza ze służbą, ukrył się szybko w bocznej komnacie wykorzystywanej do przyrządzania posiłków. Schował się za kotarą oddzielającą podręczną kuchnię od pokoju służby.

Niezbyt długo był sam. Przez szczelinę w kotarze zauważył po chwili Naczelnego Wróżbitę Cesarstwa, który usiłował się ukryć za skrzynią z naczyniami. Kilka chwil potem dołączyła do nich Annamea z dragherem w dłoni. Wpadła dokładnie na wróżbitę. Odrzuciła dragher i wyszarpnęła nóż zza opaski na udzie. Wróżbiarz jednak miał już w dłoni sztylet. Przypadli do siebie.

– Ty gnoju!

– Ty suko!

– Hee... A dlaczego nie jesteś z cesarzem?

Wróżbita aż kipiał nienawiścią.

– Jestem setnikiem Armii Troy, suko! – warknął. – I zaraz moi ludzie tu będą, ladacznico.

– O żesz ty... – syknęła Annamea. – Jestem pułkownikiem Armii Arkach, świnio! A ponieważ jesteś niższy stopniem, masz słuchać moich rozkazów, „sojuszniku"!

– Eeee... Zalewasz... Armia Troy będzie tu za parę modlitw.

– Nie zalewam, małpo. Armia Arkach będzie tu szybciej!

– Ty czekaj... nie pierdzialnij mnie tym nożem, sojuszniku.

– A ty weź ten sztylet, panie setniku.

– No dobra, pani pułkownik... Obydwoje robimy dwa kroki w tył i pokój między nami, jak to już nasi dowódcy wcześniej ustalili.

– Dobra.

Obydwoje ostrożnie zrobili krok w tył.

– Annamea, nie wygłupiaj się – warknął wróżbiarz. – Nie macaj drugiego noża!

– A ty wyjmij łapsko spod szat!

– No dobra... wyjmę... Jeszcze krok w tył i... pozostajemy w przyjaźni.

– No... – Annamea przygryzła wargę. – Kurde, masz szczęście, panie setniku. Piętro niżej jest oddział dahmeryjski i jakbym tylko gwizdnęła...

– Ty też szczęśliwa, pani pułkownik. Mam oddział szturmowy poselstwa Troy. Prawie trzystu ludzi ubezpieczenia przebranych za służbę.

– Wiem, wiem...

Patrzyli na siebie nieufnie. Piętro niżej jednak rozległy się krzyki i pierwsze wystrzały. Meredith uznał, że czas już, by się ujawnić. Chrząkając, by ich uprzedzić, wyszedł zza kotary.

– Ja przepraszam – mruknął. – Nie jestem ani niczyim pułkownikiem, ani setnikiem. Ja jestem zwykłym czarownikiem. Czarownikiem i już. Bez stopnia w żadnej z armii...

Ktoś przedzierał się właśnie przez schody prowadzące do sali cesarskiej. Pomocnicze jednostki Luan, które zgromadzono w pośpiechu do obrony pałacu, pierzchały właśnie. Dowcip z barykadami nie udał się. Arkach nie potrzebowało sześćdziesięciu jeden modlitw do ich zdobycia. Dziewczyny okazały się pozbawione poczucia humoru i nie śmiały się przez sześćdziesiąt modlitw na widok barykad na dole. Wystarczyła im ta jedna, przeznaczona na szturm.

Meredith drgnął na widok żołnierzy z jednostek szturmowych. Zauważył Achaję i jeszcze kogoś wydającego rozkazy. Nie wiedział, że ślicznym młodzieńcem, bladym i jakby zaspanym, był Biafra. Nie znał w ogóle tego człowieka. Wyszedł z cienia, by go mogli dostrzec.

– Pani!

– Meredith! – krzyknęła Achaja. Rozpoznała go natychmiast. – Ale spotkanie, co?

Schamiała. Nie mógł sobie wyobrazić, by z czasów, kiedy ją znał, potrafiła krzyknąć coś takiego i... i... z takim prawie prostackim akcentem. Ależ była piękna. Wydoroślała, teraz widział dokładnie, i stała się kobietą. Bogowie, ależ była śliczna! Tylko te czarne płytki na oczach... Księżniczka Achaja, wspomnienie sprzed lat, z czasów, kiedy wszystko nie było jeszcze tak strasznie skomplikowane. Wspomnienie z poprzedniej epoki. Biedne dziecko, teraz kobieta na czele szturmowych oddziałów Arkach.

– Pani! – ryknął nagle Biafra na widok Annamei. – Pani pułkownik! Już jest pani wśród swoich.

– Panie generale... – nałożnica nie potrafiła ani salutować ani nawet stanąć na baczność zgodnie z regulaminem Armii Arkach. – Ja...

– Pani pułkownik – Achaja natomiast zasalutowała zgodnie z regulaminem. – Major Achaja melduje przybycie odsieczy!

Oczy Annamei zaszły mgłą.

– Ja cię pierdolę! – usiadła nagle na podłodze w pozycji nielicującej zupełnie z godnością wyższego oficera. – Kurwa!!! Nasi tutaj...

– Tak jest, pani pułkownik.

Annamea płakała, nie starając się ukryć łez.

– Ja cię pieprzę... Tyle lat w łóżku tego gnoja, pierdolonego cesarza, a teraz... jestem prawdziwym pułkownikiem.

– Tak, pani pułkownik – odezwał się Biafra. – Tu jest pani mundur – pstryknięciem palców przywołał przyboczną. – Pani mundur ze wszystkimi odznakami i baretkami.

– Za zwycięstwa łóżkowe?

– Za to, że dzięki pani wygraliśmy kampanię. Pani pułkownik, z całym szacunkiem.

Oddział szturmowy uformował się w linię i stanął na baczność.

– Proszę się przebrać – powiedziała Achaja. – Wokół same dziewczyny, a tych paru mężczyzn odwróci się w odpowiednim momencie. I... – dodała, schylając się nad siedzącą dziewczyną. – Straszne dzięki za informacje o strategii Luańczyków pod Yarra! Dzięki pani te wszystkie dupy wokół jeszcze żyją.

Annamea podniosła wzrok.

– Shha! Zasłona.

Chorąży zerwała firanki z najbliższego okna. Obie osłoniły pułkownika i pomogły mu się przebrać w mundur Arkach. Annamea w króciutkiej spódniczce i w obcisłej skórzanej kurtce była tak strasznie ładna. Dziewczyny z oddziału spoglądały z zazdrością. Wszystkie jednak wykonały przepisowe „prezentuj broń", kiedy Biafra zasalutował nałożnicy.

– Pani pułkownik...

– Cesarz ucieka przez Bramę Powietrzną. Możecie go jeszcze odhaczyć, jeśli macie dobrych strzelców.

Biafra rzucił się do okna. Wywalił framugę jednym kopnięciem.

– Mayfed!!! – krzyknął.

Dziewczyna w balowej sukni z koronkami przyskoczyła natychmiast.

– Szeregowy Mayfed melduje się na rozkaz!

– Widzisz tego ze złotem na twarzy? To cesarz – wskazał ludzi na chybotliwej kładce prowadzącej z pałacu do wieży oporowej. – Trafisz?

– A czemu nie?

– No to co cię wstrzymuje?

Mayfed wzruszyła ramionami. Oparła nogę na parapecie, podciągając swoją koronkową suknię nad kolano. Mierzyła krótko.

– Mayfed – powiedziała Annamea. – Traf gnojka.

– Się robi, pani pułkownik.

Strzał padł dosłownie chwilę potem. Postać we wzorzystej szacie poszybowała w dół, wzbudzając panikę wśród towarzyszących jej, ledwie widocznych sylwetek.

– Mayfed, kurwa – szepnął Biafra. – Masz ode mnie folwark i pięć wsi!

– Tak jest, panie generale – szeregowy zaczęła ładować swój karabin. – Dziękuję, panie generale!

– Dzięki, Mayfed – szepnęła Annamea oszołomiona.

– No nie ma sprawy, pani pułkownik – szeregowy stanęła na powrót w szeregu. – Ja tam zawsze miałam dryg do strzelania z czegokolwiek. Jak z procy przypierniczyłam koledze w dzieciństwie, to go dziesięć dni medyki leczyły, a matka mnie sprała, aż się zsikałam. Taki dryg mam do tego normalnie.

– No! – potwierdziła Shha. – Wszystko jedno z czego... Mayfed zawsze trafi. Eeeee... pamiętam, jakeśmy w kulki grały, to na Mayfed można było postawić życie przeciwko jednemu brązowemu.

– No – mruknęła Zarrakh. – Tylko z chłopakami jej się nie udaje. Noż kurde, dość ładna przecież, a tu nic.

Annamea podeszła do szeregowej wyprężonej już w pozycji na baczność.

– Uda ci się kiedyś, siostrzyczko – powiedziała. – Wierzę, że ci się kiedyś uda.

– No nie ma sprawy, pani pułkownik – powtórzyła Mayfed. – Pieprzę ich wszystkich. Mam Zarrakh. Jej też nie idzie w życiu – uśmiechnęła się nieśmiało. – Takie my dwie nieudacznice. Na jaki szlag rodzili takie głupie pindy jak my?

Po policzkach Annamei popłynęły łzy.

– Jesteście... – powiedziała cicho. – Jesteście najlepszymi ludźmi, jakich spotkałam w życiu – przygryzła wargę. – A wielu spotkałam. Możecie mi wierzyć...

Przerwały im gromkie okrzyki z przedmurza pałacu:

– Tu czołówki Armii Troy! Nie strzelać, sojusznicy! Nie strzelać!

– Tu Armia Arkach! – ryknęła Harmeen. – Możecie przejść.

– Nie strzelać! Nie strzelać! Tu czołówki Armii Troy!

– Yyyyyyeeeeeeeaaaaaaaaa!!! – zawyła Lanni. – Mamy Luan na rożnie! Ahhaaaaaaaaaaaaaaaaaa!!!

– Aaaaaaaaaaaaaaaaa!!! Troyyyyyyyyyyyyyy! – cały oddział zaczął krzyczeć nagle. – Troyyyyyyyyyyyyyyy!

– Cześć dziewczyny! – czyjś ryk wzniósł się ponad ogólny wrzask sojuszniczych oddziałów. – Słyszeliśmy, że Arkach dało popalić Luaaaaaaan!

– Yyyyyyyyyyyyyyyyyaaaaaaaaaaaaaaa!!!

Umorusani szturmowcy Troy ukazali się na schodach.

– Ja cię pierdolę! – jakiś setnik ukląkł na zdobionej posadzce. – Serce Imperium!

– Kurwa, ludzie... Uwierzycie w coś takiego??? – wył jeden z szeregowców.

– Zabiłyśmy cesarza – darła się Lanni.

– Czekaj, czekaj... Ciiiii... co? – kilku ludzi wokół usiłowało uciszyć resztę.

– Zabiłyśmy cesarza – powtarzała Lanni.

– Ja cię... Dziewczyny zapierdoliły cesarza! No popatrz... i w Arkach jakiś żołnierz się zdarzył z głową na karku.

– Uuuuuuuuuuu... A wino macie?

– A bierz se, co chcesz, ślicznotko.

– Zdobyłem Syrinx! – krzyczał jakiś rekrut z Troy. – Zdobyłem Syrinx!!! We wsi nie uwierzą, że byłem w pałacu.

– A mi nie uwierzą, że całowali mnie żołnierze obcego królestwa – Harmeen usiłowała wyrwać się z licznych ramion sojuszniczych sił. – Psiamać, puść małpo. Jestem oficerem!

– Przestań mnie całować, świnio – Lanni też była zagrożona. – Tfu! Nie w usta! Jestem porucznikiem... Tylko nie w usta!

Inne dziewczyny zignorowały swoje stopnie. Oprócz Achai, do której nikt nie podszedł. Jej sława nie ominęła szeregów Troy. Każdy ją rozpoznał i każdy... trzymał się przynajmniej na odległość kilku kroków.

Dziewczyna podeszła do Mereditha. Uśmiechnęła się jakoś tak smutno.

– Może ty mi przynajmniej dasz buzi – szepnęła. – Po starej znajomości, co?

Ale schamiała. Meredith pocałował ją w czoło. Pachniała prochem i całkiem niezłymi pachnidłami. Nie bał się jej oczu, ale czuł bijącą od niej moc. To już nie była dziewczynka, którą ktokolwiek z ludzi na świecie mógł zmusić, żeby stała na oficjalnej uczcie. Miała tak strasznie prostacki akcent. W Arkach pewnie uchodziła za perfekcyjnie wykształconą. W rodzinnym Troy jednak nawet służba syczałaby zgorszona, widząc liczne błędy w jej przydechach. Wyglądała właściwie jak chłopak, smagły, umięśniony, nieprawdopodobnie sprawny chłopak. Była kobietą, owszem, to się czuło, ale... rozmawiała jak mężczyzna. Było w niej coś dziwnego. Coś, co sprawiało, że jednocześnie chciało się ją pocałować i... uciekać daleko.

– Witam okupacyjne armie – ponad ogólny krzyk wybiły się czyjeś słowa. Straszne, choć niezbyt głośne. Słowa zwiastujące rychłą śmierć. Dokładnie... Dokładnie tak. To było jakby sama śmierć mówiła. Krzyk ucichł nagle.

Samotna, trzęsąca się w gorączce postać stała oparta o ścianę.

– To Nolaan! – pierwszy rozpoznał go Biafra. – Achaja! Osłoń mnie natychmiast!

Annamea skrzywiła się lekko. Orion, Sirius i Zaan, którzy właśnie pojawili się na schodach wraz z drugą linią atakujących wojsk, nie zdążywszy nawet przywitać się z sojuszniczym dowództwem, odruchowo zerknęli za siebie.

– Achajaaaaaaaaaaaa!!! – ryknął Biafra tak głośno, że można było podejrzewać zerwanie strun głosowych. – Stań z przodu!

Księżniczka wysunęła się naprzód zdezorientowana. Wyjęła swój miecz. Nolaan... O kurwa!

„Książątko z prowincji" zerknęło na nią niezbyt przytomnie tymi swoimi malutkimi oczkami.

– Spadaj, koleżanko – Nolaan oderwał się od ściany i niepewnym krokiem ruszył naprzód. – Do ciebie nic nie mam.

– Jak mi tylko tkniesz Biafrę, to... – przełknęła ślinę.

– A kto to jest Biafra? – popatrzył szczerze zdziwiony. – Srał go pies.

Nolaan pożeglował w stronę Annamei.

– Szybko zmieniasz barwy, ladacznico.

Nałożnica uśmiechnęła się lekko.

– Problem w tym, że nigdy ich nie zmieniam. Od bardzo dawna jestem żołnierzem Armii Arkach – popatrzyła mu prosto w oczy. Mała, bezbronna wobec mistrza, wobec szermierza natchnionego.

– „Ostatnia wierna, zawsze wierna..." – zakpił. – Chcesz być naprawdę „ostatnia"?

– Bo widzisz – dziewczyna podeszła bliżej, prawie go dotykając. Wiedziała, co to strach, ale trochę za dużo go już w życiu odczuła, żeby cokolwiek okazać. – Jeśliby tylko amfiteatry dopuszczały aktorów kobiety, to byłabym najlepsza.

– Zabiję cię, donosicielska suko.

– Zabij mnie. No proszę, zabij mnie teraz.

– Sądzisz, że ci ludzie cię ochronią? Że pomoże ci ta dupa Hekkego? – wskazał na Achaję.

– Nie. Zabij mnie. Tylko nie jako donosiciela, gnoju! Zabij mnie jako twojego wroga.

Skrzywił się.

– Nie cierpię skamlenia psów, które chcą dołączyć do wilczego stada.

– Byłam trzynastoletnią dziewczynką w Arkach, kiedy moje miasteczko zostało napadnięte przez twoje kochane Luan. Byłam bardzo ładna. Jak mnie złapali, od razu posłali do haremu. A tam... wiesz, co się robi nowym niewolnicom? Toż ona ma służyć w łóżku, a nie odczuwać przyjemność. Wiesz, co czuje trzynastoletnia dziewczynka, jak ją rozkraczają na stole i obcinają łechtaczkę? Wiesz, panie księciu z ostrym mieczem? A jak ci wypalą znak na tyłku? Wiesz? Wiesz, jak to jest? Jak się czuje trzynastoletnie dziecko wśród obcych bite mokrymi szmatami, żeby nie zniszczyć skóry, ale żeby poczuło ból i nauczyło się wymawiać słowa z należytym akcentem? Wiesz, co to jest dosłownie zrzygać się z płaczu??? Wiesz, jak to jest, jak mała dziewczynka wali głową w mur, bo nie może wytrzymać bólu spowodowanego przez pas cnoty? I... i powiem ci jeszcze jedno. Byłam zajebiście ładna – Annamea dowiodła, że zapas wojskowych przekleństw jest jej jednak znany. – Byłam przeznaczona dla najwyższych łóżek w imperium, ale przedtem... W tej całej mojej samotności i zagubieniu przyszła do mnie jedna kobieta. Też niewolnica. Powiedziała, że nie jestem sama, że są inne takie jak ja. Że mogę być kimś nawet w tym całym poniżeniu. Powiedziała, że mogę służyć. Że mogę służyć, jak pies na łańcuchu! Powiedziała, żebym pracowała dla wywiadu Arkach. A ja mało jej w tyłek nie pocałowałam z wdzięczności. Już nie byłam sama, Nolaan. Byłam znowu kimś, malutkim kimś. Malutkim donosicielem, malutkim zdrajcą, malutkim agentem, który miał szeptać słówka do uszu, które mnie słuchały. Słuchały! Bo tu nikt mnie nie słuchał. Grałam dobrze. Grałam miłość do Luan, miłość do cesarza, udawałam orgazmy w jego łóżku, udawałam, że takiego mężczyzny nie ma nigdzie na świecie. Nauczono mnie tego. Zostałam Pierwszą Nałożnicą Cesarstwa. I szeptałam ciche słówka do tych uszek, co chciały mnie słuchać. Byłam w tym dobra. No i tkwiłam w najważniejszym łóżku Luan. Przez cały czas... Awansowałam. Byłam pułkownikiem Armii Arkach, świnio. A nie niewolnicą z obciętą łechtaczką i znakiem wypalonym na tyłku! – Annamea zagryzła wargi. Wskazała na rząd baretek na swoim mundurze. – O! Ta tutaj to chyba za udawany, imperialny orgazm po ostatniej bitwie o Yach. A ta... to chyba za doprowadzenie do imperialnego wzwodu po kłótni z imperialną żoną – roześmiała się.

– Przestań – szepnął Nolaan.

– A zabij mnie. Nie zależy nikomu. Mam tylko nadzieję, że ta „dupa Hekkego" wypruje ci potem flaki!

Nolaan opuścił głowę. Zdrową ręką otarł pot z czoła.

– Przepraszam cię, Annamea – szepnął. – Przepraszam cię.

Gorączka trzęsła nim coraz bardziej. Nie bardzo mógł się skupić.

– Każdy człowiek przecież ma prawo powiedzieć „przepraszam" – potrząsnął głową. – Każdy ma prawo powiedzieć „myliłem się". No... przykro mi. Nie wiedziałem.

– Wszyscyście „nie wiedzieli".

– Wybacz, proszę. No dobra... jestem głupi jak but, ale na kolanach proszę o wybaczenie!

– Wybaczam. Przeprosiny zaakceptowane – powiedziała Annamea oficjalnie. – I nic więcej.

Odwróciła się od niego plecami.

– Czy... – spytał jeszcze. – Czy „Annamea” to twoje prawdziwe imię?

– Nie! – warknęła.

– A jak...

– Niech to zginie! Niech moje imię zginie razem ze mną! Niech przepadnie razem z moim zasranym życiem!

Nolaan zrobił krok w tył. Wyjął swój miecz, ale przewrócił się o ostrze, zawadzając nogą. Usiadł na tyłku, patrząc wokół niezbyt przytomnie.

– Kto zabił cesarza? – spytał.

– Ja – odparła Mayfed. Podniosła lekko swój karabin, ale nie celowała jeszcze. – Mnie też pan chce zabić?

– Mhm.

– No nie ma sprawy – roześmiała się. – Spróbuj, kotku. Mam w lufie jeden nabój. Strzelę raz prosto w twój pyjor, a potem wyrwę karabin tej tutaj – wskazała na stojącą obok Chloe – i strzelę jeszcze raz. Zdążysz coś zrobić w tym czasie, siedząc na podłodze?

– Owszem.

– No to spróbuj – Mayfed podniosła swoją broń trochę wyżej. – No?

– On to zrobi – wtrąciła się Achaja. – On cię zabije, więc zrób, proszę, dwa kroki w tył, a Chloe i Lanni cię zasłonią.

– Niech spróbuje...

– Szeregowy! – warknęła Achaja. – Wykonać rozkaz! Bo... On to naprawdę zrobi – podeszła do

Nolaana. – A może spróbuj ze mną, panie Ważny Ważny, co?

– Jak chcesz... Ale nic do ciebie nie mam – usiłował wzruszyć ramionami, ale to tylko spowodowało grymas bólu na jego twarzy. – Jesteś zwykłym żołnierzem walczącym dla kogoś tam.

– Nie zabijesz żadnego z moich ludzi, braciszku.

– Głupia jesteś, moja siostrzyczko. Wyjątkowo głupia – westchnął. – Ale jak chcesz się spróbować, to nie ma problemu. Tylko pomóż mi wstać.

Achaja wyciągnęła rękę. Pomogła mu się podnieść. W trwającej ciągle ciszy rozległ się cichy głos Biafry.

– Mayfed, kurwa! Na co czekasz?

Mayfed nie mogła wycelować precyzyjnie zza wyższych od siebie Chloe i Lanni. Strzeliła jednak Nolaanowi prosto w brzuch. Książę Sirius wyrwał jakiemuś kawalerzyście lancę i uderzył przewracającą się postać w plecy. Żołnierze zaczęli wyć. Jakiś szturmowiec Troy chwycił ciężkie krzesło i walnął Nolaana prosto w głowę. Ktoś ze zwiadu Arkach wbił mu w plecy sztylet...

– Staaaaaaaać! – wyła Achaja.

Nie mogła powstrzymać ciosów nożami tych, co stali najbliżej. Nie mogła powstrzymać strzałów tych dziewczyn i tych kuszników, którzy mogli choćby zobaczyć w ciżbie postać leżącą na podłodze. Zasłoniła go własnym ciałem.

– Stać!

Żołnierze odstąpili nieco.

– Jakąkolwiek zniewagę uczynioną temu człowiekowi będę uważała za zniewagę uczynioną mnie osobiście – powiedziała Achaja złowrogo, powtarzając nieświadomie słowa, które wypowiedział Nolaan na tej sali nie tak jeszcze dawno. Otrząsnęła się, a potem nachyliła nad ciałem.

– Ty... żyjesz jeszcze?

– No chyba trochę tak – stęknął.

– Mogę ci jakoś pomóc?

– Mhm... Pomóż wstać, jak mówiłem.

Podniosła go na rękach. Nie spodziewał się, że jest aż tak silna. Nawet w tym stanie, nawet krwawiąc z licznych ran, z krwią dosłownie wylewającą się ust, spojrzał z cieniem zdziwienia.

– No to...

– Chcesz? – spytała.

– Stawaj. Jestem ci coś winny.

Odskoczyła, wyciągając swój miecz. Nolaan nie był w stanie podnieść swojego. Dobył noża i ustawił się w pozycji, usiłując otworzyć szerzej oczy tak, by móc zobaczyć cokolwiek.

– No?

– Co? – nie zrozumiał.

– No... atakuj.

– Dobra – podszedł na chwiejnych nogach i wytrącił jej miecz jak trzyletniemu dziecku grzechotkę. – No i co dalej?

Achaja przełknęła ślinę zmieszana.

– Podnieś miecz – powiedział, usiłując wytrzeć rękawem krew lejącą się z ust. Nie widział już niczego. Gorączka i ból trzęsły nim tak, że nie bardzo wiedział, gdzie się znajduje.

Achaja podniosła swój miecz. W jednej chwili w jej ustach pojawiły się kły. Runęła do przodu w zwodzie tak strasznym, że mogłaby zmieść z powierzchni ziemi cały pułk szturmowców Luan...

Nolaan znowu wybił jej miecz z ręki, przyparł do ściany i przyłożył nóż do szyi.

– No i co? – szepnął, mocząc jej mundur krwią. Chyba nie bardzo już wiedział, o czym mówi. Był trupem. Odchodził w niepamięć razem ze swoim Cesarstwem. – Co... co... – spojrzał na moment przytomniej. – Co my tu robimy, siostro? – rozpłakał się nagle. – Co my tu robimy w tej masie chłopstwa i chamstwa? Ja cię chrzanię... Tu nie nasze miejsce, nie nasze... My, inteligenci, przecież powinniśmy siedzieć w swoich domach i czytać książki. Co my tu robimy wśród tych mas zezwierzęconego chłopstwa, wśród tych wyjących chamów? Ja cię... Achaja... Co my tu robimy? – rozejrzał się wokół, zasypiając. – Może jeszcze on rozumie, o czym mówię – wskazał na Biafrę. – Może jeszcze ktoś... Achajko, kochanie... Co my tu robimy z nimi? Co my tu robimy?

Umarł w jej ramionach. Ciągle z nożem, który przyciskał do szyi. Żołnierze rzucili się, by go rozerwać na strzępy, ale Achaja po raz drugi zasłoniła go własnym ciałem. Beczała tak, że nie mogła niczego powiedzieć. Potem zaczęła wyć. Potem krzyczeć tak, że ściany powinny popękać.

– To był największy szermierz w historii całego świata!!! – ryczała, wycierając łzy. – To był półbóg! Teraz w każdym mieście mają stanąć jego pomniki odlane z czystego złota!!!

– Pomniki się postawi – mruknął Zaan, usiłując ją uspokoić.

– To była legenda!!! – wyła Achaja. – To był jedyny szermierz natchniony, który nikogo nie zabił. To był ostatni człowiek tej epoki, która właśnie odchodzi...

– Dać jej wina – zakomenderował rzeczowo Zaan. – Tych inteligentów to trzeba porządnie napoić i znowu będą przydatni.

– Kurwa... pamiętam jak w obozie niewolników, przy budowie drogi... pamiętam, że o Nolaanie nie wolno mi było nawet marzyć. Bo to było coś... zupełnie nieosiągalnego... To...

Shha podeszła z boku.

– Chodź, siostra. Nie rób z siebie pośmiewiska dla gawiedzi.

Z drugiej strony podeszła Annamea.

– Chodź, kotek. Uwierz chorążemu.

– Dzięki, pani pułkownik.

– Jestem Annamea – nałożnica wyciągnęła rękę. – Ale ci zazdroszczę takiej siostry.

– Jestem Shha, pani pułkownik. Sama sobie zazdroszczę.

Odprowadziły ją na bok. Zaan pojawił się z winem, potem musiał odejść do bardziej oficjalnych obowiązków związanych z powitaniami dowództw sojuszniczych wojsk. Biafra przysłał wódkę i jakiś order. Mayfed podeszła na chwilę, ale nie bardzo wiedziała, co powiedzieć. Shha i Annamea głaskały Achaję po głowie, usiłując upić ją szybko. Nie szło im za dobrze. Achaja, struta poprzedniego dnia, wymiotowała co chwilę. Lanni i Harmeen okazały się dobrymi oficerami. Rozkazały, żeby ciało Nolaana odniesiono do nieczynnej teraz, pałacowej kostnicy, żeby go przynajmniej nie deptali. Kostnica, zresztą w chwilę po obwieszeniu jej szefa na skrzydle wyłamanych drzwi, okazała się czynna znowu – pomocnicy nie zdradzali chęci, by dołączyć do grona swoich własnych klientów.

A potem... potem kiedy Achają targało tak, że myślała już, że właśnie rzyga własnym mózgiem, podbiegł goniec z drugiego pułku piechoty trzeciej dywizji.

– Pani! – dziewczyna wyprężyła się na baczność przerażona tym, co dzieje się z majorem zwiadu. – Wojska zakonu lądują właśnie na tej dużej przystani rzecznej! Pani kapitan rozpoznania trzeciej kompani batalionu C czwartej DP czeka na rozkazy!

– Niech ich... O Bogowie! – wnętrzności Achai wywróciły się znowu na drugą stronę. – Niech ich załatwią... – Annamea wytarła jej twarz kawałkiem szmatki.

– Pani. Tam są tysiące rycerzy... Nie poradzimy sami.

– O mamo... Wody! – szepnęła Achaja.

– Pani pułkownik – krzyknął goniec do Annamei. – Co mamy robić?

– Lewy skrót – zakpiła z własnej wiedzy wojskowej. – Zaraz coś podeślemy. Jeśli tylko uda mi się porozmawiać z dowództwem.

Odeszła, by złapać Biafrę.

Shha chyba już tylko z chłopskiej powinności zaczęła sprzątać salę. Nie całą oczywiście. Oparła siostrę o ścianę i kolejną firanką w rękach zaczęła wycierać to, co tamta narobiła. Achaja osunęła się po śliskim marmurze.

– Atakujcie – szepnęła niezbyt przytomna.

– O mamusiu... – jęknęła szeregowy. – Na tylu rycerzy setkę naszych? Wszystkie na śmierć? Wszystkie?

– Odwołuję – szepnęła Shha, podnosząc się na chwilę z kolan i zerkając, czy siostra nie słyszy. – Słyszałaś pindo? Okopać się i czekać na posiłki obiecane przez panią pułkownik.

– Jak to? Okopać się na bruku?

– Zamknij się wreszcie. Jak moja siostra usłyszy... – szepnęła. – To pójdziecie wszystkie do walki, bo ona teraz nie w nastroju. Ukryć się i czekać na wsparcie!

– Tak jest! – szepnęła goniec. – Rozkaz, pani chorąży!

Shha tylko pokręciła głową. Te piechociarki, szczególnie ze świeżych uzupełnień, były zupełnie do dupy. Znalazła jakiś garnek, napełniła wodą i polała Achaję. Nie przyniosło to żadnego skutku. Energiczna zazwyczaj dziewczyna leżała teraz pod ścianą, usiłując zasłonić tylko twarz przed kolejnymi strugami.

– Achajka, kotku, ktoś musi zacząć dowodzić.

– Siostro... wody! O ja cię... Nie na mordę tylko do ust, proszę.

– Ktoś musi zacząć dowodzić.

– Zdaj dowodzenie tej pułkownikowskiej pindzie od grenadierów.

– Tylko nie to, Achajka, tylko nie to, proszę! Skup się.

– To niech dowodzi ta pułkownik z piechoty... O mamo! Nie lej na mnie tyle wody!

– Siostra? Chcesz mieć tu tysiące cywilnych trupów? Chcesz wymordować całe Syrinx? Weź się w garść!

– Zdaj dowodzenie komukolwiek.

– To może od razu tej pani kapitan z piechoty, co cię pogryzła po nogach, co? Toż tu kamień na kamieniu nie zostanie, jak się piechociarki dorwą do dowodzenia! Albo dopuść grenadierów. To będziesz tu miała pustynię jutro. Achajko, siostrzyczko moja, skup się, proszę. Albo jeszcze lepiej, zdaj dowodzenie zwiadem szefowi artylerii Chorych Ludzi. Za trzy dni nie odgadniesz już, gdzie było Syrinx przedtem.

– Shha... kocham cię.

– Achaja, błagam, skup się. Możesz wytrzymać te wymioty! Wiem, że możesz. Wytrzymasz to... nie umrzesz teraz!

– Shha...

– Siostra. Przepraszam – chorąży chwyciła majora za włosy i kopnęła z całej siły w brzuch. – Lepiej ci? – poprawiła pięścią w twarz. – Skup się! Nie pozwól, żeby rycerze zabili nam wszystkie dziewczyny ze zwiadu!

– O żesz ty... Są tu jacyś rycerze? – Achaja oprzytomniała choć trochę.

– Toż kazałaś ich atakować samotnej kompanii.

– O mamusiu... Posłuchali?

– Odwołałam. Daj mnie pod sąd, siostra – Shha wyprężyła się służbiście. – Oficer niższy rangą kwestionuje rozkazy oficera wyższego rangą – wyrecytowała odpowiedni ustęp regulaminu. – A za to MOGIŁA! Eeeee... niech mnie wieszają, gnoje. Dość tego głupiego życia.

– Nie... Daj mi jeszcze raz w mordę!

– Służę, pani major.

Annamea i Biafra nadeszli w chwili, kiedy księżniczka Arkach stała pod ścianą, trzymając się z całej siły za twarz i usiłując powstrzymać kapiącą z nosa krew.

– Co tu się stało? – warknął Biafra.

– Nic, nic... – Achaja skulona, oparta o ścianę przyciskała obie dłonie do twarzy. – Pani chorąży właśnie przypomniała mi, że jestem oficerem.

– Nooooo... Shha – Biafra patrzył wyraźnie zafascynowany. – Ty jesteś córką kowala?

– Nie, panie generale! – zaraportowała chorąży. – Jestem córką wójta, panie generale!

– Masz jakiś żal do pani major?

– Nie, panie generale. To moja siostra, panie generale.

Biafra uśmiechnął się nagle.

– A nie chciałabyś zostać siostrą czarownika Zakonu? Bardzo by nam to pomogło. Gdyby miał tak zmasakrowaną twarz jak ona, chorąży.

– Wedle rozkazu, panie generale! Ale nie wiem, jak się zostaje siostrą czarownika, panie generale. W ryj jednak mogę mu dać.

– Przestańcie pieprzyć – mruknęła Achaja. – Trzeba ruszyć ludzi – oparła się o ramię Biafry ciągle z dłońmi przy twarzy. – Dzięki Shha. Annamea, gdzie są drzwi... tak mniej więcej przynajmniej.

– Mniej więcej tam – Annamea wskazała kierunek. – Widzisz moją rękę?

– Nie.

Nałożnica ujęła księżniczkę pod ramię.

– To chyba pierwszy przypadek w waszej armii, żeby pułkownik prowadził majora za rękę, co? Będą chyba o tym pisać w kronikach.

Achaja zachichotała. Shha wyprężyła się na baczność.

– Melduję pani pułkownik, że to się zdarza średnio raz na każdy dzień wolny, który ma kadra i w który może pójść do karczmy. Ale często bywa odwrotnie i major prowadzi pułkownika. Ale najczęściej to chorążowie niosą pułkowników, majorów, kapitanów i poruczników, bo chorążowie mają najniższy z oficerskich żołdów, więc czasami są jeszcze w stanie zrobić parę kroków.

– Weź się zamknij – warknął Biafra na chorążego.

– Tak jest!

Wielki Książę Orion zaaferowany podszedł do Biafry.

– Pani – najpierw złożył ukłon Achai. Ciągle uważał ją za córkę Wielkiego Księcia Troy, a więc najważniejszą osobę w tym towarzystwie. Achaja jednak, z rękami przy twarzy, w ogóle go nie widziała. Na szczęście Annamea, znająca etykietę na wylot, przygięła jej kark i, uderzając z tyłu w nogi na wysokości kolan, zmusiła do czegoś, co można było od biedy uznać za „dygnięcie".

– Panie generale Biafra – Orion nie zważał na zawiłości etykiety w warunkach bojowych. – Czy uważa pan, że to realne niebezpieczeństwo?

– Nie, Wielki Książę – odezwanie się w ten sposób do tak wysoko postawionego arystokraty w normalnych czasach byłoby poczytane za obelgę. Na szczęście jednak sztabowcy przewidzieli i to. Jeden z punktów umowy sojuszniczej stwierdzał wyraźnie, że wyżsi oficerowie wojsk drugiej strony mają prawo zamiast „Wielki Panie plus tytuły" zwracać się do arystokratów drugiej strony, stosując tylko pierwszy z ich tytułów. – Zaraz ściągnę to, co pozostało nam z artylerii. Ruszymy dywizję piechoty, a przynajmniej tę część, którą uda nam się zawiadomić szybko.

– Byłoby chyba dla nas korzystne, gdybym objął w tym czasie pałac cesarski, prawda?

– Oczywiście Wielki Książę. Odtworzenie administracji to w tej chwili najpilniejsza sprawa.

– Dam wam oddziały liniowe złożone z samych weteranów. Książę Sirius może nimi dowodzić.

Biafra skłonił głowę w ukłonie.

– Najważniejsze żebyśmy odtworzyli zaopatrzenie stolicy – uśmiechnął się lekko. – Żeby nam nasza nowa zdobycz nie umarła z głodu.

– Niektóre magazyny Luan udało się uchronić przed grabieżą. Niestety, nieliczne. Ale zaraz pchnę gońca do Troy z pismem nakazującym przygotowanie transportów żywności, którą można by tutaj rozdawać kupcom i ich rodzinom. Mam nadzieję, że Syrinx w przyszłym roku zacznie przynosić choć połowę zysków, jakich przysparzała cesarzowi.

– Ja również mam taką nadzieję, Wieki Książę. Jeśli tylko kupcy przetrwają, jeśli uda im się odtworzyć połączenia handlowe, to...

Uśmiechnęli się obaj do siebie. To była władza nad światem. To był... mógł być instrument takiego nacisku, że żadna siła nie mogłaby się temu oprzeć. Szlak przez Wielki Las, Negger Bank, Syrinx, Yach, Cieśniny Linnoya i Arkach w objęciach Troy. To była kopalnia złota, taka jednak, w przeciwieństwie do klasycznych, gdzie złoto podawano wprost do buzi „górników"...

– Własnym pieniądzem zapłacę za żywność dla kup... hm... – Orion odchrząknął nagle. – Dla ludności Syrinx – dokończył. – Zaraz wydam zakaz jakichkolwiek grabieży na miejscowych kup... miejscowej ludności znaczy.

– A ja natychmiast obstawię większość faktorii przy drogach. Żadnych rabunków.

Znowu uśmiechnęli się do siebie. Przecież nikt o zdrowych zmysłach nie będzie wyrywać nędznych piór z tyłka kury, co znosi złote jajka. To, co można było zrabować, nie miało się w żaden sposób do monstrualnych kwot, które można było zarobić, jeśli się wcześniej nie rabowało. W kurze najważniejsze są jajka, a nie pióra – a bez piór kura przestanie znosić jajka. Jajka można jeść przez cały rok. A jak się zarżnie kurę, to będzie tylko jeden posiłek. Może i lepszy, ale raz i koniec. Co do tego punktu umowy zdobywcy byli zgodni. Oczywiście, trzeba było najpierw rozprząc Luan, by móc położyć na tym łapy. Ale teraz trzeba było je jak najszybciej odbudować. Choć cesarzowi nowy kształt mógłby się raczej nie spodobać... Arkach i Troy, choć same wyniszczone wojną, zamierzały na ten cel przeznaczyć ogromne kwoty.

– Przypominam o wojskach Zakonu – wtrąciła nieśmiało Annamea.

– Ach, pani pułkownik – Orion uśmiechnął się promiennie. – W wojsku nic nie dzieje się szybko. Ale oczywiście – skinął głową. – Nie zatrzymuję państwa – zerknął na księcia Siriusa. – Synu, słyszałeś naszą rozmowę?

– Tak ojcze. Z chęcią obejmę dowództwo nad oddziałem liniowym.

Annamea poprowadziła Achaję, która powoli już odzyskiwała wzrok. Trzeźwiała również powoli. Usiłowała nawet stanąć sama, bez podparcia, kiedy pani pułkownik instruowała oddział Dahmeryjczyków, że mają iść za nimi.

Na dziedzińcu, kiedy owionęło ją parne, niosące sadzę powietrze, doszła jako tako do siebie.

– Liniowcy Troy! – krzyknął Sirius. – Awangarda!

Achaja chrząknęła, usiłując się pozbyć czegoś, co blokowało jej tchawicę. Spojrzała przytomniej na zaimprowizowany obóz wojskowy, który utworzył się samorzutnie wokół pałacu. Szturmowcy Troy atakowali właśnie grenadierów Arkach, a te chętnie poddawały się atakowi. Coraz więcej chichoczących par w mundurach różnych armii znikało w zakamarkach zabudowań gospodarczych.

– Słuchaj Harmeen – mruknęła. – Wydaj wreszcie jakiś rozkaz koncentracji, bo nasze wojsko zajdzie w ciążę i w przyszłym roku będziemy mieli dwie armie zamiast jednej.

Ktoś podał jej bukłak z wodą. Przemyła sobie twarz. Przytomność wracała jej powoli.

Podeszła do pocztów towarzyszących. Rozpoznała tylko jednego medyka.

– Cześć, Marbe.

– Cześć, pani Achajo – uśmiechnął się medyk. Parę razy pani major leżała na jego stole i jakoś tak nie wypadało zwracać się „po służbowemu" do kobiety, u której widziało się wszystko, co miała do pokazania.

– Co to? Masz samych „młodych"? – wskazała na świeżutkich medyków przysłanych przez komisję uzupełnień.

– No.

– Nauczyłeś ich czegoś?

– No pewnie. Ale jakby pani Achaja powiedziała do nich choć słowo, to może nie zesrają się na sam widok ciężko rannego.

Uśmiechnęła się. Tuż obok zauważyła szesnastoletnią kapłankę w mundurze chorążego patrzącą na wszystko wokół rozszerzonymi oczami. Kapłani zawsze mieli lepiej. Szesnastoletni chorąży, psiamać.

– Medycy, sanitariusze – krzyknęła. – Wiem, że to wasz pierwszy raz, ale... ufajcie swojemu dowódcy. I pamiętajcie o jednym. Jesteście ostatnią nadzieją dla wielu ludzi. Za wami... za waszymi plecami nie ma już nic. Tam z tyłu stoi już tylko ta kapłanka, która ich odprowadzi do krainy śmierci. Ludzie! Wy jesteście ostatnią linią obrony naszych biednych żołnierzy na tym świecie. Ich ostatnią nadzieją. Więc zróbcie swoje dobrze! Niech każdy wypełni swój obowiązek.

Medycy i sanitariusze z uzupełnień patrzyli na nią jak cielęta na malowane wrota.

– Słuchajcie, chłopcy... Jeśli się naszym żołnierzom nie uda, to pozostaniecie im tylko wy. Wiecie, co to jest życie? Dla żołnierza, któremu się nie udało... życie to wy. Za wami już tylko ta kapłanka w mundurze chorążego. Jak wy skrewicie, ona odprowadzi ich do krainy śmierci. Ale póki co... Na tym świecie nasz żołnierz ma już tylko was. Nie zawiedźcie go. Proszę!

Podeszła do kapłanki, która wyprężyła się na baczność.

– Pierwszy raz w bitwie?

– Nie, pani major! – dziewczyna była przejęta swoją misją. – Już byłam w bitwie. Tuż pod murami Syrinx ktoś z lasu zaczął strzelać z kuszy. I musiałyśmy się wszystkie ukryć za wozami! I ten ktoś, kto strzelał, o mało co nie trafił muła, pani major.

Achaja położyła jej rękę na ramieniu.

– Słuchaj, dziecko. Dzisiaj musisz dać z siebie wszystko. Musisz modlić się do swoich Bogów, żeby dali ci siłę.

– Mam nadzieję, że to są również pani Bogowie, pani major.

Achaja uśmiechnęła się lekko.

– Już za chwilę będziesz mniej harda – powiedziała. – Tylko pamiętaj, dziecko, o jednym. Wymiotuje się poza zasięgiem wzroku rannych. Nie ma nic gorszego, jak ktoś leży z rozwalonym brzuchem i widzi, że kto inny rzyga na jego widok. To głupie, ale to kres nadziei dla niego. Więc pamiętaj. Wymiotuje się poza zasięgiem wzroku rannych. Choćby na kolanach, choćby na czworakach, nawet dławiąc się z braku oddechu, musisz odejść dalej.

– Pani! Ja nigdy!...

– Zamknij się, dziecko. I zrób swoje, tak jak cię nauczono – Achaja odwróciła się w stronę formowanych właśnie oddziałów. – Współczuję ci, mała, dzisiejszej nocy. Zapamiętasz ją do końca życia.

Liniowcy Troy już ruszali. Biafra obsobaczył panią pułkownik piechoty. Szybko sformowano dwa bataliony, ale nie udało się ich porządnie ustawić. Annamea kazała ruszać swoim Dahmeryjczykom w jakiś czas po ariergardzie. Dowództwo i poczty pomocnicze zostały umieszczone w środku luźnej formacji osłaniane przez pluton służbowy Achai.

Biafra kazał ruszać, bo czołówki Troy oddaliły się za bardzo. Dwa bataliony nie były jeszcze gotowe. Dahmeryjczycy tłoczyli się, uniemożliwiając im koncentrację i formowanie szeregów marszowych.

– No dobra, chodźmy – mruknęła Achaja, wskakując na swojego konia. – Tu jest za dużo wojska.

Przygalopował książę Sirius. Sam, bez obstawy. Był naprawdę odważny.

– Nikt, szlag, nie słyszał o rycerzach Zakonu – splunął na ziemię. – Mój zwiad niczego nie wykrył.

– Dotarli do przystani? – spytał Biafra.

– Nieeee... No ale nie mogę sobie wyobrazić wojska, które wyładuje się z barek i czeka tylko na to, żebyśmy je dopadli w tym samym miejscu.

– Fakt – potwierdziła Achaja. – Takiego prezentu raczej nam nie zrobią.

– Ruszać! Ruszać – krzyknął Biafra. – Zwiad na boki!

Meredith nie mógł dosiąść przydzielonego mu konia. Trzeba było podsadzać. Dziewczyny z plutonu służbowego o mało nie turlały się ze śmiechu, bo kiedy już wsiadł, wierzchowiec czarownicy Arnne ugryzł kolegę i czarownika trzeba było podnosić, masować i sadzać na powrót w siodle. Miał wspaniałą minę. Dziewczyny ze zwiadu niewiele dzieliło, żeby się zsikać ze śmiechu. Arnne chciała mu jakoś pomóc, ale Meredith odsuwał się od koleżanki, nie chcąc, by jej „pojazd" wchodził znowu w paradę.

Nareszcie ruszyli. Z ogromną luką przed nimi, bo oddziały Troy maszerowały szybko. Achaja miała wrażenie, że wszystkie armie świata maszerują szybciej od Arkach. Te pieprzone buty z twardej skóry, tak skuteczne w górskim lesie, tutaj, w upale, na brukowanych drogach sprawiały tylko ból, odparzenia i pękające krwią bąble. Pluton służbowy na koniach miał się jeszcze dobrze, podobnie jak medycy i kapłanka, bo ktoś im poradził, żeby maszerowali boso, ale już regularna piechota nie mogła chodzić bez butów. Dziewczyny zaciskały zęby, musząc iść „w nogę" i mając na sobie te koszmarne narzędzia tortur.

– Wolniej – zakomenderowała Achaja ludziom na koniach. – Dwójkowy zwiad na równoległe ulice. Ktoś na szpicę, żeby nawiązać łączność z oddziałem Troy.

– Ja pójdę! – Sharkhe szybko zgłosiła się na ochotnika. Czyżby już zdążyła przygruchać sobie jakiegoś liniowca z Troy?

Do Achai podjechał Sirius.

– Cześć, koleżanko – uśmiechnął się sympatycznie. – Nareszcie możemy zamienić choć słowo. Bo w pałacu... – usiłował być delikatny i nie dokończył.

– Cześć, Sirius.

– Buty mi spadły, kiedy się dowiedziałem, kim jesteś. Komu zawdzięczam życie – przeciągnął palcem po tatuażu na jej policzkach. – Kocham cię, głupia babo!

Spojrzała zaskoczona. Najwyraźniej mówił poważnie.

– Kocham cię – powtórzył. – Nie masz przypadkiem jakichś sprecyzowanych już planów małżeńskich?

Zagryzła wargi. Jako księżniczka Arkach, operacyjny dowódca zwiadu, nie była panią samej siebie. Jeśli już mowa o małżeństwie, to groził jej raczej ojciec Siriusa, Orion. To była polityka na szczeblu królestw i nie miała wiele do gadania.

– A pamiętasz, jak cię podrapałam po twarzy podczas przyjęcia na dworze, jak powiedziałeś, że jestem za gruba? – desperacko usiłowała zmienić temat.

Uśmiechnął się, tym razem jakoś tak smutno.

– Nie jesteś gruba – mruknął. – Jesteś piękna.

Nagle stanął w jednym strzemieniu, chwycił się kulbaki, przechylił i pocałował ją w policzek.

Dziewczyny z plutonu służbowego zaczęły bić brawo. Rozległy się okrzyki: „Yyyyyaaaaaaaaa!" albo: „O żesz ty... Dawaj! Dawaj dalej!". Shha jadąca tuż obok pokazała gestami: „Bierz go! Bierz go!".

Lanni wydała niecodzienny rozkaz:

– Dziewczyny... patrzeć w bok!

Achaja zarumieniła się nagle. Szlag, młodzieńcza miłość... Przecież mieli wtedy po pięć lat. W ogóle nie mogła sobie przypomnieć jego twarzy z tamtego okresu. Nie było nic poza zamazanymi wspomnieniami.

– A pamiętasz, jak mnie kopnąłeś w tyłek, kiedy śpiewałam przed królem piosenkę o głupim pasterzu?

– To była piosenka o głupim pasterzu? – zamyślił się. – Nie pamiętam.

Roześmiała się.

– Myślałam wtedy, że już nikogo nie można bardziej nienawidzić niż ciebie. Nawet król zachichotał. Choć później cię obsobaczył. A potem zrozumiałam, że byłeś moim najlepszym kolegą. Potem...

– Potem zaszły rzeczy, które obydwoje wolelibyśmy wymazać z pamięci – powiedział. – Kocham cię, gruba, śliczna dziewczynko!

– Nie jestem gruba! – niby to oburzyła się. – Przecież sam tak powiedziałeś.

– Jesteś śliczna z tym swoim tatuażem, w tym twoim mundurze, który ledwie zakrywa ci tyłek. Jesteś przepiękna, moja mała Achajko. Mój „ołowiany żołnierzyku".

– O mamo – coś jej zaszkliło się pod powiekami. – Tak mnie nazywałeś po tym, jak wystrzeliłam do ciebie z procy zgniłym jabłkiem – usiłowała się nie rozpłakać. – Teraz sobie przypomniałam. Byłeś... Byłeś jednym z piękniejszych wspomnień mojego dzieciństwa. Bogowie, a potem naprawdę zostałam żołnierzem. Na moje nieszczęście, psiamać.

Znowu pochylił się i pocałował ją, a potem chwycił jej rękę. Żołnierze z plutonu służbowego, które śledziły z uwagą całą scenę (nikt bowiem nie spełnił rozkazu Lanni), podnosiły w górę zaciśnięte pięści. W języku gestów Armii Arkach znaczyło to „Do ataku!". Teraz do ataku, pani major!

– „Ołowiany żołnierzyk" – uśmiechnęła się, ocierając ukradkiem twarz. – Mamo... A później takie gówno...

– Nie bój się – szepnął. – Tę opowieść o żołnierzyku znało ze sześćdziesięciu galerników na okręcie Symm.

Ale nikt z nich nic nie powie, bo leżą od dawna na dnie morza.

Tym razem ona pochyliła się w siodle i pocałowała go w policzek.

Dziewczyny z oddziału zaczęły wyć. Teraz Arkach na Troy. I pierwsza bitwa od razu wygrana przez panią major. Sirius odwrócił się w kulbace.

– Siksy... Wasz oficer wydał wam chyba rozkaz.

Odwróciły posłusznie głowy. Na krótką chwilę.

Niestety, Sharkhe, na spienionym wierzchowcu zaryła tuż obok sztabu.

– Mamy skręcać w prawo! – krzyknęła. – Wojsko Troy nawiązało łączność z przeciwnikiem. Nasza piechota robi głębokie obejście w lewo, żeby wyjść na ich tyły. Dahmeryjczycy z tyłu robią stop i przechodzą do odwodu.

– Ilu ich jest? – spytał Biafra wściekły nagle, aczkolwiek tym razem nie przejmowała go liczebność nieprzyjaciela, ale głupawy romans księżniczki z Siriusem. On miał wobec dziewczyny inne plany.

– Niewielu, panie generale.

– To skąd te dziwne manewry?

– Ja tam nie wiem. Może jeszcze podpłyną barkami.

– Dobra. Lanni, ściągaj zwiad z powrotem, Harmeen, sztab w prawo, piechota w lewo, Dahmeryjczycy robią stop.

– Tak jest!

Ruszyli w prawo wąską uliczką prowadzącą do jednego z rzecznych portów. Shha, wykorzystując fakt, że żadna poważna rozmowa nie mogła się toczyć w tych warunkach i to, że była teraz panią chorąży, podjechała do Siriusa.

– Książę! – krzyknęła. – Proszę o pozwolenie zwrócenia się do Waszej Książęcej Mości!

– Znaczy... do mnie? – Sirius uśmiechnął się nagle.

– Tak jest!

– To zwracaj się, śliczna pani chorąży.

– Czy... – Shha zagryzła wargi. – Czy pamięta pan swoją wizytę w garnizonie w May Lee? Powiedział pan coś do porucznika, pierwszego w szeregu, a potem... potem różne legendy o tym krążyły, każda mówiła co innego, porucznik chodziła jakaś taka dziwna, a ja... ja stałam za daleko, żeby słyszeć.

– Powiedziałem: „Czy prześpisz się ze mną, mała?" – odparł książę.

Shha zachichotała.

– Dziękuję, Wasza Książęca Mość – chorąży pogoniła swojego konia, wysuwając się naprzód. Zdaje się, że miała na pieńku z porucznikiem, która wtedy stała na czele reprezentacyjnego oddziału, a obecnie służyła jako kapitan zwiadu w Trzeciej Dywizji Piechoty. A teraz... Sirius dał chorążemu do ręki straszną broń przeciwko pani kapitan.

Biafra zbliżył się również, odpowiednio powodując wierzchowcem.

– Książę...

– Panie generale?

– Myślę, że powinien udać się pan do swoich oddziałów – desperacko usiłował przerwać romans między nim a swoim majorem. – Zaraz bitwa.

– Ma pan rację, panie generale.

– Dam panu kilka dziewczyn do ochrony.

– Nie potrzeba. Spróbuję podejść z boku, jeśli informacje pańskiego zwiadu są ścisłe.

– Nalegam na ochronę. Muszę...

– Proszę się o mnie nie martwić.

Biafra podał mu podłużny kształt.

– W takim razie proszę choć przyjąć to.

Sirius zerknął na inkrustowaną metalową rurę z drewnianym uchwytem.

– Co to jest?

– Pistolet.

– Co?

– Taki mały karabin – Biafra sam niezbyt dobrze wiedział. – Wystarczy odciągnąć kurek i przycisnąć tutaj. Dostałem dwa od Chorych Ludzi.

Sirus uśmiechnął się. Skinął głową i spiął konia. Pogalopował w boczną uliczkę, chcąc wyprzedzić służbowy pluton i szybciej dostać się do swoich oddziałów. Był odważnym człowiekiem i Biafra zazdrościł mu tego jak niczego w życiu.

Chwilę później napotkali dwie kompanie własnej piechoty cofające się pod naporem jakiegoś oddziału Luan, który najwyraźniej nie wiedział o śmierci cesarza. Żaden z poruczników niczego nie słyszał o rycerzach. Obiecano im wsparcie, jak tylko sytuacja się wyjaśni.

Sirus kłusował wzdłuż płonącej ulicy. Wokół nie było nikogo. No może gdzieś tam... Ktoś coś kradł, ktoś kogoś ratował z pieca, w który zamieniły się domy. Żadnego wojska. Do momentu kiedy, walcząc o odzyskanie oddechu, nie wypadł na mały placyk. Zauważył dziwnego rycerza z sumiastymi wąsami, siedzącego na... Bogowie! Na drewnianym koniu!

Rycerz podniósł swój drewniany miecz.

– Witaj, książę.

– Kim jesteś? – Sirius wstrzymał konia.

– To pułapka.

Drewniany koń nagle ruszył do przodu. Oczy Siriusa dosłownie wyszły z orbit. Puścił lejce i dotknął swojego amuletu zawieszonego na szyi.

– Nie jestem czarownikiem – powiedział rycerz – ale, jeśli drażni cię mój wygląd, to... – zamienił się nagle w tak piękną dziewczynę, że nawet Annamea mogła być zazdrosna. – Lepiej? – dziewczyna podbiegła bliżej, unosząc przód swojej sukni.

– Kim jesteś? – wyszeptał Sirius.

– Mam na imię Wirus – powiedziała dziewczyna. – Ale to najmniej istotne w tej chwili.

Książę wycelował w nią z pistoletu.

– Szkoda kuli – powiedziała dziewczyna. Podniosła dłoń i dosłownie przepołowiła się jakby mieczem. Choć dłoń przeszła przez ciało, nie widać było najmniejszej rany. – Jestem twoim sojusznikiem, a nie wrogiem – wyjaśniła.

– Co mówiłeś... mówiłaś o pułapce? – Sirius z trudem przełknął ślinę. Miał spierzchnięte usta.

– W plutonie służbowym Achai jest zdrajca. Rycerze otaczają was właśnie, a piechota została odesłana w przeciwnym kierunku. Powiedziałabym, że to patowa sytuacja, ale... Na szczęście ja jestem po waszej stronie.

– Kim ty jesteś?

– To w tej chwili najmniej istotne. Skup się! – dziewczyna uśmiechnęła się, odsłaniając olśniewająco białe zęby. – Musimy...

– Kim jesteś? – powtórzył Sirius.

– Puuuuuuuu... Jestem Wielkim Kłamcą. Jestem Tym, Który Przychodzi we Śnie.

– Chyba „tą", a nie „tym".

Dziewczyna uśmiechnęła się znowu. Zmieniła się w chłopaka z tobołkiem na plecach. Sirius poczuł dreszcze.

– To zupełnie nieistotne – powtórzył chłopak. – A teraz słuchaj mnie uważnie, bo wpakowałeś się w sam środek zaplecza zakonnego oddziału.

– Mam wracać do sił Arkach?

– To już niemożliwe. Tam poszły właśnie dwie setki interwencyjnej piechoty. W lewo też nie, bo tam szturmowcy. Przed tobą rycerze na koniach. Jedyna szansa to zbliżyć się do przystani, tam tylko służby i zaopatrzenie, ale, niestety, ochraniane. I czybią na ciebie, Sirius.

– Nie mogłeś wcześniej ostrzec?

– Nie mogłem, Sirus. Jakbym był wszechmocny, to byłbym chyba Bogiem, nie? – chłopak uśmiechnął się smutno. – Musiałem doprowadzić do spotkania dwóch czarowników, a to zabrało mi dużo czasu. Ale, masz jeszcze szansę.

– Co mam robić?

– Zejdź z konia. Spróbuję cię przeprowadzić.

Sirius, jakby wbrew sobie, zeskoczył z siodła. Pistolet przełożył do lewej ręki, prawą wyjął miecz.

– I pospiesz się – mruknął chłopak. – Mam makabrycznie mało czasu, muszę jeszcze szepnąć słówko do pewnych uszu.

Ruszył przodem, wskazując kierunek.

– I jeszcze jedno... – powiedział. – Wybacz.

– Wybacz? Co?

– Nie mogłem was wcześniej ostrzec – chłopak wykonał przepraszający gest. – Jakbyście wiedzieli o pułapce, to byście nie poszli. A jakbyście nie poszli, to nie doszłoby do spotkania czarowników. A dla mnie tylko to się liczy. Nie mogłem wam powiedzieć wcześniej.

– No to sprowadź nasze wojska.

Chłopak zaprzeczył ruchem głowy.

– Czarownik Wyspy nie jest urodzonym idiotą. Jak coś nie potoczy się po jego myśli, wsiądzie na swój śliczny okręcik i odpłynie w dół rzeki. A na to nie mogę pozwolić.

– Kim ty jesteś?

– Jeśli przeżyjesz, to wyjaśni ci Meredith. Jeśli nie przeżyjesz, to rzecz będzie bez znaczenia, co?

Chłopak uśmiechnął się i zamienił się w węża. Małe, giętkie ciało wiło się na bruku na tyle szybko, żeby zmusić Siriusa do truchtu.

– Uważaj. Za załomem muru czai się dwóch na ciebie.

– Możesz mówić jako wąż???

– Cicho, durniu! Słyszysz i widzisz mnie tylko ty. Ale ciebie słyszą i widzą wszyscy!

Sirius potrząsnął głową.

– Co mam robić? – szepnął.

– Wejdź w to przejście – wąż podpełzł do palących się drzwi. – Będziesz musiał biec. Wstrzymaj oddech. Pokażę ci wyjście.

– Toż dom się pali.

– Cicho, durniu! – wąż syknął przeraźliwie. – No... Doigrałeś się – nagle powrócił do swojego rzeczowego tonu. – Zaraz wyskoczą. Podnieś miecz. Pierwszy jest niższy od ciebie o dłoń.

Sirius podniósł miecz.

– Już! – syknął wąż.

Książę wziął zamach i wyprowadził cios, niczego jeszcze nie widząc. Głowa mężczyzny niższego o dłoń, który wyłonił się zza rogu, poszybowała w powietrzu zanim on sam zdążył się zdziwić. Ten fakt tak skonfundował drugiego napastnika, że Sirius zdołał kopnąć go w goleń i złamać nogę.

– Nie dobijaj! – wąż był daleko z przodu. – Nie masz czasu.

Sirius rzucił się biegiem za swoim przewodnikiem.

– Następnych dwóch na piętrze. Stój!

Wielka donica rozbiła się na bruku tuż przed Siriusem.

– W przód! Ruszaj!

Kawał ołowianej rynny dosłownie otarł się o plecy księcia.

– Dobra, dobra... Teraz zwolnij. Następny jest w bramie – wąż udzielał rzeczowych instrukcji. – Miecz w bok. W prawo, idioto. Trochę w dół. Jeszcze w prawo. Pochyl się!

Dziryt napastnika przeszedł nad głową Siriusa. Miecz wbił się dokładnie w brzuch mężczyzny, który wybiegł z bramy.

– Nie ma czasu na wyciąganie klingi! Zabierz jego miecz!

Sirius znowu ruszył biegiem. Zobaczył pierwsze sługi Zakonu. Kucharki, koniuszych, giermków zebranych wokół prowizorycznych ognisk na środku kamiennej ulicy. Był to dość śmieszny widok, zważywszy płonące domy wokół.

– Nimi się nie przejmuj. Dalej, dalej!

Sirius biegł za wężem. Przeskakiwał nad garnkami zawieszonymi nad ogniem. Roztrącał przerażone sługi.

– Szybciej! Szybciej!!!

Nie mógł się zmusić do szybszego biegu. Brakowało mu powietrza.

– No dobra – wąż również zwolnił nieco. – Teraz najgorszy numer. Pięciu przed tobą. Mają sieć i kuszę.

– Co mam robić? – z trudem wydyszał Sirius.

– Zwolnij jeszcze. Musisz przyjąć walkę.

– Co... robić?

– Uważaj. Jak powiem, rzucisz się na ziemię. Uważaj... teraz!

Sirius runął na bruk, słysząc jak strzała z kuszy przelatuje nad nim i wbija się w bujny biust kucharki stojącej z tyłu. Słyszał krzyk kobiety i rzeczowe instrukcje węża.

– Spokojnie. Miecz w górę. Wstań. Sztych prosty w lewo. Dobrze.

Dziabnięty w okolicę wątroby rycerz poleciał do tyłu. Następny podbiegł, unosząc swą broń.

– Ten ma kolczugę – poinformował wąż. – Usiądź. Przewróć się na plecy. Teraz na lewy bok. Płasko w kostkę. Dobrze. Teraz nastaw sztych. W prawo, wyrwij miecz. Dobrze. Otaczają cię. Pad na brzuch. Dobrze. W kostkę tego z przodu. Sztych. Szybciej! Szybciej. Dobrze. Miecz pod pachę! Szybciej!!! Pchnięcie w tył. Bardziej w lewo. Nie tak. Pochyl się. Kurwaaaaaaaa!!!

Sirius dostał sztyletem w plecy. Zsikał się momentalnie z bólu. Coś wstrzymało mu oddech. Poczuł jeszcze, jak rycerz walnięty w brzuch wali się na ziemię tuż obok. Trzech. Tylu zdołał pokonać.

– Dobra. Dobra... – syczał wąż. – Jeszcze nie jesteś załatwiony. Odrzuć miecz. Dobrze. Wyciągnij dłoń do góry.

– Nie mogę...

– Tu chodzi o twoje życie, idioto... Wyciągnij dłoń do góry!

Zarzucono na niego sieć. Właściwie nie czuł niczego szczególnego. Jakieś ciepło. Pulsujący ból gdzieś w brzuchu. Jakieś takie... skrzypienie? Bardziej słyszał niż czuł.

Wyciągniętą do góry ręką zrzucił sieć. Ale... nie mógł już wstać.

– Dobrze – powiedział wąż. – Prawa dłoń na lewy bok – zakomenderował. – Wyciągnij nóż. Zaraz zrobisz przewrót tylko, pamiętaj, nie na plecy! Na lewy bok. Pamiętaj. Pamiętaj! Uwaga... teraz!!! Świetnie. Wbij nóż nad twoją głową, w lewo. Ślicznie. Przekręć. Jeszcze przekręć. Słyszysz, jak tamten wyje? Nic się nie bój. Został ostatni. Zaraz narzuci na ciebie sieć ponownie. Nie bój się.

Sploty grubego, tnącego skórę sznura znowu opadły na głowę Siriusa. Wąż zamienił się w chłopca z tobołkiem na plecach. Uśmiechnął się życzliwie.

– Nie bój się śmierci.

Sirius odkaszlnął, czując, jak coś rozrywa mu bok.

– Nie boję się śmierci, wężu.

– Dobrze Sirius... Wielki Książę Królestwa Troy – uśmiechnął się jeszcze szerzej. – Teraz nadeszła twoja chwila. Twój malutki podarunek dla przyszłych wieków. Trzymaj się, człowieku!

– No... nie ma sprawy... – poczuł w ustach smak żółci.

– On teraz zabije cię, tnąc z góry. Z całej siły. Sirius... Odciągnij kurek, co?

Chłopak z tobołkiem zamienił się nagle w nadzorcę galerników z okrętu Symm. Zasłonił swoim ciałem rycerza unoszącego miecz.

– Celuj tu – wskazał na swój brzuch – i ściągnij spust – krzyknął. – Teraz!!!

Nadzorca galerników... Skąd wiedział? Sirius, nawet tkwiąc nogami w krainie śmierci, byłby w stanie odciągnąć kurek i ściągnąć spust, mierząc do kogoś takiego.

Strzelił dokładnie w brzuch, widząc, jak w tej samej chwili rozwiewa się miraż nadzorcy. Ale... jakie to miało znaczenie dla rycerza, który stał tuż za mirażem?

Właściwie to, co się stało później, trudno opisać słowami, które były do dyspozycji w tej epoce. Trzeba byłoby użyć pojęć, które pojawiły się w słowniku jakieś... kilkaset lat później.

Na przykład lekarz sądowy należący do pokolenia odległego o prawie... millennium opisałby zdarzenie tak: „ołowiana kula o średnicy palca wskazującego, która wniknęła w ciało denata, została wystrzelona z broni pozwalającej osiągnąć prędkość początkową pocisku wynoszącą około 400 metrów na sekundę, co współcześnie można uznać za bardzo małą szybkość wylotową. Zniszczona pociskiem tkanka utworzyła ranę, zwaną trwałą jamą rany. Odkształcanie tkanki spowodowane uderzeniem pocisku stworzyło jednak chwilową jamę rany (tkanki mięśni, płuc, naczyń krwionośnych i jelit są na tyle elastyczne, że mogą się rozciągnąć bez wystąpienia poważniejszych zniszczeń – natomiast tkanki nieelastyczne (jak w tym wypadku wątroba) nie wytrzymują tego rodzaju odkształceń). Ciśnienie fali dźwięku powstałe wskutek dużej prędkości pocisku – może, w wyniku efektu wstrząsowego, spowodować śmierć, której bezpośrednią przyczyną będzie zniszczenie dużej liczby nerwów (ale w opisywanym wypadku nie spowodowało jej bezpośrednio).

Ciśnienie fali dźwięku rozchodzi się w tkance z prędkością cztery razy większą niż w powietrzu i w opisywanej tkance osiąga 100 atmosfer, ale trwa zaledwie 2 mikrosekundy, nie powodując ani przemieszczeń, ani uszkodzeń tkanki. Chwilowa jama rany (ciśnienie wewnątrz w szczycie osiąga 4 atmosfery, czas trwania impulsu wynosi milisekundy, czyli jest dłuższy od czasu trwania impulsu fali dźwiękowej co najmniej 5000 razy) spowodowała rozległe zniszczenia w ciele denata (ścianki chwilowej jamy postrzałowej przemieszczają się dziesięć razy wolniej od samego pocisku, średnica chwilowej jamy jest 7 razy większa od średnicy pocisku – co w przypadku kuli o średnicy palca wskazującego sprawiło, że pacjent, o przepraszam, denat, przestał żyć w czasie krótszym niż kilkanaście sekund – ciężkie pociski z ołowiu po uderzeniu w cel odkształcały się, tj. »grzybkowały«, i rozrywały tkanki na dużej powierzchni – ich duża masa powodowała głębokie wnikanie w przeszkodę).

Przekazywanie energii kinetycznej nie stanowi, co prawda, mechanizmu powstawania rany, w której występuje niszczenie i rozciąganie tkanki, jednak jeśli ciało przejmuje ok. 40 % energii pocisku, to nie może to nie mieć związku z charakterem rany. Pocisk pistoletowy przebywa w ciele drogę ok. 12 cm – perforowana odłamkami tkanka znajduje się w stanie występowania chwilowej jamy postrzałowej, a więc jest naprężona, stąd perforacje powodują obszerne zniszczenia (synergizm fragmentacji pocisku i chwilowej jamy postrzałowej prowadzi do rozległego zranienia).

Dysponując promieniami X, wyrafinowanymi metodami anestezjologicznymi, magnetometrem, systemem podtrzymywania podstawowych funkcji życiowych, zestawem przeciwwstrząsowym, perfekcyjnymi metodami chirurgii miękkiej, nawet dzisiaj, niestety, nie bylibyśmy w stanie utrzymać pacjenta, o przepraszam, denata, przy życiu dłużej niż kilka minut.

To, co się stało, właściwie jest trudne do opisania. Pocisk, który uderzył w ciało, spowodował utworzenie się »chwilowej rany« oraz zniszczył tak wielką liczbę nerwów, że pac... denat nie odczuwał większego bólu. Przekazanie energii kinetycznej spowodowało, że on... że jego ciało poszybowało w tył, uderzając o podłoże z wielką siłą. Wytworzone momentalnie przez organizm noradrenalina i endomorfiny sprawiły, że, subiektywnie, wydawało mu się, że zdolny jest do dalszej akcji. Niestety, stopień zniszczenia wewnętrznych organów (tu: głównie wątroby i rdzenia kręgowego) ograniczał wszelką akcję do odgłosów dźwiękowych, które by można określić jako »ciche postękiwanie«. Gorzej, że wszystkie mechanizmy obronne organizmu zaczęły działać błyskawicznie, przepompowując krew do organów życiowo ważnych – w tym przypadku do rozerwanej kompletnie wątroby, co spowodowało z kolei monstrualny krwotok wewnętrzny. Denat, w chwili śmierci, z całą pewnością nie odczuwał bólu. Stan, w którym się znajdował, można określić jako »umiarkowaną euforię spowodowaną drastycznym zmniejszeniem dopływu informacji od głównych pniów nerwowych w organizmie«. Bardziej obrazowo mówiąc, można stwierdzić, że wyglądał jak uderzony przez buldożer. Ale bardzo krótko. Bo... chwilę potem nastąpił zgon, którego bezpośrednią przyczyną był szok, zniszczenie ogromnej liczby nerwów i krwotok do jamy brzusznej, co spowodowało zatrzymanie akcji serca po upływie kilkunastu sekund".

Ludzie wokół zaczęli pierzchać. Dopiero po jakimś czasie rozległy się krzyki uciekających. Po prostu nie było czasu, by wcześniej zaczerpnąć oddechu. Służby pomocnicze uciekały szybko, ale też szybko opadła z nich pierwsza fala paniki. Giermkowie, kucharki, woźnice, heroldowie, masztalerze zatrzymali się kilkadziesiąt kroków dalej, obserwując niezborne próby Siriusa usiłującego zrzucić z głowy sieć. Nikt nie widział chłopca z tobołkiem, który przysiadł tuż obok.

– Nikt nie każe ci iść dalej – powiedział Wirus. – Można siedzieć i czekać na śmierć. Można przez całe życie siedzieć i czekać na śmierć. To też jest godne, jest honorowe, może być przyjemne, jeśli ktoś potrafi czerpać z tego przyjemność. Nikt nigdy nie powiedział, że tylko jak się idzie naprzód, to dopełnia się los człowieka. Można korzystać z chwili, można sobie popijać winko czy wódkę. Można tak siedzieć. Można tak siedzieć aż do śmierci... i nikt nie ma prawa zarzucić komukolwiek, że robi źle, że to nie tak, że powinno się robić inaczej. To nie jest niczyja sprawa. Można siedzieć na trotuarze i czekać... Wszystko w porządku. Wszystko w najlepszym porządku. Robisz dobrze, robisz jak chcesz, robisz, co chcesz. Bo nie ma idealnej recepty na życie. Każda recepta dobra. Każdy może robić, co chce i nie będzie żadnych pretensji. Każdy jednak... każdy może też wstać i ruszyć dalej. Można siedzieć i czekać, co przyniesie los, można też pójść za najbliższy róg i zobaczyć, czy tam jest coś ciekawego. Każdy może ruszyć dalej i w tym wypadku również nikt nie może mieć żadnych pretensji...

Sirius zerwał nareszcie z głowy sieć i zwymiotował z bólu.

– Czego.... kurwa, czego ty chcesz? – wyszeptał z trudem.

– Niczego. Pokazuję tylko możliwości, jakie ci zostały – Wirus wzruszył ramionami. – Możesz zostać tu – wskazał palcem na brukowaną ulicę. – Możesz też pójść tam – zerknął na majaczącą u wylotu ulicy przystań. – Tylko tyle.

Chłopak zniknął nagle.

Sirius zwymiotował jeszcze raz. Tym razem samą żółcią. Czuł ohydny smak w ustach. Wokół było pusto. Daleko... gdzieś daleko przed nim czekali ludzie, zbyt przestraszeni, by podejść bliżej, zbyt pewni siebie, by uderzyć na niego lub choćby zawiadomić rycerzy. Widzieli, że jest już załatwiony. Sirius potrząsnął głową. Ból sparaliżował go dokumentnie.

A jednak nie był sam. Dopiero teraz zauważył tuż obok, w cieniu wykuszu, może czternastoletnią, może trzynastoletnią dziewczynkę patrzącą rozszerzonymi oczami. Kim była? Pomocnicą kucharki? Luanką, stąd, z Syrinx? Jedno, co wiedział, to fakt, że była przerażona tak jak on. I tak jak on nie potrafiła się ruszyć.

Dziewczyna przełknęła ślinę. Pochwyciła jego wzrok.

– N... nie wolno... – szepnęła.

– Co?

– Nie wolno... atakować Zakonu – mierzyła go wzrokiem, w którym, tego był pewien, mieszał się paniczny strach i coś jakby współczucie. – Za... – pociągnęła nosem. – Zabili pana.

Sirius uśmiechnął się nagle.

– Nie wolno – powtórzyła cicho.

– Są takie miejsca, gdzie wszystko wolno, dziewczyno.

– Gdzie? – spytała z przejęciem.

– Tu – odparł, czując jak żółć znowu podchodzi mu do gardła. – Tu. Wśród gruzów. Wśród trupów, na polu zagłady.

Wstał lekko, dziwiąc się sobie, że jest do tego zdolny. Zwymiotował po raz trzeci. Żeby choć łyk wody, żeby móc zmyć tę ohydę w ustach... Zrobił krok. Kurwa! Ostrze sztyletu musiało się poruszyć. Ale bóóólll... Kurwa! Zrobił drugi krok. Co to ostrze mi tam robi? Co ono tam robi? Co mi tnie???

– Zabili pana – rozpłakała się dziewczynka.

– Mała strata – szepnął, spotniały nagle. Było tak strasznie gorąco. – Nie mogę zerknąć w tył ani sięgnąć ręką. Powiedz mi, co to jest?

– Taki sztylet, proszę pana. Taki... bez takiej no... nie wiem, jak to się nazywa. Bez takiej poprzeczki na rękojeści. Wygląda jak sopel lodu.

– Długi?

– Długi. Pomodlić się za pana?

– Nie.

Ruszył powoli, zagryzając zęby. Czuł, że zaraz się rozpłacze. Co ten sztylet mi tnie? Co on mi robi?

– Pójdę z panem, dobrze? Mogę?

– Rób, co chcesz. Tu wszystko wolno.

Ruszyła za nim. Nieśmiało rozglądając się wokół.

– Przecież nie można przeciwstawić się Bogom – powiedziała. – Dlaczego pan się nie boi? No naprawdę nie można przeciwstawić się Bogom.

– Można robić wszystko, co się chce – zwymiotował po raz czwarty.

O mało się nie przewrócił.

Dziewczynka chwyciła go za rękę. Przytrzymała.

– Boję się być sama – powiedziała. – Pójdę z panem. Mogę?

– Możesz zrobić, co zechcesz, dziewczyno – powtórzył i uśmiechnął się nagle. – Możesz zrobić wszystko, na co tylko masz ochotę.

– No ale... – zerknęła na niego. – Jak się ktoś przeciwstawi, to mu się nie uda. Prawda?

– A jak się ktoś nie przeciwstawi, to mu się też nie uda – zakpił i syknął z bólu, bo noga trafiła na jakiś kamień i odruchowo przygiął plecy.

Minęli boczną uliczkę. Sirius ze zdziwieniem zauważył kilka stołów ustawionych pod przeciwległą ścianą zaułka. Wielki napis głosił, że mieści się tu punkt rekrutacyjny oddziałów obronnych Luan. Ktoś przekreślił idealnie równe litery i dopisał koślawo: „Sąd Polowy Armii Troy". Wszyscy razem, werbownicy z Luan, sędziowie Troy, strażnicy i podsądni siedzieli teraz obok siebie i sączyli wino, które pewnie skombinował któryś z miejscowych. Byli rozbrojeni. Nikt ich nie pilnował, bo przecież rycerze nie zamierzali ani mordować, ani tym bardziej brać do niewoli służb tyłowych – nie mieli tyle sił, żeby zająć całe Syrinx. Ale sądzić, ani tym bardziej werbować kogokolwiek, nie było już po co – więc gdzie iść, jeśli wokół wrogie siły? Luańczycy, prawnicy z Troy i hołota zebrana nie wiadomo gdzie, ci wszyscy rabusie, gwałciciele i mordercy razem z armijnymi ekstrażnikami chlali teraz, przerzucając się dowcipami, błogosławiąc fakt, że dużo wina jest pod ręką.

Dalej było jeszcze lepiej. Z rozbitego okna spuszczono wisielca, który miał na szyi tablicę: „Nie wiem, po co tu tak wiszę...". Cofający się Luańczycy mieli coraz większe poczucie humoru. Dalej na ścianie widniał napis: „Syrinx na zawsze będzie Luańskie". Poniżej jakiś żołnierz przechodzącej tędy Armii Arkach dopisał: „Pewnie. Bo jakie ma być? Dahmeryjskie?". Były też napisy sprzed oblężenia. „Dość wojennych podatków i podwyżek!" i poniżej: „Płać chuju!".

Dalej wisieli w równych rzędach jeńcy z Armii Arkach. U ich stóp siedzieli skwaszeni jeńcy z Armii Troy. Zakon najwyraźniej zamierzał postawić na Troy w dalszej rozgrywce. Sądząc po minach tych, co siedzieli w cieniu wiszących dziewczyn, mogło się to nie udać. Jeńcy armii Luan, uwolnieni przez Zakon, zdecydowanie woleli już nie mieszać się do czegokolwiek.

Pałętali się wokół jak struci, bez broni, i usiłowali dogodzić, choćby podając wodę tym, którzy jeszcze nie tak dawno wzięli ich samych do niewoli. Usiłowali też nie patrzeć na wisielców. Usiłowali nie myśleć o tym, co będzie, jak pierwsza wpadnie tu Armia Arkach i zobaczy to, co jest do zobaczenia. Usiłowali stać się niewidzialni albo spieprzyć i przebrać się w cywilne ciuchy. Z wyraźnym strachem nasłuchiwali odgłosów walki pomiędzy zorganizowanym jeszcze oddziałem Luan a dwoma spychanymi kompaniami Arkach w pobliżu. Woleli nie myśleć o tym, co będzie, jak wpadnie tu ich własna armia i zobaczy ich bez broni, pętających się przy obcych żołnierzach...

A dalej... Sirius i dziewczyna napotkali tłum zakonnych sług patrzący na nich z dziwną mieszaniną ciekawości i strachu.

– Proszę nas przepuścić – powiedziała dziewczyna. – Prowadzę rannego.

Rozdział 11

Achaja spięła konia i podjechała do Biafry.

– Coś tu jest nie tak – mruknęła.

– Co?

– Gdzie tyłowe warty Troy?

Nie zrozumiał. Rozejrzał się wokół, ale jedynym widokiem był tłum cywilów rabujący kupieckie składy w pobliżu.

– No rabuję! – krzyczał chuderlawy mężczyzna, trzymając w jednej ręce ogromny połeć słoniny, a w drugiej przeraźliwie wielki dzban importowanego wina. – No rabuję, psiamać. Naplujcie mi w twarz. Powieście mnie. Wczoraj byłem porządnym obywatelem, płaciłem podatki, a dzisiaj jestem złodziejem. Ale mam dzieci...

– Nikt ci nic nie zrobi, dziadygo – krzyknął inny. – Bierz, co chcesz i mordę w kubeł.

– Puść to wino – dodała jedna z kobiet. – Weź cukierki dla dzieci.

– No, ale... ja jestem pijakiem – wyjaśniał chuderlawy. – Jak mam żyć bez wina?

Biafra zerknął w tył. Dwie kompanie zablokowały luański oddział na skrzyżowaniu. Z przodu widać było wielki plac.

– Znam regulamin Armii Troy na pamięć – powiedziała Achaja. – Przecież, jeśli tam jest już przystań – wskazała wielki plac przed nimi – i jeśli są tam sojusznicze wojska, to tutaj musiałyby stać warty tyłowe.

– Kurwa – Biafra uniósł się w strzemionach i rozejrzał jeszcze raz. – Kurwa.

Zawrócić konia by nie zdołał. Zeskoczył więc z siodła i runął w tył biegiem tak szybkim, że zdążył przed rycerzami, którzy właśnie wyłaniali się z bram domów za nimi. Dobiegł do dwóch poharatanych kompanii Arkach, ale cóż znaczą dwie kompanie wobec takiej masy sił Zakonu? Biafra był tchórzem tyle tylko, że... tchórzem wyjątkowo inteligentnym. Przebiegł przez linię własnych wojsk i wpadł pomiędzy atakujących Luańczyków, rycząc:

– Żołnierze! Cesarz w śmiertelnym niebezpieczeństwie!!! Kazał, żeby wszystkie wojska ruszyły odciążyć pałac!!!

Jako jedyny mężczyzna w armii kobiet miał na sobie cywilne ubranie. Wyglądał jak bogacz. Był człowiekiem nawykłym do wydawania rozkazów. Poza tym, oni uważali go za bohatera, przecież facet nietknięty przebiegł przez sam środek wrogich, w ich mniemaniu, oddziałów. Luańczycy mu uwierzyli. Ruszyli za nim biegiem do pałacu. Prosto w ręce czekających tam grenadierów.

Achaja nie miała już takiej szansy. Była odpowiedzialna za swój oddział. Wyszarpnęła miecz, kazała zsiadać z nieprzydatnych w wąskiej uliczce koni, ale rycerze nie atakowali. Cała masa zasłoniła drogę z tyłu.

Odebrano im konie, a raczej odprowadzono je w tył i rozpędzono, uderzając mieczami w zady. Wszystkie dziewczyny były ciągle uzbrojone, mierzyły do rycerzy, ale tamci nie atakowali.

– Chodźmy na plac przy przystani – powiedział nagle Meredith do Achai.

– Tam będzie jeszcze gorzej – mruknęła.

– To pułapka. Nic nie poradzimy. A tam jest Pierwszy Sługa i Czarownik Zakonu.

– Skąd wiesz?

– Mam swoje źródła informacji.

Skrzywił się lekko i pierwszy ruszył w stronę placu. Achaja wściekła przygryzała wargi. No szlag! Kazała wycofywać się swojemu plutonowi. Rycerze nie naciskali. Postępowali z tyłu w odległości jakichś dwudziestu kroków.

Plac był ogromny. Przecięty kanałem z przystaniami wyładunkowymi po jednej i po drugiej stronie wody. Teraz jednak zajęty był wojskami Zakonu, które utworzyły niezbyt ścisły czworobok. W jego centrum stało jedno jedyne, dość skromne krzesło. Zajmował je Pierwszy Sługa Zakonu. Niski, ubogo ubrany mężczyzna w sile wieku. Jadł właśnie gotowany ryż z małej miseczki. Na widok plutonu służbowego wstał lekko i podszedł bliżej.

– Proszę o wybaczenie – przełknął porcję ryżu i uśmiechnął się przepraszająco. – Zanim zaczniemy, chciałbym coś wyjaśnić.

Wziął do ust nową porcję, tym razem jednak tak małą, by mógł swobodnie mówić z pełnymi ustami.

– Muszę wysługiwać się donosicielami, muszę nadstawiać ucha zdrajcom, muszę kupować różne męty czy to za pieniądze, czy tylko zaspokajając ich ambicje. To, niestety, mój obowiązek. Muszę słuchać donosicieli, ale... ich nie cenię. Jeśli przestają być potrzebni i jeśli tylko mogę, z reguły oddaję ich w ręce tych, których zdradzili – odchrząknął i włożył do ust kolejną porcję gotowanego ryżu. – Was zdradziła ta mała tutaj – wskazał łyżką – jak jej na imię?

Sharkhe runęła do ucieczki, zaskakując nawet Chloe, która stała najbliżej. Jednak już po chwili dwóch rosłych rycerzy przyprowadziło ją, szarpiącą się, z powrotem.

– Zróbcie sobie z nią, co chcecie – powiedział towarzyszący im człowiek z czerwoną opaską mistrza na głowie. – Możemy zaczekać nawet dłuższą chwilę.

– Jakbyście chcieli kata, żeby nabić na pal – odezwał się Pierwszy Sługa. – Mogę wam dać mojego.

Sharkhe wyrwała się rycerzom i runęła do własnego, porzuconego na bruku, karabinu. Tym razem złapali ją nie tylko rycerze. Również Shha, Chloe i Bei chwyciły ją za ramiona. Sharkhe płakała coraz głośniej.

– Dajcie mi to zrobić samej! – łzy ciekły jej po policzkach. – Dajcie mi to zrobić samej...

Uwolniła jedną rękę i zdjęła sobie but i skarpetę. Chwyt strażników rozluźnił się trochę. Sharkhe wzięła swój własny but do ust i wyszarpnęła sznurówkę. Uwolniła drugą dłoń i przywiązała sobie sznurówkę do dużego palca u nogi.

– Dlaczego to zrobiłaś? – Lanni odsunęła się kilka kroków, tak jakby sama bliskość donosiciela mogła ją skalać. Dziewczyny patrzyły zszokowane.

Sharkhe pozwolono dosięgnąć własnego karabinu. Przywiązała drugi koniec sznurówki do spustu, ale i tak była za mała, żeby włożyć sobie lufę do ust. Z tyłu podeszła Chloe.

– Za zdradę powinni cię regulaminowo powiesić – mruknęła cicho. – Ale byłaś moją siostrą. Dlaczego mi zrobiłaś coś takiego?

– Zastrzel mnie, siostro – poprosiła Sharkhe.

– A po co, śmieciu?

Chloe wyjęła bagnet i wbiła tamtej w klatkę piersiową. Potem odwróciła się, by nie widzieć padającego ciała.

– Ja nic o tym nie wiedziałam – szepnęła i rozbeczała się nagle.

– Wierzę ci! – krzyknęła Lanni.

– Wierzę ci – powtórzyła jak echo Bei.

– Wierzę ci – mruknęła Mayfed.

– Wiem – powiedziała Achaja. Reszta dziewczyn potakiwała ruchami głowy. Dwie najbliższe rozsunęły się, żeby zrobić Chloe miejsce na powrót w szeregu.

Pierwszy Sługa nachylił się nad konającą.

– Donoszenie jest bardzo brzydkie – uśmiechnął się kpiąco. Wesołe ogniki zabłysły w jego oczach. – Jaki jestem biedny, że muszę mieszać w pokładach takiego gówna.

– Przecież... przecież wy sami mnie... – wyszeptała malutka dziewczyna, trzymając oburącz bagnet. Już odpływała.

– Wybór miałaś – powiedział Pierwszy Sługa poważnie. – Co? Ojciec i matka nie nauczyli, jak należy postępować? – i powtórzył za Chloe: – Śmieciu.

Wyprostował się powoli.

– Chciałem jak najmocniej przeprosić wszystkich obecnych. Wiem, że nie tylko donosiciel, ale także ten, kto go słucha, który choć raz poweźmie przypuszczenie, że donosiciel może mieć rację... ten się z nim zrównuje. Biorę na siebie ciężkie przewinienie. Trudno. Ja przynajmniej ich nie usprawiedliwiam – westchnął ciężko, jakby sam chciał się usprawiedliwić. – Trudno i darmo... Z całego serca przepraszam – dodał zupełnie poważnie.

– Bo się zaraz popłaczę – warknęła Achaja. Trzymała dłoń w pobliżu rękojeści swojego miecza.

Spojrzał na nią z wyraźnym zaciekawieniem. Podszedł bliżej.

– Czy to prawda, że mogłabyś mnie zabić zanim którykolwiek z moich rycerzy wyciągnie miecz? – zapytał.

– Tak.

– To dlaczego tego nie robisz?

Wzruszyła ramionami.

– Nie wiem. Po pierwsze, to by nic nie dało. Po drugie... Może wstrzymują mnie, choć trochę, te słowa... To, że powiedziałeś „przepraszam", gnoju.

Skinął głową.

– Głupio ci zabić bezbronnego mężczyznę?

Znowu wzruszyła ramionami.

– Jestem uzbrojony, choć sam żadnej broni nie noszę. Popatrz na tych wszystkich rycerzy wokół – powiedział. – To moja broń.

– Odważny jesteś.

Ukłonił się jej lekko.

– Będę płakał nad twoim grobem. Szczerze i rzewnymi łzami – odwrócił się nagle. – To, co cię wstrzymuje przed ucięciem mi głowy, to honor – powiedział cicho – którego jakoś nigdy nie zauważyłem u tych śmieci – wskazał na leżące na bruku ciało. – Choć tak pięknie potrafią udawać, że go mają – teraz on zagryzł wargi. – Bogowie! Muszę żyć z gównianymi ludźmi. A takich jak ci – wskazał na pluton służbowy – muszę zabijać. Jak trudna jest służba Zakonu...

Otrząsnął się po chwili.

– Tak właściwie to mam sprawę tylko do Mereditha, Achai, Siriusa i Zaana. Reszta mogłaby sobie pójść do domu czy gdzie tam... – westchnął ciężko. – Ale pewnie nie pójdziecie.

– Lepiej na to nie licz! – krzyknęła Annamea. Usiłowała właśnie skombinować sobie jakąś broń, rozpytując stojących najbliżej żołnierzy czy nie mają jakiegoś zapasowego miecza, czy w ogóle czegoś ostrego. Dostała długi nóż i kastet.

Pierwszy Sługa pokiwał głową.

– Wiem. Bo nie jesteście gównianymi ludźmi – łzy, prawdziwe łzy popłynęły nagle po policzkach Pierwszego Sługi. – Nie jesteście ludźmi ulepionymi z gówna. Wy nie udajecie, że macie honor. Po prostu macie i już... – wziął do ust następną porcję ryżu, potem odstawił miseczkę wraz z łyżką wprost na bruk. Zamyślił się dłuższą chwilę.

– No dobrze – podszedł do Mereditha. – Uciekłeś z Wyspy Zakonu. Złamałeś boskie prawo.

– Wiem – powiedział Meredith spokojnie.

– Sądzisz, że te kilka dziewczyn wokół cię ochroni?

– Nie. Jednak ktoś powiedział mi, że spotkam się jeszcze raz z Czarownikiem Zakonu. I tym razem to ja będę miał sojuszników i możnych protektorów. Tym razem to będzie...

– Nie „ktoś" tylko „coś" ci to powiedziało – przerwał mu Pierwszy Sługa. – To jest rzecz. To jest „coś". Czyżbyś zapomniał, że nazywają to „Wielkim Kłamcą"?

– Tym razem – podjął spokojnie Meredith przerwane zdanie. – Tym razem to będzie egzekucja.

– Ach... Więc chciałbyś się zmierzyć z Czarownikiem Zakonu raz jeszcze? – lekkie skinienie dłonią. – Proszę. Jest tutaj.

Zza szeregu rycerzy pod ścianą najbliższego budynku wyszedł starzec ubrany w długi płaszcz, z kosturem w ręku. Meredith ledwie zerknął. Arnne aż kucnęła ze strachu, jak dziecko, usiłując ukryć głowę w swoich własnych ramionach.

Sirius szedł boczną ulicą, opierając się na ramieniu dziewczyny coraz mocniej. Sztylet w plecach wbijał się coraz głębiej. Bogowie... Co on mi tam robi? Co on mi tnie... Nie mógł zaczerpnąć głębszego oddechu, żeby nie zwymiotować żółcią. Miał wrażenie, że każde następne wymioty uduszą go po prostu. Był coraz słabszy.

– Ty świnio! – ryczały kucharki Zakonu ustępujące mu z drogi. – Ty już nic nie możesz!

– Moc Zakonu została ci okazana! – wrzeszczeli giermkowie, również usuwając się z drogi. – Jesteś już niczym. Już nic nie możesz zrobić!

Pluli na niego i na dziewczynę. Obrzucali śmieciami. Kłuli patykami, jeśli tylko zdołali znaleźć odpowiednio długie patyki. Rzucali kawałkami cegieł.

– Dno! Świnia! Żywy trup! No i co? Zobaczyłeś, co to jest Zakon, co? Pokazali ci, gdzie twoje miejsce?

Ktoś wylał na niego zawartość jakiegoś kubła. Dziewczyna płakała.

– Gdzie leziesz, durniu? Won na wysypisko pod murami!

– Jesteś skończony! Wiesz? Jesteś skończony!

– Już po tobie. Ludzkie barachło...

Im bliżej placu, im bardziej był słaby, tym bardziej skutecznie pluli. Obrzucano go śmieciami.

– Gdzie się pchasz, marny człowieczku?

Sirius był półprzytomny. Jednak giermek, który zamierzał go powalić, popełnił kardynalny błąd. Doskoczył z boku. Mechanizm napinający ukryty w rękawie księcia wysunął nóż dokładnie w chwili, kiedy tamten chwycił go za rękę. Sirius ciął odruchowo – tak jak go nauczono. Widząc zalanego krwią giermka, reszta sług odskoczyła o kilka kroków.

– Ty świnio!

– Ty gnoju!

– Już po tobie!

– Nic już nie zrobisz...

Dziewczyna zatrzymała się przerażona.

– Jeszcze tylko kilka kroków – poprosił Sirius szeptem, bo na nic więcej nie było go stać. – Zobaczmy, co jest za rogiem, co?

– Dobrze, proszę pana – szepnęła.

Ruszyli dalej. Już było widać pierwszych rycerzy na placu. Służba pozostała z tyłu. Sirius poruszał się coraz bardziej ociężale. Miał wrażenie, że co jakiś czas traci przytomność. Rycerze wokół patrzyli na niego obojętnie. Umierający człowiek, który już niczego nie mógł zrobić. Kolejna ofiara Zakonu. Takie nic. Następny człowiek, któremu pokazano, gdzie jego miejsce.

Stary czarownik właśnie przyłożył rękę do ust, rzucając zaklęcie. Meredith skontrował błyskawicznie, ale widać było, że do prostej kontry potrzebuje wszystkich swoich sił.

Sirius zrobił krok naprzód.

Jakiś giermek, być może zrozpaczony kolega tego chłopca, którego książę zranił przed chwilą śmiertelnie, podskoczył z tyłu i w całej zgrozie, która go ogarnęła po śmierci kolegi, w całej swej nienawiści, zaślepiony żądzą zemsty uderzył Siriusa w plecy kawałkiem deski. Prosto w rękojeść sztyletu. Czując eksplozję bólu gdzieś w sobie, książę wyskoczył do przodu, robiąc kilkanaście kroków. Wpadł wprost na czarownika Zakonu, czując, że właśnie umiera. Starzec zerknął w tył. To nie był dla niego przeciwnik. Zupełnie spokojny odepchnął Siriusa ręką.

Sirius był tak słaby, że runął w tył. Zdążył jednak odruchowo chwycić tamtego za ubranie. Upadł na plecy, a czarownik na niego. Sztylet, który wbito mu w plecy, „bez, wie pan, bez takiej poprzeczki przy rękojeści, jak sopel lodu..." przebił ciało chłopaka i wbił się w pierś Czarownika Zakonu.

Sirius uśmiechnął się, umierając. Nie czuł już bólu. Było mu ciepło i miękko... Widział chłopca z tobołkiem, który tańczył i śmiał się zajadle. „Już nic, nic... nic nie będzie cię obchodzić. Właśnie znikasz, Sirius – mówił bez dźwięku, samymi ustami. – Teraz nastąpi pustka, przestaniesz istnieć, ale będziesz pamiętany przez wieki. Żegnaj Sirius, Wielki Książę Królestwa Troy. Prawdziwy książę...".

– No to jesteśmy połączeni, panie czarowniku – szepnął. – A teraz... jacyś zbóje będą cię zabijać, tu na bruku... Jak portowe męty zwykłego kmiota.

Meredith pokonał zaklęcie rannego, teraz już bez żadnego problemu. Achaja, krzycząc „Sirius!", dopadła starca i strzeliła mu mieczem po szyi, zanim ktokolwiek zdołał zareagować.

Pierwszy Sługa Zakonu patrzył lekko zaskoczony. Potem wzruszył ramionami.

– No... No i proszę... udało ci się – zerknął na kompletnie wyczerpanego Mereditha. – Pogadamy później. Najpierw muszę załatwić sprawę z tą panią – wskazał Achaję.

Podszedł bliżej do dwóch trupów.

– No, no... – powtórzył. – Ten Wirus podsyła nam coraz bardziej inteligentnych ludzi – zakpił.

Achaja, becząc i obcierając usmarkany nos rękawem, przyłożyła mu miecz do szyi. Pierwszy Sługa Zakonu zerknął w jej oczy z wyraźnym zaciekawieniem. Ewidentnie nie był tchórzem. Chyba nawet nie znał pojęcia strachu. Był mężczyzną. Prawdziwym.

– No, no... – mruknął. – Zachlastasz mnie?

Zaskoczył tym Achaję tak, że nie mogła zrobić żadnego ruchu. Przez dłuższą chwilę patrzyli na siebie i to z wyraźną ciekawością. Obydwoje. Mierzyli się wzrokiem i razem usiłowali odgadnąć, co takiego dziwnego kryje się w tym drugim. Pierwszy Sługa Zakonu ocknął się trochę szybciej.

– O choroba – szepnął tak, żeby nie słyszał go nikt inny. – Nie sądziłem, że mężczyźni noszą kiecki – zerknął na jej spódniczkę. – W innym miejscu, w innych czasach uczyniłbym cię rycerzem Zakonu.

– Pieprz się! – powiedziała mu ciepło Achaja. – Pieprz się równo!

– Nie do końca zrozumiałem, ale myślę, że pojąłem intencję – Pierwszy Sługa uśmiechnął się równie ciepło jak dziewczyna.

Przez dłuższą chwilę uśmiechali się do siebie naprawdę przyjaźnie. Patrzyli na siebie w szoku. Patrzyli jak przyjaciel na przyjaciela. Jak żona po kupnie nowej kiecki na męża. Jak mąż po udanym współżyciu na żonę.

– No niech cię szlag trafi – warknęła w końcu Achaja.

– Ciężko będzie – odpowiedział. – Przygotowałem ci parę niespodzianek.

Zatrzepotała rzęsami.

– Naprawdę? Chyba mi się tu nie oświadczysz.

– Nie mogę. Muszę żyć w celibacie – przygryzł wargi. – I dopiero teraz tak naprawdę poczułem, jaki to ciężar.

– Oj. Bo się pobeczę, poryczę i będziesz musiał ocierać mi łzy haftowaną chusteczką.

– Nie śmiej się. Muszę cię zabić.

Skinęła głową.

– No to już. Na co czekasz? Niech się te setki rycerzy na mnie rzucą.

– Mam trochę tańsze rozwiązanie. Bo wiesz... Taki rycerz to cholernie drogo kosztuje. Co ich będę marnował, żebyś mi zbyt wielu pochlastała.

Roześmiała się znowu.

– Ty gnoju.

– Tak na mnie mówią – potwierdził skinieniem głowy. Potem klasnął w dłonie. – Mam coś lepszego.

Gdzieś z tyłu rozległa się muzyka. Prawdę powiedziawszy dość dziwna. Wyglądało to, tak jakby muzykanci swoim instrumentarium, przygotowanym wyłącznie na przygrywanie biesiadnikom w karczmach, usiłowali zagrać marsz wojskowy. A potem zza pleców rycerzy wyłonił się Virion. Achaja poczuła igiełki strachu, czuła też, że przyspieszył jej oddech. Stary, łysy i gruby mężczyzna uśmiechnął się jednak, podnosząc do ust wielką amforę wina.

– Cześć, siostro – przełknął wielki haust.

– Cześć, bracie – mruknęła. – Co? Znowu cię na mnie wynajęli?

– Na co mnie wynajęli, to powiem ci później – zerknął na swoich muzykantów nieudolnie rzępolących marsz. – Fajna kapela, nie?

– No... dla kogoś głuchego od urodzenia, to całkiem, całkiem.

Uśmiechnął się znowu.

– Na ciebie to mają coś lepszego niż ja. Osobiście czuję się znieważony, bo zostawili mnie w rezerwie – westchnął ciężko i upił jeszcze łyk wina z trzymanej w zgięciu ramienia amfory. – Patrz.

Pierwszy Sługa Zakonu pstryknął palcami. Spomiędzy szeregów rycerzy wysunęła się mała postać. Dziewczyna miała na sobie płócienną, wojskową kurtkę, krótką, ale bardzo szeroką spódnicę, żeby nic nie krępowało ruchów, i leciutkie, cholernie kosztowne sandały. W prawej ręce trzymała miecz, w lewej króciutki sztylet. Była dość podobna do Achai. Co gorsza Achaja skądś ją znała, ale za żadne skarby nie mogła sobie przypomnieć skąd.

– Witaj – powiedziała tamta. – Jestem Marina.

– Cześć. Widziałam cię już, prawda?

Marina skinęła głową.

– Przypomnisz mi?

– Jasne – tamta skrzywiła lekko wargi z pogardą. – Znamy się z obozu niewolników. Budowa cesarskiej drogi. Pamiętasz taki epizod w swoim życiu?

Akurat. Achaja wzruszyła ramionami. Nie mogła sobie przypomnieć.

– A pamiętasz ten dzień, kiedy chciałaś uciekać? – kontynuowała Marina. – Pamiętasz, jak Hekke przyprowadził Krótkiemu nową dziewczynę na twoje miejsce?

Bogowie! Teraz sobie przypomniała. To ona! Teraz już wiedziała. W noc kiedy uciekała z obozu niewolników... Pamiętała tę twarz.

– Hekke też cię trenował?

– Owszem – Marina wydęła wargi. – Tyle tylko, że jestem lepsza od ciebie – znowu uśmiechnęła się kpiąco. – Ja... ja zabiłam Hekkego.

Achaja poczuła, jak ją coś dusi. Poza zupełnie irracjonalnym strachem, który nią targnął, poczuła jakiś dziwny żal. Przecież nie lubiła Hekkego. Nienawidziła za to, że się nad nią znęcał w walce, że używał jej jak rzeczy do wszystkich koncepcji miłosnych, które mu tylko do głowy przyszły, że... Opuściła głowę. Był jej przyjacielem. Tak po prawdzie jedynym. Czuła, że nie może powstrzymać łez.

– Tylko mi się tu nie pobecz, mój kotku z czarnymi oczami – Marina podeszła bliżej i spojrzała taksująco na swojego przeciwnika. – Widzisz, jest pomiędzy nami pewna różnica. Ja ćwiczę codziennie. A ty? – zaczęła się śmiać. – Nie masz czasu? Ach! Wiadomo, księżniczka. – Jej ręka, ta ze sztyletem, przesunęła się po tyłku Achai. – Ooooooo... tu już mamy troszeczkę sadełka – dotknęła przez kurtkę piersi Achai. – No taaaaak... Czyżbym wyczuwała, że są pełne? Już nabrałaś trochę tłuszczu, co?

– Przestań.

Marina potrząsnęła głową.

– Już przypominasz kobietę. Jesteś śliczną dupeczką, którą każdy książę chciałby mieć w swojej łożnicy. A popatrz na mnie – uniosła szeroką spódnicę i okręciła się na pięcie. Rzeczywiście same mięśnie, ścięgna i kości. – Do łożnicy nikt by mnie nie chciał. Ale Zakon wyciągnął mnie z obozu, jak się rozeszło, że zabiłam Hekkego zwykłym kijem. I wynajęli mnie, żeby przeprowadzić na tobie egzekucję.

Achaja przygryzła wargi. Co gorsza, tamta to zauważyła. Uśmiechnęła się słodko. Zbliżyła się więc do Mariny i również przesunęła dłonią po tyłku.

– Tu rzeczywiście nic nie masz. Ale tu – postukała tamtą w czoło – również nic!

Virion zarechotał na cały głos.

– Taaaaak? – Marina odepchnęła jej rękę. Ale była szybka i sprawna! – Jaki trening przeszłam... sama dobrze wiesz. Tyle tylko, że przeszłam go później niż ty i, w przeciwieństwie do ciebie, ja Hekkego zabiłam. Jestem od ciebie lepsza, mój śliczny, czarnooki kotku. Lepsza! Mnie wyciągnęli z obozu trzydzieści dni temu. Jaki musisz mieć tam refleks i jak ćwiczyć oczy w dupie, nie muszę ci przecież tłumaczyć. Nie tobie, koleżanko, nałożnico dwóch niewolników. Ale ty się już styłaś. Straciłaś styl. Ty przez parę lat miałaś już ciepłe, bezpieczne łóżeczko, w którym spałaś w przepięknej, bogato haftowanej, nocnej koszulce. Ty miałaś owoce, warzywa i mięso na co dzień. Prawda? No i nie ćwiczysz codziennie. Wiadomo, księżniczka. Światowe sprawy, dowodzenie wojskiem, bale na dworze królowej, intrygi... Nie masz czasu, kocurku.

– Chcesz mnie pokonać mieczem czy językiem?

– Chcę powiedzieć ci, co mam tu – postukała się w czoło dokładnie tym samym gestem co wcześniej Achaja. – Wiem, że nie zrozumiesz. Ty księżniczka, wielki świat. A ja byłam córką rzemieślnika, któremu nie szło. I całą rodzinę, za długi, sprzedali na budowę cesarskiej drogi. Mamusię, tatusia, brata i siostry... Tak po prostu. No i mamusia, tatuś, brat oraz siostry musieli patrzyć na to, co ze mną wyrabiali Hekke i Krótki. Nie muszę ci tłumaczyć, byłaś tam, więc wiesz, że niczego się nie da ukryć. Ale patrzyli niedługo. Bo oni zostali „nawozem". Tylko ja „człowiekiem". I dlatego zabiłam Hekkego.

– A ja nie miałam matki. A... a... a cała reszta to moja wina, chyba.

– Oj, bo się tu obie zaraz popłaczemy – Marina prychnęła śmiechem.

Achaja wzruszyła ramionami.

– Braciszku – zerknęła na Viriona. – Ona jest naprawdę taka dobra?

– Chcesz sprawdzić? – warknęła Marina. Uderzyła wierzchem dłoni Achaję w twarz tak szybko, że ta nie zdążyła nawet podnieść ręki. – Naprawdę chcesz? – wyjęła Achai nóż zza wojskowego pasa, zanim ta zorientowała się, co ma znaczyć ruch ręki w kierunku jej brzucha. Odskoczyła odruchowo, sądząc, że to sztych sztyletem, a Marina usiadła na bruku i zaczęła się śmiać. – No i co, mój kocurku? Nie ma co mrużyć tych swoich oczek jak węgielki.

Z boku podszedł Virion.

– Jest o całe nieba lepsza od ciebie – powiedział.

– To co mam zrobić?

– Jak to co? – aż się żachnął. – Zabij ją i już.

– Cooo???

– No przecież ty jesteś szermierzem natchnionym, a ona nie – roześmiał się prosto w jej rozszerzone ze zdumienia oczy. – Ona tu naprawdę nic nie ma – teraz on postukał się w czoło.

– No przecież sam mówiłeś, że walczy ciało, a nie rozum.

Tylko machnął ręką.

– Ja jestem od ciebie dużo starszy, sto razy grubszy i nigdy nie ćwiczę – mruknął. – A jednak cię pokonałem – podniósł swoją amforę do ust. – Orkiestra! Grać!!!

Rozległa się jakaś skoczna melodia, którą kapela musiała wykonywać w karczmach. Teraz bowiem muzykantom szło znacznie lepiej niż przy wojskowym marszu.

Achaja podeszła do Mariny, która wstała tak lekko, że nawet ktoś ze stojącego z tyłu plutonu służbowego syknął z podziwu.

– No co, moja kotko? Walczysz?

Achaja nagle zrozumiała. Dopiero teraz. Wzięła głęboki oddech.

– Otchłań wzywa mnie – powiedziała cicho, potrząsając głową. – Otchłań... To jest otchłań. – Nie mogła wbić w ziemię miecza jak Nolaan przed walką z Hekkem, bo tu był bruk. Nie wyjęła więc go w ogóle. – To jest coś, co zupełnie nie ma dna... Jest tylu wojowników w całym wielkim wszechświecie. A ja jestem ich siostrą, ich córką – spojrzała na gwiazdy. – Jestem ich dupą. Jestem kochanką prawdziwych wojowników rozsianych wszędzie. Dosłownie wszędzie. Tych wszystkich, którzy ciągle walczą, mając pewność własnego zatracenia.

– Co?

Ale Achaja odwróciła głowę.

– Arnne. Zgaś światło.

Czarownica błyskawicznie wypowiedziała słowo i chwyciła go dłonią. Kiedy pochodnie wokół przygasły, w ustach Achai pojawiły się kły. Widząc w nagłej ciemności, skoczyła na Marinę i chwyciła ją za ręce. Zza jej głowy wyprysnął warkocz z przywiązanym kamieniem, który rąbnął tamtą w łopatkę, a ogon owinął się wokół nogi przeciwnika i pozwolił go przewrócić jednym, zgrabnym podcięciem.

Czarownica nie mogła utrzymać takiego zaklęcia za długo. Kiedy po chwili znowu rozbłysło światło, rycerze zobaczyli leżącą na bruku Marinę i usiłującą usiąść na niej Achaję, już bez kłów, pazurów i ogona. Marina jednak wywinęła się tak lekko i łatwo, że widać było jej makabryczną przewagę gołym okiem. Dla wszystkich wokół stało się jasne, kto wygra ten pojedynek.

– Niczego się nie nauczyłaś – warknął Virion. – Dlaczego ona jeszcze żyje? Teraz jest wściekła i nieobliczalna.

– Nauczyłam się – mruknęła Achaja. – Ale naukę zrozumiałam dopiero teraz. Niestety, nie do końca.

Wstała lekko, ale nie tak lekko jak Marina, co zauważyli wszyscy wokół. Marina podskoczyła tak szybko, że wielu obserwatorom nawet umknął ten ruch. Przyłożyła miecz do szyi pani major.

– No to teraz, kotek... – fuknęła.

– No to teraz... – powtórzyła jak echo Achaja. – Teraz na poważnie.

Marina już się spodziewała. Wiedziała też, że Achaja wie o niej wszystko. Tak jak powiedział Virion – musiała zapoznać swoje ciało z przeciwnikiem. I widziała też wyraźnie, że teraz Achaja się boi. Że jest przerażona do granic możliwości. Specjalnie dla niej, żeby ją pognębić do reszty, zrobiła coś, czego Achaja nigdy nie potrafiła dokonać. Zakrok z wyciągnięciem miecza przed siebie. Zakrok bez żadnego skurczu. Perfekcyjne przejście.

Achaja naprawdę była przerażona. I co gorsza widzieli to wszyscy, którzy stali w pobliżu. „Hekke!" – krzyczała w myślach. – „Hekke, mów do mnie! Hekke, proszę, mów do mnie!".

Jej mistrz milczał. Marina zrobiła krok do przodu. Achaja krok w tył.

I co może przeciwstawić tej młodej, potwornie wytrenowanej dupie? Krok w tył, krok w tył? Zaraz już nie będzie się miała gdzie cofać, bo trafi plecami na pierwszy szereg własnego plutonu służbowego. Krok tamtej w przód, jej krok w tył. Prawie czuła na karku oddechy koleżanek. Lekki zwód w lewo. Marina już skoczyła na swoją prawą, tak lekko i szybko jakby była leciutkim puszkiem, który huragan wprawiał w ruch. No to zwód w prawo, lewo, krok... Szlag!!! Tamta przewidziała wszystko. Stały teraz w odległości kroku może. Marina wyrolowała ją, jak chciała. Musiała teraz patrzeć na jej kpiący uśmiech.

– Mam cię gonić po całym placu, kocurku? – kpiący śmiech i spojrzenie prosto w oczy. – Ale się boisz. Ale się boisz, idiotko. Dosłownie czuję zapach strachu.

Niestety, miała rację. Achaja stała jak sparaliżowana. Przerażenie dusiło ją dosłownie, nie pozwalając na jakąkolwiek reakcję. O szlag! Przecież nie bała się śmierci. Przecież ten, niby naznaczony jej, szczególny dzień śmierci, niczym nie różnił się od dnia dzisiejszego. Były dokładnie takie same. A może to już dziś? Może teraz?

Może z ręki tej suki? Wszystko jedno. Jakkolwiek by sobie tłumaczyła, jakkolwiek by się przekonywała, przerażenie ją po prostu paraliżowało. To był amok. Była dosłownie zamroczona strachem.

„Hekke, mów do mnie, proszę! Hekke, Hekke, bądź przy mnie, proszę...”.

Cisza.

„Krótki, kurwa, pomóż mi!”.

– No niech mi ktoś pomoże, błagam! – nieświadomie powiedziała to na głos. Od strony rycerzy rozległy się śmiechy. Z tyłu usłyszała kilka syknięć dziewczyn własnego oddziału, wyraźnie zabarwionych wstydem. Shha podeszła z boku.

– Będę przy tobie, siostro. Niech zabije nas obie razem – uśmiechnęła się ciepło. I dopiero w tej chwili Achaja zaczęła się bać tak naprawdę.

– No nie ma sprawy – Marina skoczyła do przodu, zrobiła leciuteńki obrót, oparła się plecami o plecy Achai, klepnęła Shhę w pośladek, odskoczyła i stanęła w tej samej pozycji, co poprzednio. Nikomu ze stojących wokół nie umknął fakt, że Achaja w tym czasie ledwie zdołała poruszyć ręką.

Virion z boku podniósł do ust swoją amforę. Ale przez cały czas obserwował uważnie. Na jego ustach pojawił się lekki uśmiech. Kpina? Czy sprzyjanie? Czy on kiedyś przeżył coś takiego?

Chwila rozstrzygnięcia nadchodziła nieubłaganie.

„Hekke, mów do mnie, proszę!”. Hekke milczał. Umarli mistrzowie byli niemi. Teraz trzeba samemu. Teraz trzeba pokonać samego siebie. Najgorszego przeciwnika na całym, wielkim, bożym świecie. Jedynego, który wie wszystko, zna wszystkie zwody, kruczki i kłamstwa. „Hekke, proszę... Proszę! Hekke, błagam, mów do mnie, proszę!!!".

Nic.

Virion z uśmiechem na twarzy. Shha dysząca tuż obok. Też nieźle przestraszona. Uścisk jej ręki na ramieniu. Szept Annamei skądś z tyłu:

– Spróbujcie tamtą zastrzelić.

Coraz głośniejsze śmiechy rycerzy.

– Marina, sprzątnij tego śmiecia!

– Żeby się tylko nie posikała ze strachu.

– Marina! Posprzątaj tu. Odłóż miecz, dam ci miotłę.

– Taaaaaaa... na nią miotła wystarczy.

Coraz głośniejsze śmiechy. Lekkie skrzywienie warg Viriona. Dotyk Shhy.

„Hekke, mów do mnie, proszę! Powiedz coś, błagam".

Cisza.

Cisza.

Najdłuższa cisza na świecie.

I nagle w jej głowie rozległ się głos.

„No co, mała? – głos jasny, mocny i pogodny. – Teraz już jesteś moją uczennicą. Ja też ci coś pokazałem".

Szok.

– Zmienia ci się wyraz twarzy – powiedziała Marina. – Czyżby ktoś ci szeptał coś do uszka? – roześmiała się nagle.

– Tak.

– Mogę wiedzieć kto? – ciągle kpiąco.

– Owszem – tym razem uśmiechnęła się również Achaja. I wypowiedziała najstraszliwsze dla wszystkich szermierzy słowo: – Nolaan.

Patrzyły sobie w oczy. Niekończąca się chwila. Jakby koniec świata.

„Już" – powiedział Nolaan.

Achaja skoczyła do przodu. Błysk, świst, mocne szarpnięcie. Wycie. Nie krzyk, nie ryk, tylko wycie!!! Kto tak wyje? Aha... Ona sama. Zatrzymała się po kilkunastu krokach, tuż przed rycerzem w szeregu. W zapadłej nagle, idealnej ciszy słyszała, jak krew kapie na bruk. Kap, kap, kap... Patrzyła rycerzowi prosto w oczy. On na nią też. Kap, kap, kap...

Shha z tyłu też nie mogła niczego powiedzieć.

– A... a... – wyglądało, jakby stękała.

Niekończąca się chwila. Jakby koniec świata.

Achaja nie miała już miecza. Prawą dłonią obmacała się błyskawicznie. Twarz, piersi, brzuch, krocze. Wszystko w porządku. Kap, kap, kap... Bez przerwy patrzyła w oczy rycerza stojącego przed nią. Skąd ta krew kapie? O szlag! Skąd ona wypływa? Lewa ręka! Czuła jakiś ciężar. Lewa ręka. Znowu w to samo miejsce. Miała wrażenie, że jej ucięto dłoń. Jakiś straszny ciężar.

Rycerz również nie mógł oderwać wzroku od jej źrenic. Powiedział:

– Eeeeeeee...

Kap, kap, kap...

Niekończąca się chwila. Achaja podniosła lewą rękę.

Miała w niej...

Miała w niej...

Miała w niej obciętą głowę Mariny. Kap, kap, kap.

Rycerz powiedział:

– Eeeeeeeee...

Odruchowo podała mu głowę.

– Masz. Na pamiątkę.

Odruchowo przyjął. Kap, kap, kap... Popatrzył uważnie w martwe oczy i na usta, które ciągle się poruszały, jakby chciały coś powiedzieć. Potem odrzucił ją i wrzasnął:

– Aaaaaaaaaaaaaaaa!!!

– Nie jesteś zbyt rozmowny dzisiaj – mruknęła Achaja. – Źle artykułujesz.

Virion ryknął śmiechem. Podszedł do szeregu rycerzy.

– Komuś jeszcze do śmiechu? – powiedział. – A może komuś z was dać miotłę? Co?

Z boku wyglądało to, jakby sama śmierć chodziła pomiędzy szeregami.

Achaja cofnęła się i podniosła swój miecz. Ściągniętą z szyi chustą wytarła krew z ostrza.

– No, coście tacy nagle struci? – kpił Virion. – Może podać miotełkę? Szufelkę? Co wolicie?

Ryknął śmiechem.

– Ją uczyli najwięksi mistrzowie współczesnego świata. Ja, Hekke i Nolaan. Niech każdy więc weźmie miotełkę i szybko posprząta to, co narobił. To, co mu przez gacie wyleciało...

Podszedł do Achai.

– Całkiem przyzwoicie to załatwiłaś.

Achaja znowu spojrzała w gwiazdy na niebie. Tu i teraz. Świat i wszechświat. Chwila i wieczność.

– Jestem waaaaszaaaaa!!! – wrzasnęła pod adresem wojowników, którzy ginęli właśnie gdzieś w otchłani, gdzieś za czarną pustką, w jakichś wojnach, w których nie mieli żadnych szans, ale walczyli do końca i czasem, jednak, wygrywali. – Jestem wasza, chłopaki!!! Jestem waszą siostrą, córką, żoną i kochanką! Czuję to samo co wyyyyyy... Otchłań. Otchłań wzywa mnie! Otchłań wzywa mnie. Ona mnie pragnie. Tak jak i was. Chłopaki, jestem wasza.

Wycelowała palcem w jakąś gwiazdę. Miała nadzieję, że gdzieś tam jest wojownik, który umierał właśnie, walcząc do końca na swoim posterunku.

– Jestem twojaaaaaa!!! – wrzasnęła. – Walcz, sukinsynu. Walcz do końca, gnoju! Zrób to dla mnie. Bo jestem twoja! Kocham cię!

Achaja z mieczem w dłoni zaczęła krążyć wśród szeregów zakonnych rycerzy.

– Zabijamy się??? – wrzeszczała. – Zabijamy się? Przed chwilą nazwaliście mnie śmieciem... To co? Zabijamy się? Czy chcecie mnie posprzątać? No niech się ktoś odezwie wreszcie.

Ani jeden z rycerzy nie otworzył ust.

– No, niech się ktoś odezwie! No, niech ktoś, kurwa, powie choć słowo i będzie zabity w pierwszej kolejności.

Szła przed szeregiem zmartwiałych nagle facetów, których od dziecka uczono sztuki zabijania. Sztuki bycia pewnym siebie. Sztuki agresji.

– No niech się ktoś odezwie!!! – krzyczała. – Niech może ktoś kichnie chociaż!

Rycerze w szeregach spuszczali oczy. Choć mieli przerażającą przewagę, nikt nie chciał ruszyć pierwszy.

– Nazwaliście mnie śmieciem, który trzeba sprzątnąć? Pytam więc, kto chce mnie sprzątnąć?

Cisza.

Achaja zatrzymała się nagle.

– Czy ktoś chce chociaż pierdnąć? Dajcie przynajmniej jakiś znak, że ktoś z was żyje.

Cisza. Jedynie Virion chichotał. Dziewczyny z jej plutonu zaczęły uderzać kolbami karabinów o ziemię. Coraz równiej, coraz bardziej regularnie. Brzmiało to jak werbel.

Achaja podeszła do pierwszego rycerza.

– Podskoczysz mi?

Żadnej reakcji. Jedynym dźwiękiem był równy rytm wybijany o bruk kolbami karabinów.

Podeszła do mistrza z czerwoną opaską.

– Spróbujemy się? Jednego takiego już kiedyś zabiłam.

Wstyd mu było opuścić głowę. Ale odwrócił wzrok. Nie śmiał spojrzeć jej w oczy. Wszyscy mężczyźni w szeregach zrozumieli pewną rzecz. Dla wszystkich stało się jasne... Kto pierwszy wystąpi z szeregu – zginie. Drugi też. Tak samo trzeci. I, zaraza jasna, nie wiadomo, ilu jeszcze. Pewnie, że wygrają, wiadomo, że zgniotą samą masą, ale... choćby najmniejsze drgnięcie w szeregu było po prostu pewnym sposobem na popełnienie samobójstwa. Teraz rozumieli to wszyscy. Wszyscy pojęli tę straszną prawdę.

– Nikt?

Achaja znowu podniosła głowę do gwiazd. Spojrzała na tę samą gwiazdę, co poprzednio i powiedziała do nieznanego wojownika, który właśnie ginął na swoim posterunku, walcząc do końca.

– Tylko ty mnie zrozumiesz... Tylko ty. Jestem twoją żoną i siostrą! Chcę być tylko z tobą. Tylko ty, kochanie. Jestem twoja. Do końca.

Virion klepnął ją w ramię.

– Jesteś, jesteś... Właśnie znalazłaś się w bardzo elitarnym klubie. Witamy serdecznie nową koleżankę.

Otrząsnęła się.

– To teraz ty i ja, znowu naprzeciw siebie.

Popatrzył na nią rozbawiony. Swojej orkiestrze kazał grać jakąś knajpianą melodię.

– Widzisz, wynajęli mnie, żebym zabił złych ludzi. Tak powiedzieli. „Złych ludzi". A ze mną jak z dzieckiem. Każą mordować za pieniądze, to ja morduję. Ze mną naprawdę jak z dzieckiem, wystarczy raz powiedzieć.

Wyjął miecz i chlasnął najbliższego rycerza w szyję.

– Ze mną jak z dzieckiem... – zabił następnego, zanim się zorientowali. – Co każą, to ja robię – zabił kolejnego. – A najbardziej lubię – zabił następnego – jak robota mi się podoba – zabił mistrza z opaską. – Już kiedyś mieliśmy ze sobą sprawę, nie chłopaki?

Achaja wyszarpnęła swój miecz, żeby mu pomóc, ale w tym momencie Pierwszy Sługa krzyknął: „Zabić ich wszystkich" i rzucił się do ucieczki na swój statek przycumowany w kanale.

Rycerze, mimo trzydziestu karabinowych strzałów, zmasakrowali pluton momentalnie. Ale nie przyniosło to im zwycięstwa. Wirus, który zamienił się w Annameę, przyprowadził resztki jej Ciężkiego Korpusu Szturmowego Dahmerii. Rycerze poradzili sobie i z tym problemem, tyle tylko, że Biafra sprowadził grenadierów wraz z artylerią Chorych Ludzi i ustawił po drugiej stronie kanału. To właściwie nie była bitwa, tylko rzeź. Wirus dwoił się i sprowadził Ochotniczy Korpus Pacyfikacyjny. Niewolnicy nie potrafili się, co prawda, bić, ale było ich pięćdziesiąt tysięcy. Zupełnie nie potrafili walczyć. Problem jednak w tym, że nie potrafili też uciekać. Trzy oddziały rycerzy wbiły się w trzy ulice zapchane niewolnikami, których była taka ciżba, że uniemożliwiała jakikolwiek ruch.

Wieki później, przyszli dowódcy, po wielu błędach, które sami zrobią w przyszłych czasach, zrozumieją „zasadę ugrzęźnięcia". Siły pancerne i walki uliczne to dwie różne sprawy, których nie można łączyć. Nie można używać sił pancernych do walk ulicznych. Nie można rzucać ciężkich formacji przeciwko licznym lekkim nigdzie indziej niż na bezleśnej równinie. A na pewno już nie w mieście. A już kompletnie nigdy w walkach ulicznych! W wąskich, zapchanych ulicach!

Ciężkozbrojni rycerze pierwsi w historii, właśnie na ulicach Syrinx, poznali na sobie, co to jest „zasada ugrzęźnięcia". No i co z tego, że na odległość miecza zabijali, kogo chcieli. Tłum i tak był za gęsty, żeby rzucić się do ucieczki. A ci niewolnicy, którzy byli z tyłu, słysząc wrzawę walki, pchani żądzą zemsty, zaczęli wchodzić do okolicznych domów, rozwalać ściany, żeby przepchnąć się bliżej pola walki. Wspinali się na dachy. Zaczęli rzucać kamieniami, belkami, walili na rycerzy całe ściany. Polewali z okien wrzątkiem, olejem, rzucali umoczone w oliwie, płonące szmaty, stoły, krzesła, łóżka... wszystko, co było pod ręką i mogło się palić. Wszystko, co było ciężkie albo ostre.

Walki, a właściwie rzezie wygasły szybko. Niewolnicy nie umieli nawet zdjąć zbroi z rycerzy. Usiłowali ich rozkuć młotami i dłutami przyniesionymi z najbliższych kuźni, ale nie przynosiło to rezultatów. „Opornych" rycerzy wkładali więc do ognisk. A jak się dalej nie udawało, to na sznurkach spuszczali ich do kanału. Stopniały trzon rycerstwa usiłował jeszcze przebić się do murów i bram, ale ugrzązł w ulicy, gdzie niewolnicy sprawdzali ich odporność, wlewając gorącą oliwę przez przyłbice.

Na placu, gdzie wszystko się zaczęło, pozostały jedynie trzy osoby, które mogły utrzymać się na nogach. Virion kręcił młynka swoim mieczem i była to chyba pierwsza rzecz w jego życiu, którą robił na pokaz. Achaja była spocona tak, że mogła pływać w swoim skórzanym mundurze. I była jeszcze trzecia osoba. Stojąca tuż obok jak posąg. Zbyt zszokowana, żeby zrozumieć, co się wokół dzieje.

Virion, który nagle zaczął ziewać, Achaja, która odpływała, nie bardzo wiedząc, co się dzieje i... ta trzecia osoba. Świat kończył się właśnie. Świat kończył się, odchodził w niepamięć, rozsypywał na pożółkłych kartach starych kronik. Virion, Achaja i ta trzecia osoba. Tylko troje ludzi, którzy mogli się utrzymać na nogach. Tylko troje. Virion, Achaja i ta trzecia. Wokół słychać było jęki rannych, nawoływania potrzebujących pomocy. Ktoś płakał głośno. Krzyki medyków, którzy wyłaniali się ze swojej kryjówki w najbliższej bramie, szept kapłanki w stopniu chorążego, która już uklękła przy najbliższym umierającym.

– Rozrzucać chusty! – wrzeszczał Marbe. – Rozrzucać chusty!

Jego pomocnicy odwiązywali od pasków skrawki materiału, by zacząć selekcję rannych. Czarny kolor – pomoc natychmiast, czerwony – trochę później, biały – może czekać. Sanitariusze już podnosili pierwsze, oznaczone czarną chustą, ciało. Virion, Achaja i ta trzecia osoba stali nieruchomo, usiłując poradzić sobie z własnymi umysłami.

– Rozrzucać chusty! – wrzeszczał Marbe. – Czarna, czarna, czarna, czerwona, czarna, biała! Szybciej, łazęgi. Szybciej! Czarna, czarna, biała. Ruszać się, gnoje. Ruszać się, psiamać!

Achaja, Virion i ta trzecia osoba. Ciągle nieruchomi wśród rodzącego się nagle rozgardiaszu. Medycy i sanitariusze od grenadierów biegli właśnie, żeby udzielić pomocy Marbemu.

– Czarna, czarna, biała, czerwona. Grenadierzy! Bierzcie północne skrzydło!

Achaja zamknęła usta, nie chcąc, żeby ślina spływała jej po brodzie. Spojrzała na Viriona. On na nią, a potem na trzecią osobę.

– Widzisz – mruknął. – Kończy się nasz czas, dziecko.

– Co? – nie mogła nawet przełknąć śliny. Fakt, że przeżyła walkę w ścisku, graniczył z cudem.

– Musimy coś dać nadchodzącej epoce. Nasz czas dobiegł końca – wskazał na tę trzecią, która mogła jeszcze utrzymać się na nogach. – To już nie będzie cywilizacja, gdzie szermierze decydują o czymkolwiek.

– O czym mówisz?

– O niej – Virion wskazał trzecią osobę. Podszedł do rozkraczonej dziewczyny z karabinem w rękach.

Mayfed. Wieśniaczka z karabinem w garści.

– Epoka, gdzie liczył się miecz i honor, właśnie dobiegła końca. Teraz nadszedł czas snajperów... – podał Mayfed swój miecz. – Masz. Daj dzieciom na pamiątkę.

– O czym ty mówisz?

– To już koniec naszej cywilizacji. Teraz czas snajperów. Czas zwykłych ludzi...

Odwrócił się na pięcie i poszedł szukać wina. Ale, odchodząc, ciągle jeszcze mówił.

– Nie sądzisz, że to znak? Jakiś zagmatwany symbol? Że to dziwne, że tylko my w trójkę przeżyliśmy nietknięci? Dwoje szermierzy natchnionych i ona. Mayfed. Chłopka z karabinem. Zwykła córka chłopa z zapadłej wsi... Nadchodzi czas snajperów. Teraz każdy zwykły człowiek przemówi głosem gromu. Musimy coś dać nadchodzącej epoce...

Achaja patrzyła na zszokowaną dziewczynę. Ta jednak nie zawracała sobie głowy nadchodzącą epoką.

– Zarrakh! – krzyczała. – Zarrakh, gdzie jesteś?!!!

– Kurwa, tutaj! – usłyszały cichy głos. – Już nie żyję.

– Nie pierdol. Żyjesz!

– A gówno.

Zarrakh trzymała obie dłonie przyciśnięte do twarzy. Spomiędzy palców wypływała krew. Miała wybite albo przecięte czymś oczy.

– O mamo! Nic nie widzę, nie żyję już, w dupę jeża!

– Żyjesz kretynko! W dupę jeża, żyjesz!

– Nie żyję!

– Żyjesz! Medyk, medyk!!! Tutaj! Medyk!

– Czerwona chusta – sanitariusz rzucił na Zarrakh kolorowy kawałek materiału.

– Jak to czerwona??? – wrzasnęła Mayfed. – Bo cię, kutasie, zastrzelę!!!

– Spokój. Czerwona i już.

Nagle Achaja coś sobie uświadomiła. Coś, co momentalnie wyrwało ją ze stanu półprzytomności.

– Shha!!! – zaczęła wyć. – Shha!!! Gdzie jesteś?

– Tutaj – rozległ się stłumiony głos. – Żyję, siostro.

– Gdzie???

Achaja przeskakiwała nad trupami, grzęznąc co chwilę. Usiłowała nie potrącać rannych. Czuła, jak wzbiera w niej panika.

– Shha???

– Żyję.

Zobaczyła swoją siostrę, jak leży na brzuchu, z twarzą wtuloną w trupa jakiegoś rycerza, obiema rękami trzymając się za tyłek.

– Ale dostałam. Prosto w dupę. Zrób coś, żeby koleżanki tego nie widziały.

– Nie ma już żadnych koleżanek. Mayfed żyje. I Zarrakh, ale ślepa, więc nie zauważy... – Achaja dopiero teraz zdała sobie sprawę, jakie bzdury wygaduje. – Shha, siostro. Żyjesz?

– A jak, kurwa, myślisz? Ale boli...

– Medyk!!! Medyyyyyyyk! Tutaj!

Przechodzący obok sanitariusz rzucił na Shhę białą chustę.

– Jaka, kurwa, biała??? Jaka biała??? Dawaj czarną, gnoju! – Achaja podskoczyła, chwyciła go obiema rękami i uniosła w powietrze. – Do opatrunku w pierwszej kolejności!

– Ja mam swoje instrukcje, proszę pani – jąkał przerażony jej siłą. – Ja nie mogę. Rana w tyłek, albo się wykrwawi, albo do opatrunku w ostatniej kolejności...

– Ty sukinsynu – dosłownie odrzuciła go na bok. Kucnęła nad siostrą i jednym ruchem zerwała z niej spódniczkę. – O żesz... – jęknęła, widząc krew na tyłku. – Trzymaj to! Trzymaj to mocno – nakierowała dłonie siostry. Potem uniosła ją lekko jak piórko i, lawirując między trupami, pobiegła do medyka.

– Marbe!!! Marbe, teraz musisz jej zrobić opatrunek.

Medyk ledwie zerknął, skupiony nad stołem, gdzie amputował rękę jakiemuś żołnierzowi. Wycie rannego rozsadzało uszy.

– Rana w pośladek. Jeśli uszkodzona tętnica, to zaraz się wykrwawi na śmierć. Jeśli nie, to do opatrunku w ostatniej kolejności.

Achaję zatkało. Położyła Shhę tuż obok stołu.

– Marbe, gnoju! Wydałam ci rozkaz!!!

Chwyciła go i uniosła w rękach.

Czasy się zmieniały. Już nic nie było takie jak dawniej. Zwykły medyk podniósł bowiem rękę i uderzył Achaję w twarz. Księżniczkę. Majora.

– Uspokój się! – jego głos ledwie przebijał wrzask rannego na stole.

Zszokowana postawiła go na ziemi i chwyciła się za policzek. Wtedy poprawił jej z drugiej ręki.

– Uspokój się natychmiast.

Zaskoczona przyłożyła rękę do drugiego policzka. Marbe wrócił do operacji.

– Połóż ją gdzieś z boku. Jak się nie wykrwawi, to może rano ją opatrzymy.

Achaja patrzyła na niego zupełnie ogłupiała. Zarobiła w pysk od zwykłego medyka. Od zwykłego człowieka. Nie mogła się otrząsnąć. Podniosła swoją siostrę, żeby jej nie deptali ludzie, którzy przynosili ciężko rannych.

– Przecież tu musi być jakiś prywatny medyk. To jest Syrinx!

Niosła swoją siostrę, lawirując wśród trupów. Wokół rozgrywały się oniryczne sceny. Żywcem wzięte z najbardziej mrocznych koszmarów. Biedna Jakee siedziała z głową opartą o jakiegoś żołnierza. Grenadier patrzył na nią mętnym wzrokiem.

– Pani sierżant. Może się obejmiemy i przytulimy. Umierać będzie łatwiej.

– Nie mam cię czym objąć. Obcięli mi ręce.

– Ja mam prawą. Mogę panią objąć, pani sierżant?

Trup Lanni na wznak, z szeroko rozłożonymi rękami. Trup czarownika Mereditha, na boku, w jakimś takim dziwnym przygięciu. Nikt nie miał pojęcia, że w jego przypadku nie miało to żadnego znaczenia. Trup rudej Chloe. Sądząc po śladach krwi, czołgała się gdzieś przed śmiercią. Achaja wiedziała. Wiedziała gdzie. Do miejsca, w którym jeszcze przed bitwą porzucono zwłoki małej, piegowatej dziewczyny. Zdrajczyni. Jej siostry.

Arnne leżąca na boku. Wokół aż tworzyła się mętna poświata od nadmiaru magii.

– Ja chcę się wypisać z wojska, ja chcę się wypisać z wojska, ja chcę się wypisać z wojska... Proszę mnie natychmiast wypisać.

Bei skulona w kucki i trzymająca się za brzuch. Patrzyła w górę, na gwiazdy.

– Wszystko jest w porządku – powtarzała. – Wszystko pod kontrolą. Zaraz się mną ktoś zajmie...

– Co ci jest? W co dostałaś?

– Nie wiem. Nie chcę patrzeć. Ale wszystko jest w porządku, wszystko pod kontrolą. Zaraz się mną ktoś zajmie. Mam czerwoną chustę.

– Zapierdol kogoś za mnie – wrzeszczała Zarrakh z zakrwawioną szmatą na twarzy. – Zapierdol kogoś za to, co mi zrobili!!!

Mayfed z karabinem szukała jakiegoś żywego jeszcze rycerza. Znalazła niedaleko, opartego o kosz z kwiatami pod ścianą. Z ust wylewała mu się krew.

– No to teraz będzie egzekucja.

Mężczyzna spojrzał na nią dość trzeźwo.

– A ty kim jesteś? – wycharczał.

– Ja jestem nikim! – warknęła Mayfed. – Jestem kompletnie nikim! Ale właśnie przestałam się płaszczyć. Odkleiłam swoją twarz od ziemi, wyprostowałam plecy zgięte w wiecznym ukłonie i wysoko podniosłam głowę – karabin znalazł się w pozycji „ogień na wprost". – Teraz JA!!! Podniosłam głowę... prosto do tego celownika – idealnie zgrała muszkę, ramkę i cel. Potem nacisnęła spust.

Harmeen leżała tuż obok.

– Nic mi nie jest – krzyknęła, widząc Achaję. – Nic mi nie jest, mam białą chustę. Idź dalej!

Jakiś luański żołnierz, bez broni, skombinował wiadro i sznurek, czerpał wodę z kanału, biegał tam i z powrotem, żeby dać chociaż pić ciężko rannym. Kilku mieszkańców okolicznych domów też usiłowało pomagać. To podetknęli komuś z leżących koc pod głowę, to przykryli kogoś derką albo przynajmniej zakryli twarz martwemu. Ktoś darł prześcieradła, ale kompletnie nie znał się na opatrywaniu. Obwiązywał żołnierzy razem z mundurami. Któryś z sanitariuszy poklepał go po ramieniu i powiedział: „Idź, idź stąd. A poza tym... na chuj ci potem koszmary. Chcesz wyglądać jak ja? Idź". Jakaś kobieta krążyła po polu bitwy, krzycząc: „Ana! Ana! Jesteś tutaj?". Sądząc po wieku kobiety, jej córka (syn?) zginęła w którejś z poprzednich wojen, znanych już tylko z kronik.

Z bocznej ulicy wyjechał ogromny wóz ciągnięty przez szóstkę wołów. Otaczało go kilkunastu zbrojnych.

– Łupy wojenne skupuję! – krzyczał zapiewajło na koźle. – Wszystkie zdobycze po atrakcyjnych cenach.

Pamiątki wojenne! Pośredniczę w negocjacjach o okup za jeńca!

Achaja rozpoznała mężczyznę, który jechał obok krzykacza na koźle. Podeszła wprost do wozu.

– Baruch, ratuj!

Młody bankier momentalnie zeskoczył na ziemię. Rozpoznał swoją pierwszą klientkę i ruchem ręki powstrzymał zapiewajłę.

– W czym mógłbym pomóc jaśnie pani?

– Medyka. Najlepszego w Syrinx!

– Się robi! – pstryknął palcami na swoich zbrojnych. – Najlepszego medyka na świecie, ale już!!!

Nawet nie zerknął, jak kilku jego ochroniarzy runęło galopem w boczne ulice. Pomógł ułożyć Shhę na pace wozu, pomiędzy skrzynkami ze złotem i tobołami kryjącymi wojenne łupy. Nieporadnie usiłował przyłożyć jakąś szmatę do ciągle krwawiącej rany.

– A z panią wszystko w porządku?

– Tak – mruknęła Achaja.

– Nie wygląda pani za dobrze.

– Wiesz... miałam ciężkie przejścia.

– Rozumiem. Ale... Ale z nią też nie jest dobrze. Chyba zmienia kolor.

– Fakt. Strasznie zbladła.

– No jasny szlag!!! – Baruch wydarł się na swoich zbrojnych. – Chyba ktoś umie opatrywać rany?

Jeden z najemników parsknął śmiechem. Potem jednak zeskoczył z konia.

– Wystarczy przyłożyć szmatę i trzymać mocno. Albo się wykrwawi, albo nie.

Inny najemnik przywiózł nareszcie medyka przewieszonego na kulbace. Zrzucił go na ziemię, ale ten nie chciał wstawać. Kilka kopniaków jednak przekonało go, że na bruku wcale nie jest dobrze. Medyk podniósł się i zerknął na Shhę.

– Nie jestem od chorób kobiecych – wydukał.

– Ona jest ranna.

– Aaaaa... – potrząsnął głową, masując sobie szyję. Właśnie zrozumiał, że go nie chcą zabić, a jedynie potrzebują fachowych usług. – Szkoda, że nie mogłem zabrać swoich instrumentów z domu.

– Czego potrzebujesz?

– Tętnica nieuszkodzona, bo już by nie żyła. Więc teraz wystarczą igły i nici. Zaraz jej tyłek zaszyję.

– Krawca! – ryknął Baruch na swoich. – Przywieźcie najlepszego krawca w okolicy!

– Nie, nie, nie – usiłował go powstrzymać medyk. – Wystarczy igła i nitka.

– A ty umiesz szyć? – bankier był podejrzliwy. – Potrafisz zrobić ładny ścieg? To przecież cudzy tyłek, a nie kiecka, którą można wyrzucić, jak się nie uda.

Luański medyk, wyraźnie spokojniejszy niż na początku, wzniósł oczy ku niebu i westchnął.

– Dobrze. Przywieźcie najlepszego krawca. On też to zrobi dobrze, jeśli tylko nie zemdleje.

Shha z trudem odwróciła głowę. Była naprawdę osłabiona.

– Siostra. Nic mi nie będzie. Idź do koleżanek, proszę...

Medyk ostrożnie rozbierał Shhę, chcąc zobaczyć, czy nie ma innych ran.

– Najlepszego w Syrinx krawca!!! – darł się Baruch.

– Może od razu szewca? Nogi też ma obtarte – Luańczyk właśnie zdjął dziewczynie buty. – Może też tkacza?

Bo jest odparzenie na łopatce od skórzanej kurtki noszonej w upale i plecaka. I górnika! Bo jest pryszcz do wyciśnięcia na szyi.

– Jeszcze jeden głupi dowcip i...

Shha powtórzyła:

– Nic mi nie jest, siostra. Idź do dziewczyn.

W oczach Achai pojawiły się łzy.

– Nie ma już żadnych dziewczyn!

– Idź do tych, które zostały. Idź, proszę!

Achaja chwyciła ją za ramię i uścisnęła lekko. Łykając łzy, odwróciła się i pobiegła na pole bitwy. Zwolniła pomiędzy leżącymi ciałami. Zatrzymała się nad dziewczyną, która już odchodziła, i z trudem dotknęła jej nogi.

– Ja wiem... – powiedziała ledwie słyszalnym szeptem – że żołnierz po bitwie i po tylu stratach ma prawo zadać oficerowi tylko jedno pytanie...

– Jakie?

– Czy atakujemy dzisiaj jeszcze raz, pani major?

Achaję coś ścisnęło w środku. Nie mogła rozewrzeć szczęk. Dziewczyna na bruku właśnie umierała. To był jej ostatni wysiłek.

– Czy atakujemy dzisiaj jeszcze raz, pani major? – powtórzyła.

Bezruch. Ulotna chwila równowagi z wszechświatem.

– Nie sądzę, żołnierzu – powiedziała nagle do martwego ciała. I przypomniała sobie, że jest oficerem. „Czy atakujemy dzisiaj jeszcze raz?". No pewnie!

Zaczęła wydawać rozkazy.

– Mayfed! Psia twoja mać!!! Zanieś Zarrakh do wozu Barucha. Potem zanieś Bei!

– Tak jest!

Podeszła do kapitana grenadierów i postawiła ją na baczność.

– Wszystkie rezerwy skierujecie na poszukiwanie miejscowych medyków. I to już! Mają tu przyjść z narzędziami. Wynosić stoły z domów i ustawiać pod ścianami. Chcę mieć tu zorganizowaną pomoc. Wykonać!

– Tak jest!

– Marbe!

– Co?

– Nie „co", kurwa, tylko meldujesz „słucham"!!! Bo wyjmę miecz i zacznę napierdalać!

Marbe przełknął ślinę. Tym razem nie odważył się jej spoliczkować. I nie chodziło o księżniczkę. Ale o majora. Tego dnia zaczynały się zupełnie inne czasy.

– Słucham.

– Przestań zajmować się rzeźbieniem w pojedynczych przypadkach. Zaraz dostaniesz kilkudziesięciu miejscowych medyków. Za chwilę będziesz miał kilkadziesiąt stołów pod ścianami domów i obsługę. Zorganizuj im pracę.

– Eee...

– Wykonać!

– Tak jest! – stanął na baczność.

Achaja dopadła jakiegoś porucznika piechoty.

– Co ty mi się tu, kurwa, pętasz pod nogami? Nie masz nic do roboty???

– Ależ pani major, ja...

– Stul pysk. Zorganizuj miejscowych, którzy chcą pomagać, w drużyny. Niech przenoszą rannych na stoły, które ustawiają grenadierzy!

– Ale...

– Ale już! Wykonać!

– Tak jest!

Nagle z tyłu rozległ się cichy głos.

– Nie przejmuj się tak, kochanie.

Odwróciła się na pięcie. Biafra. W otoczeniu świeżutkich żołnierzy drugiego rzutu, z oficerami w galowych mundurach, z w pełni wyekwipowanym i wyposażonym wojskiem, które wyglądało na tym morzu ciał jak zjawisko z innego świata. Patrole w garnizonowych, nieskazitelnych, dosłownie wymuskanych tunikach rozchodziły się właśnie, tworząc ochronną gwiazdę.

– Chciałam ci przypomnieć, że ja tu dowodzę! – wydarła się.

– Chciałem ci przypomnieć, że ja tu dowodzę – powtórzył jak echo, ale znacznie ciszej.

Jego olśniewający uśmiech. Spojrzenie przedziwnych, czarujących oczu. Lekkie skrzywienie głowy... O kurde! Ale go kochała. Ale kochała tego wrednego gnoja. Sprawiał, że miękła. Robił to samym spojrzeniem. Miał oczy dziecka i oczy mężczyzny jednocześnie. Ufne oczy dziecka i wredne oczy węża, które potrafiły paraliżować ofiarę. To wszystko w jednym. Sukinsyn, kłamca, morderca, łotr i... biedny chłopczyk, potrzebujący ciepła i opieki, taki ładny, taki miły, tak bardzo ufny. Ktoś, kogo natychmiast trzeba przytulić i pieścić. Głaskać po główce. Całować. Bezwzględny, twardy mężczyzna i mały, ufny chłopczyk. Jak to w nim się mieściło naraz?

Ruszył przez morze ciał, przytykając do nosa perfumowaną chusteczkę. Zapach krwi i fekaliów nie był tym, do czego przywykł. Usiłował wyłowić spośród leżących znajome twarze. Sceny jak ze snu. Bei kucająca ciągle i powtarzająca jak zaklęcie: „Zaraz się mną ktoś zajmie, zaraz się ktoś mną zajmie...". Harmeen powtarzająca również w modlitewnym rytmie: „Nic mi nie jest, nic mi nie jest, naprawdę nic mi nie jest...". Szesnastoletnia kapłanka w stopniu chorążego, która jednak dowiodła, że potrafi wykonywać rozkazy. Klękała przy ciężko rannym, modliła się, trzymała go za rękę, a potem, jako tako opanowana, mówiła „Przepraszam na chwilę", pędem biegła do najbliższej bramy, wymiotowała, wycierała twarz chustą i wracała na swój posterunek, usiłując udawać spokój.

Martwa Jakee, której obcięto ręce, martwa Lanni, Chloe, Sharkhe.

Annamea. Żywa! Podskoczył do leżącej na plecach dziewczyny. Obiema rękami trzymała się za lewą stronę twarzy.

– Pani pułkownik!

Pierwsza Nałożnica Cesarstwa spojrzała na niego zdrowym okiem.

– Odejdź.

– Pani pułkownik!

– Oszpecili mnie. Wybili mi oko... – usiłowała unieść się na łokciu, ale jej nie wyszło. – Nie chcę żyć oszpecona, bez oka, z blizną na twarzy.

Wszyscy wokół widzieli łzy płynące po prawym policzku i krew sączącą się spod dłoni przyłożonych do lewego.

– Medyk! Medyk!!!

– Nie chcę być brzydka!

Zanim Biafra zdążył ją powstrzymać, sięgnęła do małej skrytki umieszczonej w pasku na nadgarstku, wyjęła z niej malutką buteleczkę. Co najmniej dwóch żołnierzy rzuciło się, żeby ją powstrzymać, ale Annamea nie zamierzała wyciągać korka. Włożyła całą buteleczkę do ust i zgryzła szkło. Wszyscy wokół zamarli. Ranna jakimś cudem obróciła się na bok. Wypluła szkło pomieszane z krwią.

– Pani pułkownik!!! – wył Biafra. – Pani była naszym najlepszym agentem. Pani uratowała Królestwo Arkach...

– Żegnaj Achaja – szepnęła niewyraźnie Annamea. – Umieram.

Jeden z ostatnich żołnierzy Ciężkiego Dahmeryjskiego Korpusu Szturmowego podszedł do Biafry. Miał jeszcze ranną w udo koleżankę i, zgodnie z tradycją, całą kasę oddziału. Wielka, dobrze okuta skrzynia stała na wózku przygotowanym już do podróży w kierunku Dahmerii.

– Nie umiera pani – powiedział chłopak.

– Co??? – podskoczył Biafra.

Chłopak w pokrwawionym, dahmeryjskim mundurze wzruszył ramionami.

– Nic jej nie będzie.

– To trucizna! Najgorsza, jaka jest! – jęknęła Annamea i tym razem udało jej się podnieść na łokciu.

– Wie pani – wyjaśniał chłopak. – Bo myśmy się wszyscy w pani kochali. Cała męska połowa korpusu, a nawet trochę naszych bab. Mieliśmy warty w pałacu i wręcz ciągnęliśmy losy, kto będzie stał przy drzwiach pani sypialni. Ja wygrałem aż sześć razy. Wszyscyśmy się w pani kochali. Najpiękniejsza kobieta świata...

– Do rzeczy, człowieku – przerwał mu Biafra.

– No mówię... Wszyscyśmy się w pani kochali. Wszyscy chłopacy i jeszcze trochę dziewczyn nawet. A warty w pałacu to nasze zadanie było, nie? No i... Jak kazali rozdać notablom truciznę, jak już walki uliczne były, tośmy z chłopakami se jasno powiedzieli...

– Co?

– No, że nie damy najpiękniejszej kobiety świata na zatracenie. Nie ma mowy.

– Bogowie – Annamea aż usiadła. Jakieś straszne podejrzenie przywróciło jej siły. – I co?

– W pani butelce była woda z solą – wyjaśnił chłopak. – Woda z solą i już. Ni chuja żadnej trucizny nie pozwoliliśmy pani mieć.

Achaja otworzyła usta. Biafra zaczął się śmiać.

– No i coście narobili?!!! – Annamea mimo szarpiącego bólu zdołała nawet wstać. – Jestem zeszpecona, bez oka. Nie chcę żyć!

– No bo myśmy jeszcze coś ustalili ostatniego dnia.

– Co? – tym razem zainteresował się Biafra. Wodził wzrokiem, niezbyt przytomnie, od jednego do drugiego.

– No... ustaliliśmy jeszcze, że ten, kto przeżyje ostatnią walkę, to oprócz kasy oddziału będzie miał... będzie miał panią. Najpiękniejszą kobietę na świecie, o której wszędzie krążą legendy.

Annamea znowu wypluła krew. Spojrzała na niego swoim jedynym okiem.

– Ocipiałeś? – wrzasnęła i skurczyła się z bólu. – Jestem zeszpecona, bez oka. Jestem potworem, bo odkleja mi się pół twarzy!

Chłopak tylko się uśmiechnął.

– Jest takie miejsce na świecie, gdzie blizny nie szpecą, a przeciwnie, dodają uroku, godności i wagi. Jest takie miejsce, gdzie ran ludzie się nie wstydzą, a przeciwnie, pokazują je. Jest takie miejsce, gdzie żołnierze nareszcie czują się jak w domu – westchnął. – To królestwo Dahmerii. Kraj wojowników.

– O czym ty pieprzysz?

– W ostatnią noc, kiedy już było jasne, co będzie z Cesarstwem... Poszliśmy wszyscy do parku. Zerwać kwiaty dla pani.

– Szlag! – syknął Biafra. – A wywiad cały czas się zastanawiał, jaki w tym ukryto plan, że jednej nocy zniknęły wszystkie kwiaty i do czego mają być użyte...

Chłopak niezrażony wyjął z sakiewki małe zawiniątko. Rozsupłał skrawek papieru i wyjął z niego mały, śliczny kwiatek.

– Ten jest mój – klęknął przed Annameą. – Chciałem go pani ofiarować. I prosić panią... Prosić cię o rękę.

Achaja potrząsnęła głową.

– Czy to znaczy, że oni wszyscy – wskazała na ciała zabitych Dahmeryjczyków z Korpusu Szturmowego – mają takie kwiatki???

– Tak. Wszyscy.

Biafra zainterweniował błyskawicznie.

– Pani pułkownik, proszę się nie wygłupiać. Teraz do najlepszego medyka. Opieka. Załatwimy najlepszą ochronę. Potem transport do Arkach. Będzie pani miała własny dwór, na pewno tytuł księżniczki, własne wsie i folwarki. Gwarantuję! Najlepsza opieka, najsławniejsi medycy, pieniądze, godności, zaszczyty. Nasz najlepszy, legendarny agent... Nikt takiego nie miał w historii świata!

Annamea uklękła przed chłopcem.

– Przyjmuję – powiedziała cicho. Krew ciekła jej po brodzie.

Wzięła od niego malutki kwiatek. Chłopak lekko pocałował ją w zdrowy policzek. Potem wstał i pomógł się podnieść narzeczonej.

– Nie wygłupiaj się!!! – wrzasnął Biafra. – Pani pułkownik! Stolica Arkach, pałac, wsie, folwarki, zaszczyty, bale na dworze...

– Twarz mi się odkleja – szepnęła Annamea.

– Zaraz się zrobi – chłopak wyrwał kilka swoich długich włosów i skręcił je w nitkę. Podskoczył do rannej koleżanki po igłę i wrócił błyskawicznie. – Nic nie będzie boleć. Rana głęboka i przecięły się te no... jak medycy mówią? Te... nerwy, czy jak. Nic nie będzie boleć, kochanie.

Oderwał jej rękę od straszliwej rany i sprawnie zaczął szyć na okrętkę.

– Pani pułkownik! Najlepsi medycy w kraju. Opieka. Bogactwo. Honory – krzyczał Biafra.

– Panie generale – chłopak w dahmeryjskim mundurze oderwał na chwilę oczy od igły. – Na mocy wojennego prawa zwracam się do pana wedle starego zwyczaju. Wokół nie ma odpowiednich kapłanów, a pan jest tu najwyższy rangą. Zwyczaj mówi: ma pan prawo udzielić nam ślubu, bo ona jest ranna. Proszę o to! Dowódca najwyższy rangą może udzielić ślubu w warunkach bojowych, jeśli w zasięgu wzroku nie ma odpowiednich kapłanów. Proszę to zrobić.

– Annamea!!! – Biafra odchodził od zmysłów. – Najlepsi medycy na świecie! Najlepsza opieka! Bogactwo, władza! Opamiętaj się!

– Udziel nam ślubu – powiedziała cicho. Szycie rzeczywiście ją nie bolało. – On ma rację. W warunkach bojowych najwyższy rangą musi to zrobić według prawa zwyczajowego. A ja jestem ranna. Może nie przeżyję.

– Jesteś pewna???

– Tak. Pospiesz się.

Biafra wpieniony aż zacisnął pięści.

– Dobrze – warknął. – Udzielam wam ślubu. Jesteście teraz mężem i żoną.

Achaja uśmiechnęła się lekko.

– Masz rację siostro. Ja też bym tak zrobiła – nachyliła się i pocałowała ją w zakrwawione czoło. – Wszystkiego najlepszego z okazji ślubu.

– Dzięki!

– Powodzenia!

– Nie bój się. Teraz już zamierzam przeżyć.

– Fajnego masz chłopaka. To znaczy... męża.

– No. Też mi się podoba.

Chłopak spokojnie kończył przyszywanie połowy twarzy. Chciał jakiejś szmaty, ale ranna Dahmeryjka na wózku miała tylko niezbyt czyste onuce. Trudno. Zaczął robić opatrunek z tego, co miał pod ręką, dodając trochę suszonych ziół i jakiejś papki, którą wyciskał ze skórzanego woreczka. Przez cały czas mówił do siebie.

– Bogowie, jaki piękny jest wasz świat. Jaki cudowny, jaki czarowny. Tyle szczęścia dajecie na co dzień. Bogowie! Jestem mężem najpiękniejszej kobiety na świecie. Jedziemy do domu, do Dahmerii. No przecież musimy u króla zdać sprawę z zagłady Ciężkiego Korpusu Szturmowego. I będziemy na dworze. A ja z najpiękniejszą kobietą świata. I to nie byle kim. Ona jest przecież pułkownikiem Armii Arkach. Naszym kohortnikiem. Każdy zaświadczy, jak poradziła sobie, manewrując korpusem, podczas walk ulicznych. No i jeszcze te blizny. Czarna opaska na oku. Brała udział w prawdziwej walce, a nie tylko siedziała w namiocie sztabowym. Wszyscy na dworze będą musieli pochylać głowy i kłaniać się do ziemi... Nisko głowy będą trzymać. Będą klękać przed najlepszym agentem w historii. Przed moją żoną. Bogowie, jak piękny jest wasz świat. Daliście mi kogoś takiego. Daliście mi kasę oddziału. Daliście mi taką żonę, pułkownika, kohortnika, agenta, z bliznami na twarzy, które świadczą o męstwie, z wybitym okiem... Bogowie, przecież ona zostanie naszą królową. A w takim razie ja królem... Bogowie! Piękniejszego świata nie mogliście wymyślić. Dostałem wszystko! Wszystko, co chciałem!!! Nie, no... nie może być tak pięknie na świecie – skończył opatrywać żonę brudnymi onucami. – Ale jest.

Pomógł jej podnieść się z ziemi.

– Słuchaj, dzisiaj razem będziemy ciągnąć wózek ze skrzynią. Jutro strasznie spuchniesz, więc trochę poleżysz. Ja będę ciągnął was obie, ale potem już spokojnie. Jakoś dojdziemy.

– Pewnie, że spokojnie – przerwała mu ranna w udo koleżanka oparta o skrzynię na wózku. – Za dwa, trzy dni będę już mogła iść obok. A za jakieś dziesięć pomogę wam ciągnąć.

– No.

Annamea, jak we śnie, dała się zaprząc do wózka ze skrzynią tuż obok męża.

– Może dać wam chociaż konie? – warknął Biafra i zaklął.

– My zawsze wracamy pieszo.

– A jak was ktoś napadnie?

Chłopcu nawet nie chciało się komentować. Razem z Annameą zaczęli ciągnąć dwukołową konstrukcję ozdobioną wielkim napisem: „Żołnierz wraca do domu. Spróbuj zrabować. Całe królestwo Dahmerii ruszy na ciebie! Nie ustaniemy nigdy".

– Trzymaj się, siostro! – krzyknęła Achaja.

Annamea, nie odwracając się, podniosła zaciśniętą pięść i kilka razy poruszyła ramieniem. W języku znaków Armii Arkach znaczyło to: „do ataku!".

Achaja, przygryzając wargi, obróciła się na pięcie. Szukała na pobojowisku znajomych twarzy. Podeszła do ciała Mereditha. Kucnęła i dotknęła ręką jego ramienia. Jakby chciała go uspokoić albo pocieszyć. Ale to chyba ona sama potrzebowała uspokojenia i pocieszenia. Wstała, przygryzając wargi. Szukała dalej. Widziała dwóch rannych rycerzy, którzy usiłowali jakoś pomóc wykrwawiającej się dziewczynie z Armii Arkach. Pierwsze hieny wojenne rabujące trupy. Żołnierze drugiego rzutu woleli trzymać się z daleka.

Podeszła do zwłok Siriusa. Obok siedział Zaan, który przybył z drugim rzutem Biafry. Zmęczony, obolały, kaszlący. Ale nie rozpaczał. Miał wysoko podniesioną głowę. Trzymał martwego chłopaka za rękę. Jak brat brata. Jak ojciec syna. Spojrzał na Achaję. Był spokojny i opanowany.

Usiadła obok niego. Położyła mu głowę na ramieniu.

– Wiesz? – powiedział cicho. – Wiesz, jakie było największe pragnienie Siriusa?

– Jakie?

– Chciał znaleźć się w otoczeniu przyjaciół. W najbardziej bezpiecznym miejscu na świecie.

Achaja zagryzła wargi, a Zaan kontynuował.

– Czyż on ma bliższych przyjaciół niż my dwoje? – spytał. – Czyż można wyobrazić sobie bardziej bezpieczne miejsce na świecie? – wskazał na setki żołnierzy drugiego rzutu obu armii, którzy strzegli placu.

Achaja czuła, jak znowu pod powiekami wzbierają łzy.

– Wszystkie życzenia się spełniają – powiedział Zaan. – Wszystkie.

Potrząsnęła głową.

– Dzieje się coś dziwnego...

– Wiem – przerwał jej. – Zmieniłem świat – uśmiechnął się smutno. – Chyba zmieniłem nawet porządek wszechświata. Tak coś dziwnego, coś bardzo dziwnego właśnie się dzieje.

Przez plecy przebiegły jej dreszcze.

– Czuję.

– Nie wiem, jak to powiedzieć – wycharczał. – Ale to jest koniec pewnej epoki. Nie mam pojęcia, jak będą nas nazywać – szukał w myślach źródłosłowia, które mogliby wobec nich zastosować przyszli badacze. Potem uśmiechnął się znowu. – Wiesz, właśnie zakończyłem epokę antyku.

Znowu się rozkaszlał. Usiłował wytrzeć ślinę cieknącą po brodzie.

– Widzę teraz całą swoją drogę. Od świątynnego skryby, który myślał, że już przegrał, że stracił swoje życie. Któremu przestało zależeć. A potem musiałem kroczyć tym upiornym, cienistym gościńcem prowadzącym w coraz większy mrok, dalej i dalej. Cienie i mgła. Przerażenie i zgrzytanie zębów. Ale... Psiamać! Zrobiłem to. Zrobiłem to. Doszedłem do samego końca – tym razem udało mu się uśmiechnąć. – Dziesiątki tysięcy trupów, rannych i kalek. Upadłe królestwa, rozerwane na strzępy Cesarstwo, upodlony Zakon. Rozwalona cała cywilizacja, żeby dać miejsce następnej. Wygrałem z nimi wszystkimi – ledwie mówił, tak rzęziło mu w płucach. – Ale jest coś bardziej ważnego. Coś dla wszystkich. Już nigdy byle kto nie pozwoli nazwać się „nikim". Już nie. Teraz nikt to jest ktoś. Oni jeszcze tego nie widzą...

– Widzą – przypomniała sobie Mayfed strzelającą do rycerza ze słowami: „Jestem nikim, ale właśnie przestałam się płaszczyć... Teraz Ja!!!". Przypomniała sobie, jak Marbe, zwykły medyk, trzasnął dłonią w twarz ją, księżniczkę. – Oni już wiedzą, Zaan. Nic nie będzie takie jak dawniej – Achaja silniej przylgnęła głową do jego ramienia. Poruszyła się lekko, tak, żeby jej długie włosy opadły mu na pierś. Przytuliła się. Słyszała straszliwe charczenie w jego płucach. Widziała powykręcane reumatyzmem palce jego dłoni o powiększonych przez chorobę stawach, złuszczoną, pomarszczoną skórę, nienaturalne drżenie obu dłoni. Widziała to wszystko. I zrozumiała coś jeszcze. Niepotrzebnie szukała swojego wojownika w gwiazdach, choć kochała ich wszystkich. Zerknęła w bok na pooraną bruzdami twarz Zaana, na jego rozdygotane przez nerwy i choroby ciało. Niepotrzebnie szukała w gwiazdach, choć czuła więź z nimi wszystkimi. Z tymi, którzy nie chcieli się poddać, nie chcieli złożyć broni, którzy patrzyli śmierci prosto w oczy.

Jej wojownik siedział tuż obok. Tuliła go. Znajdował ukojenie w jej ramionach. Choć właśnie ginął na swoim posterunku, gdzie walczył do samego końca. Walczył przeciw całemu światu, przeciw wszystkim.

I, płacąc straszliwą cenę, dokonał niemożliwego. Zmienił porządek wszystkich spraw.

– Kocham cię, żołnierzu! – mocno pocałowała go w obwisły policzek.

Jej osobisty żołnierz właśnie ginął na ostatnim stanowisku obrony. Widziała to. Ale przeprowadził zwycięską wojnę. Wygrał. Wyyyygraaaaaał!!! To nie cud. To taktyka, strategia, opanowanie i poświęcenie do samego końca. To niekończące się rozterki, paraliżujący strach i codzienna walka z nim. To wiara w niemożliwe. Wiara w coś, czego nie ma. A teraz... A teraz już jest.

Zaan znalazł to coś. Potwornym kosztem. Ale znalazł. Doprowadził sprawy do końca. I poległ na polu bitwy, choć jego ciało nie doznało żadnej rany.

Achaja wiedziała, co teraz powie. Tak jakby wcześniej ktoś wyrył te słowa w jej pamięci. Wyryło wielu rzeźbiarzy. Hekke, Virion, Nolaan, Shha i ten sukinsyn, Biafra. Bo oni byli wszyscy tacy sami. Męski świat. Gdzie każdy egzemplarz, który się liczył w hierarchii tego wściekłego stada, był identyczny.

– Nie ma sensu już żyć – powiedział cichym głosem. – Nie mogę oddychać, nie mogę się właściwie ruszać, wszystko mnie boli. Nie mam już przyjaciela – uśmiechnął się do niej. – Czas odejść.

– Wiem – szepnęła czując, że znowu pod powiekami zbierają się łzy. – Kocham Cię!

Przyjął to. Przyjął jej miłość.

– Starożytni wojownicy umierając, dedykowali poematy swoim kobietom – usiłował się znowu uśmiechnąć, ale kaszel mu to uniemożliwił. – I ja ci napiszę.

Z trudem wyjął z sakwy papier i pióro. Na małej kartce skreślił dosłownie kilka słów. Wsunął jej do ręki.

– Wielkim poetą nie jestem. Ale to fajny wierszyk, myślę, że ci się spodoba.

– Nie wiem, czy poetą – westchnęła. – Ale jesteś wielki, Zaan.

– Chciałbym, żeby zapamiętali moje imię.

– Zapamiętają, Zaan. Uwierz.

Popatrzył jej w oczy.

– Pomóż mi – wskazał na kieszeń swojego płaszcza.

Sięgnęła do kieszeni i wyjęła malutką buteleczkę. Pocałowała go w usta. Potem przytuliła się do niego jeszcze mocniej, tak, żeby czuł ciepło kogoś bardzo bliskiego. Ciepło prawdziwej kobiety. Żeby nie był sam.

– Żegnaj kochanie – szepnął.

– Do widzenia kochanie – zębami wyrwała korek z buteleczki i wypluła na bruk. Potem wlała mu truciznę do ust. – Do zobaczenia w krainie wiecznych żołnierzy.

Objęła go mocno oboma ramionami i trzymała przy sobie, czując jego konwulsje i powtarzając jak matka dziecku:

– Już, już, już... Już Zaan. Już zaraz się skończy. Wytrzymaj.

Konwulsje narastały. Jego ciałem trzęsło tak, że nawet ona ledwie mogła go utrzymać. Ale nie poddawała się. Zaczęło nim szarpać. Achaja objęła go nogami. Z boku wyglądało to tak, jakby dwa ciała drgały razem w tym samym rytmie. Nie umierał sam. Wieczny wojownik miał przy sobie swoją kobietę. Umierał przytulony do swojej dziewczyny, w jej silnych ramionach, z twarzą przy jej twarzy. Przez chwilę jeszcze musiała przyciskać go do siebie z całych sił, potem konwulsje były już coraz słabsze. Ciągle jednak trzymała go tuż przy sobie.

– Już, już, już... Ciiiiiiii... Śpij kochanie. Ciiiii...

Trucizna Zaana, w przeciwieństwie do tej Annamei, działała. Na pewno sprawdził jej skuteczność wcześniej.

Delikatnie, palcami, a właściwie samymi opuszkami, zamknęła mu oczy. Gdzieś w okolicy rozszczekały się psy – umarł Mężczyzna. Czuły to. Przewodnik stada zginął w walce. Upiorne wycie dochodziło zewsząd.

Achaja położyła ciało tuż obok Siriusa. Zdjęła własną kurtkę i nakryła im obu twarze.

Tyle wspomnień. Tyle zagmatwanych lat. Przypomniała jej się stara piosenka o tych, co nie ustają. Przypomniała sobie, jak sama, jako mała dziewczynka w pałacu, marzyła, żeby zostać wielką. I przypomniała też sobie, co powinien powiedzieć oficer.

Zasalutowała do pokrytej krwią twarzy.

– Panowie, to dla mnie wielki zaszczyt móc tu być z wami!

Opuściła rękę. Nie umiała znaleźć własnych słów. Odwróciła się więc w milczeniu. Nie płakała. Wydawało jej się, że słyszy ciągle tę starą piosenkę. O umieraniu, o końcu świata, o zamierzchłych czynach wielkich ludzi. Otrząsnęła się.

Oniryczne sceny wokół. Mrok i cienie. Grenadierzy mieli problemy z tak wielką liczbą rannych. Bankier Baruch, widząc ich kłopoty, biegał wokół i krzyczał, rozkazywał. O dziwo, choć nie był żołnierzem, wszyscy go słuchali. Starał się wprowadzić racjonalną organizację. I wprowadzał. To działało! Chaos powoli zamieniał się w porządek. Krzykami wprowadzał nareszcie ład, jednolitość postępowania, skuteczną metodę.

– Zaciągnąłeś się do wojska? – kiwnęła mu ręką, kiedy przechodził obok.

– Nie, ale oficerowie sobie nie radzą, bo oni mają w głowach tylko regulamin – ryknął śmiechem. – Tu trzeba planowego działania, odpowiedniej struktury. Elastyczności. Ma być porządek jak w banku, a nie burdel jak w armii.

– I chce ci się? Zapomniałeś o złocie?

– O tym nie zapominam nigdy – przystanął na chwilę. – Tutaj właśnie, na tym zakrwawionym bruku, jest teraz najbardziej ekskluzywny salon na świecie. Tu wypada bywać, tu wymieniać się biletami wizytowymi. Kto dzisiaj nie był na tym placu, nie zrobi w przyszłości ani dobrych interesów, ani polityki. Zobaczy pani.

Mrugnęła do niego. Kiwnęła głową. Nie miała już siły na nic więcej. Podeszła do Biafry.

– No i co, gnoju? – zapytała uprzejmie. W głowie napakowanej myślami huczało tak, że nie była w stanie nawet skupić się na tym, co chciała powiedzieć.

– O co chodzi suko? – odpowiedział z równą kurtuazją, podchwytując jej słaby uśmiech. – Wydajemy cię za Oriona – wskazał na zbliżający się właśnie orszak. – I to będzie najlepszy kawałek polityki, jaką ktokolwiek kiedykolwiek zrobił w całej historii.

Patrzyła nieprzytomnie, jak biegnie w stronę Wielkiego Księcia. Domyślała się, co powie – etykietę znała zdecydowanie lepiej. Najpierw wyrazy współczucia z powodu śmierci syna. Potem propozycja... Widziała, jak zmienia się wyraz twarzy Księcia. Wiedziała, co dzieje się w jego głowie. Jakie myśli zaczynają świtać. Posłańcy biegali we wszystkie strony, kilkunastu polityków towarzyszących orszakowi rozdyskutowało się w nagłym podnieceniu. Orion nie mógł uwierzyć we własne szczęście, choć na pewno podświadomie na to liczył. Sirius i Zaan nie żyją! Wszystkie więc zawiłości rozwiązane – cudowne pozbycie się tych kłopotów. Jest dowódcą zwycięskiej Armii Zachód i nikt już nie ma nic do gadania. A teraz... ręka Achai podana na złotej tacy. Już wiedział. Już wiedział, że zostanie Królem Troy i nie ma takiej siły na całym świecie, która mogłaby to powstrzymać.

Usiłując ukryć radość, udając smutek z powodu śmierci „syna", podszedł do Achai. Jeden z posłańców w ostatniej chwili wetknął mu w rękę malutkie zawiniątko. Wszystko musiało się odbyć zgodnie z wymogami etykiety.

– Witaj, pani – powiedział Orion.

– Witaj, Wielki Książę Królestwa Troy – w samej spódniczce, opasce, w nieforemnych, wojskowych buciorach, które obcierały jej nogi, wykonała całkiem przyzwoite, pałacowe dygnięcie.

– Przepiękna noc, nieprawdaż?

Miała ochotę unieść głowę i wyć! Kurwa! Kurwa! Kurwaaaaaaa!!! Na tym placu pokrytym setkami trupów, rannych, wypełnionym jękami umierających, cichymi prośbami o pomoc, zalanym krwią... „Piękna noc", nie? Piękna jak jasna dupa zbita wojskowym pasem!

– Istotnie – pochyliła głowę. Niech szlag trafi etykietę! – Cudownie czyste niebo, można podziwiać gwiazdy.

– A jak pani zdrowie? Czy nic nie dolega?

Miała ochotę zwymiotować.

– Dziękuję. Czuję się świetnie – odruchowo otarła krew z policzka.

– Jest pani wyjątkowo piękną kobietą – ukłonił się lekko.

– Dziękuję – znowu dygnęła, nie mogąc zogniskować oczu ze zmęczenia. Była kompletnie rozbita. Usiłowała przygładzić chociaż włosy pokryte wapiennym kurzem, zlepione potem.

– Nasi wspólni znajomi twierdzą, że pasujemy do siebie.

– Ja też to słyszałam – etykieta rządziła wszystkim. Nie musiała niczego wymyślać. Te słowa napisał ktoś pewnie jeszcze przed tysiącem lat. – I widząc cię, Wielki Książę, mam pewność, że opinia naszych znajomych jest słuszna.

– Jakże się cieszę.

W to nie wątpiła. Był już drugim dzisiaj człowiekiem na tym placu, który uważał, że świat jest cudowny, że daje wszystko, czego się tylko chce. Obserwowała spod półprzymkniętych ze zmęczenia powiek, jak Wielki Książę klęka przed nią i wyjmuje z zawiniątka ogromny pierścień, który musiał przechodzić w jego rodzinie od kobiety do kobiety przez tysiące bez mała lat. Setki pokoleń kobiet z najlepszych rodzin. Ich ambicje, miłości, żale i rozczarowania, ich upokorzenia i wspaniałe wzloty – to wszystko zaklęte w obrączce ze złota ozdobionej wielkim kamieniem. Czuła więź z tymi kobietami, ale też wiedziała, że będzie ostatnią, która dotknie tego splotu cudzych marzeń, nadziei, całej słodyczy i goryczy naraz. To już koniec. Będzie ostatnia.

Dotknął swoimi wypielęgnowanymi palcami jej dłoni. Brudnej, z zaskorupiałą krwią, odciskami od rękojeści i wodzy konia, z poobgryzanymi paznokciami i jakąś sadzą, która wdarła się pod nie.

– Chcę prosić cię o rękę. Czy zgadzasz się pani zostać moją żoną?

– Tak, panie.

Nałożył jej pierścień. Nie poczuła niczego. Żadnej aury wielu pokoleń kobiet z rodu Oriona. Jedyną jej konstatacją był fakt, że jakby dała teraz komuś w mordę, to wielki brylant wybije ze cztery zęby naraz.

Wielki Książę wstał ociężale i ukłonił się dworsko. Oddała ukłon. Teraz nie powinni nic do siebie mówić aż do dnia ślubu. Oriona odprowadził jego orszak. Achaję, w drugą stronę, odprowadził Biafra.

– Co to za karteczka, którą międlisz w dłoni?

– Zaan, umierając, zadedykował mi wiersz.

– Pokaż – rozprostował niewielki skrawek i szybko przebiegł oczami po koślawych literach. Potem zamknął dłoń.

– I co? Fajny?

Spojrzał jej prosto w oczy.

– To hasła.

– Jakie hasła?

– Coś, co pozwoli rządzić Miką, Zyrionem i pałacowym matematykiem. Te słowa to władza nad światem w naszych rękach – przeniósł wzrok na znikający w bocznej ulicy orszak Oriona. – Niech się cieszy, palant – syknął. – Ale cała władza jest tu – dotknął kawałkiem papieru swojej głowy.

Patrzyła na niego tępo. Nie obchodziła jej ani władza nad światem, ani małżeństwo z Orionem. Bardzo potrzebowała czegoś ciepłego, czegoś, co stanowi oparcie. Położyła mu dłoń na ramieniu.

– Kocham cię, Biafra.

– Ja ciebie też, ja ciebie też – poklepał ją po ramieniu. – Czekaj, teraz muszę ustalić parę spraw dotyczących polityki i zaraz do ciebie przyjdę.

Pocałował Achaję w czoło i pobiegł, zostawiając ją samą, z opuszczonymi rękami i zamglonym wzrokiem. Nie miała siły, żeby chociaż westchnąć. Przygryzła wargi. Odwróciła się i, chwiejąc się na nogach, zaczęła szukać siostry. Ludzie wokół rozstępowali się przed nią, choć nawet na nikogo nie spojrzała. A jednak wszystkich tych medyków, sanitariuszy, grenadierów i wolontariuszy wymiatało z jej pobliża, jakby była huraganem niosącym śmierć i zniszczenie. Nikt nie zwracał uwagi, że ledwie się wlokła zamroczona zmęczeniem. To przecież była księżniczka Achaja. Operacyjny major, „Rzeźnik". Nawet słowo „Laleczka" nigdy nie brzmiało tak złowróżbnie. Lepiej być z dala.

Znalazła swoją siostrę tuż przy brzegu kanału. Shha, już opatrzona, leżała na brzuchu. Spała okryta kocem. Achaja usiadła obok, spuszczając nogi nad wodę. Objęła siostrę i przytuliła się lekko, nie chcąc jej budzić. Skądś przypałętał się mały piesek. Był przerażony trupami wokół, setkami rannych, tymi dziwnymi odgłosami i całą masą obcych zapachów. Odruchowo przylgnął do jedynego człowieka, który nie jęczał, nie był martwy ani nie biegał w amoku. Patrzył na Achaję swoimi dużymi oczami i nieśmiało merdał maleńkim kikutem ogona.

Zaczęła go głaskać, patrząc na kamienice po drugiej stronie kanału, spod których artylerzyści wycofywali właśnie działa. No i co dalej, księżniczko? Miała przed oczami całe swoje życie. Zawsze odrzucona, zawsze nie mogąca znaleźć sobie miejsca, ciągle sama.

– To już nie boli... – powtarzała sobie w myślach. – To już nie boli! Już nie boli.

Za wiele się wypaliło gdzieś w jej wnętrzu. Zbyt wiele razy przegrała. Zbyt wielu ludzi pozostawiło w niej piętno krzywdy. Tyle przesranych spraw. Tyle świństw, które uczyniła innym i, przede wszystkim, samej sobie. Ta wieczna wojna, którą prowadziła z taką dziwną dziewczyną o imieniu Achaja. Te gówniane kary, które sobie wymierzała przez całe życie. Szamotanie się, ciągłe lęki, wieczny strach.

– To już nie boli, piesku – powtarzała jak zaklęcie. – To już nie boli – usiłowała przekonać samą siebie.

Dlaczego każdy człowiek, którego spotkała, chciał ją zranić? Tylko Shha i ten malutki piesek byli wyjątkami w całej grze. Całe życie otoczona przez potwory. Tak długo, aż sama stała się potworem. Dołączyła do stada. A jednak jakaś myśl nie dawała jej spokoju. Przecież jest inna. Przecież jest bardziej wrażliwa. Dlaczego dała się zwieść i przystała na cudze reguły gry? Dlaczego nie odeszła gdzieś w cichy kąt, nie zaszyła się w tajnej kryjówce i nie czytała książek, jak radził Nolaan? Usiłowała organizować swój świat, usiłowała nad nim zapanować. Ale nie wyszło. Dlaczego nie pozostała czysta i niewinna? Dlaczego ona też zaczęła kaleczyć ludzi? Stąpała właśnie w samym środku mrocznej krainy potworów, jako jeden z nich. Jak wilk, który musi pokazać, jak pięknie szarpie swą zdobycz, by inne wilki go zaakceptowały. A ona przecież jest inna. Przecież jest bardziej wrażliwa. Jest człowiekiem. No może... kiedyś była.

– To już nie boli, piesku – powtarzała, głaszcząc kundelka. – To już naprawdę nie boli – szeptała, czując, jak w oczach zbierają się łzy.

Widząc, co się dzieje, Biafra odłączył od grupy rozdyskutowanych polityków. Podszedł do dziewczyny siedzącej na brzegu kanału i drapiącej pieska pod brodą. Był strasznie inteligentny, był wrażliwy jak ona. Wiedział, co dzieje się w umyśle dziewczyny. Był też bardzo spostrzegawczy, właściwie można byłoby go nazwać obserwatorem natchnionym.

– Spokojnie, spokojnie – mruknął. – Wojna się już skończyła.

– Nie skończyła się – Achaja rozszerzyła usta w uśmiechu, ocierając łzy. Nie chciała mu pokazać, że się rozkleiła. – Doprowadziliście do tego, że...

– Do czego?

Wstała lekko. Kobieta, która poradziła sobie z Virionem. Brała udział w kilku wojnach. Przeżyła obóz niewolników i potrafiła z niego uciec. Przeżyła tortury mistrza Anai i pozostała, choć w miarę, normalna. Dowodziła wojskiem i to skutecznie. Obcięła głowę sto razy lepszej od siebie Marinie.

– Doprowadziliście do tego, że to ja... – znowu uśmiech. Od dawna umiała się opanować błyskawicznie. Spojrzała w te jego inteligentne, prześliczne, wredne oczy. – To ja jestem wojną!

– Co?

– Ale to już nie boli, Biafra. To już nie boli...

Epilog

Bankier Baruch miał rację. Nikt, kto nie był na placu w Syrinx zalanym krwią, wtedy, tej szczególnej nocy, nie zrobił ani dobrych interesów, ani polityki. Żołnierze mówili o nich „weterani". Reszta społeczeństwa nazywała ich „kliką".

Kronikarze zrobili z tej nieistotnej bitwy fakt o znaczeniu historycznym. Ponieważ nie było właściwej, tej jednej, bitwy o Syrinx, więc fachowcy od słów właśnie to starcie, pozbawione znaczenia, uznali za decydujące o upadku Cesarstwa. Sprzedawało się to dobrze. Ordery z placu, jak go później nazwano, „Zgody" miały dużą cenę na rynku.

Losy dziewczyn potoczyły się różnie. Bei wyleczono skutecznie. Kontynuowała karierę w armii. Została później pułkownikiem, bo miała zawsze ciche wsparcie Achai. Po latach odeszła na emeryturę. Żyła sobie bogato i dostatnio aż do śmierci ze starości.

Zarrakh została posłana do stolicy Arkach. Ślepa i okaleczona znalazła się pod opieką bankiera Barucha.

Ten człowiek był sprytny. Wiedział, że kobieta weteran otworzy mu wszelkie drzwi w stolicy. Omotał ją i ożenił się dwa lata później. Notabene, jak wiele małżeństw z rozsądku, to też okazało się udane. To nie była miłość. To był interes. Dobry interes. Wszystko w porządku, wszystko pod kontrolą. Zarrakh wchodziła na każdą salę balową, z czarną opaską na oczach, w swoim mundurze, z baretkami i odznaczeniami, prowadzona przez męża pod rękę... I... każdy chciał robić interesy z Baruchem, a on potrafił to wykorzystać.

Został najbogatszym człowiekiem w królestwie. A kiedy umarł w wyniku zarazy (bo nie było już Zaana), Zarrakh została najbogatszą kobietą na świecie. Bardzo jej brakowało Barucha, jego troskliwości, opieki, ciepłych słów przy śniadaniu, pieszczot i choćby tego głupiego głaskania po głowie, o które parę razy się pokłócili. Ale trudno. Miała swoje setki sług (albo tysiące). Nigdy się nie dowiedziała, ile, bo nie umiała czytać, a z powodu braku oczu nie mogła się już nauczyć. W każdym razie interesy męża prowadziła sprawnie. Na tyle zdążył ją wyszkolić. I oczy nie były do tego potrzebne. Umarła w wieku sześćdziesięciu lat na grypę (choć tej nazwy wtedy nie znano). Jej dzieci prowadziły interes dalej.

Mayfed osiadła na wsi. W swoim, podarowanym jej przez Biafrę, folwarku. Miała pięć wsi. Ignorowała wszystko. Powodziło jej się dobrze. Nie miała zamiaru mieszać się w politykę. Okoliczne chłopskie dzieci uwielbiały ją, bo była szczodra i potrafiła zastrzelić każdego, najmniejszego nawet ptaka, który dziobał ziarno na polu. Z karabinu, prawie w ogóle nie mierząc. Dzieciaki szalały za nią, ale jeszcze bardziej szalały za ciocią

Zarrakh, która odwiedzała dość często siostrę. Później chwaliły się przed dziećmi z innych wsi.

– Ale fajna jest ciotka Zarrakh! – krzyczały.

– Dlaczego?

– Bo wszyscy się ustawiają w kolejkę, a ona rozdaje prezenty. Jest najbogatszą kobietą na świecie.

– O kurde... (westchnienie pełne zazdrości).

– Ale nie wiecie najlepszego! – krzyczały dzieciaki z folwarku.

– Co?

– Zarrakh jest ślepa!!!

– No to co?

– Można się ustawić dwa razy w kolejce i dostać dwa prezenty! Bo ona nie widzi!!!

Zazdrość innych dzieci w tym momencie przybierała wielkość oceanu.

Mayfed pewnego dnia nie trafiła w ptaka na polu. Poszła do domu i odłożyła karabin. Wezwała starą, wsiową czarownicę, żeby przepowiedziała przyszłość. Dwie staruszki zamknęły się w sypialni na pół nocy. Potem, po wyjściu tamtej, Mayfed wezwała rodzinę.

– Umieram – zakomunikowała beznamiętnie. – Ale moja rodzina ma do spełnienia misję. Przez całe wieki, może przez tysiąclecia każda kobieta z mojej rodziny będzie przekazywać swojej córce posłanie.

– Jakie posłanie? – zaaferowały się dzieci.

– Najstarszej daję ten pierścień – wyciągnęła ze schowka obrączkę ze złota z brylantem, w którym wyryte było godło Królestwa Arkach. Dostała go od Biafry za słynną, legendarną już teraz akcję. – Każda z moich córek ma przekazywać go swojemu dziecku. Do końca. W nieskończoność, jeśli zajdzie potrzeba!

Dzieci gromadziły się wokół łóżka coraz bardziej zaciekawione.

– A potem... Może nawet po tysiącu lat. Ostatnia z was odnajdzie pewną kobietę. I powie słowa, które odtąd mają być w tajemnicy przekazywane z pokolenia na pokolenie.

– Jakie to słowa? – spytała najstarsza z córek.

Mayfed wezwała ją gestem drżącej ręki. Oddała pierścień. I szepnęła na ucho kilka słów. Kilka bardzo ciepłych słów. Bardzo, bardzo ciepłych.

– Przekażesz to córce i zobowiążesz, żeby ona przekazała to swojej – Mayfed opadła na poduszki. – I tak do końca świata, jeśli będzie trzeba!

– Tak, matko – dziewczyna uklękła przed łóżkiem.

– To misja, którą musicie wypełnić, brnąc przez otchłanie czasu. Musicie tego dokonać!

– Tak będzie, matko – powtórzyła dziewczyna.

Mayfed umarła w nocy. Nie cierpiała.

Harmeen została dowódcą ochrony pałacu. W końcu miała znajomości u samej władczyni. Konkretnie Achai. Zarabiała tyle, że w końcu jej odbiło. Szlajała się po karczmach, dawała dupy temu, kto chciał. Rozeszło się: „Chcesz mieć fajną laskę? Bierz Harmeen. Ona zrobi wszystko!". Bawiła się. Miała bardzo fajne życie, aż do dnia śmierci Achai. Potem zresztą też nie było jej źle. Choć trochę dręczyły ją wyrzuty sumienia. Ale zabawa była najważniejsza. I naprawdę nieźle jej to wychodziło. Ona po prostu lubiła te numery, lubiła zapomnieć, lubiła mężczyzn i to, co z nią robią. Było naprawdę ekstra. No kurde, zero filozofii, facet w łóżku, to jest to!

Zastrzelono ją w wieku czterdziestu pięciu lat. Przypadkiem. Podczas awantury w burdelu.

Shha była przy Achai do samego końca. To jest do trzydziestego siódmego roku jej życia. Bardzo się pokochały, choć kłóciły się prawie każdego dnia. Ale w dupę! Co tam kłótnie? Czy to jest ważne? Czemu w ogóle człowiek zajmuje się takimi bzdurami? Były siostrami. I tylko to się liczyło. Wspierały się wzajemnie, trzymały razem, przyjaźniły tak, że każdy mężczyzna Achai czuł wręcz zazdrość.

No, ale trudno. Achaję zasztyletowano w trzydziestym siódmym roku życia. Shha nie była taka jak Harmeen, która po tym fakcie zamknęła się w celi, żeby podyktować pamiętniki: „Kronika podboju. Atak na Syrinx". Potem jej zresztą przeszło. Shha cierpiała potwornie, ale była prostym człowiekiem. Wybrała karierę w wojsku, a mając odpowiednie koneksje również szybko, jak Bei, awansowała. Została generałem.

Zginęła podczas ataku na miejscowość zwaną „Weź ten zamek". No tak się to dziwnie nazywało. Właściwie akcja wojsk Arkach przypominała słynną akcję Mohra pod Negger Bank. Tyle, że Shha teraz atakowała. Pokonała mur dzielący ją od wojsk Chorych Ludzi i zdobyła ich działa. Była lepsza od Mohra. Właśnie krzyczała: „Odwracać armaty!", kiedy trafił ją snajper.

Leżąc pod jakimś wozem, słyszała jeszcze żołnierzy Chorych Ludzi, którzy krzyczeli po kontrataku: „Pani generał! Pani generał! Zaraz przyjdzie lekarz!".

Już nie doczekała. Ale powiedziała im jeszcze: „A w dupie mam lekarza. O kurwa, jak boli".

Umarła wśród wrogów. Ale nawet oni zdejmowali czapki na widok jej ciała. Widzieli ją w akcji. Odczuli makabryczną siłę jej ataku na własnej skórze. To był szacunek żołnierzy dla żołnierza.

Więc właściwie umarła wśród swoich. A przynajmniej wśród tych, którzy ją rozumieli i którzy czuli to samo. Wilczyca umarła wśród stada innych wilków.

Arnne po wpadce ze śmiechem na ślubie Achai i podesłaniem słynnego listu Biafrze, który spłodziły razem z Harmeen dla dowcipu, wolała się wycofać z życia publicznego. List traktował o tym, że Achaja woli dziewczyny od mężczyzn, czego żywym dowodem jest Shha. Biafra to zignorował i nic go w tej sprawie nie interesowało. Natomiast politycy nie odpuszczali i robili Arnne dużo przykrości. Niepotrzebnie. To był naprawdę tylko dowcip, aczkolwiek osadzony jakoś tam, w rzeczywistości.

Arnne w każdym razie odsunęła się i szkoda. Może, gdyby była w pobliżu, nie doszłoby do „nocy sztyletów", kiedy zamordowano Achaję.

Czarownica zmarła w wieku prawie siedemdziesięciu lat, w posiadłości swojej matki. Ze starości.

Annamea naprawdę została królową Dahmerii. Najpiękniejsza kobieta świata, z nieruchomą połową twarzy, bliznami, czarną opaską skrywającą pusty oczodół i w galowym mundurze ze wszystkimi odznaczeniami robiła piorunujące wrażenie. A poza tym legenda: pułkownik wojsk Arkach, kohortnik elitarnego Ciężkiego

Korpusu Szturmowego, dowodzący nim podczas walk ulicznych, agent numer jeden w historii świata – przez lata tkwiący przy najważniejszym ośrodku decyzyjnym wroga i nieodkryty do końca. Zgromadzenie Ludowe wybrało ją bez dyskusji, od razu po śmierci poprzedniego króla. Towarzysząca jej legenda powiększyła się jeszcze później. Dziewczyna miała po prostu praktykę w rządzeniu nabytą na dworze Cesarstwa Luan (i to zdobytą u samego źródła). Wyprowadziła Dahmerię z politycznej izolacji (no, przecież znała dość blisko cesarzową Achaję, więc to naprawdę nie był problem). Potem stworzyła ekonomiczne podstawy rozwoju góralskiego społeczeństwa.

Kilkaset lat po śmierci stawiano jej jeszcze pomniki. Długo mówiło się: „Jeśli coś robisz, zrób to dobrze! Jak Annamea!". To stało się ludowym przysłowiem. A ona po prostu doprowadziła królestwo do samowystarczalności. Rozwinęła handel, manufaktury, otworzyła kopalnie, w których eksploatowano wszystkie skarby ukryte pod zaśnieżonymi szczytami. Nikt już nie musiał iść gdzieś w zarazę daleko, żeby ginąć na zapomnianym przez wszystkich spłachetku świata. Mógł się utrzymać u siebie. Zarobić na rodzinę. Mieć normalne życie i dzieci, które też miały perspektywę na zwykłą pracę. I tyle.

Górale nie są wymowni. Ale sławili ją w swoich podaniach przez setki lat. Rzeźbili w drewnie te swoje figurki. Stawiali w miasteczkach i na rozstajach, żeby upamiętnić dziewczynę z obcego kraju. Bo górale może naprawdę nie są wymowni. Ale są bardzo pamiętliwi. Na dobre i na złe. Tym razem poszło „na dobre". I nie zapomniano jej tego. Nigdy.

„Jeśli coś robisz, zrób to dobrze! Jak Annamea!" – wtłaczano uczniom do głowy długo, długo później – w bardzo odległej epoce.

Sirius i Zaan przeszli do historii. Aczkolwiek pewnie nie tak, jakby chcieli. W każdym mieście, po obaleniu władzy Zakonu, zaczęto kuć pomniki pod tytułem: „Tyranobójcy". Z reguły przedstawiały trzech gołych mężczyzn i jedną nagą kobietę. Wszyscy z obnażonymi mieczmi w dłoni. Ci ludzie to Sirius, Zaan, Biafra i Achaja. Wspaniałe osiągnięcia rzeźby z końca antyku. Podziwiane setki lat później. Dlaczego występowali na golasa? Do tego przyszli badacze nie doszli. Taki był po prostu styl ówczesnych przedstawień.

Niemniej obywatele różnych państw, wiele wieków później składali kwiaty pod tymi pomnikami w różnych miastach. „Tyranobójcy" – to było coś. Każdy miał swojego tyrana, ale niewielu chciało pójść na niego z mieczem. Więc kwiatki były symbolem sympatii, a nie współszaleństwa. Łatwiej dać kwiatek, niż pójść z butelką benzyny na czołg. A sumienie czyste.

Kilkaset lat później pewien poeta potrzebował natchnienia, by napisać poemat o zmianie porządku świata. Najbardziej pasowali mu jednak młodzi wiekiem „spiskowcy", bo chciał w to jeszcze włożyć historię miłosną, więc spłodził dzieło o nazwie „Sirius i Achaja". Obydwoje stali się więc symbolami kochanków uwikłanych w politykę na dalsze kilkaset lat. Oczywiście w przepięknej pieśni Sirius dożył „nocy sztyletów", podczas której zadźgano Achaję i wypił truciznę, łkając nad jej grobem. Piękne. Rzecz, która stała się symbolem nie do obalenia przez trzeźwiejszych historyków. Później nazwano to poematem miłosnym wszech czasów.

Chłopczyk, który tkwił ukryty wśród gałęzi drzewa podczas masakry na schodach stolicy Troy i był świadkiem mordowania Rady Królewskiej, też napisał przepiękny wiersz. Rękopis dotrwał do następnej epoki i na jego podstawie nakręcono dość słynny film. Tym razm Orion, Sirius i Zaan występowali w roli oprawców. Tak w historii bywa – raz na wozie, raz pod wozem. Normalne.

Pośmiertny żywot Zaana był jeszcze bardziej ciekawy. Nikt nigdy nie odkrył, że był oszustem. Może poza jednym badaczem, a raczej pisarzem. Historyk amator dotarł do jedynego zachowanego dokumentu, świadczącego, że był w Keddelwach w chwili, kiedy zabito rycerza Zakonu. Wysnuł zupełnie fantastyczną hipotezę, która tak naprawdę opisywała to, co przeżył Zaan. I napisał powieść. Książkę, którą opluto, wygwizdano, darto na akademickich podwórkach i palono.

Bo przecież Zaan był wielki. Dokładnie tak jak przewidział pałacowy matematyk, przyszli badacze odkryli jego świetnie zabezpieczone papiery. I przeczytali „Niezwykłe życie mędrca Zaana, czyli rzecz o tym, jak świat stał się inny". Byłego świątynnego skrybę nazywano, zgodnie z jego własnymi słowami, „tym, co wstrzymał słońce, ruszył ziemię". Naprawdę uwierzono w ten idiotyzm. Opis powstrzymania zarazy uznano za początek nowoczesnej nauki. Jak mówił kolejny poeta: „Śmierć kroczyła ulicami miasta, a Zaan powiedział jej: STÓJ!". Po raz pierwszy w historii.

Nagroda naukowa imienia Zaana była najbardziej prestiżowa. Każdy z pracowników licznych uczelni chciał ją mieć. Ale nie było to łatwe. Trzeba było naprawdę się wykazać.

Słusznie więc sam przewidział: „wszystkie życzenia się spełniają". Choć perfidnie. Naprawdę przecież powstrzymał zarazę. Ale teorię heliocentryczną po prostu ukradł. Nikt nigdy nie dowiedział się o jego oszustwie, które powinno przejść do historii szaleństwa i zająć w niej pierwsze miejsce. Poza jednym pisarzem, którego za to wygwizdano.

Niemniej, jeśli istnieje życie pozagrobowe, powinien być szczęśliwy. Jego imię zapamiętano. Powtarzano je przez wieki.

Nie było już skrybów świątynnych, na których pamięci tak mu zależało. Ale każdy w miarę wykształcony człowiek znał jego imię. Przez tysiąclecia.

Nikt też nie wiedział, że był żołnierzem, choć na cywilnym froncie. Że wygrał w grze, w której szanse były mniejsze niż urodzenie słonia przez lwicę.

Sama Achaja wyszła za Księcia Oriona. On natychmiast, po „zupełnie naturalnej" śmierci króla, objął władanie w Troy. Jej dostał się tron w Arkach. Matka Biafry abdykowała i to wcale nie dlatego, że czuła oddech Miki na plecach. Była po prostu rozsądną kobietą.

Orion i Achaja stworzyli najpotężniejsze małżeństwo na świecie. Zasadniczo wszystko działo się tak, jak chcieli. A może dokładniej: tak jak chciał Biafra. Cały świat musiał się podporządkować. Trudno opisać rozkwit, który nastąpił później. Rozkwit ekonomiczny. Bogactwo. Sztuka, handel. Ale... choć nikt z ówczesnych ludzi tego nie widział – to jednak rozkwit i błogostan zabijał coś, czego nikt z tych czasów nie potrafiłby nawet określić słowami. A chodziło o „matkę wynalazków". Inwencję. Rozwój nauki, którą powinna rodzić paląca potrzeba.

Orion zmarł dwa lata później. Tym razem naprawdę z zupełnie naturalnych powodów. Były pomysły, żeby wydać Achaję za którąś z jego córek, ale upadły, bo żeglarze odkryli nowy ląd, obfity w bogactwa i bardzo potrzebne stało się władanie nad cieśninami Księstwa Linnoy. Trudno. Akcja militarna się nie opłacała, więc Achaję wydano za młodego księcia. Chłopak miał wtedy siedem lat. Achaja, chcąc pocałować „pana młodego" w świątyni, musiała kucnąć, bo dziecko było za małe. Arnne i Harmeen po prosty wyły ze śmiechu i musiano je wyprowadzić. Cieśniny przejęto chwilę później zupełnie oficjalnie, dokładnie w momencie, kiedy Biafra tworzył jeden monstrualny organizm państwowy składający się z Arkach, Troy i „kraju Syrinx," jak zwano resztki Cesarstwa. Zajęło to prawie rok i dopiero potem Mika mógł wyeliminować młodego księcia. Linnoy też stało się częścią ogromnego państwa.

Nareszcie doszło do spełnienia się marzeń Achai. Wyszła za Biafrę. On został cesarzem, ona cesarzową.

To były najpiękniejsze lata jej życia. Kochała go! Naprawdę go kochała!

Biafra był alkoholikiem, ale ignorowała to. Pili razem. Ich zwykły dzień wyglądał mniej więcej tak: najpierw śniadanie, miłość, potem zaczynali pić. Potem, gdzieś w południe, znowu zaczynało im się chcieć spać. Więc jakaś drzemka. Potem może obiad. Załatwienie najpilniejszych spraw. Trzymanie się za ręce. Patrzenie na siebie. Picie alkoholu. I było fajnie. Naprawdę – najpiękniejsze lata jej życia. Chwile szczęścia. Radości. Zaspokojenia.

Niestety, Biafra umarł po trzech latach na marskość wątroby.

Achaja została sama władcą całego znanego świata.

„Imperium Biafry", jak je później nazwano, trwało jednak dalej. Potrzebowało przeciwwagi i ekspansji. Doszło więc do wojny z królestwem Chorych Ludzi, które urastało już do drugiej potęgi ekonomicznej. Imperium i królestwo dzielił Wielki Las. Spalono go w trakcie jednej kampanii trwającej niespełna rok. Rzezie i masakry trwały jeszcze wiele lat, ale nie dotyczyły przecież przytłaczającej liczby obywateli. Rządy Achai historycy porównywali raczej do „złotego wieku", kiedy rozwijała się sztuka, handel, produkcja, zupełnie nowa polityka i sposób załatwiania spraw.

Sama Achaja stała się symbolem walki o wolność. Kilkaset lat później jeszcze robotnicy w pewnym mieście szli na samobójczy strajk z jej imieniem wypisanym na transparentach. Pamiętano ją.

Historycy oczywiście też robili swoje. Lesbijka, potwór, sadystyczny morderca, oprawca, niezrównoważona psychicznie. Co innego pisało się w podręcznikach dla dzieci, gdzie była narodowym bohaterem. Co innego pisało się w uczelnianych opracowaniach, gdzie urastała do rangi zboczonej sadystki.

Tak zawsze jest w historii. Problemem jest mizeria źródeł. I trzeba się domyślać. Legenda zrobiła z niej bohaterkę, pod której pomnikami dzieci składały kwiaty w państwowe święta. Historycy zrobili z niej kretynkę

sterowaną przez Biafrę, zboczoną, skrzywioną, pogiętą psychicznie.

Dwa obrazy:

– oficjalny to „Tyranobójca". Bohater narodowy, twórczyni Złotego Wieku w dziejach świata, mecenas sztuki, „ta, którą sławili poeci", natchnienie architektów, kobieta, która obaliła reżim Zakonu, dzięki której dzieci nie były już głodne i zyskały nadzieję. I złotymi zgłoskami: ta, która zniosła niewolnictwo! Za jej rządów pojawiło się nawet coś takiego jak edukacja i przytułki dla biednych.

– naukowy: amoralna terrorystka, militarystka, zwolenniczka represyjnych rządów, przeciwnik ekologów (bo spaliła Wielki Las), ewidentna alkoholiczka, zboczona seksualnie, wysyłająca ogromne armie gdzie się dało i w ogóle połamana psychicznie, o czym świadczą nieliczne źródła, które się zachowały.

Który z obrazów jest prawdziwy?

Kiedyś, podczas tych krótkich lat z Biafrą, była naprawdę szczęśliwa. Miała tego swojego mężczyznę w zasięgu ręki. Mogła mruczeć mu na ramieniu. Miała do kogo się przytulić. Kochała go do szaleństwa. Miała też Shhę. Dotknęła swojego kawałka szczęścia. Choć tak długo musiała na to czekać.

I niech tak zostanie. Bez znaczenia, czy bohater narodowy, czy zboczona terrorystka. Niech mówią, co chcą. Niech psy szczekają. Niech zrobią to, co ona, a jak nie potrafią, to niech szczekają sobie dalej. „Psom szczekać zawsze dozwolone" – jak mówił poseł Cesarstwa po pojedynku z Virionem.

Niech tak zostanie. Kim była? Czy to ważne? Jak mało istotne są słowa.

Zostawiła coś po sobie. Była kimś. Kilkaset lat później robotnicy szli na samobójczy strajk z jej imieniem na transparentach. Coś po sobie zostawiła.

Achaja zginęła zasztyletowana w wieku trzydziestu siedmiu lat. Miała ten problem, że była bezpłodna. Nie udało się sprokurować jej dziecka, choć zajmowali się tym mistrzowie w danym fachu. Cesarzowa bez potomstwa to młyn na wodę różnych koterii. Wszelkie adopcje mogły być przecież anulowane. A władza mamiła, kusiła, oszałamiała. Kilkunastu spiskowców dopadło ją na schodach pałacu. Była tak pijana, że ledwie odbiła dwa ciosy. Jedenastu sztyletom udało się dosięgnąć jej ciała. Żołnierze rostrzelali napastników, ale to już było bez znaczenia.

Shha, ciągnąc ją za rękę, mówiła:

– Siostro, nie mogę cię podnieść, bo wyglądasz jak jeż. Z każdej strony coś sterczy.

Płakała, pomstowała głośno, wykrzykiwała najohydniejsze inwektywy na zabójców. I co chwilę pytała:

– Siostro, żyjesz?

– Siostro, żyjesz?

– Siostro...

Achaję, jak głosi legenda, zapakowano do trumny wypełnionej żywicą. Podobno zamurowano ją w jednej z wielkich bram Syrinx. Podobno... Nikt nie wiedział dokładnie.

Mniej więcej w tym czasie, gdzieś daleko, w miejscu, które od Syrinx dzieliły wręcz niewyobrażalne odległości, za nieprzebytą czarną pustką w innym świecie... dwóch braci pojechało nad brzeg morza. Do malutkiej miejscowości. Ustawili na polu dziwną konstrukcję. Wyglądało to jak ogromna katapulta. Na niej umieścili niesamowity aparat zbudowany z płótna, drewna i metalu.

Bracia rzucali monetą, chcąc wylosować, który z nich poleci pierwszy. Jeden z nich położył się w niewielkim dwupłatowcu. Ktoś uruchomił silnik. Urządzenie wyrzucone przez katapultę wystartowało nagle i wykonało pierwszy lot dzięki terkoczącemu silnikowi. Bracia gratulowali sobie wzajemnie. Ktoś zrobił zdjęcie. Mały chłopak pobiegł nadać telegram.

Konstrukcja z drewna, płótna i metalu nie była zdolna polecieć tak wysoko, żeby przekroczyć czarną pustkę. Ale Ziemcy zrobili właśnie pierwszy krok.

Zamierzali później polecieć wyżej i dalej. Bez strachu chcieli kroczyć cienistym gościńcem. A to nikomu nie wróżyło dobrze.

Cesarzowa Achaja zginęła zasztyletowana mając trzydzieści siedem lat.

KONIEC

Ale nie jest to koniec historii jej życia.

Opracowanie graficzne i projekt okładki:
Studio Wizualizacji GRAPHit
Poznań, (61) 856-00-39
Krzysztof Spychał

Redakcja serii:
Eryk Górski
Robert Łakuta

Grafika na okładce:
Piotr Cieśliński

Ilustracje:
Dominik Broniek

Redakcja:
Małgorzata Dokudowicz

Skład i łamanie:
Monika Nowakowska

Zamówienia hurtowe:

firma księgarska fk Jacek Olesiejuk

Firma Księgarska Jacek Olesiejuk
01-217 Warszawa, ul. Kolejowa 15/17
tel./fax: (22) 631-48-32
www.olesiejuk.pl, e-mail: hurt@olesiejuk.pl

Wydawnictwo:

Fabryka Słów Sp. z o.o.
20-111 Lublin, ul. Rynek 2
e-mail: fabryka@fabryka.pl, www.fabryka.pl

Druk i oprawa:
OPOLgraf SA
www.opolgraf.com.pl